DU MÊME AUTEUR

Editions Lucien Souny
La Fille des neiges
La Bergère du Larzac
Les Noces interdites
Le Clos des Bruyères
La Fille des neiges (Souny Poche)

Editions Ecritures
Les Ardoises blanches

Editions Les Trois Epis
L'Impasse d'Eyriac
La Femme du Bois Loriot

Paul Peyssonnerie

LA BERGÈRE DU LARZAC

Lucien Souny

Illustration de couverture :
Rear view of a young woman in a field © Fotolia IV-Fotolia.com
Mouton isolé © Choucashoot-Fotolia.com
Mouton en alpage © Choucashoot-Fotolia.com
White clouds in the blue sky. Cloudscape © Serghei Velusceac-Fotolia.com

Editions Lucien Souny, 2008-2011
Les Allois • 87400 La Geneytouse

Le Larzac, ce terroir où ne pousse
ni pied de vigne, ni grain de blé.
Charles V, roi de France, 1457.

A la mémoire de Jean-Claude, mon meilleur ami, mon frère, mon compagnon de cordée…

Lors de nos escapades pyrénéennes, nous avons gravi bien des sommets, mais, sans toi, sans cette maladie, montagne cruelle qui a eu raison de tes forces, je n'aurais peut-être jamais pris la plume.

Maintenant, souviens-toi : au cours de nos pérégrinations sur les pentes escarpées de nos montagnes favorites, nous avons vainement cherché une bergère.

Et c'est dans la solitude de ce plateau du Larzac à la beauté sauvage que j'ai fini par la rencontrer.

Je t'invite à faire quelques pas en compagnie de Juliette, la bergère du Larzac, toi qui es maintenant dans un lointain pays où les montagnes doivent être belles et les bergères jolies…

Paul Peyssonnerie

I

Juliette et les déménageurs avaient terminé le repas et bu le café. Les deux hommes se levèrent. Ce déménagement, programmé par leur patron durant ce pont de l'Ascension, ne les avait pas enchantés. Mais pour la jeune femme, prisonnière d'un emploi du temps rigoureux, c'était la seule opportunité. Sinon, elle aurait dû repousser d'un mois ce changement de domicile. Et, maintenant que la plupart des travaux de la maison étaient achevés, elle avait hâte d'entrer dans ses murs.

Ce jeudi 19 mai 1977, jour de l'Ascension, elle s'était donc rendue à Rambouillet. Elle avait retrouvé les deux hommes le lendemain matin. Pendant qu'ils commençaient à charger les meubles, elle avait mis de côté vaisselle, services, tableaux et tapisseries, conserves et bouteilles de vins fins, bibelots et babioles diverses, enfin tout ce qu'elle devait emporter. Elle avait laissé aux professionnels le soin d'emballer toutes ces pièces de valeur et fragiles.

Tandis qu'ils achevaient le chargement, guillerette, elle avait repris la route de l'Aveyron et avait dormi chez ses parents, au-dessus de Millau. Elle était repartie tôt le samedi et avait attendu les déménageurs à Fondamente pour les conduire jusqu'au mas, perdu au bout du chemin sur le plateau du Larzac.

En cette fin de matinée, le déchargement était achevé. Il était midi. Juliette proposa aux deux hommes de partager un repas vite préparé. Pâté, confit de porc et haricots verts en conserve, agrémentés d'une bouteille de bordeaux, constituèrent un menu convenable. Ils allaient maintenant regagner Rodez pour profiter un peu de ce week-end déjà passablement écourté. Heureuse d'être chez elle, satisfaite de leur disponibilité et de leur prestation, elle leur glissa un large pourboire. Elle les raccompagna ensuite jusqu'à leur camion. Ils échangèrent quelques mots sur le temps agréable de ce mois de mai, puis ils la saluèrent et prirent congé après lui avoir souhaité bonne chance. Elle regagna la maison, suivie de sa chienne Cigale qui ne la quittait pas d'une semelle, et jeta un coup d'œil circulaire dans le vaste séjour qui était envahi de cartons. Ce fatras, loin de la désoler, lui arracha un sourire.

— Enfin chez moi ! soupira-t-elle, indifférente à la pagaïe qui régnait.

Elle alluma une cigarette, dont elle tira quelques bouffées, puis elle la posa dans le cendrier. Ce n'était pas une fumeuse invétérée, mais, depuis plus d'un an, l'accumulation des soucis avait fait augmenter sa consommation. Elle s'était promis de cesser de fumer une fois qu'elle serait installée dans ses nouveaux murs et que tout serait rentré dans l'ordre. Et là, avec tout ce remue-ménage, elle avait encore besoin de sa dose quotidienne de nicotine.

Juliette Cieurac avait trente-sept ans. Elle mesurait un mètre soixante-treize. C'était une belle femme, svelte, au physique agréable. Le teint était mat, le visage allongé, encadré par une chevelure châtain foncé qui flirtait avec ses épaules droites, façonnées par des années de natation, et ondulait sur la longueur quand elle n'était pas ramenée en arrière par une queue de cheval, plus pratique pour certains travaux. Un intense regard souriant se dégageait de ses profonds yeux noirs.

Elle s'affala dans un angle du canapé et regarda sa montre. Il était quatorze heures. Même s'il restait encore beaucoup à faire, elle était heureuse. Maintenant, elle aurait tout le temps pour ranger, s'organiser, achever les travaux. Les tracas accumulés au cours de ces dernières années allaient s'estomper enfin. Elle se laissa gagner par le sommeil. Ses rêves l'entraînèrent au fil de sa vie.

Juliette était née à Millau. Charles et Marie-Odette, son père et sa mère, tenaient une quincaillerie dans le centre de la sous-préfecture de l'Aveyron. Elle avait grandi dans le vaste appartement qu'occupaient ses parents, au-dessus du magasin, en compagnie de son frère Michel, qui avait deux ans de plus qu'elle. Les grands-parents maternels vivaient dans le second appartement, en vis-à-vis du leur.

La grand-mère, Anna Valanjou, était née en 1897 au mas Saint-Clair. Cette ferme se trouvait entre les communes de Cornus, Fondamente et Saint-Beaulize, sur le plateau du Larzac, pas très loin du département de l'Hérault. Julien Combialet, le grand-père, avait vu le jour en 1893 à Millau. Sa mère travaillait dans une mégisserie et son père était charpentier. Après avoir été à l'école jusqu'à l'âge de douze ans, le gamin avait ensuite appris le métier. Mais son père était décédé en 1910 après une mauvaise chute. Julien, que la profession de charpentier n'enchantait pas, était alors parti se placer à Cornus comme ouvrier agricole. Deux ans plus tard, il avait atterri à la ferme de Louradou, à quelque deux kilomètres du mas Saint-Clair. C'est ainsi qu'il avait fait la connaissance d'Anna. Ils s'étaient croisés par hasard, alors que tous deux gardaient les moutons dans des pacages proches. A dix-neuf ans, il était bel homme, grand, les épaules robustes, les yeux gris-bleu qui invitaient à la rêverie et à l'évasion, le regard droit. Les cheveux bruns, coupés court, ondulaient finement, une épaisse moustache soulignait ses lèvres charnues. Il avait le teint hâlé des gens habitués à vivre au dehors. Anna n'avait alors que quinze ans, mais elle était déjà belle fille. Mince, pas très grande, les cheveux bruns, le visage rond, le teint mat, elle affichait un dynamisme hors pair et une maturité précoce. Ses yeux noirs, dont avait hérité sa petite-fille, respiraient franchise et volonté. Ce jour-là, le jour de leur rencontre, son cœur s'était mis à battre. Elle avait dévoré Julien du regard, avait admiré sa carrure rassurante, avait fondu au plus profond de ses yeux qui inspiraient la confiance, avait bu son parler aisé, dissipé d'une voix tranquille. Un frisson l'avait alors parcourue, qu'elle avait vite réfréné. Que penserait donc le curé lorsqu'elle irait se confesser ? Pourtant, depuis cette première rencontre, elle savait que ce serait lui l'élu de son cœur. C'est que pas grand monde ne s'aventurait là-haut, au mas Saint-Clair, au bout du chemin, sur ce plateau où l'herbe était rare et les chênes rabougris, sur cette immensité où les seuls maîtres s'appelaient vent et soleil, à qui dame neige rendait parfois visite lors des hivers, rudes et longs. Et sa mère l'avait maintes fois mise en garde contre les prétendants pressés, aux manières indélicates, au parler cru. Aussi, quand elle avait vu ce beau jeune homme venir la saluer, poliment, presque timide, son sang n'avait fait qu'un tour. De tendres sentiments étaient nés entre eux.

Hélas, en 1914, comme tous les jeunes gens valides, il avait dû partir au combat. Six mois plus tard, il était rentré au pays prématurément, blessé. Dans un affrontement, une baïonnette ennemie lui avait transpercé la cuisse, évitant de peu l'artère fémorale, mais endommageant le fémur. La guérison avait été longue. Il traînait la jambe et se plaignait de douleurs atroces lors des changements de temps. De ce fait, il n'était pas retourné au front et, en cette année 1915, il avait pu s'unir avec Anna, qu'il avait laissée désespérée, quelques mois plus tôt, comme toutes les jeunes filles qui, les larmes aux yeux, avaient vu s'éloigner leur amoureux. Ils avaient vécu au mas Saint-Clair jusqu'à la fin de la Première Guerre. Julien travaillait à la ferme avec son beau-père. Anna n'avait, comme beaucoup de filles de la campagne à cette époque, pas eu la chance d'aller à l'école. Lors des longues veillées d'hiver, Julien, qui savait lire, écrire et compter, avait patiemment inculqué son savoir à sa jeune épouse, ravie. Leur fille, Marie-Odette, était née en 1916. Mais la blessure de Julien le handicapait pour mener à bien les rudes tâches agricoles. Aussi, avec la pension que lui versait l'armée, lui et Anna avaient acheté la quincaillerie à Millau au début de 1920.

Charles Cieurac, le père de Michel et Juliette, était né dans la sous-préfecture de l'Aveyron en 1914. Dès l'âge de quatorze ans, son père, artisan maçon, lui avait appris le métier. Charles était grand, mince, le visage allongé, les yeux rieurs. Il avait un caractère insouciant et prenait la vie comme elle venait. Lorsqu'il allait chercher pointes et outils au magasin, il avait remarqué Marie-Odette qui travaillait avec ses parents. Elle était plutôt petite, comme sa mère. Elle avait le teint mat, les yeux foncés et le regard droit. A l'inverse de Charles, elle avait un caractère soucieux, faisait souvent une montagne d'un rien, s'inquiétait à tout propos. Charles l'avait épousée en 1937. Michel était né un an plus tard, et Juliette en 1940. Son père, qui avait été incorporé dès les premiers jours de la guerre, début septembre 1939, n'avait eu qu'une courte permission pour venir voir sa petite fille, déjà âgée d'un mois.

En 1943, il avait été blessé à l'avant-bras gauche par un éclat d'obus. Même si la blessure avait été bien soignée, il n'avait plus autant de force dans ce bras atrophié et redoutait de ne plus pouvoir exercer son dur métier.

A la Libération, avec une farouche volonté, il avait tenté de travailler à nouveau avec son père, mais il avait vite dû se rendre à l'évidence ; même en serrant les dents, son bras ne lui permettrait plus de soulever les blocs de pierre et les sacs de ciment, de manier la pelle et la pioche ou de pousser la brouette à longueur de journée. Julien et Anna, ses beaux-parents, lui avaient alors proposé de les rejoindre à la quincaillerie. Le travail serait moins pénible, et, ainsi, la succession serait assurée.

En 1952, Charles et Marie-Odette avaient décidé d'acheter une maison en dehors de la sous-préfecture, au calme. Avec les enfants, la vie en appartement n'était pas toujours facile et tous apprécieraient de pouvoir gambader au grand air.

Marie-Odette avait suggéré de rénover la vieille demeure du mas Saint-Clair, où elle était née et où plus personne n'habitait depuis le décès de ses grands-parents maternels, quelques années auparavant. Puis, un jour, un client leur avait indiqué une maison à vendre. Elle était située au village du Bousquet, à vingt-cinq kilomètres au nord de Millau, en direction de Séverac-le-Château.

Ils s'étaient rendus sur place et avaient découvert le site, juché sur le plateau d'Engayresque, à 900 mètres d'altitude. Le village était entouré de collines arrondies dont la plus haute, le Puech del Pal, culminait à 1 155 mètres.

C'était un corps de ferme ancien, avec la grange attenante à la maison. L'ensemble était situé peu avant l'entrée du hameau, sur la droite. Cinquante mètres plus loin se trouvait le cimetière. Il y avait ensuite une chapelle, une mairie annexe et une école, qui avait fermé dans les années 40. Le propriétaire, qui était né là, venait d'hériter de la bâtisse au décès de ses parents et ne voulait pas s'en embarrasser. Il avait raconté que le village faisait partie de Séverac, mais l'éloignement, environ une douzaine de kilomètres par la route, expliquait la présence de la chapelle, du cimetière, du bureau de mairie et de l'école. Quatre fermes, où vivaient une vingtaine de personnes, constituaient le village.

Même s'il y avait des réparations et des aménagements à faire, Charles et Marie-Odette avaient été séduits, autant par la maison que par l'endroit, légèrement plus élevé que le mas Saint-Clair, et surtout moins éloigné de Millau. Et là il y avait une route et non une mauvaise piste, ainsi que quelques voisins, alors qu'au mas la ferme la plus proche était à un bon kilomètre.

Pendant trois ans, les fins de semaine avaient été consacrées à la remise en état. Charles, qui outre ses talents de maçon était un bon bricoleur, avait réalisé la plupart des réparations et transformations lui-même. Pourtant, lors de certains travaux, son bras blessé le faisait souffrir et lui arrachait parfois grimaces et jurons. Julien, son beau-père, lui avait apporté son aide. Et, tandis que Michel partait souvent vagabonder dans la nature, Juliette, curieuse de tout, avait elle aussi mis la main à la pâte et acquis ainsi des notions de bricolage.

Dès que la maison avait été habitable, grands-parents, parents et enfants y séjournaient les week-ends, pendant la belle saison.

Aucun des propriétaires locaux n'avait été intéressé par la ferme, mais l'accueil des villageois avait été plutôt froid.

Même si Millau n'était pas très éloigné, ils avaient vu d'un mauvais œil arriver ces gens de la ville, ces « étrangers », ces bourgeois aisés qui achetaient sans compter, disaient-ils. Les Cieurac avaient perçu cette distance et, patiemment, avaient tenté de nouer des liens avec les habitants du hameau, tous installés là depuis des générations. Pourtant, la méfiance campagnarde naturelle avait persisté pendant un temps. Dès que paraissait un Cieurac, les regards se détournaient, les conversations cessaient, les critiques sur les aménagements étaient à peine voilées. Ce n'était qu'à force de patience qu'ils étaient parvenus à se faire admettre par la communauté. Charles, très habile de ses mains, avait proposé ses services aux uns et aux autres. Et, petit à petit, la confiance avait fini par s'installer. Lorsqu'ils descendaient à Millau, ils s'inquiétaient toujours de savoir si l'un des villageois avait besoin de quelque chose. A leur retour, ils portaient un peu d'épicerie, un outil, des médicaments... En contrepartie, ils recevaient une douzaine d'œufs, un poulet... Le temps avait fait son œuvre.

La seule qui avait rapidement brisé la glace était Juliette. Corinne, la fille des Malefranc, avait le même âge qu'elle. L'insouciance des enfants passait outre les considérations des adultes. Comme les autres agriculteurs du village, les parents de Corinne élevaient des brebis et vendaient le lait à la fromagerie du Massegros pour la fabrication du roquefort. Ils cultivaient aussi quelques légumes et nourrissaient volailles et cochons, de façon à subvenir à leurs besoins. Les deux adolescentes partageaient souvent leurs jeux. La petite citadine aimait aller flâner dans les prés avec sa copine et vagabonder au milieu des moutons, dont elle se plaisait à caresser l'épaisse toison au printemps.

Quand les réparations avaient été achevées, Charles et Marie-Odette avaient invité les quatre familles pour un repas convivial qui s'était terminé fort tard et joyeusement.

Au fil des années, la Millavoise était devenue amie avec Corinne, qu'elle côtoyait tous les étés au village du Bousquet. La jeune fille avait arrêté ses études en 1954, à quatorze ans, après avoir obtenu le certificat d'études. Elle travaillait à la ferme avec ses parents et gardait les brebis.

En 1957, Julien et Anna avaient laissé les rênes de la quincaillerie à Marie-Odette et Charles. Ainsi, toute la famille passait les étés au Bousquet au frais, loin de la fournaise de la vallée millavoise, et ne redescendait dans les appartements que peu de temps avant que les premières chutes de neige ne les bloquent sur le plateau.

Une fois la maison du Bousquet investie, pendant les mois de juillet et août, les enfants accompagnaient parfois leurs parents au magasin, le matin. De cette façon, ils pouvaient retrouver copains et copines et passer les après-midi à la piscine municipale. Lorsqu'ils rentraient, le soir, Anna avait préparé le repas.

Pour Juliette, la vie avait coulé sans anicroches jusqu'au lycée, dans un climat familial serein, même si Michel avait toujours plus ou moins considéré sa sœur comme une empêcheuse de tourner en rond. L'affection de ses parents et de ses grands-parents maternels avait largement compensé l'antipathie dont son frère faisait preuve vis-à-vis d'elle. Déjà, petite, il se moquait de ses jeux de poupée, prenait un malin plaisir, tel un chien dans un jeu de quilles, à s'ébrouer au milieu de sa dînette, débitait des bêtises à ses copains qui venaient ensuite railler la gamine. Comme elle n'était pas d'un tempérament pleurnichard, elle le regardait, narquoise, et s'arrangeait toujours pour lui rendre la monnaie de sa pièce avec fourberie. Puis, en grandissant, elle avait pris les devants. A l'âge des premiers émois amoureux, elle allait raconter aux flirts de son frère qu'il avait d'autres petites amies, ce qui déclenchait des discussions animées desquelles il se sortait parfois avec difficulté, devant les rires sarcastiques de sa sœur, qui ne manquait pas de se confier ensuite à sa grand-mère, dont elle était très proche.

Michel était entré au collège et avait obtenu son certificat d'études en 1952. Mais, en 1954, après avoir redoublé la classe de troisième, il avait décrété qu'il en savait assez et avait arrêté là sa quête d'érudition. Les parents étaient heureux à l'idée de voir ainsi l'avenir de la quincaillerie assuré, même s'ils auraient souhaité que leur fils poursuive ses études dans les grandes écoles. A seize ans, il avait donc intégré le magasin.

Lors de l'été 1955, Juliette avait fait la connaissance de Bernard Meyrand, un jeune de la Chapelle-Saint-Mesmin, dans la région d'Orléans, qui venait en vacances à Millau avec ses parents, André et Gisèle. Les deux adolescents s'étaient revus l'été suivant.

En 1957, cette amitié grandissante s'était transformée en flirt. Ils avaient échangé des lettres durant l'année et des sentiments plus tendres étaient nés.

Ils s'étaient retrouvés lors des vacances de 1958. A dix-huit ans, Juliette avait décroché son baccalauréat et Bernard, qui avait vingt ans, venait de terminer avec succès des études commerciales. En septembre, il allait rentrer dans une agence de voyages. Son père, qui était directeur dans une banque à Orléans, avait suffisamment de relations et avait sollicité un ami pour faire embaucher son fils. Pourtant, le jeune homme n'était pas serein. Il allait bientôt être appelé sous les drapeaux et la guerre d'Algérie faisait rage. Bernard attendait donc avec appréhension d'accomplir son service militaire, conscient qu'il devrait bientôt endosser l'uniforme et aller se battre dans un conflit à l'issue plus qu'incertaine et qui, déjà, avait coûté la vie à de nombreux soldats.

Pendant cet été, les deux jeunes gens, désireux de croquer la vie à pleines dents en attendant des jours plus sombres, avaient passé de longs moments ensemble, à l'abri des regards indiscrets. Juliette se sentait bien avec Bernard. Il était doux, prévenant, tout l'inverse de Michel. C'était peut-être ce qui l'avait attirée. Et l'idée de le voir bientôt partir sous les drapeaux l'avait encore davantage rapprochée de lui. Anna, la grand-mère de Juliette, était la confidente des péripéties amoureuses de sa petite-fille.

Une fois les vacances terminées, Juliette s'était mise à chercher du travail. Elle souhaitait rentrer dans une banque. Mais ce n'était pas chose facile. A Millau, l'industrie de la ganterie était en crise, confrontée aux importations de produits bon marché. Les chômeurs, de plus en plus nombreux, commençaient à provoquer l'inquiétude des élus locaux. En attendant une opportunité, elle avait trouvé un emploi de vendeuse dans un magasin de fleurs.

Dans la deuxième quinzaine d'octobre 1958, Juliette, inquiète de ne pas être indisposée, était allée consulter le docteur. Le verdict était tombé, brutal. Il lui avait annoncé qu'elle était enceinte. La panique s'était emparée de la jeune fille. Aussitôt, elle avait écrit à Bernard, expliquant ce qui lui arrivait. Il avait répondu qu'il était prêt à reconnaître l'enfant et lui proposait de se marier. Cette nouvelle avait en partie rassuré Juliette. Mais elle ne pouvait s'empêcher de penser que leur bonheur serait de courte durée puisque Bernard allait être bientôt incorporé. Et le plus difficile restait à faire : avertir ses parents !

La grande complicité qu'elle partageait avec sa grand-mère lui avait donné l'idée de l'informer en premier. Anna avait levé les bras au ciel à cette révélation contraire aux convenances. Pourtant, le mal était fait et il n'y avait pas d'autre solution que d'accepter la situation. Elle avait décidé d'assister sa petite-fille pour la confrontation avec sa mère. Mais, malgré cette présence, l'entrevue avait été orageuse. Après avoir laissé échapper sa colère, Marie-Odette avait versé une montagne de larmes, avant de culpabiliser, disant que ce qui arrivait était de sa faute. Elle aurait dû surveiller davantage sa fille volage. La honte l'avait envahie. La grand-mère, plus lucide, et qui avait eu le temps de prendre du recul, avait décrété qu'il y avait pire et que, dans la mesure où le jeune homme était prêt à assumer ses responsabilités, la situation n'était pas désespérée. Sa fille avait fini par se rendre à l'évidence et le trio s'en était allé annoncer la nouvelle au père de Juliette. Une fois la première surprise passée, celui-ci, qui prenait les tourments de la vie avec philosophie, avait rétorqué qu'ils devaient se mettre en relation au plus vite avec les parents de Bernard et organiser le mariage.

L'animosité qui avait toujours régné entre le frère et la sœur avait rejailli à cette occasion. Une fois de plus, Michel ne s'était pas privé de railler Juliette, qui s'était contentée de le remettre vertement en place.

Peu de temps après cette révélation, Juliette avait reçu une lettre de Bernard. Il venait d'être hospitalisé pour une infection urinaire et, lors des examens pratiqués, les docteurs avaient découvert qu'il n'avait qu'un rein.

Cette nouvelle avait alarmé la jeune fille, mais la poursuite de la lecture lui avait fait reprendre espoir. Bernard avait quitté l'hôpital et, apparemment, il était en forme. Et, continuant à lire, un sourire avait illuminé le visage de l'Aveyronnaise : André, le père de Bernard, avait sollicité l'une de ses relations, un colonel en retraite, de façon à ce qu'il intervienne en faveur de son fils. La malformation du jeune homme allait peut-être lui éviter de partir en Algérie ou, mieux, d'être réformé.

Juliette n'en croyait pas ses yeux. Elle avait relu le courrier pour s'assurer qu'elle ne rêvait pas, qu'elle avait bien compris.

Et, un mois plus tard, après une visite médicale à l'armée, Bernard avait été déclaré inapte à l'accomplissement du service militaire. Fou de joie, il avait aussitôt téléphoné à Juliette qui avait accueilli cette nouvelle avec des larmes, des larmes de bonheur. L'ombre menaçante, noire, l'incertitude pesante, dramatique, qui planaient au-dessus de leurs têtes venaient de s'estomper d'un coup, comme chassées par un vent doux, caressant, dans lequel se mêlaient, complices, liberté et amour. Ils allaient donc pouvoir se marier, sans souci, sans arrière-pensée ; ensemble, ils allaient voir naître leur enfant et l'élever.

Les deux jeunes gens s'étaient unis en décembre à Millau. Devant sa mère éplorée, qui n'aurait jamais pensé voir s'éloigner sa fille, pas si tôt, Juliette était partie vivre à proximité d'Orléans. Son beau-père lui avait fait un contrat à la banque.

Mi-mai 1959 était née une petite Mélanie.

Peu de temps après que Juliette eut repris le travail, elle avait été embauchée définitivement. Elle et Bernard louaient un appartement à la Chapelle-Saint-Mesmin, une charmante cité de quelque six mille habitants, au passé historique, située sur les bords de Loire dans la banlieue orléanaise. Les beaux-parents de Juliette habitaient à proximité, dans la même ville. Ils avaient pris leur belle-fille en affection et la vie coulait le plus naturellement du monde. Gisèle, la belle-mère de Juliette, gardait Mélanie.

Le jeune couple et leur fille avaient passé les vacances d'août au Bousquet. Les parents de Juliette avaient ainsi pu chouchouter leur petite-fille.

Les deux familles s'étaient retrouvées à la Chapelle-Saint-Mesmin pour les fêtes de Noël. A cette occasion, Bernard et Juliette avaient révélé qu'ils attendaient un autre enfant.

Pascale était née fin juillet 1960.

Les années s'étaient écoulées, heureuses, rythmées par le travail et les vacances qui, immuablement, se déroulaient au Bousquet.

En 1965, Michel avait épousé Lydie, une Millavoise. Elle travaillait au salon de coiffure que tenait sa mère.

Cette même année, Corinne Malefranc s'était unie avec Alain Longvialle, un jeune homme de Séverac. Deux bras de plus étaient ainsi arrivés à la ferme du Bousquet.

A l'entrée de l'hiver, Julien, le grand-père de Juliette, s'était éteint, rongé par la maladie. Il avait soixante-douze ans.

Peu avant la fin de 1966, le directeur de la maison mère de l'agence de voyages où travaillait Bernard lui avait proposé un poste à Paris. Il en avait longuement parlé avec Juliette. Tous deux avaient décidé de partir vivre dans la capitale. La jeune femme avait demandé sa mutation et, appuyée par son beau-père, s'était retrouvée au siège de la banque…

Juliette se réveilla, les yeux hagards, et parcourut la pièce d'un regard rapide, pour enfin réaliser où elle se trouvait. Reprenant ses esprits, elle sourit au souvenir de ces années qui venaient de défiler dans son rêve, ces années de bonheur. Elle alluma une cigarette et, suivant des yeux la fumée bleue qui montait lentement vers le plafond, se replongea dans ses pensées.

A leur arrivée à Paris, Bernard et elle avaient loué un appartement en banlieue. Puis ils avaient eu envie d'acheter un pavillon. Tous deux avaient de bonnes situations. A Rambouillet, ils avaient déniché une maison entourée d'un petit parc. L'intérieur nécessitait des réparations. Juliette, forte de son expérience dans le bâtiment acquise lors de la rénovation de la maison du Bousquet, avait pris les affaires en main. Les postes importants avaient été confiés à des artisans, surpris d'avoir en face d'eux une femme qui avait autant de connaissances dans ce domaine. Elle donnait ses directives avec assurance et surveillait l'avancement des travaux, n'hésitant pas à faire refaire ce qui ne correspondait pas à ses désirs. Elle avait réalisé les aménagements de la salle de bains et de la cuisine, s'était occupée des peintures et des tapisseries, tout cela devant les yeux médusés et admiratifs de Bernard qui ne touchait pas un outil, de peur de se blesser ! Et, fin 1968, les familles Cieurac et Meyrand s'étaient réunies à Rambouillet, pour fêter Noël et l'installation des enfants dans leur nouvelle maison.

Mélanie et Pascale, qui avaient neuf et huit ans, avaient vécu ce changement de domicile avec joie. Elles avaient de l'espace pour s'ébattre et jouer. Quant à leurs parents, eux aussi appréciaient le calme et la verdure.

Comme l'un et l'autre étaient très pris par leur travail, dès leur installation à Rambouillet, Bernard et Juliette avaient embauché Laure Puyvernier, une employée de maison qui tenait l'intérieur et préparait les repas. La jeune femme avait vingt-neuf ans. Elle s'était mariée en 1961 avec Paul et avait deux enfants : Delphine, cinq ans, et Jérôme, quatre ans. Elle arrivait à la maison à treize heures et travaillait jusqu'à vingt heures, heure à laquelle Juliette était rentrée et lui donnait les directives pour le lendemain. Quand elle avait un peu de temps, Laure s'affairait aussi dans le parc. Elle tondait la pelouse et entretenait les fleurs. Son sérieux, son dynamisme, son caractère jovial et sa disponibilité étaient appréciés de ses employeurs qui lui faisaient entière confiance.

En 1969, Charles et Marie-Odette Cieurac avaient laissé les rênes de la quincaillerie à leur fils Michel. Après de longues années passées à travailler, ils avaient décidé de prendre leur retraite, de façon à profiter de la vie. Ils avaient acheté une maison sur les hauteurs de Collioure. Ainsi, ils allaient pouvoir passer les hivers sous le climat privilégié de la Méditerranée et les étés à la fraîcheur du plateau, dans la maison du Bousquet.

Juliette et Bernard venaient également y séjourner avec les filles. Là-haut, l'Aveyronnaise retrouvait avec plaisir son amie Corinne, qu'elle avait connue adolescente lorsque ses parents avaient acheté la maison. Corinne était mariée avec Alain Longvialle. Ils avaient deux enfants, Fabien, né en 1966, et Céline, arrivée un an plus tard.

Anna, la mère de Marie-Odette, vivait avec sa fille et son gendre. Toujours d'humeur égale, la septuagénaire s'accommodait de cette vie et suivait ces va-et-vient avec insouciance.

Michel avait donné un coup de neuf à la boutique : changement de disposition, rayons plus attrayants, choix plus important. Lydie, son épouse, autant lassée de travailler avec sa mère que de la coiffure, l'avait rejoint. Ils avaient également pris possession du grand appartement libéré par les parents au-dessus de la quincaillerie. La grand-mère avait conservé le sien. Elle ne savait que faire de ses meubles. Sa fille lui avait suggéré d'en vendre, mais c'était hors de question. Elle les avait achetés avec son mari et ils constituaient autant de souvenirs auxquels elle tenait. Elle ne pouvait donc s'en séparer.

Et puis, si un jour elle avait envie de revenir habiter là, il y aurait tout ce qu'il fallait.

Les parents Cieurac avaient fait don du commerce à leur fils, ce qui semblait normal à Juliette. Pour elle, il y aurait la maison du Bousquet ou celle de Collioure, et il restait aussi le mas Saint-Clair. Mais, une fois de plus, Michel n'avait pu s'empêcher de faire quelques réflexions à sa sœur, arguant qu'avec sa situation et celle de son mari elle n'attendait pas après l'héritage pour vivre. De plus, c'était lui qui travaillait maintenant depuis quinze ans à la quincaillerie, et il était tout à fait normal que les parents le privilégient. Même si Juliette n'était pas très regardante et ne voulait pas provoquer une querelle de famille, elle n'avait pu se retenir de proférer des mots acides à l'encontre de son frère. « J'espère seulement que tu seras suffisamment compétent pour ne pas faire péricliter l'affaire, lui avait-elle asséné sans ménagement. Et puis, entre nous, Lydie aurait mieux fait de continuer dans la coiffure. Ouvre les yeux, Michel, elle est plus attirée par les toilettes et les bijoux que par la tenue d'un magasin ! »

Son frère, outré par ces propos, avait à son tour rétorqué à sa sœur qu'il était assez grand pour s'occuper de sa femme et qu'elle ferait mieux de surveiller son mari. Ces amabilités avaient jeté un froid et les relations entre eux s'étaient tendues. Mais, comme souvent, Juliette avait vite oublié ces débordements verbaux et avait fait le premier pas de réconciliation.

En 1970, Bernard, dont la compétence faisait merveille, s'était vu proposer le poste de directeur commercial. De son côté, Juliette n'était pas en reste. Elle officiait au service boursier et relations avec l'étranger de la banque. Son dynamisme et son sens de l'anticipation étaient appréciés de sa hiérarchie.

En 1973, tandis que Bernard prenait la direction de l'agence de voyages, Juliette était nommée directrice du département bourse à la banque. Sans aucun souci financier, ils avaient acheté un appartement à Deauville. Elle aurait préféré un pied-à-terre à la montagne, attirée qu'elle était par les hauteurs, mais elle s'était rangée à l'avis de son mari, qui avait fait état de la proximité de la station balnéaire pour aller passer les week-ends. Ils y recevaient relations et amis, hors de l'agitation de la capitale.

Cette évocation arracha un sourire amer à Juliette.

II

Très pris par son travail, Bernard était de plus en plus souvent absent, accaparé par les visites dans les villages de vacances, par la découverte de nouvelles destinations, ou par la résolution d'un problème inattendu.

Juliette trouvait normal que son mari s'investisse pleinement, vu le poste important qu'il occupait. Il avait pour ambition de développer la société et s'y employait corps et âme. Elle s'accommodait du mieux qu'elle pouvait de ces soirées où elle se retrouvait seule avec ses filles. Elle avait des amies, fréquentait un club de gym, allait à la piscine, jouait au tennis, faisait du cheval, se rendait aux spectacles.

Elle était également passionnée par les civilisations anciennes, mayas, incas, aztèques, de même par que la mythologie grecque ou l'Egypte des pharaons, et possédait une multitude d'ouvrages rangés dans la grande bibliothèque.

Juliette et Bernard évoquaient parfois leurs activités respectives, contant quelques anecdotes sur leurs relations professionnelles. Bernard avait un jour annoncé à Juliette que Lise Boirieux, sa secrétaire, divorçait.

— Même si ça ne me regarde pas, je trouve curieux qu'ils en soient arrivés là. C'est vrai que lui, avec son travail, est souvent absent. Il a un poste à responsabilité aux Télécommunications et il doit fréquemment se rendre sur les chantiers importants. Surveillance, contrôles, essais, mises en service... tout ça, c'est de l'hébreu pour moi. La plupart du temps, il part le lundi et ne rentre que le vendredi. J'ai l'impression que Lise ne supporte pas cet éloignement et elle a fini par craquer. En plus, elle s'est mis en tête qu'il a une maîtresse… et elle a demandé le divorce. Ils n'ont pas d'enfants, c'est déjà moins gênant. En tout cas, ça ne me facilite pas la tâche à l'agence. Avec ses problèmes, elle quitte souvent le bureau et, quand elle est là, elle n'a pas toujours la tête à ce qu'elle fait. J'espère que sa situation va se clarifier rapidement pour qu'elle retrouve son dynamisme et sa compétence.

Juliette avait rencontré Lise Boirieux, une blonde pulpeuse qui avait le même âge qu'elle, à deux ou trois reprises à l'agence, et elle l'avait quelquefois au téléphone lorsqu'elle appelait Bernard. Elle ne la connaissait donc pratiquement pas et cette nouvelle ne la concernait pas. Elle s'était contentée de souhaiter à son mari que les choses s'arrangent au plus vite.

Le temps passant, Bernard se faisait de plus en plus rare. Souvent, il rentrait fort tard le soir, pestant après des réunions de travail harassantes ou invoquant un dîner incontournable avec des clients importants. Fréquemment, le jeudi soir, la mine déconfite, il annonçait en bougonnant qu'il devait partir le lendemain pour une destination lointaine durant le week-end. Tous les prétextes étaient bons : accueil d'un groupe important, inauguration d'un nouveau village de vacances, visite impromptue pour vérifier que les prestations étaient à la hauteur des descriptions, problème de dernière heure à démêler sur place.

Si Bernard avait évoqué les interrogations de Lise concernant l'infidélité de son mari, les absences répétées de son époux avaient amené Juliette à se poser à son tour des questions. Bernard, plongé dans son intense activité, avait une allure resplendissante ; il ne se plaignait jamais d'être fatigué. Comme par enchantement, ses accès de mauvaise humeur s'estompaient dès qu'il préparait sa valise. A certains coups de téléphone, il répondait brièvement et évasivement, paraissant mal à l'aise. Le doute s'était installé dans l'esprit de la jeune femme. Mais elle n'osait en parler à quiconque. Et si elle se faisait des illusions ? Pourtant, jamais il ne lui avait proposé de l'emmener lors de ses escapades. Elle lui en avait fait la remarque. Il avait paru embarrassé, mais lui avait aussitôt rétorqué qu'il avait déjà envisagé cette éventualité et y avait renoncé, invoquant des journées plus que remplies, faites de réunions, de visites, de réceptions, et avait assuré qu'elle serait livrée à elle-même et ne profiterait pas beaucoup de ces courts moments d'évasion.

Juliette n'était pas convaincue par les arguments de Bernard et elle cherchait par quel moyen elle pourrait avoir la certitude que son mari ne la trompait pas. Elle avait décidé de l'épier et s'était arrangée pour se trouver à proximité de l'agence le soir, vers dix-huit heures.

C'était un mardi de mars 1975. La première tentative n'avait rien donné. Elle avait renouvelé sa surveillance le lendemain et avait vu son mari quitter le bureau peu après dix-huit heures en compagnie de Lise Boirieux. Ils étaient partis tous deux dans la voiture de celui-ci. Juliette les avait pris en chasse prudemment. La filature l'avait conduite jusqu'à Vélizy, où Lise avait loué un appartement. Tous deux étaient descendus de voiture et avaient pénétré dans le hall d'un immeuble. La gorge de Juliette s'était serrée et ses yeux s'étaient embués. Abattue, elle avait aussitôt pris la route de Rambouillet. A son arrivée, ses filles s'étaient émues de sa mine défaite. Ne voulant pas les alarmer, elle avait seulement prétexté une dure journée de travail. Mais, aussitôt, elle avait appelé les renseignements téléphoniques. Lise habitait bien à l'adresse où elle s'était rendue. Il ne lui restait plus qu'à patienter jusqu'au retour de son mari pour avoir une explication.

Il était presque minuit lorsqu'il était arrivé. Elle se morfondait dans le salon, fumant cigarette sur cigarette. Il s'était inquiété de ne pas la voir couchée et avait avoué qu'il était exténué par une réunion de travail compliquée.

— Bernard, il est inutile de me raconter n'importe quoi, lui avait-elle lancé fermement en guise de réponse, le visage fermé. J'avais des doutes depuis un moment et ce soir je t'ai suivi jusqu'à Vélizy. Tu as des explications ?

Pris au dépourvu, il avait tressailli. Il était devenu blême et s'était assis dans un fauteuil en face d'elle, cherchant sa respiration. Un long moment s'était écoulé ainsi, dans un silence pesant. Juliette l'observait, toute colère rentrée, attendant le mensonge qu'il allait inventer pour se justifier. Chaque fois que leurs yeux se croisaient, il détournait le regard. Enfin, il avait pris la parole.

— Chérie, je ne vais pas te mentir. Effectivement, comme tu as pu le constater, ce soir, j'ai raccompagné Lise chez elle. Elle était très fatiguée. En ce moment, elle est déprimée. Même si son divorce est terminé, il a laissé des traces. Le travail à l'agence… le fait de se retrouver seule… C'est tout… En grignotant, nous avons parlé longuement. Elle en avait besoin. Mais je t'assure qu'il n'y a rien entre nous. Ne va pas te mettre des idées comme ça en tête ! Et puis, franchement, si je devais avoir une maîtresse, ce ne serait pas Lise… ni une autre employée de l'agence. D'une part, ce n'est pas mon genre, et ensuite ça compliquerait les relations professionnelles. Non, chérie, c'est toi que j'aime… Voilà… avait-il fait avec un mouvement de main accompagné d'un sourire ennuyé.

Sceptique, Juliette l'avait regardé débiter son boniment en plissant les yeux, essayant d'analyser ses propos et de discerner dans ses mots, dans ses attitudes, s'il mentait ou non. Lui l'observait. Il pensait avoir été convaincant et était certain d'avoir semé le doute dans l'esprit de son épouse. Elle était perplexe. Face aux arguments de Bernard, dont le sens commercial et l'habileté à retourner les situations compromises avaient repris le dessus, elle se demandait si elle ne s'était pas trompée. Il avait alors poursuivi :

— Je suis désolé. Je suis conscient que je suis très souvent absent et je comprends que tu aies le sentiment d'être délaissée, avait-il lâché d'une petite voix, comme pour se faire pardonner ses innombrables voyages. Je dois partir à Marrakech vendredi pour le week-end. On doit développer un nouveau partenariat avec un hôtel. Tu veux m'accompagner ?

Elle avait refusé, prétextant une grande lassitude et pas la moindre envie d'aller au Maroc, surtout pour un week-end. Il s'était confondu en excuses et en mots gentils. Il avait ajouté que deux ans seraient nécessaires pour atteindre les objectifs qu'il s'était fixés, mais qu'ensuite il déléguerait davantage à ses collaborateurs et retrouverait ainsi plus de temps à consacrer à sa chère épouse. Un vague sourire avait traversé le visage de Juliette.

— Tu es rassurée ? lui avait-il demandé en la prenant par l'épaule.

Elle avait acquiescé pour la forme. Et puis, elle était lasse et n'avait qu'une envie, celle d'aller se reposer. Ils étaient partis se coucher. Mais Juliette avait très mal dormi cette nuit-là. Aux multiples questions qu'elle se posait, Bernard n'avait pas apporté de réponses satisfaisantes. Plus les heures passaient, plus elle était certaine qu'il lui avait menti. Il avait juste expliqué son détour par Vélizy. Ses fréquents retours tardifs et ses nombreux voyages demeuraient toujours flous.

Le vendredi, en début d'après-midi, elle avait appelé l'agence dont Bernard était le directeur et avait demandé à la standardiste si elle connaissait le nom de l'hôtel de Marrakech où son mari était descendu. L'employée le lui avait communiqué. Juliette avait alors douté, une fois de plus. C'était donc vrai : il se rendait bien au Maroc ! Mais était-ce vraiment pour un week-end de travail ? Elle voulait en avoir le cœur net. Après avoir réservé une chambre dans le même hôtel que lui, elle avait filé à Orly et avait embarqué pour la cité proche des montagnes de l'Atlas.

Dès son arrivée à la réception, elle avait questionné l'employé pour savoir si un Bernard Meyrand séjournait là. Il avait confirmé que monsieur et madame Meyrand étaient arrivés quelques heures plus tôt. Juliette avait pâli à cette révélation. Ses jambes s'étaient mises à flageoler. Pour ne pas éveiller les soupçons, elle s'était dite ravie d'apprendre que son frère était présent et avait demandé le numéro de sa chambre. Puis, désabusée, elle avait pris l'ascenseur et avait gagné la sienne, les yeux larmoyants.

Une fois dans celle-ci, elle s'était laissée choir sur le lit et avait versé toutes les larmes de son corps, proférant des insultes et frappant l'oreiller d'un poing rageur. Enfin calmée, elle était allée prendre une douche. Un moment plus tard, elle avait retrouvé un peu de lucidité et avait essayé d'analyser la situation. Que faire ? Aller surprendre son mari et sa maîtresse dans leur chambre ? Elle avait abandonné cette éventualité, à l'idée de les découvrir tous deux enlacés. Elle était dans une telle rage qu'elle n'était pas sûre de pouvoir se maîtriser. Elle avait donc décidé de prendre un peu de repos, remettant la confrontation au lendemain.

Sa nuit avait été peuplée de multiples cauchemars, entrecoupés de rêves. Elle avait revu ces années heureuses où elle avait fait la connaissance de Bernard, ce bonheur qui avait pris forme, leur mariage, l'arrivée de Mélanie et de Pascale, qui avaient maintenant seize et quinze ans, leur maison, leur nid d'amour à Rambouillet. Il y avait aussi leur réussite professionnelle, qui leur avait permis de vivre aisément. Et puis avaient surgi des femmes, blondes pour la plupart, qui entouraient son mari, qui l'accaparaient, qui le lui enlevaient. Elle s'était réveillée, haletante, en sueur, les yeux hagards, et avait allumé la lumière pour enfin réaliser où elle se trouvait.

Elle s'était levée le matin, vaseuse, se demandant encore ce qu'elle était venue faire à Marrakech. Elle avait téléphoné à la réception pour se faire monter le petit déjeuner. Un moment plus tard, après deux grandes tasses de café et une longue douche, elle avait enfin repris ses esprits. Un coup d'œil par la fenêtre lui avait fait découvrir, au loin, la chaîne de l'Atlas avec ses sommets couronnés de neige. Mais cette vision l'avait laissée de marbre. Son regard avait rapidement plongé au bas de l'hôtel où, déjà, plusieurs touristes se prélassaient au bord de la piscine. Elle avait sursauté. Bernard et Lise étaient allongés dans des transats, main dans la main, échangeant des baisers. Son sang n'avait fait qu'un tour. Elle était descendue, prête à l'affrontement, et s'était approchée du couple par derrière. Tendant l'oreille, elle avait entendu son mari confier à sa maîtresse qu'ils devraient être plus vigilants.

— Juliette se doute de quelque chose, lui avait-il dit.

— Et à juste titre ! avait-elle vociféré en bondissant face à eux.

La surprise avait été telle qu'ils n'avaient pu prononcer un seul mot. Juliette avait enchaîné.

— Je vois que madame déprime toujours ! avait-elle ironisé en jetant un regard méprisant sur sa rivale. Je suppose que vous êtes ici pour des séances de psychothérapie ?

Lise avait blêmi. Elle avait remonté sa serviette sur ses épaules et baissait la tête, n'osant pas croiser les yeux de Juliette. Bernard s'était levé avec difficulté, chancelant. La gifle qu'il venait de prendre l'avait mis groggy. Incrédule, il avait longuement observé son épouse, ne parvenant pas à réaliser qu'elle ait pu être là, face à lui, pour le prendre en flagrant délit. Juliette lui lançait des regards de feu.

— Chérie... avait-il essayé timidement.

— Et en plus tu me nargues ! s'était-elle écriée, livide. Ça ne t'écorche pas la bouche de m'appeler chérie devant ta pute ? Menteur ! Salaud ! Maquereau !

Elle s'était ravisée, voyant que quelques têtes, attirées par les éclats de voix, se tournaient dans leur direction.

— D'accord, avait alors poursuivi Bernard, je ne vais pas nier ! Comme je te l'ai dit l'autre jour, Lise est en pleine déprime en ce moment et je lui ai proposé de venir passer le week-end ici et... et voilà... Mais c'est la première fois, je te le jure... et ce sera la dernière. J'ai été idiot. J'ai voulu l'aider, et maintenant je me rends compte de mon erreur. Tu ne mérites pas ça, Juliette. Pardon !

— Tu me prends pour une idiote ? Je ne crois pas un traître mot de ce que tu racontes, avait lancé son épouse en le fusillant du regard. Mais j'en ai assez vu. Amusez-vous bien !

Elle avait tourné les talons après un ultime coup d'œil dédaigneux à l'intruse. Bernard l'avait suivie, suppliant, et l'avait saisie par le bras.

— Juliette, attends ! l'avait-il implorée. Ne pars pas comme ça, on va parler, s'expliquer...

— Expliquer quoi ? Que tu me trompes ? J'ai suffisamment d'explications comme ça. Lâche-moi, lui avait-elle ordonné avec un geste brusque du bras pour se défaire de l'étreinte, ou je crie que tu veux me violer !

Devant cet ultimatum, il avait renoncé, désarçonné. Juliette avait regagné sa chambre et avait fondu en larmes. Puis elle avait bouclé sa valise, appelé un taxi et s'était éclipsée discrètement. Elle avait pris le premier avion pour Orly et avait regagné Rambouillet dans l'après-midi, le vague à l'âme.

Bernard était arrivé dans la soirée, penaud. Il avait renouvelé explications et excuses sous le regard ironique de son épouse qui s'amusait de ses maladresses et de son désarroi. Elle avait décidé de dormir désormais dans la chambre d'amis, ne supportant plus la présence de cet homme à ses côtés, cet homme qui l'avait bafouée, ridiculisée. Auprès de ses filles, elle avait prétexté les rentrées tardives et les ronflements de leur père qui la réveillaient pour justifier l'abandon du lit conjugal. Et puis, elle demeurait persuadée que Bernard la trompait depuis longtemps déjà, et était décidée à poursuivre sa surveillance, de façon à voir si l'infidèle mettrait fin, comme il le lui avait promis, à ses frasques amoureuses. Et elle avait eu une idée. « Je parie que sa poule a divorcé à cause de lui, avait-elle pensé. Je vais aller voir son ex-mari. Il doit savoir... »

Juliette avait donc rencontré Laurent Boirieux. Même s'il avait été surpris par cette visite impromptue, il lui avait ouvert sa porte. Il avait confirmé que l'infidélité de son épouse était à l'origine de leur séparation. Il savait également que son amant était Bernard.

— Mon mari a eu le culot de me dire que c'était à cause de votre travail et de vos déplacements fréquents que Lise avait demandé le divorce ! Mais... mais pourquoi vous ne m'avez pas prévenue ? avait alors interrogé Juliette, désabusée.

— Madame, lui avait répondu le mari bafoué, dans ce genre de situation, il est toujours délicat d'informer les intéressés. Vous ne m'auriez peut-être pas cru…

— Je pense que si, avait coupé Juliette. Il y a plusieurs mois que je me posais des questions sur les absences fréquentes de mon mari. Quand je pense qu'il m'a juré qu'il mettait fin à cette relation… je ne peux pas le croire… Vous savez s'il y a longtemps que… tous deux…

— Exactement, non. Dans ces cas-là, le dernier informé est toujours celui qui est directement concerné. J'ai découvert les tromperies de Lise il y a deux ans environ. J'ai essayé de la raisonner, mais comme elle continuait à entretenir cette liaison avec votre mari, la seule solution était de nous séparer…

Elle était repartie, à la fois satisfaite de ses découvertes et rageant après ce mari volage qui, malgré belles phrases et promesses légères, n'allait sans doute pas quitter ainsi une maîtresse disponible et qu'il avait amenée au divorce.

Au hasard des jours et de ses contraintes, elle avait donc continué à l'épier. Il passait les week-ends à Rambouillet. En semaine, il rentrait souvent tard, mais, chaque fois qu'elle le guettait devant l'agence, il sortait seul et parfois regagnait leur domicile avant elle. Elle commençait à reprendre espoir, même si ses incertitudes n'étaient pas totalement dissipées.

Un soir, elle avait décidé de le laisser filer et avait poursuivi son observation. Un quart d'heure après le départ de son mari, elle avait vu sortir Lise. Hors d'elle, elle avait tout d'abord envisagé de l'interpeller, puis elle s'était ravisée.

Elle avait alors échafaudé un plan. En fin de journée, elle avait donc surveillé le départ des employés et s'était ensuite introduite dans l'immeuble. Elle avait gagné les toilettes et, de là, elle avait vue sur la porte du bureau de Bernard. A vingt heures, ni son mari ni Lise n'étaient apparus. Ses soupçons se confirmaient. La main tremblante, elle avait alors ouvert la porte du bureau de Bernard, sans un bruit. Dans la pénombre, elle avait distingué deux corps allongés sur le canapé où il recevait ses clients. Elle venait de découvrir ce qu'elle redoutait. Chancelante, le visage blême, les mains moites, elle était retournée jusqu'aux toilettes et s'était passé de l'eau sur le visage pour reprendre ses esprits. Puis elle était revenue à l'entrée du bureau, avait poussé la porte avec précaution et, campée bien droite, avait actionné l'interrupteur. Une nouvelle fois, les deux amants, pris au piège, avaient essayé de se rajuster précipitamment. Juliette n'avait pas dit un mot et les avait laissés là, abasourdis et honteux.

Bernard était arrivé peu après elle à Rambouillet et avait de nouveau essayé de s'expliquer, de se justifier. Elle n'avait pas daigné l'entendre. Sa déception était trop forte. Elle ne pourrait plus faire confiance à cet homme. Elle était allée pleurer dans sa chambre et voulait tenter d'y voir clair, de trouver une solution, d'envisager ce qu'elle devait faire.

Juliette n'avait toujours pas révélé à ses filles les infidélités de leur père. Elle s'efforçait de faire bonne figure devant elles. Quand l'une ou l'autre s'étonnait de voir leur mère morose, fatiguée, celle-ci mettait ce manque d'entrain sur une surcharge de travail. Elle épanchait tristesse et larmes lorsqu'elle était seule dans la grande maison.

Elle avait révélé son infortune à son employée de maison.

— Laure, mon mari me trompe, lui avait-elle annoncé sans préambule. Est-ce que vous êtes au courant ? Est-ce qu'il vous a fait des propositions ?

La jeune femme était tombée des nues à cette révélation et avait répondu par la négative aux questions de sa patronne, lui affirmant seulement qu'elle était désolée de cette situation. Elle avait aussi promis de lui faire part de ce qu'elle pourrait déceler.

Les vacances scolaires d'avril 1975 arrivaient. Juliette avait proposé à Mélanie et Pascale d'aller voir leurs grands-parents à Collioure. Toutes trois étaient parties sur la Méditerranée. L'éloignement allait peut-être estomper, tout au moins pendant quelques jours, la déception de cet amour qui filait entre les doigts de Juliette. Et puis, elle allait se confier à sa grand-mère Anna, ce qu'elle fit dès qu'elles eurent l'occasion de se retrouver toutes les deux seules, lors d'une promenade sur la plage quasiment déserte.

— Ah ! ma pauvre petite ! avait soupiré l'aïeule, ces hommes ! Mais toi, tu n'as pas changé ? Tu es toujours attentionnée, à ses petits soins ? Parce que, tu sais, un mari, il ne lui en faut pas beaucoup pour trouver des prétextes... et aller voir ailleurs si c'est mieux ! Si l'épouse ne se rend compte de rien, la vie poursuit son cours habituel, et, si elle découvre le pot aux roses, il s'empêtre dans des excuses idiotes. Bernard n'aurait-il pas des problèmes dans son travail ? Il a trente-huit ans, il traverse peut-être une période difficile. Vos filles grandissent. Il réalise que, bientôt, elles vont vous échapper. Est-ce que tu es sûre de l'aimer autant qu'au début ? Avec le temps, et même sans que l'on s'en aperçoive vraiment, on prend quelquefois des distances, on se néglige un peu, on prononce quelques mots de travers, que l'on ne pense pas toujours... et que l'on regrette aussitôt. Vous devriez parler, en essayant d'oublier ce qui s'est passé, pour remettre votre couple sur les rails. Il a certainement des choses à te confier, mais vous vivez chacun de votre côté, très pris par vos professions respectives. Vous n'avez même plus le temps de dialoguer.

— Oui, mémé, mais ce que je ne peux pas accepter, c'est que, depuis le moment où j'ai découvert qu'il me trompait, il continue à me mentir. Je veux bien admettre tout ce que tu me dis, mais je ne crois pas que cela changera grand-chose. Et puis, franchement, tu as l'impression que je me laisse aller, que je me néglige ?

— Non, avait convenu Anna, tu es toujours aussi ravissante. Mais ne baisse pas les bras comme ça, au premier accroc. Fais un pas, tends-lui la main. Ainsi, quoi qu'il arrive, tu n'auras pas de remords.

— Oui, tu as raison, mémé, avait murmuré Juliette, les yeux humides. Je savais que tu m'aiderais. Ne parle pas de cette histoire à mes parents. On verra plus tard, si ça ne s'arrange pas.

Elle avait regagné Rambouillet un peu plus guillerette et avait rapidement déclenché une discussion avec Bernard. Il avait dit ne rien avoir à lui reprocher, reconnaissait être dans un moment d'égarement lié à une intense activité et avait une nouvelle fois promis de cesser ses infidélités.

Les semaines qui avaient suivi, il était rentré plus tôt, souvent avec un bouquet de fleurs. Il avait emmené Juliette au restaurant, s'était montré attentionné. Tous deux avaient même décidé de faire à nouveau chambre commune. Juliette était aux anges. Elle avait appelé sa grand-mère pour lui faire part de cet heureux dénouement.

Pour les vacances d'août 1975, Bernard ne pouvait s'absenter qu'une semaine. Il avait proposé à Juliette de partir en Martinique. Elle avait refusé, préférant retourner dans son Aveyron natal.

Comme tous les ans, ils s'étaient donc retrouvés au Bousquet, avec la grand-mère et les parents de Juliette. A flâner, se reposer et déguster les bons plats que mitonnait sa mère, la semaine s'était vite écoulée. Le dimanche après-midi, la mort dans l'âme, Bernard avait repris seul la route de l'Ile-de-France, tandis qu'épouse et filles demeuraient encore deux semaines en Aveyron.

Bernard téléphonait tous les matins. Le mercredi après-midi, Juliette avait essayé de le joindre au bureau, mais sans succès. Il était sorti, avait dit la standardiste. Le jeudi matin, comme à l'habitude, il s'était manisfesté. Pourtant, elle demeurait soupçonneuse et, dans l'après-midi, comme la veille, elle n'était pas parvenue à l'avoir au bout du fil. Le soir, elle avait laissé carillonner longuement le téléphone à maintes reprises à Rambouillet, sans que quiconque ne décroche. Elle avait aussi tenté plusieurs appels chez Lise Boirieux, sans obtenir de réponse. Les vacances écourtées de son mari sonnaient faux. Elle avait sollicité sa grand-mère pour appeler à Deauville. Ainsi, si Bernard était là-bas, il n'identifierait pas sa voix. Juliette trépignait d'impatience, l'oreille collée à l'écouteur. Après quelques sonneries, quelqu'un avait décroché. Anna avait demandé si elle était bien chez monsieur Duteau, ce à quoi l'interlocuteur avait répondu gentiment qu'elle faisait erreur. Il avait salué poliment et raccroché. Juliette était devenue pâle. Elle avait reconnu la voix de son mari ! Elle avait pensé qu'il était en villégiature à Deauville et, de là à imaginer que c'était en compagnie de Lise, il n'y avait qu'un pas qu'elle avait allégrement franchi. Sa grand-mère s'était ensuite évertuée à la consoler, mais, une fois de plus, sa petite-fille était partie se coucher larmoyante. Sa nuit avait été agitée. Le lendemain matin, après avoir simulé un coup de téléphone à la banque, elle avait prétexté un problème urgent à régler, qui nécessitait sa présence au siège, pour, en fait, se rendre à Deauville. Elle était arrivée vers dix-huit heures et s'était installée à la terrasse d'un café proche de l'appartement. Elle imaginait que, s'ils étaient là, ils devaient encore traîner à la plage et qu'ils rentreraient plus tard.

Une heure s'était écoulée. Lassée d'attendre, elle avait fait quelques pas au milieu de la foule. Et, même si elle s'y était préparée, ce fut le choc. Elle venait de voir Bernard et Lise, bras dessus bras dessous, entrer dans un restaurant. Elle s'était engouffrée dans une brasserie de l'autre côté de la rue et s'était laissée choir sur une chaise, sans forces, les yeux hagards, le cœur battant. L'arrivée du serveur l'avait fait sursauter, la tirant de sa torpeur. Elle avait commandé une salade composée, histoire de manger quelque chose et de passer le temps jusqu'à ce que les deux tourtereaux gagnent enfin l'appartement. Mais cette nouvelle découverte de l'infidélité de son mari lui avait coupé l'appétit. La colère, la haine, succédaient à l'abattement. Elle grignotait, la gorge serrée, les yeux humides, allumant fréquemment une cigarette dont elle tirait quelques bouffées avant de l'écraser rageusement dans le cendrier.

Vingt et une heures sonnaient quand les deux amants avaient quitté le restaurant. Discrètement, Juliette leur avait emboîté le pas. Arrivée au bas de l'immeuble, elle avait laissé passer quelques minutes. Puis elle était montée d'une démarche hésitante, la respiration saccadée, un nœud à l'estomac. La main fébrile, elle avait appuyé sur le bouton de la sonnette. Un long moment s'était écoulé. Elle s'apprêtait à sonner une deuxième fois quand la clé avait enfin tourné dans la serrure avec un claquement sec qui avait résonné au long du couloir silencieux. Elle avait respiré profondément pour se préparer à l'affrontement. Bernard avait ouvert deux yeux ronds en découvrant la silhouette de son épouse dans l'encadrement de la porte.

— Ju... Juliette... mais... mais... qu'est-ce que tu fais là ? avait-il ânonné, livide, campé dans l'entrée.

Elle avait raconté qu'un problème important à régler à la banque avait nécessité sa présence, d'où ce retour en urgence.

— Tu sais ce que c'est ! avait-elle ajouté, un brin sarcastique.

Il avait acquiescé d'un hochement de tête entendu.

— Je ne suis pas parvenue à te joindre à l'agence, avait-elle ajouté. J'ai fait un crochet par Rambouillet et, comme tu n'y étais pas, j'en ai déduit que tu devais être ici pour le week-end. C'est pourquoi j'ai décidé de venir. Comme ça, on va pouvoir passer deux jours tout seuls, en amoureux. Je repartirai dans l'Aveyron lundi.

Bernard avait pâli, ses lèvres tremblaient.

— Tu... tu arrives juste à temps, avait-il enfin lâché, mal à l'aise, j'allais descendre pour dîner. Je... t'invite...

Elle avait tressailli, toujours impressionnée par autant d'aplomb, perplexe à l'idée qu'il lui propose de retourner au restaurant alors qu'il en sortait. « Il est capable d'attraper une indigestion pour me donner le change ! avait-elle pensé, cynique. Et puis, comme ça, madame pourra s'éclipser tranquillement ! »

— Oui, je veux bien, lui avait-elle glissé en souriant, observant le visage tendu de son mari, qui s'était éclairé en entendant son acquiescement. Mais avant je vais quand même aller faire un brin de toilette et me maquiller. Je ne dois pas être très fraîche après cette journée épuisante, entre ce long voyage et cette réunion délicate.

— Chérie, tu es ravissante, avait-il rétorqué en avalant sa salive. Et puis, j'avais réservé ma table pour vingt et une heures… et pour moi seul ! On va déjà être très en retard et, comme il y a affluence, ça m'ennuierait qu'ils nous refusent si on arrive trop tard.

— Ce n'est pas grave, avait-elle répondu en faisant la moue. S'il n'y a plus de place, on ira ailleurs. A Deauville, au mois d'août, on trouvera bien un endroit pour grignoter quelque chose, non ?

Disant cela, elle avait gentiment poussé son mari, qui n'avait trop osé résister, de crainte d'éveiller ses soupçons, et elle s'était engouffrée dans l'appartement d'un pas décidé. D'un regard rapide dans le salon, elle avait constaté que tout était en ordre. Elle avait pénétré dans la salle de bains en laissant la porte ouverte et n'avait pas décelé de trace d'une présence féminine. Elle avait ensuite inspecté les deux chambres, penderies comprises, fouillant nerveusement les vêtements, sans dénicher l'intruse. Bernard la suivait des yeux, essayant à grand-peine de dissimuler son inquiétude, n'osant même pas s'enquérir de ce qu'elle cherchait. Elle était prête à exploser, se demandant si elle était folle, si elle avait eu des hallucinations, quand une dernière idée avait illuminé son visage. Le balcon ! Les doubles rideaux de la porte-fenêtre étaient tirés, occultant les lumières vives de la ville dans la nuit naissante. Elle s'y était dirigée à grands pas et les avait ouverts rageusement, découvrant, dans la semi-pénombre, une Lise penaude, blottie dans un angle, son sac de voyage entre les pieds. Juliette s'était retournée vers son mari, qui était décomposé, les yeux révulsés, la bouche grande ouverte.

— Voilà pourquoi je suis venue ! lui avait-elle lancé en le toisant, le regard en feu, désignant le balcon d'un poing tendu. Je suppose que vous êtes ici depuis le début de la semaine. Tu es un salaud, un sinistre salaud, une ordure ! s'était-elle écriée en s'approchant de lui.

Elle l'avait gratifié d'une paire de gifles retentissantes qui l'avaient fait chanceler. De l'autre côté de la vitre, Lise assistait à la scène sans broncher.

— Entre, toi ! lui avait ordonné Juliette en ouvrant la porte-fenêtre d'un geste brusque. Tu vas prendre froid dehors, et tu ne pourras plus satisfaire monsieur, salope !

Livide, Lise avait saisi son sac en tremblant et avait franchi le seuil, hésitante, inquiète sur le sort qui lui était réservé. Elle s'était calée dans l'angle de la pièce, contre le rideau, et jetait des regards désespérés à Bernard, figé au milieu du salon, bras ballants, blême, incapable de prononcer un mot.

Le visage en feu, Juliette les observait tour à tour, savourant le désarroi dans lequel sa visite venait de les plonger.

— Désolée d'avoir gâché votre soirée ! avait-elle ironisé en ricanant. Mais rassurez-vous, je ne vais pas vous importuner plus longtemps. On réglera nos comptes plus tard, nous deux ! avait-elle lancé à l'adresse de son mari, un doigt accusateur tendu dans sa direction, les yeux chargés de haine.

Elle avait fait volte-face et avait abandonné ces deux pantins pétrifiés dans leurs postures ridicules. Fatiguée par cette journée harassante et par cette confrontation pénible, elle n'avait pas eu la force de retourner à Rambouillet et avait pris une chambre dans un hôtel à Lisieux. Là, ses nerfs avaient lâché et elle avait pu laisser aller son trop-plein de larmes.

Le lendemain, samedi, morose, elle avait rendu visite aux parents de Bernard à la Chapelle-Saint-Mesmin, avant de reprendre la route de l'Aveyron. Ceux-ci avaient été surpris de la voir arriver ainsi, seule. A son visage tendu, ils avaient de suite deviné que quelque chose n'allait pas. Tous deux appréciaient beaucoup Juliette, qu'ils considéraient comme leur fille. La révélation fut un choc, surtout quand leur belle-fille ajouta, les yeux humides :

— Et, au stade où nous en sommes, la situation est irréversible. Il me trompe depuis trop longtemps, me fait des promesses qu'il ne tient pas. Je ne sais pas quand, mais nous allons nous quitter. Je... je n'en peux plus, murmura-t-elle dans un souffle, éclatant en sanglots et se jetant dans les bras de sa belle-mère.

Quand elle eut repris ses esprits, son beau-père avait annoncé qu'il allait avoir une conversation avec son fils, « cet enfant gâté ! » avait-il lâché vertement, contenant difficilement sa colère. Juliette avait cru bon de préciser que, quoi qu'il fasse, il était désormais trop tard et qu'elle n'était venue que pour les mettre au courant de la situation. Puis elle était repartie.

A son arrivée au Bousquet, elle avait rapidement salué tout le monde et était aussitôt montée dans sa chambre pour ranger ses affaires. Sa grand-mère l'avait rejointe.

— Dis-moi ce qui ne va pas, avait suggéré l'aïeule qui, d'un regard, avait deviné le trouble de sa petite-fille.

Elle l'avait prise par le cou et lui caressait tendrement le visage. Juliette lui avait adressé un petit sourire triste et avait raconté, s'interrompant à plusieurs reprises, en pleurs, le corps secoué par des spasmes.

— Ah ! En effet, j'ai bien peur qu'il n'y ait plus grand-chose à faire, avait soupiré Anna dans une grimace. Tu peux essayer une nouvelle fois de le raisonner, mais il faut être lucide : il continue à te tromper et toujours avec la même. Il en est donc amouraché. Il n'y a pas beaucoup d'espoir de le voir revenir vers toi…

— Oui, tu as raison, mémé, avait confié Juliette dans un soupir de lassitude. Et puis, j'en ai assez. Je ne veux plus le prier, l'implorer. Il va encore me faire des promesses qu'il ne tiendra pas… Non, ça suffit…

— Et qu'est-ce que tu vas faire ? s'était inquiétée la grand-mère.

— Je… je ne sais pas… pas encore, avait bredouillé Juliette, emportée par ses tourments.

Elles avaient convenu de ne pas révéler ce qui était leur secret. Tant que Juliette n'avait pas pris de décision, ce n'était pas la peine d'ameuter filles et parents. Aussi, durant la dernière semaine de vacances, elle essaya de faire bonne figure devant la famille.

Un après-midi, le téléphone avait sonné au Bousquet. Anna avait décroché. Bernard, confus, avait demandé à parler à son épouse.

— Juliette n'a rien à te dire, avait décrété l'aïeule sur un ton ferme, tout juste aimable. Tu ne manques pas de toupet, avec tout ce qu'elle endure à cause de toi. Tu veux encore débiter quelques mensonges de ton invention et lui faire fleurir de belles promesses… que tu ne tiendras pas, comme d'habitude ? Tromper une femme comme ma petite-fille, belle, intelligente ; tu es un minable, Bernard, un pauvre type !

Elle avait raccroché sans attendre une éventuelle réponse et, satisfaite de cette mise au point expéditive, était aussitôt allée raconter l'entretien à Juliette. Celle-ci avait esquissé un sourire et remercié son aïeule.

Pendant ces vacances, qui avaient pris un tour triste, elle avait proposé à sa grand-mère de l'emmener au mas Saint-Clair, où celle-ci était née et avait vécu jusqu'à la fin de la Première Guerre. Elles étaient parties toutes deux en début d'après-midi.

Le Larzac était inondé de lumière et étouffait sous la chaleur de cette mi-août, même si un léger vent du nord-ouest balayait le plateau.

— C'est de la tramontane sur la Méditerranée, avait précisé Anna, et c'est un gage de beau temps pour les prochains jours.

Après L'Hospitalet-du-Larzac, elles avaient traversé les cités de Cornus, Fondamente et Saint-Beaulize sans apercevoir âme qui vive. Les gens étaient terrés au frais dans les maisons aux épais murs de pierres.

Elles avaient suivi la petite route qui longeait la falaise et avaient débouché sur le plateau. Juliette avait arrêté la voiture au bord du chemin. Après une centaine de mètres à pied, elles étaient arrivées au mas Saint-Clair.

Les parents d'Anna avaient exploité la propriété jusqu'à leurs vieux jours. Après leur décès, la grand-mère avait loué pacages et granges à deux frères éleveurs. Il y avait maintenant deux ans que ceux-ci avaient pris leur retraite et, depuis, les terres étaient libres et les locaux inoccupés. La maison avait déjà été envahie à plusieurs reprises par des vagabonds en mal de gîte ou par des jeunes qui se savaient à l'abri le temps d'une beuverie. Et c'était certainement suite à l'une de ces occupations sauvages qu'en 1973 un incendie avait détruit la charpente et la couverture, peu de temps après que les frères eurent libéré le mas.

Juliette et sa grand-mère avaient marché lentement, errant de l'une à l'autre des bâtisses. L'aïeule évoquait ses souvenirs, cette vie d'autrefois, sans confort, rude, sur ce plateau venteux, au sol pauvre, qui ne parvenait à nourrir que les moutons. Elles avaient pénétré dans les granges vides et parcouru d'un regard nostalgique ces lieux, témoins de la jeunesse d'Anna. Elle s'était arrêtée devant les pans de la maison et avait secoué la tête de dépit.

— Maintenant, personne n'achètera ces vieilles pierres, avait-elle grommelé en soupirant, amère. Les gens ne veulent plus venir se perdre dans cette campagne inhospitalière. Et puis, il y aurait trop de frais à engager pour remettre tout ça en état…

Juliette découvrait d'un œil nouveau ces lieux où elle était déjà venue plusieurs fois. Elle aussi pensait que cette ferme se vendrait un jour pour une bouchée de pain.

Après un dernier regard chargé de mélancolie, elles avaient pris le chemin du retour. Mais Anna était heureuse de son après-midi, comme à chaque fois qu'elle revenait d'une visite au mas Saint-Clair. Juliette avait tourné sur la route de Roquefort, distant d'une dizaine de kilomètres. La cité était envahie de vacanciers qui s'engouffraient dans les caves, le temps d'une visite. La jeune femme les avait découvertes alors qu'elle était à l'école primaire. Elle avait proposé à Anna d'y retourner. Toutes deux avaient emboîté le pas au flot de touristes bigarrés, pénétrant dans le ventre de la terre, montant et descendant des escaliers, arpentant des couloirs, s'arrêtant dans les salles d'affinage et écoutant les explications du guide.

A la sortie, Juliette avait acheté une tomme de roquefort Baragnaude. C'était l'une des trois variétés produites par la cave, avec le Société et le Templiers, et celui qu'elle préférait.

L'onctuosité, le goût fin, qui restait en bouche, faisaient qu'elle dégustait toujours religieusement « son fromage ». Et puis, c'était un peu le bouquet de son Aveyron qu'elle allait emporter à Rambouillet. Là-haut, elle devait courir dans les fromageries pour espérer dénicher du Baragnaude.

Les vacances 1975 étaient achevées. Juliette et ses filles étaient reparties dans les Yvelines. La grand-mère avait invité sa petite-fille à la tenir au courant de ses problèmes conjugaux.

Bernard avait à nouveau tenté de nouer le dialogue avec son épouse. Il lui avait annoncé avoir rompu avec Lise. Elle s'était esclaffée, moqueuse, déterminée qu'elle était à ne pas revenir en arrière. Il l'avait de trop nombreuses fois trompée. Elle demeurait persuadée que, même s'il disait vrai, leur promiscuité au travail favoriserait une reconquête, ou bien qu'il trouverait une autre compagne. Elle en avait assez et avait refusé tout compromis.

Il avait paru très embarrassé. Son visage affichait une profonde déception, mais était-il vraiment sincère ? Habilement, il avait alors essayé de l'amadouer, affirmant qu'il l'aimait encore, qu'il n'avait qu'un seul désir, celui de la reconquérir, prétextant que, dans leur monde, une séparation sonnerait faux, que, pour sa situation, cela ferait désordre, elle n'avait rien voulu entendre. Elle se moquait pas mal du qu'en-dira-t-on, et encore davantage de l'image qu'elle pouvait donner de son couple ou de ce qui en restait : des lambeaux. Elle lui avait rétorqué qu'il était fort mal placé pour vouloir lui faire porter la responsabilité d'une rupture. La discussion était devenue orageuse. Elle lui avait jeté à la face ses infidélités répétées, ses promesses non tenues, ses mensonges.

— Et estime-toi heureux que je ne sois pas violente, avait-elle ajouté, le regard chargé de haine, sinon je t'aurais démoli ! Tu es allé trop loin, Bernard, avait-elle poursuivi, une fois sa colère rentrée. Tu es le seul homme que j'ai connu et je t'aimais. Je ne sais pas ce que tu avais fait avant moi… et je m'en moque. J'ai été heureuse avec toi pendant quelques années. Maintenant, c'est fini. Tu as tout gâché, tout cassé. Tu m'as prise pour une idiote, tu m'as rabaissée au rang d'un animal. Je n'ai pas la prétention d'être parfaite, mais je pense mériter mieux… au moins un peu de respect, un peu d'affection… Non… il est trop tard… Dorénavant, la seule chose qui m'importe, c'est de réfléchir à mon avenir… sans toi, monsieur le coureur de jupons !

Ces paroles avaient fait sursauter son mari, dont le visage s'était fermé.

— C'est donc vrai, ce que tu as dit à mes parents ? Tu veux vraiment me quitter ? Quoi qu'il en soit, ce n'était pas la peine d'aller les ennuyer avec nos histoires ! Ils n'y sont pour rien et on est assez grands pour régler nos problèmes nous-mêmes.

Elle lui avait ri au nez, savourant sa mine dépitée. Son beau-père était donc intervenu pour dire à son fils ce qu'il pensait de son comportement irresponsable.

— Monsieur est vexé d'avoir pris un savon par son père ? Ce n'est que justice ! avait-elle jubilé, ironique. Et puis, je n'ai fait que les mettre au courant d'événements dont ils auraient été informés un jour. Alors, tes états d'âme, garde-les pour toi ! Et puis, c'est avant que tu aurais dû réfléchir à la portée de tes actes, Don juan de pacotille !

Juliette avait averti Mélanie et Pascale de la situation. La révélation avait été un choc pour toutes les deux. Incrédules, elles avaient mis du temps pour enfin admettre les tromperies de leur père et réaliser que la famille allait un jour ou l'autre voler en éclats. Elles avaient même tenté, en parlant séparément avec leurs parents, de les amener à se réconcilier et de reprendre une vie commune, mais leur mère avait été intransigeante : elle avait été trompée, ridiculisée, et n'avait plus envie de vivre en se demandant chaque jour si son mari était redevenu fidèle ou s'il courait encore le guilledou. Juliette, à qui elles confiaient leurs flirts, leur avait demandé si elles accepteraient de partager leur petit ami avec une autre fille. Mises devant le fait accompli, elles avaient été offusquées et n'avaient eu d'autre recours que de se faire à la triste réalité.

Elles s'étaient rapprochées de leur mère, victime des agissements irresponsables de leur père, à qui elles reprochaient ouvertement d'avoir détruit leur famille.

La rentrée s'était donc déroulée dans un calme de façade.

Mais Bernard était intrigué. Il aurait aimé savoir ce que tramait son épouse, qui ne lui parlait que lorsqu'elle ne pouvait pas faire autrement. Elle n'avait pas encore pris de décision. Occupée par son travail et troublée par cette situation conflictuelle, elle ne parvenait pas à mener une réflexion profonde sur son avenir.

Elle avait également informé ses parents de sa prochaine séparation. Sa mère, affolée, avait failli en tomber malade. Heureusement, Anna était là et avait remonté le moral de sa fille qui, comme bien souvent, s'accusait de tous les maux de la terre. Tout cela était de sa faute. Si elle avait davantage surveillé Juliette, celle-ci n'aurait pas commis l'irréparable avec ce prétentieux de Bernard et elle aurait certainement trouvé en Aveyron un jeune homme charmant qui aurait pris soin d'elle et ne l'aurait pas trompée effrontément, jusqu'à en arriver à cette issue déplorable. Quant à son père, comme à l'habitude, il avait pris ce coup du sort avec son détachement habituel. Quoi qu'il fasse, il ne pourrait inverser le cours des événements. Si sa fille se séparait de son mari, elle avait de bonnes raisons. Ce n'était pas à lui d'aller faire l'avocat. Et puis, ainsi, peut-être se rapprocherait-elle d'eux…

III

Juliette avait rencontré Carole Savimont au club d'équitation de Rambouillet. Au fil des années, elles étaient devenues amies. Elles s'étaient présenté leurs maris. Les deux couples avaient passé quelques week-ends ensemble à Deauville. Au printemps, l'Aveyronnaise avait confié ses déboires répétés à Carole. Un an auparavant, en 1974, celle-ci avait divorcé. Elle en avait eu assez d'un mari dépensier, égoïste, parfois coléreux. Ses deux enfants, Stéphane et Vincent, âgés de treize et douze ans, vivaient avec elle. Carole travaillait à Paris au siège d'une compagnie d'assurances.

Lorsque Juliette lui avait parlé des infidélités de Bernard, elle n'avait pas paru très surprise et avait simplement rétorqué :

— Une maîtresse ? Ça ne m'étonne guère !

Son amie l'avait regardée avec des yeux ronds et, après un long silence, avait fini par lâcher, dans un souffle :

— Pourquoi ?

— Le regard qu'il porte sur les femmes en dit long sur ses intentions. Et tu es sûre qu'il n'en a qu'une ?

— De toute façon, avait clamé Juliette, ulcérée, c'est déjà une de trop !

Les deux femmes avaient beaucoup devisé ensemble, essayant de se réconforter mutuellement. Son amie l'avait soutenue, l'invitant à ne pas se renfermer en elle-même et à ne pas se morfondre. Elle l'avait poussée à se divertir. Elles sortaient fréquemment, allant au restaurant, aux spectacles, en boîte de nuit.

Lors de l'une de ces sorties, Juliette avait dansé avec un homme, séduisant et séducteur, qui, dès le troisième slow, lui avait proposé d'aller terminer la soirée dans son appartement.

Offusquée, elle avait aussitôt convié le dragueur pressé à aller voir ailleurs. Elle avait alors dansé avec Carole et s'était surprise à apprécier cette présence féminine, ce parfum qui l'envoûtait. Le contact de leurs poitrines, la caresse des mains sur ses épaules, la douceur de leurs étreintes la faisaient frémir. Carole lui avait proposé de venir dormir chez elle. Tout à ses fantasmes, Juliette avait accepté avec empressement. Mais Carole lui avait donné une chambre à part. Le lendemain matin, elles s'étaient retrouvées toutes deux dans la salle de bains en chemise de nuit. Juliette la dévorait des yeux. Au sortir de la douche, Carole lui avait demandé de regarder dans son dos. Un banal bouton l'intriguait. Juliette avait rassuré son amie, tout en s'attardant sur la chute des reins. N'y tenant plus, elle l'avait enlacée, déposant des baisers sur ses épaules et effleurant les seins fermes qui pointaient. Surprise, Carole s'était retournée. Elle s'était laissé gagner par les attouchements. Elles avaient échangé quelques baisers. Puis Carole s'était dégagée en riant.

— Juliette, qu'est-ce qu'on est en train de faire ? s'était-elle exclamée.

— Euh... Je... je ne sais pas, avait bredouillé l'Aveyronnaise, prise de court. Je suis perdue. Les hommes m'écœurent. Je n'ai connu que Bernard... et tu sais ce qu'il en est. Cette nuit, ce type qui, après trois danses, m'a proposé de coucher avec lui... Ils sont donc tous les mêmes ? Une femme, au moins, c'est doux, et puis... on peut se comprendre... mais... tant pis...

— Juliette, je conçois que dans ta situation tu sois chavirée, mais tu ne vas pas tomber dans ce travers. Laisse passer du temps, ne brusque pas les choses. Tu es jolie, désirable... pour un homme... A ton âge, tu retrouveras quelqu'un... quelqu'un de bien, amoureux, fidèle... et moi aussi, d'ailleurs...

— Oui... peut-être, avait soupiré Juliette, mais, dans l'immédiat, c'est exclu. Excuse-moi pour ce moment d'égarement.

Elles avaient pris le petit déjeuner et avaient dialogué longuement. Elles s'étaient quittées ainsi et avaient continué à sortir ensemble, comme si de rien n'était.

Juliette était autant préoccupée par sa situation que par cette aventure avortée avec son amie. Au travail, elle prêtait davantage attention aux femmes qu'aux hommes, adressant à ses collègues féminines des regards qui l'excitaient. Quand elle posait une main sur le bras ou sur l'épaule de son assistante, âgée de vingt-cinq ans, un frisson lui parcourait le dos. Elle respirait à pleines narines son parfum suave. Elle aurait voulu effleurer ses longs cheveux blonds bouclés, caresser son opulente poitrine. Mais elle se faisait violence pour ne pas éveiller ses soupçons. D'ailleurs, celle-ci filait le parfait amour avec son compagnon et ne remarquait pas les attitudes amicales de sa directrice, mettant cela sur le compte de ses déboires conjugaux.

En ce début septembre 1975, Juliette n'avait plus le même entrain à son travail à la banque. Ses problèmes n'arrangeaient rien, même si elle s'efforçait de faire de son mieux. Lors des réunions hebdomadaires avec ses proches collaborateurs, le PDG fustigeait souvent ceux-ci, jugeant les résultats tout juste moyens. La pression montait, et chaque service essuyait des critiques parfois acides.

Les nuits de Juliette étaient entrecoupées de longs moments d'éveil, pendant lesquels elle se tournait et se retournait dans son lit. Souvent, elle finissait par se lever, allait boire un verre d'eau, prenait une revue quelconque dont elle feuilletait nerveusement les pages sans parvenir à fixer son attention, allumait une cigarette qu'elle écrasait après avoir tiré quelques bouffées rapides. Son avenir la tourmentait, au point de devenir obsédant, mais aucune idée digne de ce nom n'avait encore jailli de son cerveau embrouillé. Les différentes possibilités qu'elle envisageait ne faisaient que lui arracher des grimaces de dépit et cela la torturait.

Un samedi matin, pourtant, elle s'était réveillée avec des sensations bizarres, un mélange de lassitude et d'euphorie, après un sommeil troublé par des visions floues. Intriguée, elle avait tenté de faire resurgir l'essence de ses songes, hélas sans succès. De vagues éclairs lui traversaient l'esprit, mais les pièces du puzzle ne s'emboîtaient pas. Elle avait filé sous la douche, continuant à triturer ses souvenirs. Sciemment, elle n'avait tourné que le robinet d'eau froide. Et soudain, sous le jet qui lui décochait des aiguilles dans le corps, la lumière avait jailli, évidente. Sa bonne fée avait enfin usé de sa baguette magique. Cette nuit, ses rêves l'avaient entraînée dans l'Aveyron, au mas Saint-Clair. Cheveux au vent, le visage caressé par les frais rayons du soleil matinal, pieds dans la rosée, elle flânait dans les prés sur le plateau, à la tête d'un imposant troupeau de moutons. Libre ! Elle était libre ! « Mais comment n'y ai-je pas pensé plus tôt ! » s'était-elle exclamée en s'agitant et en se frappant la tête, réjouie.

Comme bien souvent le samedi matin, elle prenait son petit déjeuner seule. Bernard était absent. Elle ne savait même pas s'il avait dormi à la maison et elle se moquait éperdument de l'endroit où il avait pu aller échouer, même si elle l'imaginait sans peine. Quant aux filles, elles n'émergeraient du lit que vers midi, pour mettre les pieds sous la table, après une soirée à écouter de la musique chez une copine. En dégustant un grand bol de café fort, elle grignotait, en savourant chaque bouchée, les délicieuses tartines de pain de campagne qu'elle avait fait griller, accompagnées d'une épaisse couche de confiture de figues qu'elle ramenait du Bousquet. Décidément, ce rêve était une aubaine, un signe du destin sans doute.

Pourtant, elle ne connaissait pratiquement rien à l'élevage. Ce n'était pas les moments passés, vingt ans plus tôt, chez sa copine Corinne, au Bousquet, qui lui avaient appris grand-chose. A cette époque, à part caresser les brebis et les mener au pré, elle ne s'était pas préoccupée des détails de la profession. Et, depuis tout ce temps, les techniques avaient changé, évolué… Elle devrait suivre une formation, faire transformer les bâtiments. Mais c'était décidé : elle allait repartir là-bas, chez elle. C'était un nouveau challenge à relever… et elle allait le relever ! Elle n'avait jamais baissé les bras, même dans les épreuves, parfois rudes, qu'elle avait traversées. Motivée, elle l'était ! Elle allait demander à sa grand-mère de lui faire don du mas Saint-Clair. Même si les arrangements de famille n'avaient pas encore été totalement faits, il était plus ou moins prévu que la ferme lui revienne. Et puis, Anna serait très heureuse d'apprendre que le mas allait revivre, qu'il n'allait pas quitter la famille, et que c'était sa petite-fille qui allait réaliser ce projet. Oui, Juliette allait quitter cette région parisienne froide, inhospitalière, qui ne lui avait apporté que tourments et déceptions. Elle allait tourner le dos à ces messieurs volages et à ces dames désirables, mais qui ne lui accordaient même pas un regard de compassion. Elle allait repartir là-bas, dans son Aveyron natal, voir le soleil se lever le matin dans le silence majestueux du plateau du Larzac, respirer l'air pur à pleins poumons, gambader au milieu de ces grands espaces, redécouvrir les couleurs et les senteurs oubliées de la campagne. Elle allait élever des brebis et vendre le lait à la fromagerie. La proximité de Roquefort assurait un débouché naturel. Ainsi, elle n'aurait plus de comptes à rendre à quiconque, sinon à elle-même, et elle vivrait au calme, dans un cadre idyllique. Quant aux hommes... il était encore trop tôt pour y songer. Et puis, cette idée de partager sa vie avec une compagne ne l'avait pas complètement abandonnée, même si, selon les jours ou l'humeur, elle se demandait si ce serait le bon choix.

Pourtant, elle laissait toujours traîner des regards lascifs sur les femmes. Elle s'était même surprise à détailler les formes de Laure, son employée de maison. Celle-ci, plus petite qu'elle, avait quelques rondeurs. Juliette ne l'avait jamais vue en pantalon. Elle portait toujours des jupes amples, plus ou moins longues. Quand Laure grimpait sur l'escabeau pour faire les carreaux, ses bras levés dévoilaient la naissance de cuisses charnues. La chute des reins tombait sur des fesses rebondies et la poitrine était généreuse. Elle avait un gracieux visage rond, des yeux verts et des cheveux châtains coupés court qui lui donnaient un petit air garçon. Combien de fois Juliette avait-elle eu envie d'avoir un mot, un geste, empreints de tendresse ! Mais elle parvenait à se maîtriser. Elles parlaient souvent toutes deux. Juliette demandait des nouvelles de ses enfants, de son mari. Laure appréciait ces marques de savoir-vivre et répondait à chaque fois, avec sa jovialité habituelle, que tout allait bien chez elle. Paul, son mari, éboueur, travaillait tôt le matin. Il pouvait ainsi consacrer ses après-midi à la maison, de même qu'à leurs deux enfants, Delphine et Jérôme, douze et onze ans, lorsqu'ils rentraient de l'école. Elle était heureuse... Sa patronne tournait alors la tête avec un brin de dépit, même si elle pensait que peut-être une expérience avec une autre femme pourrait tenter Laure. Mais elle se souvenait des mots de Carole, qui l'avait repoussée et mise en garde, le matin où toutes deux avaient échangé quelques caresses. Elle se retenait donc de lui faire des avances.

Ces fantasmes la torturaient et la ramenaient invariablement à ce mari détestable. Si elle en était là, à avoir ces idées libertines, c'était de sa faute. Trompée, bafouée, elle ne savait plus où était la vérité, elle ne savait plus à qui se raccrocher... et une main, une présence féminine pourrait peut-être lui permettre de retrouver des repères. Mais, au fond, elle n'était sûre de rien... La seule chose qui lui mettait un peu de baume au cœur, maintenant que son avenir s'était éclairé, c'était que ce crétin de Bernard allait enfin avoir droit à un majestueux pied de nez !

A maintes reprises, elle avait envisagé de quitter la maison et de prendre un appartement, puis elle avait renoncé. Après tout, ce n'était pas elle qui avait détruit leur couple, et, si l'un des deux devait partir, c'était lui. Elle s'attendait d'ailleurs à ce qu'il lui annonce son départ du domicile conjugal, persuadée qu'il avait renoué des liens avec Lise... ou avec une autre. Mais il n'en faisait rien. Il était toujours intrigué par le mutisme de son épouse, se demandant ce qu'elle tramait, inquiet à l'idée d'être pris à revers le jour où il ne s'y attendrait pas.

Pourtant, au fil des semaines, voyant qu'elle ne lui parlait ni de séparation, ni de divorce, ni de départ, il commençait à croire que ses menaces n'avaient été que paroles en l'air, bravade tout juste lâchée sous le coup d'une colère fort compréhensible. Il se prenait même à espérer qu'un jour elle lui annoncerait qu'elle avait réfléchi, qu'elle faisait amende honorable, qu'il devait oublier ce qu'elle lui avait dit. Peut-être lui demanderait-elle de reprendre la vie commune…

Ce matin-là, après avoir fait un peu de rangement, elle avait décidé de téléphoner à son amie Corinne Longvialle au Bousquet. Lorsqu'elle lui eut exposé le but de son appel, l'éleveuse avait éclaté de rire.

— Juliette, enfin, ce n'est pas sérieux ! s'était-elle exclamée. Tu ne connais rien à l'élevage et tu veux t'installer là-haut ? Toute seule ? Tu ne réalises pas combien c'est difficile de s'occuper d'un troupeau. Si tu as le moindre problème, comment vas-tu t'en sortir ?

— Et tu crois que je n'ai pas de problèmes, actuellement ? avait-elle rétorqué, amère. Je ne vois pas ce qui peut m'arriver de pire…

— Si tu es malade, qui va soigner les brebis ? L'hiver, quand tu seras bloquée par la neige, comment feras-tu pour le lait ? Et puis, si tu recherches la solitude, tu seras servie sur le plateau ! Tu vas devenir folle, toute seule, là-haut ! De plus, nous avons un métier particulièrement ingrat. Pour accomplir ce travail, on doit être passionné. Ici, même à deux, avec Alain, ce n'est pas toujours facile ; et encore, ses parents sont là pour nous donner la main. Il y a des contraintes, des risques… Non, Juliette, ne fais pas cette bêtise. Tu le regretteras. Si tu veux changer d'environnement, demande ta mutation pour revenir dans la région, mais reste plutôt au chaud dans un bureau ; c'est moins pénible et tu es sûre de toucher ta paye à la fin du mois. Et les vacances ? Terminées ! Tu seras attachée à la ferme du 1er janvier au 31 décembre, du matin au soir. Plus question de te dire : « Je vais partir une semaine » ou bien « Ce soir je reste dîner chez des amis »… Pas un seul jour de répit. Et puis, tu as calculé ce que tu vas devoir investir pour démarrer ? Entre la maison à rénover, la bergerie à aménager, les bêtes à acheter, la salle de traite, le système de refroidissement… Il n'y a même pas l'électricité. Est-ce que la propriété est assez étendue pour subvenir aux besoins du troupeau ?

Pour vivre décemment, il te faut environ deux cents têtes. Et, comme sur le Larzac l'herbe est rare, il faut doubler la superficie de pâturage par rapport à chez nous. Compte environ quatre-vingts hectares. De plus, tu devras acheter de la paille pour la litière, du fourrage et des céréales pour les nourrir, l'hiver, quand tu ne pourras pas les sortir, d'abord pendant la période d'agnelage en novembre et ensuite de janvier à fin mars. Et, quand les bêtes seront dans les prés, tu vas passer toutes tes journées à les garder ? Et puis, tu n'as même pas une formation agricole. Pour t'installer, tu dois au moins posséder un brevet professionnel. Ne prends pas de décision à la légère, Juliette. Réfléchis bien avant de te lancer dans une aventure à l'issue plus qu'incertaine... Et ne crois pas que j'évoque tous ces aspects négatifs pour te décourager. Je t'explique seulement quelles sont nos contraintes... et j'en oublie peut-être !

L'Aveyronnaise avait écouté son amie sans l'interrompre. Ce discours sans concession avait tempéré son enthousiasme. Elle avait remercié Corinne et lui avait promis de bien peser le pour et le contre avant de foncer tête baissée.

Elle avait ressassé cet entretien pendant toute la matinée et en avait parlé avec ses filles à midi. Celles-ci partageaient l'avis de l'éleveuse du Bousquet. Et puis, si Juliette mettait son projet à exécution, elles se retrouveraient pratiquement livrées à elles-mêmes, n'ayant plus que leur père, avec qui elles n'avaient jamais eu autant d'affinités qu'avec leur mère, laquelle avait toujours été la confidente de leurs petits secrets, d'enfants d'abord, d'adolescentes ensuite. Et les frasques de Bernard n'étaient pas faites pour les rapprocher de leur géniteur, à qui elles en voulaient terriblement d'avoir provoqué l'éclatement de la famille. A seize et quinze ans, elles appréhendaient donc cette séparation et s'en étaient ouvertes à Juliette qui, même si elle avait pensé à cet aspect du problème, n'avait pas envisagé que cela soit aussi mal vécu par ses filles.

Bernard était rentré dans l'après-midi, justifiant son absence par du travail urgent à l'agence. Le soir, ils avaient dîné en tête-à-tête, Mélanie et Pascale étant invitées à l'anniversaire d'une copine. Il s'était fait mielleux, prévenant, se levant pour aller chercher un plat ou ranger la vaisselle. Juliette l'observait, amusée par ce manège. Elle ne lui répondait que par phrases brèves, attendant le moment où, fatidiquement, il lui poserait la question qui le tourmentait beaucoup plus qu'il ne voulait le laisser paraître. Ce qui n'avait pas manqué pas d'arriver.

— Est-ce que tu as décidé quelque chose pour l'avenir ? avait-il demandé du bout des lèvres, timide et se voulant empressé comme aux premiers jours de leur liaison, lors de ce bel été 1958, désormais enfoui dans les brumes opaques des souvenirs.

Elle s'était contentée d'un haussement d'épaules désinvolte et avait répondu un banal :

— Non, rien !

Elle l'observait. Cette réponse évasive avait amené un sourire sur le visage inquiet de son mari, qui s'était aussitôt détendu. Il avait cru déceler une lueur d'espoir dans ce mot, un rayon de lumière auquel il n'avait d'autre choix que celui de se raccrocher. Désireux d'en savoir davantage, il avait osé, toujours prudent :

— Rien ? C'est-à-dire ?

— C'est-à-dire rien… pour le moment…

Elle avait lâché ces mots sereinement, savourant à l'avance le désarroi dans lequel cette incertitude allait le plonger. Pourtant, ce n'était que l'exacte vérité. Si, après avoir décrypté son rêve, elle s'était enflammée, Corinne s'était chargée de la ramener sur terre. Bernard avait compris qu'il était inutile de prolonger cette conversation vouée à l'échec et s'était contenté d'un laconique :

— Ah !

Mais elle avait pu percevoir l'immense déception qui se lisait sur le visage de l'infidèle et cette consternation l'avait réjouie. Il avait d'ailleurs prétexté une grande fatigue pour écourter la soirée et avait gagné son lit après avoir susurré un « bonne nuit » dépité.

Juliette s'était installée confortablement dans un fauteuil pour réfléchir, après avoir allumé une cigarette. Elle avait ressassé ce que lui avait dit Corinne. La première euphorie matinale passée, elle réalisait maintenant qu'elle ne pouvait pas se lancer dans son entreprise ainsi, à la légère.

Le côté financier ne l'inquiétait pas. Depuis qu'elle avait découvert l'infidélité de son mari, elle avait fait en sorte de puiser davantage sur son compte à lui que sur le sien. Elle avait également fait annuler les diverses procurations qu'avait Bernard. Et, même si elle en connaissait le risque, elle avait confié à son amie Carole, en qui elle avait totale confiance, des sommes d'argent plutôt conséquentes qu'elle versait de temps en temps sur un compte dans une banque différente de la sienne, réalisant ainsi d'excellents placements.

Bernard ne s'était jamais préoccupé des finances du couple, laissant ce soin à sa banquière d'épouse, et Juliette espérait que, lors du divorce, il ne serait pas tatillon au point de s'interroger sur ces sorties d'argent impromptues. Elle conservait d'ailleurs les relevés de compte en lieu sûr, hors de portée de son mari. Et puis, au pire, il lui demanderait de restituer la moitié de la somme. Petit à petit, elle se constituait donc un pécule qui lui serait bien utile dans l'avenir. De plus, comme ils étaient mariés sous le régime de la communauté, le jour où serait prononcé leur divorce, lui reviendraient la moitié de la maison de Rambouillet et de l'appartement de Deauville, de même que des meubles.

Mais tous les aspects contraignants soulevés par Corinne lui avaient fait toucher du doigt les multiples difficultés qui allaient se dresser sur son chemin et l'empêcheraient, peut-être, de mener à bien son entreprise. Elle devait en effet faire un bilan complet avant de s'engager plus avant et, surtout, s'interroger pour savoir si elle était vraiment prête à s'occuper d'un troupeau.

Il y avait aussi cette solitude. Si son souhait le plus cher était de s'éloigner de son mari, mais aussi de quitter la vie trépidante de la région parisienne et la pression quotidienne du travail, peut-être que les immenses étendues désertiques du Larzac ne constituaient pas le meilleur choix. Combien de gens, qui cherchaient un endroit tranquille pour des vacances estivales ou pour leur retraite, et qui avaient eu un coup de foudre pour une fermette isolée, pour un moulin encaissé, découverts sous le soleil et les couleurs de l'été, à l'occasion d'un copieux apéritif ou de grillades joyeuses chez des amis, mouraient ensuite d'ennui à la simple idée d'en faire leur résidence principale. Ils n'avaient alors qu'une idée, revendre au plus vite et dénicher des vieilles pierres plus proches de la civilisation.

Juliette était partie se coucher, la tête emplie de cette multitude d'interrogations. Ce dont elle était sûre, c'est qu'elle ne devait pas se précipiter. Elle considérait qu'elle n'avait pas droit à l'erreur et que sa décision serait lourde de conséquences. Le dimanche matin, elle avait traîné son corps en peine dans la maison et, l'après-midi, elle était allée errer, seule, dans la forêt de Rambouillet, tout à ses questions, au milieu de promeneurs joyeux et insouciants.

Son côté organisé avait repris le dessus et cette communion avec la nature l'avait incitée à quérir des informations, de façon à appréhender son projet en en connaissant tous les méandres.

Dès le lundi, elle s'était renseignée pour savoir quelles démarches elle devrait accomplir pour s'installer éleveuse. La chambre d'agriculture lui avait confirmé qu'elle devait posséder au minimum un brevet professionnel agricole. Elle savait qu'elle devrait suivre une formation, mais la contrainte supplémentaire liée à l'obtention de ce diplôme, qu'elle n'avait pas envisagée, même si Corinne lui en avait fait part, l'avait un peu dépitée. Pourtant, l'idée de poursuivre sa carrière à la banque et cette promiscuité avec ce mari qu'elle détestait lui pesaient tellement qu'elle avait décidé de relever la tête. « Ma fille, si tu veux changer de vie, tu ne vas pas baisser les bras au premier écueil, s'était-elle fustigée. Les problèmes, il y en aura d'autres, et certainement des plus importants. Si tu t'arrêtes à ces détails, il vaut mieux que tu restes là où tu es ! »

Mais les multiples mises en garde de son amie rejaillissaient à chaque fois que l'euphorie la gagnait. Et une idée avait surgi. Elle avait de nouveau téléphoné à l'éleveuse en lui demandant si elle pourrait venir passer une semaine à la ferme, au Bousquet. Ainsi, sur le terrain, elle se rendrait réellement compte de la difficulté de son entreprise. Celle-ci avait accepté avec joie, à peu près certaine que cette immersion lui serait bénéfique, qu'enfin elle réaliserait ce qu'était le quotidien d'un éleveur et qu'ainsi elle renoncerait à ce projet déraisonnable.

L'automne dissipait des journées encore chaudes qui n'avaient pas incité les parents et la grand-mère de Juliette à prendre leurs quartiers d'hiver sur les hauteurs de Collioure. Elle les avait prévenus de son arrivée. Ils étaient enchantés de passer cette semaine en compagnie de la petite, comme la nommait affectueusement Anna. Et puis, tous avaient trouvé son idée plus que saugrenue. Ils imaginaient que, épaulés par Corinne et son mari, ils parviendraient à la dissuader de poursuivre cette folle aventure.

Début octobre, elle avait pris une semaine de congés et elle était donc descendue dans l'Aveyron, après avoir simplement raconté à son mari qu'elle allait en stage pour la banque.

Corinne et Alain l'avaient accueillie chaleureusement, ainsi que Fabien et Céline, les enfants du couple, âgés de neuf et huit ans, délurés et espiègles.

Et, dès le lundi matin, la banquière, tenace, s'était transformée en paysanne, sous le regard incrédule des éleveurs. Attentive, motivée, elle regardait, écoutait, posait mille questions, s'investissait dans le travail. Sa mine réjouie surprenait tout le monde. Elle rentrait en fin de journée, épuisée mais rayonnante.

Sa grand-mère savait que, la plupart du temps, Juliette se confiait davantage à elle qu'à ses parents. Elle connaissait également l'ascendant qu'elle avait sur sa petite-fille. Et, même si la pensée de voir revivre l'endroit où elle était née avait allumé une étincelle dans son regard toujours vif, elle avait vite réfréné cette joie.

Un soir, alors qu'elles parlaient toutes deux, assises dans le cantou où dansaient et crépitaient les flammes d'or, l'aïeule en avait profité pour lui dire ce qu'elle pensait de ce projet peu réaliste, pour ne pas dire fantasque. Elle aussi avait soulevé les difficultés de l'élevage et les incertitudes qui pesaient sur l'avenir des fromages, confrontés à une concurrence de plus en plus vive, aux importations à bas prix et aux marchés avec les grandes surfaces qui faisaient pression pour avoir toujours plus et à moindre coût.

— Tu es folle, petite, de vouloir t'installer là-haut, toute seule. Tu ne t'y feras pas. Ces hivers, longs, rudes... Tu n'as pas connu ça, toi, mais, moi, je peux t'en parler...

L'apprentie éleveuse avait répondu que le roquefort possédait toujours une belle image de marque, que l'avenir était aux produits de qualité et que l'inquiétude n'était pas encore de mise. Concernant le mas Saint-Clair, elle avait simplement rétorqué qu'elle voulait tenter cette expérience.

— Et puis, qui te dit que je resterai seule, mémé ? Je trouverai peut-être quelqu'un... un jour...

— En effet, tu es encore jeune, jolie... et travailleuse. Il y a encore des hommes sensibles à ces qualités chez une femme.

— Oui, avait soupiré Juliette, un homme... ou...

La phrase était demeurée en suspens. Juliette ne voulait pas heurter les principes d'une autre génération avec les démons qui la tourmentaient. L'aïeule, uniquement préoccupée par l'avenir professionnel de sa petite-fille, n'avait d'ailleurs pas prêté attention à ses derniers propos.

Un matin, Charles et Marie-Odette étaient descendus à Millau pour faire des courses. Ils en avaient profité pour passer saluer Michel à la quincaillerie et ils lui avaient raconté que Juliette les avait rejoints au Bousquet. Elle avait un projet d'élevage au mas Saint-Clair et était en stage pour la semaine chez Corinne et Alain Longvialle. Il avait ouvert des yeux incrédules et n'avait pu que balbutier :

— Au... au mas... au mas Saint-Clair ? Mais... mais... et... et moi ?

Il s'était mordu la langue, réalisant que ses propos étaient malvenus, et avait aussitôt essayé de se reprendre.

— Euh… non… Enfin… ce que je veux dire… c'est… elle… elle est folle… de… de vouloir faire un truc comme ça !

Même si les parents partageaient l'avis de leur fils, ils s'étaient contentés de hausser les épaules de dépit. Etonnés de ne pas voir Lydie, ils avaient demandé de ses nouvelles à Michel. Il avait répondu, sur un ton qui sonnait faux :

— Elle va bien… Elle va très bien. Elle est chez le coiffeur…

Ils étaient repartis intrigués, autant par l'attitude sombre et évasive de leur fils concernant son épouse que par ses propos aigre-doux à l'encontre de sa sœur, lâchés à demi-mot. Ils n'avaient pourtant pas osé lui poser davantage de questions. Il était parfois taciturne et s'emportait facilement quand il considérait qu'on empiétait sur sa vie privée ou que l'on se mêlait de ses affaires. Quant à leur belle-fille, ils avaient trouvé curieux qu'elle ne soit pas au magasin.

Ils avaient donc quitté Millau, baigné dans la tiédeur de cette fin de matinée d'automne, et regagné le Bousquet, caressé par une brise légère, où Juliette nageait dans le bonheur.

Les jours qui passaient la confortaient dans ses convictions. Tous avaient fini par admettre que rien ni quiconque ne la ferait changer d'avis.

Le samedi soir, ses parents avaient invité Corinne et sa famille à dîner pour les remercier d'avoir si gentiment accueilli leur fille têtue. La veille, Juliette avait appelé son frère pour l'inviter à ce repas, mais il avait décliné l'offre, prétextant que lui et son épouse n'étaient pas libres. La cadette avait senti de la froideur dans les propos de Michel, qui lui avait dit qu'elle faisait n'importe quoi.

— Tu vas donc récupérer le mas Saint-Clair, avait-il ajouté d'une voix désabusée, dans laquelle elle avait également senti de la rancœur.

Elle s'était contentée de lui répondre par une banalité.

Au moment de l'apéritif, Juliette, tout sourire et tête haute, avait annoncé à la tablée qu'elle venait de vivre une semaine merveilleuse et que sa décision était prise : elle allait élever des brebis au mas Saint-Clair ! Elle s'était mise à parler, intarissable, passionnée, prête à prendre ce nouveau départ, tandis que déception et inquiétude s'affichaient sur le visage de sa mère, mais aussi de Corinne qui, plus que tout autre, craignait que son amie ne s'embarque dans une aventure dont elle ne ressortirait pas intacte. Pourtant, personne n'osait souffler mot. Juliette avait décelé ce trouble. Désireuse de montrer que sa décision était réfléchie, mais aussi de justifier ce qui l'avait amenée à cette remise en question, elle avait poursuivi, le visage fermé, le ton grave.

— A vos mines, j'ai l'impression que vous me prenez pour une folle. C'est facile de juger, comme ça, d'ici, de votre campagne. Je sais que ce sera dur, que je n'aurai pas de vacances, que je serai isolée. Mais venez donc vivre dans la région parisienne, venez donc travailler avec des collègues de plus en plus désagréables, qui ne pensent qu'à vous pousser pour prendre votre place, qui font retomber leurs erreurs sur vous, avec un patron qui, quoi que vous fassiez, n'est jamais satisfait. Et puis, vous connaissez mes problèmes familiaux, non ? Vous accepteriez de vivre avec un mari qui vous trompe effrontément ? C'est plus facile de porter un jugement critique de sa fenêtre, quand tout va bien à la maison. Oui, j'ai envie de revenir dans l'Aveyron… chez moi. Ici…

Elle s'était arrêtée, la gorge serrée, et avait soupiré profondément. Les yeux étaient devenus humides, les lèvres tremblaient. Elle avait puisé dans ses dernières ressources la force d'achever.

— Oui… ici… il y a des gens que j'aime…

A bout de nerfs, elle avait éclaté en sanglots. Anna, qui avait pressenti que la petite allait craquer, s'était approchée. Juliette s'était jetée dans ses bras et avait enfoui sa tête au creux de l'épaule de sa grand-mère, le corps secoué par les pleurs. L'aïeule l'avait entraînée dans la cuisine et l'avait fait asseoir. Patiemment, elle avait séché ses larmes, lui avait caressé le visage en murmurant des mots de réconfort.

— Ma petite Juliette, moi je crois en toi. Je sais que tu réussiras… Tu réussiras pour le mas Saint-Clair… et tu réussiras pour moi… si Dieu me laisse le temps de te voir heureuse. Aie confiance, petite. C'est bien, ce que tu veux faire. C'est noble… Allons, on ne va pas gâcher la fête. On y retourne. J'ai envie de boire un peu de champagne, ce soir !

Juliette avait relevé la tête, décochant un sourire où se mêlaient joie et lassitude à celle qu'elle adorait et qui la comprenait et la soutenait mieux que quiconque.

— Merci, mémé, avait-elle murmuré dans un souffle en se levant. Je ne sais pas ce que je ferais sans toi.

Elle avait pris sa grand-mère par le cou et l'avait embrassée, les yeux encore humides. Elles avaient rejoint le groupe. Les uns et les autres ne savaient trop quelle contenance adopter, conscients qu'ils avaient peut-être été durs avec Juliette. Elle avait déjà suffisamment de problèmes sans que ses proches ne lui tirent dessus à boulets rouges.

— Excusez-moi, avait-elle lâché en apparaissant, j'ai craqué. Maintenant, ça va mieux. Et puis, je ne veux pas gâcher cette belle soirée. Mémé attend le champagne avec impatience. Je sais que si vous vous faites du souci pour moi, c'est parce que vous m'aimez. Vous souhaitez tous que je mène à bien mon projet. Mais ne soyez pas inquiets, je suis habituée à me battre et à encaisser des coups, même des coups bas. Je réussirai, je vous le promets. Allez, trinquons à mon succès et passons à table, avait-elle proposé en levant son verre. Je parie que maman se sera encore surpassée ce soir, avait-elle ajouté en déposant un baiser sur le front de sa mère. Et toi, papa, on te fait confiance pour le vin… comme d'habitude. Quant à vous, Corinne et Alain, un grand merci pour votre accueil et votre patience. Et puis, ce n'est peut-être pas fini ! J'aurai certainement encore besoin de vos conseils avisés.

La soirée avait été animée, joyeuse, et s'était terminée trop tôt au goût de tous. Mais, le lendemain matin, les brebis ne sauraient pas si Corinne et Alain avaient festoyé tardivement et elles bêleraient à qui mieux mieux s'ils n'étaient pas à l'heure.

Juliette avait regagné les Yvelines le dimanche en fin d'après-midi. Mélanie et Pascale, à qui elle avait déjà raconté avec emphase au téléphone qu'elle était enchantée par sa semaine, l'attendaient impatiemment. Anxieuses, elles avaient secrètement espéré que le contact avec la réalité aurait amené leur mère à changer d'avis. Mais, comme les autres membres de la famille, elles en avaient été pour leurs frais. Juliette leur avait demandé de garder le secret. Il était encore trop tôt pour alerter son mari. Elle lui annoncerait son départ en temps voulu. Jouant la surprise, elle éviterait ainsi qu'il ait le temps de se retourner pour mettre au point une stratégie de défense. Son expérience, sa roublardise, son sens des affaires et les relations qu'il aurait loisir de solliciter, ne pouvaient qu'être néfastes à Juliette au moment où, fatalement, interviendrait le partage, et elle ne voulait aucun cas lui faire le moindre cadeau ou, pire, être lésée.

Dans l'immédiat, son principal souci était de faire le point et, surtout, de ne pas brusquer les choses. Elle souhaitait prendre un peu de recul, analyser ce qu'elle avait vu et fait, réfléchir, évoquer tous les problèmes qu'avaient soulevés Corinne et Alain, mais également tenter d'y apporter des solutions. Il était parfaitement inutile de partir tête baissée, sans avoir toutes les garanties.

Dans la soirée, Bernard était arrivé, équipement de golf en mains.

— Ah ! tu es là, avait-il dit, surpris. Je pensais que tu rentrerais de ton stage vendredi soir ou hier dans la matinée. J'étais inquiet...

— Ooh... Vraiment ! s'était-elle exclamée, moqueuse. N'en rajoute quand même pas trop. Ça ne paraîtra pas sincère, avait-elle ironisé.

Et, voulant lui prouver qu'en ce qui la concernait elle n'avait rien à cacher, elle avait précisé :

— Comme la formation avait lieu à Toulouse, j'en ai profité pour aller passer le week-end au Bousquet. Là-bas, j'étais entourée de gens qui m'aiment. Ça change… et ça fait du bien ! avait-elle ajouté avec un vague sourire mesquin, histoire d'enfoncer le clou.

Bernard avait accusé le coup et était devenu blême. Interdit, pris au dépourvu, il n'avait même pas cherché à lui répondre. Il avait compris que, quoi qu'il dise, cela se retournerait contre lui et avait préféré ne pas envenimer un peu plus des relations déjà suffisamment tendues.

IV

Plusieurs problèmes se posaient encore à Juliette. L'un de ceux-ci était la superficie de la propriété du mas Saint-Clair. Sa grand-mère lui avait parlé d'environ soixante-dix hectares, ce qui était à peine suffisant pour espérer nourrir un troupeau de deux cents têtes. Elle n'avait que deux solutions : soit acheter d'autres prés, soit en louer. Elle était réticente à la perspective d'agrandir la ferme. En effet, même si, en dépit de sa hargne à réussir, les choses n'allaient pas comme prévu et qu'elle soit contrainte d'abandonner l'élevage, elle n'était pas persuadée de trouver à revendre facilement ces terres incultes. En théorie, le plus simple était donc de prendre des pacages en fermage. Mais ils devaient être proches du mas. Et une idée s'était fait jour. Elle s'était souvenue que sa grand-mère lui avait dit, lors de leur visite au mas Saint-Clair, pendant l'été, que les deux frères éleveurs, à qui elle avait loué les pâtures et les granges durant des années, avaient pris leur retraite deux ans auparavant. Peut-être leur propriété était-elle en jachère ? Juliette avait aussitôt décroché le téléphone et appelé Anna pour avoir les coordonnées des anciens locataires. Elle les avait contactés sur-le-champ et avait raccroché, radieuse. Pour un loyer modique, ils étaient prêts à lui céder dix hectares, voire plus si besoin, qui jouxtaient les terres du mas. C'était déjà un souci de moins pour la novice.

Mais aucun des prés n'était clos. Lors de son séjour au Bousquet, Juliette avait évoqué le gardiennage du troupeau. Elle était consciente que, seule, elle ne pourrait passer toutes ses journées à surveiller les brebis. Elle avait envisagé de prendre un chien, mais Corinne et Alain lui avaient dit que ce ne serait pas suffisant et que la meilleure solution était de clôturer les pacages, ce qu'eux-mêmes étaient en train de faire. C'était un investissement supplémentaire, sans parler de la mise en place d'un millier de piquets et de plus de cinq kilomètres de grillage à moutons. Pourtant, elle n'avait d'autre choix.

Elle s'était ensuite mise en quête d'une formation. Elle avait découvert qu'il existait à Rambouillet un centre pour adultes dans le domaine agricole et s'y était rendue. Mais la déception était au rendez-vous. L'établissement avait abandonné l'option élevage quatre ans auparavant, en 1971.

Quelques jours plus tard, elle avait conclu que, dans la mesure où elle allait retourner dans l'Aveyron, la logique était de chercher une école dans le département ou à proximité. Et, après de multiples appels, un contact avec le lycée agricole La Cazotte, à Saint-Affrique, lui avait fait reprendre espoir. Ce lycée comportait un centre de formation pour adultes et dispensait des formations d'élevage ovin et de production laitière. La ville de Saint-Affrique était située à une trentaine de kilomètres au sud-ouest de Millau. Il lui suffisait de demander à sa grand-mère de loger dans son appartement de la sous-préfecture, au-dessus de la quincaillerie familiale, en attendant que la ferme soit restaurée. Et, en fin de semaine, elle irait au mas Saint-Clair, distant de trente-cinq kilomètres de Saint-Affrique, pour suivre l'avancement du chantier avec les artisans et effectuer les travaux qu'elle s'était réservés.

Elle avait pu obtenir un rendez-vous au lycée le samedi matin et avait aussitôt téléphoné à ses parents pour leur dire qu'elle venait passer le week-end au Bousquet. Elle avait également appelé la mairie de Saint-Beaulize, de façon à rencontrer le maire. Elle avait proposé avec insistance à ses filles de faire le voyage avec elle. Ainsi, elles pourraient voir leurs grands-parents, leur arrière-grand-mère et aller au mas Saint-Clair, où leur mère comptait bien les entraîner. A Bernard, elle avait raconté qu'elle emmenait ses filles voir sa grand-mère qui était souffrante.

— J'espère que ce n'est pas trop grave, mais, à son âge, on ne sait jamais. Je ne voudrais pas qu'elle nous quitte sans avoir vu Mélanie et Pascale une dernière fois, avait-elle ajouté, des trémolos dans la voix, la mine triste.

— Tu... tu veux que je vous accompagne ? avait-il essayé, timidement.

Juliette l'avait toisé, surprise par cette proposition déplacée, se demandant pendant un instant s'il plaisantait ou s'il était sérieux. Dans un cas comme dans l'autre, elle ne pouvait afficher que du dédain et avait fini par lâcher, moqueuse :

— Certainement pas ! Tu ne crois pas que ta présence serait malvenue ? Tu veux achever ma grand-mère ?

Une paire de gifles n'aurait pas eu plus d'effet. Cette réponse sans appel avait laissé son mari muet. Il avait ravalé sa salive et, le visage défait, leur avait tout juste souhaité un bon voyage.

Le vendredi soir, elles avaient donc pris l'avion jusqu'à Rodez, puis loué une voiture pour gagner le Bousquet.

Le samedi matin, elle avait rencontré le directeur du centre de formation à Saint-Affrique. Elle lui avait fait part de son projet, après avoir expliqué les raisons qui l'amenaient à vouloir opérer ce changement radical.

Le chef d'établissement l'avait tout d'abord dévisagée, perplexe, puis avait laissé poindre un scepticisme compréhensible. Il avait, comme tous les autres avant lui, attiré l'attention de la jeune femme sur les difficultés auxquelles elle allait s'exposer dans cette rude reconversion. Mais la détermination de l'Aveyronnaise avait fini par avoir raison de ses réticences. Ils avaient donc rempli le dossier. Le niveau d'études générales de Juliette devait lui permettre de suivre les cours sans problèmes. La formation débuterait en septembre 1976 pour s'achever en mai de l'année suivante. Ainsi, en juin 1977, son diplôme en poche, elle pourrait enfin se lancer dans la grande aventure.

De Saint-Affrique, elle était montée à Saint-Beaulize, où elle avait pris rendez-vous avec le maire. Elle lui avait fait part de son intention de s'installer éleveuse au mas Saint-Clair.

— J'aurai donc certainement besoin de vous, avait-elle précisé.

— Si je peux vous aider, ce sera avec plaisir, avait répondu l'élu. N'hésitez surtout pas, même si ce sont des choses qui n'ont rien à voir avec la mairie. Je suis heureux d'entendre quelqu'un m'annoncer qu'il veut s'installer chez nous. D'habitude, on voit plutôt partir les gens. Dans nos campagnes perdues, il n'y a rien pour retenir les jeunes. Aussi, voir arriver une éleveuse, même si c'est surprenant, c'est agréable. Mais vous ne manquez pas de courage pour oser seule une telle mutation. Je vous souhaite de réussir. Et surtout n'hésitez pas ! avait-il renouvelé en la saluant.

De retour au Bousquet, elle avait rendu visite à Corinne et Alain, d'une part pour les informer de sa démarche, mais également pour leur demander, même si elle connaissait d'avance la réponse, s'ils voudraient l'accueillir pour ses stages en entreprise. L'annonce de la décision de Juliette les avait laissés sans voix. Même si, à la fin de son séjour à la bergerie, accompagné des multiples mises en garde des uns et des autres, elle avait déclaré que sa résolution était arrêtée, ils pensaient qu'une fois la première euphorie passée elle aurait renoncé. Mais ils respectaient son choix. Ils connaissaient sa détermination et son tempérament de battante et s'étaient dits ravis de la recevoir dans leur ferme.

Juliette était aux anges. Un à un, les obstacles tombaient. Elle n'avait plus qu'à s'armer de patience jusqu'au mois de septembre 1976. Cette attente la chagrinait. Côté travail, elle allait rapidement informer son PDG. La situation serait ainsi clarifiée. Ce qui l'ennuyait profondément, c'était d'avoir à côtoyer son mari pendant encore une dizaine de mois. Pourtant, elle devrait en passer par là.

Le samedi après-midi, Juliette avait entraîné grand-mère et filles au mas Saint-Clair. Elles avaient traversé le plateau du Larzac, baigné par un pâle soleil d'automne et balayé par un vent d'autan qui soufflait parfois en rafales, chahutant la voiture sur les longues lignes droites.

— Il va pleuvoir demain ou après-demain, avait annoncé Anna avec une grimace. Le vent d'en bas amène toujours l'eau, mais avant il sèche tout...

A L'Hospitalet, elles avaient tourné à droite, en direction de Cornus, le chef-lieu de canton. La route descendait ensuite vers Fondamente, qui s'épanouissait de part et d'autre du lit de la rivière la Sorgue. Elles avaient de nouveau pris, à droite, la chaussée sinueuse qui montait vers le village de Saint-Beaulize, au-dessus duquel prenait naissance le ruisseau la Fousette qui, en descendant vers Fondamente où il se jetait dans la Sorgue, avait changé de nom pour s'appeler l'Hirondel. Dans l'étroite vallée creusée par le cours d'eau qui reliait les deux communes, serpentait également la ligne de chemin de fer Béziers-Neussargues, dans le Cantal.

A la sortie de Saint-Beaulize, elles avaient abandonné la route de Roquefort pour bifurquer à droite sur une chaussée peu large et mal entretenue. Sur un poteau, trois panneaux indiquaient Ventalou, Louradou et Mas Saint-Clair. Peu après, elles étaient passées devant la ferme de Ventalou, située à proximité des ruines du mas de Gamel, faisant sursauter le paysan qui s'affairait à son tracteur sous un chêne. Il les avait dévisagées avec insistance, intrigué par le passage d'une voiture.

— Ah ! s'était exclamée la grand-mère, Gaston Bouguayroux ! Celui-là, c'est un drôle d'oiseau ! Il y a des années, il voulait que je lui cède la ferme pour une bouchée de pain, et plus tard, quand je l'ai louée, il m'a écrit pour me dire que ce n'était pas normal, que j'aurais dû lui donner la préférence... Maintenant, il doit en avoir assez, de terres, pour lui tout seul. Sa femme l'a quitté. C'est un coléreux, un violent... et un fainéant ! D'ailleurs, leur fils vit avec sa mère à Millau.

Après la ferme de Ventalou, il n'y avait plus de goudron. La piste, recouverte de castine, serpentait au milieu d'arbustes torturés accrochés à flanc de talus, jaunis par le soleil et séchés par le vent. Même si Juliette roulait lentement dans cette ascension sinueuse, le passage de la voiture soulevait une gerbe de poussière qui effaçait le chemin derrière elles. Plus elles montaient, plus elles se rapprochaient d'une falaise ocre qui occupait le flanc gauche, masquant une partie du ciel. Elle se dressait comme une barrière infranchissable, à la verticale, faisant admirer ses failles et ses proéminences. Quelqu'un qui aurait découvert l'endroit aurait même eu la certitude de se retrouver bientôt le nez dans la roche. Mais Juliette connaissait les lieux. La voiture négociait les lacets en hoquetant. Et, un kilomètre plus haut, subitement, le paysage se dévoilait. Elles étaient parvenues sur le plateau. A droite, une piste menait à Louradou, là où Julien, son grand-père, avait travaillé au début du siècle et connu Anna. Elles avaient filé à gauche sur un chemin devenu improbable, parsemé de rocaille et de nids-de-poule. Sur ce causse, la végétation s'était faite rare. Chênes rabougris, genévriers élancés, églantiers fous et touffes de buis vigoureux s'efforçaient de rompre la monotonie d'un paysage où l'herbe rase avait peine à recouvrir la pierraille et que soleil, pluie, vent et gelées avaient patinée d'un gris qui s'argentait sous les dards de l'astre du jour. Quelques rochers, qui paraissaient sortis d'un paysage lunaire, se dressaient çà et là et se pavanaient, hautains, semblant jeter un regard méprisant sur cette pauvre verdure fade. Huit cents mètres plus loin, Juliette avait avancé la voiture dans un passage sur la droite et avait stoppé là. Les tracteurs avaient sillonné l'endroit, creusant des ornières dans lesquelles elle se serait enlisée. Elles avaient continué à monter à pied. A l'ouest, un peu plus loin, se trouvait le point le plus élevé de l'endroit, le Pech de Barry, qui culminait à 859 mètres d'altitude. Les gens de la région l'appelaient le Pié de Barry. Cent mètres plus haut, elles avaient débouché sur un replat et avaient pénétré dans une cour vaguement empierrée. Quelques pousses folles, qui se balançaient au gré du vent, avaient commencé à recouvrir le sol. Elles étaient au mas Saint-Clair.

Arrivée là, Juliette, radieuse, avait gambadé comme un jeune chien lâché dans la nature. Elle ne cessait de parler, décrivait avec force gestes la façon dont elle aménagerait les bâtiments, pressée d'être enfin dans ses murs. Anna écoutait d'une oreille distraite. Parfois, elle décochait un sourire amusé, un hochement d'épaules désabusé. Une dernière fois, elle avait tenté d'attirer l'attention de sa petite-fille sur toutes les contraintes du dur métier d'éleveur.

— Ne t'enflamme pas comme ça, petite ! Tu ne sais pas ce que c'est de travailler à la campagne, de vivre ici toute l'année. Les hivers longs, froids, humides, la neige… les étés chauds, venteux… Et les brebis… Avec les animaux, on est esclave, sans parler des maladies… Et tu seras toute seule… enfin, pour le moment !

Mais Juliette était un brin entêtée et sa décision était irrévocable. Elle s'arrêtait alors et, face à sa grand-mère, expliquait patiemment qu'elle supportait de plus en plus difficilement son univers et qu'elle n'avait qu'une hâte : le quitter. A la banque, la pression se faisait quotidienne et, à la maison, les relations avec Bernard étaient toujours tendues. Juliette ne se gênait pas pour lâcher des réflexions désagréables, qu'il encaissait sans broncher, conservant un infime espoir de reconquérir un jour son épouse. Pourtant, il demeurait intrigué par ce mutisme. Par des biais détournés, il interrogeait parfois ses filles pour essayer de savoir si leur mère s'était confiée à elles. Mais celles-ci, de connivence avec elle, déclaraient systématiquement, d'une voix équivoque accompagnée d'un sourire faux, qu'elle ne les tenait pas au courant de ses affaires.

Trois bâtiments entouraient la cour. Sur la droite se trouvait une grange d'environ cent cinquante mètres carrés, orientée nord-sud, dont la grande porte en arche donnait au sud. Sur le pignon nord, une autre ouverture, située à trois mètres du sol, permettait de décharger le foin. Sur la façade ouest, trois portes accédaient à l'étable. Un peu plus loin, la vue butait sur l'imposante façade d'une autre grange qui faisait plus du double de surface. Les pignons étaient dirigés est-ouest. Sur la gauche, parallèles à la petite grange, se dressaient les murs de ce qui avait été la maison, ravagée par un incendie deux ans auparavant. Charpente et toiture étaient tombées. Les ronces avaient commencé à envahir l'intérieur, dissimulant les poutres calcinées et les lauzes de la toiture. Contre le pignon nord était adossé un four à pain bâti en demi-cercle, également recouvert de grandes lauzes. La cheminée était accolée à celle de la maison.

Les bâtiments étaient construits en pierres du causse. Vent, soleil, pluie et froid avaient patiné les murs. Ils affichaient une teinte grisâtre triste et fade qui avait remplacé l'ocre d'origine et se fondait dans la monotonie du paysage. Les deux granges étaient couvertes en tuiles sombres.

Juliette avait ensuite entraîné sa grand-mère jusqu'au sommet de la colline, derrière la grande grange. Elles étaient à hauteur du faîtage. Cette butte abritait le mas du vent du nord. C'était l'endroit qu'elle préférait. De là, le regard courait à perte de vue jusqu'à une ligne floue où se rejoignaient terre et ciel. Ce jour-là, le vent d'autan apportait un léger voile brumeux qui estompait les reliefs, réalisant des jeux de dégradés sur la succession de toboggans des collines du sud. De crête en crête, le vert se diluait, faisant place à un bleu sombre, vite remplacé par un gris austère, lui-même enfin gommé par un tulle argenté qui allait se noyer dans un horizon incertain.

Toujours au sud, mais presque à leurs pieds, elles devinaient le faîte de la falaise qu'elles avaient longée à la montée. Quelques millions d'années auparavant, de gigantesques effondrements avaient eu lieu dans cette région calcaire, découpant des falaises abruptes, façonnant de larges vallées et créant une multitude de cavités, comme à Roquefort, où étaient affinés les fromages.

Vers le nord-ouest, à environ un kilomètre, se dressait la silhouette claire des bâtiments de l'INRA. L'Institut national de recherches agricoles avait acheté cette ancienne ferme en 1965 et menait là des études sur les ovins et la production de lait.

Au-delà, une colline sombre tutoyait l'horizon. La partie droite chutait brusquement, laissant deviner, derrière, la vallée de Millau. Le nord et l'est dévoilaient l'immensité du plateau du Larzac tapissé d'herbe jaunie, d'arbustes torturés et de rochers gris argent qui recouvraient les vallonnements aux formes douces.

Elles étaient redescendues sur la gauche, étaient passées derrière la petite grange et étaient allées jusqu'au puits de forme ronde, lui aussi bâti en pierres et affublé d'une toiture en ardoises. Il avait été fermé par sécurité. Juliette avait demandé à sa grand-mère s'il suffisait à leurs besoins quand elle habitait là.

— Oui, avait-elle répondu, je n'ai pas le souvenir de l'avoir vu tari. Mais, à cette époque, on avait moins de bêtes et on consommait beaucoup moins d'eau qu'aujourd'hui.

Sa petite-fille en avait convenu.

— Il faudrait trouver un sourcier, avait-elle ajouté. Il nous dirait si le débit est assez important pour la ferme. Tu n'en connais pas ?

— Ah ! Si ton grand-père était encore là, lui savait les trouver, les sources, et il estimait les débits avec précision. Les gens venaient le chercher de loin. Jamais il ne s'est trompé. Mais… c'est parler pour ne rien dire, maintenant… avait-elle achevé dans un soupir.

Elle avait réfléchi un moment en se grattant la tête, mettant à mal son chignon. Elle se souvenait vaguement d'en avoir connu un, qui habitait à L'Hospitalet-du-Larzac.

— Il devait avoir l'âge de ta mère, avait-elle précisé. Il était venu voir ton grand-père plusieurs fois à la quincaillerie pour se faire expliquer ces phénomènes de radiesthésie. Ils étaient même partis tous les deux à plusieurs reprises pour chercher des sources. Julien disait qu'il n'était pas mauvais. Mais il est peut-être mort…

Juliette avait demandé si elle se souvenait du nom. Après avoir fouillé un long moment dans les méandres de sa mémoire, Anna avait fini par clamer, triomphante :

— Antoine ! Antoine Vergnoux… euh… non… Vergougnoux !

— Eh bien, en repartant, on va s'arrêter à L'Hospitalet, parce que je ne crois pas que la commune de Saint-Beaulize soit d'accord pour financer une adduction d'eau jusqu'ici… surtout pour une seule ferme. Mémé, comment je ferai si le puits ne fournit pas suffisamment ? avait-elle murmuré, catastrophée, les yeux dans le vague.

Elle venait de réaliser que, sans eau, tous ses beaux projets s'envolaient, avant même d'avoir vu le jour.

— Ne te mets pas martel en tête avant de savoir, petite ! avait lâché Anna, souriante, toujours empreinte d'un optimisme sans faille.

Elles avaient ensuite dévalé la pente à droite des vestiges de la maison et avaient atterri dans une petite combe allongée, d'une superficie de quelques ares, recouverte d'herbe plus verte que sur le plateau. Dans ce bas-fond, appelé une doline, les pluies avaient accumulé la terre rouge du causse. Quand Anna et ses parents habitaient là, ils avaient fait de cet endroit, abrité du vent et des gelées, le jardin. C'était la seule parcelle où poussaient les quelques légumes nécessaires à la consommation de la famille.

Après avoir erré aux alentours des bâtiments, Mélanie et Pascale avaient rejoint Juliette et Anna. Même si elles connaissaient déjà l'endroit, elles l'avaient détaillé avec des yeux neufs qui s'étaient rapidement faits sceptiques, imaginant mal leur mère vivre là. Elles aussi avaient tenté de la dissuader de poursuivre son projet, soulevant les problèmes de l'éloignement, des hivers rudes sur ce plateau venteux juché à un peu plus de 800 mètres d'altitude. Elles avaient attiré son attention sur la difficulté d'abandonner un bureau douillet pour des étables rustiques, de basculer de la finance à l'élevage, sur la rupture qu'allait provoquer le passage de la vie trépidante de la région parisienne à la solitude du Larzac. Mais, face à ses filles comme face à sa grand-mère, Juliette avait longuement expliqué que sa décision était prise. Les deux adolescentes comprenaient aussi le désir de changement de leur mère et avaient fini par accepter sa résolution. Et puis, elles avaient promis de venir lui rendre visite dès qu'elles auraient un peu de temps libre, ce qui avait fait sourire Juliette. Elle savait bien que entre études, copines, copains et flirts, il leur serait difficile de trouver un week-end disponible. Mais elle s'était fait une raison.

C'était sa vie à elle qui était en jeu, sa nouvelle vie, et elle n'avait qu'une envie, celle de la réussir.

Elles avaient quitté le mas après un dernier regard et s'étaient arrêtées à L'Hospitalet-du-Larzac. La petite-fille, suivie par sa grand-mère, était allée frapper à une porte. Un rideau s'était tiré, une silhouette s'était découpée derrière la vitre, une tête les avait dévisagées. Après plusieurs tentatives infructueuses, la porte brinquebalante s'était enfin ouverte en gémissant sous les jurons d'une vieille femme, petite, ridée, un peu voûtée, mais à l'œil encore vif, intriguée par ces deux inconnues et par cette voiture qui n'était pas immatriculée dans l'Aveyron. Juliette s'était présentée.

— Et voici ma grand-mère, Anna Combialet, avait-elle poursuivi. Elle est née Valanjou au mas Saint-Clair, au-dessus de Saint-Beaulize.

Juliette n'avait pas oublié le caractère méfiant des gens dans les villages. A l'évocation de noms connus, le visage s'était détendu. Juliette avait demandé si elle avait entendu parler d'Antoine Vergougnoux et s'il était encore en vie.

— Ah ! l'Antoine ! s'était exclamée la vieille femme. Diable ! Il n'a pas envie de mourir ! Et qu'est-ce que vous lui voulez ?

Cette curiosité amusait Juliette. Anna avait raconté qu'elle se souvenait d'Antoine comme sourcier et que sa petite-fille avait besoin de ses services. Rassurée, la femme les avait renseignées. Il habitait à la Fontaine de Carron. Le nom du lieudit avait fait sourire Juliette. Il était prédestiné pour un sourcier ! Elles avaient remercié et, fortes des indications, s'étaient rendues chez l'homme. Anna avait le souvenir d'un être un peu marginal, mais lorsqu'elles l'avaient déniché, en train de gratter dans un carré de terre, elle était demeurée sans voix. Il portait des vêtements plus que douteux, qui ne tenaient que par les nombreux rapiéçages bariolés. Le pantalon de velours, lustré sur le dessus des cuisses, avait perdu ses côtes. Même après un lavage énergique, la chemise aurait eu des difficultés à retrouver sa couleur beige d'origine, maculée qu'elle était par diverses substances, telles que terre, soupe, graisse et vin. Sa veste, aux poches décousues, hésitait entre le bleu et le gris sale. Il portait une barbe qui ne devait connaître ni peigne ni ciseaux et des cheveux longs, épais, qui partaient en tous sens, agités par le vent. Il devait être poivre et sel, mais était entré en rébellion contre les shampooings depuis fort longtemps. Aussi, la tignasse, graisseuse, laissait apparaître des mèches jaunies. Mais ce qui avait frappé Juliette, c'était l'extrême douceur qui se dégageait de ses yeux bleus.

Il s'était redressé et les avait regardées arriver, méfiant, sans s'avancer, le mégot coincé au coin des lèvres, une grosse main calleuse et velue cramponnée sur le manche de la tranche. La figure violacée était boursouflée, il respirait bruyamment. Anna s'était une nouvelle fois présentée. Son nom avait déridé l'homme. Il avait aussitôt esquissé un sourire qui avait dévoilé des dents qui alternaient entre le jaune et le marron et où les caries devaient être à la fête. Une, en haut, et une autre, en bas, avaient d'ailleurs déjà disparu, ayant fait les frais de ce laisser-aller. Avec patience et application, il avait ôté en grommelant le mégot prisonnier, s'était mis à tousser et avait détourné la tête pour expédier au loin un crachat qui lui avait arraché un soupir d'aise.

— Ah, miladieu ! Si je me rappelle de Julien ? Fichtre, oui ! C'est lui qui m'a appris toutes les ficelles pour les sources, avait-il déclamé d'une voix éraillée par le tabac et le vin. Et qu'est-ce qui vous amène ?

Juliette avait expliqué le but de leur visite.

— Ma grand-mère s'est souvenue de vous, avait-elle précisé en souriant. L'ennui, c'est que je repars demain à Paris, et je souhaiterais être rassurée sur les possibilités du puits…

— Et tu voudrais donc que je vienne voir, là, maintenant ? avait-il coupé, employant d'emblée un tutoiement auquel la banquière n'était pas habituée dans les milieux plutôt huppés qu'elle côtoyait habituellement. C'est que, tu sais, j'ai peut-être perdu la main. Maintenant, je m'en occupe plus beaucoup, des sources. Si on écoutait les gens, on n'arrêterait pas de galoper. Et, pour ce qu'ils sont reconnaissants... Mais pour toi, en souvenir de Julien, je peux pas refuser. Tu m'emmènes ?

Juliette avait acquiescé, réjouie de l'aubaine, même si elle était impressionnée par le personnage et son accoutrement.

— Et tu viens de Paris ? avait-il questionné en se redressant, important. Heureusement qu'il y a encore des sourciers dans les campagnes. C'est pas les ingénieurs qui peuvent trouver ces choses-là !

— Oui, mais je suis née à Millau... et je vais revenir au mas Saint-Clair...

— Ah ! t'es une compatriote alors... mais t'as perdu l'accent d'ici. Il faudra le retrouver, ça sonne mieux que ton parler pointu !

La boutade avait déclenché les rires. Il avait filé chercher son pendule, tandis que Mélanie et Pascale se serraient dans la voiture, averties par leur mère du compagnon de route qu'elles allaient devoir accueillir. Lorsqu'il était réapparu, il avait troqué ses sabots crottés contre une paire de galoches bancales et enfilé une autre veste. Les deux filles avaient dévisagé, tout d'abord avec curiosité, puis avec une certaine répulsion, cet être brut et malodorant qui allait partager les places arrière avec elles. Pendant le voyage, Anna avait fait l'essentiel de la conversation avec le personnage. Ses arrière-petites-filles ne bronchaient pas, jetant des coups d'œil furtifs à l'homme, osant tout juste respirer et réfrénant à grand-peine une forte envie de pouffer.

Juliette avait arrêté la voiture en bas du mas. Mélanie et Pascale avaient rapidement détalé dans le chemin où elles avaient pu laisser éclater leur trop-plein de rire, trop longtemps contenu. A pas lents, les deux femmes et Antoine s'étaient dirigés vers le puits. Il en avait fait plusieurs fois le tour, tout aussi lentement, en silence. Puis il avait sorti son pendule et avait recommencé l'exercice, s'arrêtant, marmonnant, comptant, repartant, grimaçant. Juliette et Anna l'observaient, intriguées, accrochées à ses lèvres. Par moments, l'instrument semblait s'affoler au bout de la chaîne, pris de mouvements qui paraissaient désordonnés pour qui ne maîtrisait pas cette science. Antoine arrêtait alors le balancement en emprisonnant vigoureusement le pendule dans sa grosse main velue, avant de renouveler l'opération. Puis il était monté à petits pas jusqu'à la pointe de la colline, avait longuement scruté le paysage et était enfin redescendu, clopin-clopant. Il avait tourné une dernière fois autour du puits et s'était planté, fier, face aux deux femmes.

— Eh bien, ton puits, il te donnera quatre mètres cubes par jour sans problème… et même en période d'été. Bon, je parle pas d'une longue période de sécheresse, mais en temps normal, c'est ça… à un demi-mètre cube près. Ça te suffira ?

— Euh… oui, avait bredouillé Juliette, qui n'en espérait pas tant. C'est parfait. Vous êtes sûr ?

— Comment, si je suis sûr ? Tu rigoles ? Pardi ! Là, j'ai senti des vibrations comme il y a longtemps que j'en avais pas senti. Je te le garantis. Té, d'ailleurs, si je me trompe, j'arrête le pinard, c'est pour te dire ! La seule chose, c'est qu'il te faudra faire vider le puits avant d'utiliser l'eau. Depuis le temps, ça doit pas sentir bon, là-dedans. Et puis, il peut y avoir des microbes. Tu devrais la faire analyser avant d'en boire, sinon, tu risques d'attraper une bonne colique ! s'était-il esclaffé. Mais, si je suis pas trop curieux, qu'est-ce que tu veux faire là ? Tu vas pas installer un truc pour les vacanciers ? Ils vont foutre le bordel, défaire les clôtures, laisser échapper les bêtes et abandonner toute leur merde… parce que c'est des cochons, ces oiseaux-là. Parce qu'ils ont un peu plus de fric que nous, une voiture qui brille, une poule pleine de peinture et qui pue l'eau de Cologne à dix mètres, y nous prennent pour des péquenots. Non, c'est pas pour toi que je dis ça, avait-il rectifié en souriant. Remarque, y en a quelques-unes, ça me gênerait pas de les coucher… mais, ces engins-là, c'est pas pour moi… J'y laisserais mon peu de santé ! Enfin, on peut toujours rêver ! Et ces énergumènes, dès qu'ils sont plus chez eux, y se croient tout permis. Y te pisseraient sur les bottes et y s'excuseraient même pas. Tout permis, je te dis ! Alors, avec les militaires de l'autre côté, on a déjà donné. Si on les avait laissés faire, ceux-là, ils nous auraient bouffé tout le plateau, mais... ils ont trouvé à qui parler !

Cette affirmation avait soulevé des hochements de tête entendus et des rires complices. Antoine, que cette évocation avait ragaillardi, s'était redressé et avait poursuivi :

— Il y a cinq ans, en 70, ils voulaient l'agrandir, leur putain de camp. Ils ont pas assez de place pour jouer à la guéguerre ? Mais on y est montés, à Paris, en 73, avec les tracteurs et les brebis pour leur faire comprendre qu'on n'allait pas se laisser bouffer tout crus ! Tu te rends compte ? Ils voulaient nous prendre quatorze mille hectares ! Cinq cents paysans et quinze mille brebis qui allaient disparaître pour que ces fadas puissent faire joujou ! Du coup, on a construit la bergerie de la Blaquière sur les terres qu'ils voulaient exproprier, on a occupé les fermes qu'ils avaient déjà achetées, on a brûlé les dossiers d'enquête et tous ceux qui étaient hostiles à ce projet se sont mobilisés et nous ont soutenus. Il y en a eu, des rassemblements... je te dis que ça, une foule énorme sur le Larzac ! Et, en 74, on a fait une opération moisson pour le tiers monde sur le plateau... cinquante mille personnes qui sont venues ! Aujourd'hui, il n'y a pas encore eu de décision officielle, mais je crois qu'ils ont compris... Et puis, qu'ils s'avisent pas de vouloir remettre ça. S'il faut défendre nos terres avec les fusils, on le fera, miladieu ! Nous aussi, on est capables, de jouer à la guerre ! Quand ils l'ont installé, leur camp, en 45, la ligne de chemin de fer de Tournemire au Vigan a été fermée aux voyageurs. Des fois qu'on aurait découvert les secrets de l'armée ! Et, en 50, elle a été désaffectée... Une ligne qui avait été inaugurée en 1898 !

Juliette aurait voulu interrompre le flot de paroles, mais il ne lui en avait pas laissé le temps.

— Et puis, avait-il enchaîné, il y a un petit jeune qui nous a rejoints et qui est drôlement motivé. Il s'appelle José Bové. Il a vingt-deux ans, il n'a pas voulu faire l'armée et il refuse le statut d'objecteur de conscience. Déjà, quand on est montés à Paris, il y a trois ans, il était avec nous... et devant ! Il ira loin, ce jeune ! Heureusement qu'il y a encore des petits gars comme lui, sinon… Et, maintenant, il paraît qu'il veut s'installer au hameau de Montredon, une ferme qui est abandonnée depuis les années, pas très loin de Nant, et proche du camp militaire. Comme ça, il sera sur place pour les surveiller, les autres fous !

Amusées, les deux femmes avaient écouté le discours enflammé de l'homme en s'esclaffant parfois. Juliette, qui avait senti que, si elle ne l'arrêtait pas, ils seraient encore là à la nuit, à l'entendre déverser sa rancœur contre la société et l'armée, avait levé les bras en signe d'apaisement et lui avait coupé la parole.

— Monsieur Vergougnoux, tout d'abord un grand merci pour votre diagnostic. Je suis rassurée. Et, à mon tour, je vais vous rassurer aussi. Je ne vais pas amener des touristes ici, je vais simplement élever des brebis.

— Hé ? Toi, élever des brebis… ici ? Ah, nom de Dieu ! Mais t'es pas un peu folle ? Qu'est-ce que tu crois faire, là ? Ah ! même si tu es de Millau, la vie de Paris t'a foutu un drôle de pet à la tête ! Ça, c'est bien les Parisiens ! Vous croyez tout savoir, vous pensez que les choses se font comme ça, en claquant du doigt, comme dans vos bureaux… Et je te tape une lettre à la machine, qu'ils savent même plus écrire à la main, et je te donne un coup de téléphone, qu'ils voient plus personne, et toi, fais-moi ci, et toi, fais-moi ça ! Et vas-y que je te galope dans tous les sens, que, des fois, ils savent même plus ni où ils sont, ni où ils vont ! Ça, pour donner des ordres, ils sont bons, mais, pour faire le boulot, y a plus personne !

Une nouvelle fois, Juliette avait dû interrompre le flot de paroles. Pour ne pas froisser Antoine, elle s'était dite globalement d'accord avec lui et avait ensuite entrepris de lui expliquer les raisons qui l'avaient amenée à vouloir s'installer sur le plateau. Elle avait ajouté qu'avant de se lancer elle voulait s'assurer que tous les éléments étaient réunis pour que cette reconversion soit une réussite.

Mais l'homme était entêté et n'en avait pas démordu durant le voyage de retour. Juliette s'était une nouvelle fois confondue en remerciements et avait noté son adresse pour lui faire parvenir du vin.

Pendant la remontée vers le Bousquet, après qu'elles eurent roulé un moment vitres ouvertes pour chasser l'odeur persistante, Antoine Vergougnoux avait été un sujet de conversation inépuisable, déclenchant des salves de rires que chaque anecdote renouvelait.

Quand elles étaient arrivées, en fin d'après-midi, Charles et Marie-Odette avaient demandé d'où leur venait cette jovialité. Anna s'était fait un plaisir de conter, avec force gestes et détails, la rencontre avec Antoine. Le récit, épique, avait meublé une grande partie du repas.

Le dimanche soir, Juliette et ses filles étaient de retour à Rambouillet. Bernard les attendait. De suite, il s'était enquis de la santé d'Anna. Juliette, qui avait mis Mélanie et Pascale dans le secret, avait répondu que ce n'était qu'une petite alerte cardiaque sans conséquence, ajoutant quand même, piquante, que tous avaient été ravis de les voir.

Dès le lendemain, elle avait sollicité un entretien auprès du PDG de la banque et elle lui avait fait part de son intention de démissionner, au plus tard fin juillet 1976. Incrédule, il avait tenté d'arrondir les angles, pas avare de compliments. Elle était l'une de ses proches collaboratrices qu'il appréciait le plus. Son dynamisme et sa compétence étaient reconnus de tous. Même s'il paraissait souvent insatisfait, ce n'était que pour faire avancer l'entreprise. Si elle manquait de personnel, il allait embaucher. Si c'était une affaire de salaire, il augmenterait ses gratifications… Les louanges pleuvaient, arrachant des hochements de tête entendus et des sourires amusés à Juliette. Au bout d'un moment, elle avait fini par penser qu'elle avait eu tort de ne pas annoncer son départ plus tôt ; elle aurait pu en retirer quelque bénéfice ! Mais ce n'était pas dans ses habitudes. Le discours s'était achevé, faute d'arguments, ponctué par un :

— Alors ?

— Monsieur le directeur, avait-elle répondu, bien calée dans son fauteuil, je suis touchée par vos compliments flatteurs.

Il s'était redressé, satisfait de sa prestation. Mais elle ne lui avait pas laissé le temps de la savourer.

— Je suis désolée, mais ma décision est prise.

Elle avait expliqué que ses problèmes familiaux étaient à l'origine de cette volonté de changement.

— Est-il indiscret de vous demander ce que vous allez faire ? l'avait interrogée le directeur. Vous n'êtes pas obligée de me répondre. Simple curiosité...

Quand Juliette avait dévoilé qu'elle allait élever des brebis sur le Larzac, il avait ouvert des yeux ronds, pensant qu'elle se moquait de lui. Mais, patiemment, elle avait étalé les grandes lignes de son projet.

— Madame Cieurac, avait-il murmuré quand elle s'était tue, vous... enfin, vous réalisez ? Elever des moutons dans cette région perdue, désertique ! Mais comment allez-vous faire ? Vous n'avez aucune expérience. Vous êtes une femme de la ville, pas de la campagne. Vous êtes une bureaucrate, pas une manuelle. Vous êtes une banquière, madame Cieurac, pas une trayeuse de brebis ! Et... vous êtes une femme. Jamais vous ne parviendrez à vos fins ! Si vous étiez une petite fille, je croirais que vous faites un caprice d'enfant gâtée, mais, à votre âge...

— Monsieur le directeur, avait-elle coupé, lasse d'entendre ses litanies, ses propos machistes, son discours dévalorisant pour la gent paysanne, j'ai longuement pesé le pour et le contre avant de prendre ma décision. Elle est mûrement réfléchie. Ici, vous voyez les lumières de la ville. Et elles finissent par vous éblouir. Vous ne voyez plus qu'elles. Mais jamais vous ne parviendrez à les toucher. A la campagne, dans l'Aveyron où je suis née, il y a aussi des gens, de braves gens, qui travaillent, durement, qui parlent, qui n'hésitent pas à vous tendre la main, sans regarder qui vous êtes ou d'où vous venez. Il y a des gens qui créent. Au crépuscule, ils peuvent s'arrêter, poser le menton sur le manche de leur outil et contempler ce qu'ils ont fait dans la journée. Ce plateau perdu, comme vous dites, vous ne le connaissez pas. C'est encore un coin de paradis. Là-haut, on respire la liberté. Ici, tout n'est que bruit, pollution, égoïsme. Là-haut, il y a le calme, l'air pur, la nature. Et puis, franchement, ici, qu'est-ce qu'on fait ? Du vent ! On brasse des chiffres, on remue des millions, on fait et on défait des fortunes. Là-bas, au mas, je vais traire mes brebis. C'est le début de la chaîne qui amènera du roquefort sur votre table, monsieur le directeur. Ça, ce n'est pas du vent, c'est du concret !

Il la connaissait déjà obstinée et avait compris que rien ne la ferait changer d'avis.

— Vous êtes une passionnée, madame Cieurac. Il y a sûrement des choses vraies dans ce que vous dites, mais il faut toutes sortes de gens pour faire un monde. Quant à moi, je ne suis pas prêt à opérer un changement aussi radical que vous. Je vous félicite pour votre courage et j'espère de tout cœur que vous réussirez. Mais je ne suis pas trop inquiet, je connais votre caractère de battante…

— Merci, monsieur le directeur. Quand je serai installée, si le cœur vous en dit de venir vous rendre compte sur place de ce qu'est le vrai travail, ce sera un plaisir de vous recevoir…

Il avait remercié à son tour, puis ils avaient abordé la succession de Juliette et s'étaient quittés après une poignée de main cordiale.

Juliette avait fait expédier vingt-quatre bouteilles de bon vin à Antoine Vergougnoux, en remerciement de sa prestation.

Elle avait demandé à son amie Carole l'autorisation de faire adresser chez elle tout le courrier qui concernerait son projet, de façon à ne pas éveiller les soupçons de Bernard. Compréhensive, celle-ci avait accepté. Elle préviendrait Juliette à son travail chaque fois qu'une lettre lui parviendrait.

Un des autres sujets de préoccupation de Juliette était l'absence d'électricité au mas Saint-Clair. Débarrassée du souci de l'eau, elle devait maintenant contacter EDF. En cas de refus ou de coût prohibitif, elle avait envisagé, même si cette solution ne l'enchantait pas, de faire installer un groupe électrogène.

Mais elle avait tout d'abord demandé à la chambre d'agriculture de l'Aveyron si elle pourrait bénéficier d'aides financières. Là, on lui avait dit de s'adresser à l'ADASEA, l'Agence départementale d'aménagement des structures d'exploitations agricoles. Elle avait donc appelé l'agence à Millau. Depuis environ cinq ans, cet organisme délivrait des aides à l'installation et consentait des prêts aux jeunes agriculteurs. Les conseillers établissaient des plans de développement qui avaient trait aux aménagements de bâtiments, de salles de traite et, le cas échéant, de salles de transformation. Les critères pour pouvoir prétendre à ces aides étaient d'avoir une formation en rapport avec l'activité souhaitée et de ne pas avoir plus de quarante ans.

Juliette devait donc en premier lieu retourner à l'école, avant d'entreprendre les démarches auprès de l'ADASEA. Mais cette opportunité de financement lui avait mis du baume au cœur.

Elle avait ensuite contacté EDF. Il lui avait été demandé de communiquer ses besoins en énergie avant d'entamer une étude de faisabilité. Elle avait fait appel à un électricien pour estimer la puissance nécessaire dans une maison. Pour la partie bergerie, elle avait une nouvelle fois sollicité Corinne et Alain. Ensemble, ils avaient passé en revue trayeuse, production de froid pour les tanks à lait, éclairage, prévision de ventilation de l'étable.

Elle avait ensuite rempli un dossier. En retour, EDF l'avait invitée à prendre rendez-vous sur place, pour examiner le chantier. Elle avait donc dû sauter dans un avion pour se rendre dans l'Aveyron en semaine, faisant dans la journée un voyage éclair, dont elle n'avait, bien entendu, pas parlé à son mari. La solution envisagée était de repartir avec une ligne aérienne moyenne tension depuis la ferme de l'INRA, à environ un kilomètre, et d'installer un transformateur au mas Saint-Clair.

La réception du devis avait laissé Juliette sans voix. Mais, loin de se décourager, elle avait appelé le maire de Saint-Beaulize pour savoir s'il pourrait intervenir. Il avait promis de soumettre la demande au syndicat d'électrification.

Un mois plus tard, la réponse arrivait. EDF et le syndicat prenaient en charge l'alimentation de la ferme. Juliette était joyeuse.

— Et le téléphone ! s'était-elle exclamée en se frappant la tête.

Préoccupée par les diverses démarches liées à son projet, elle avait complètement oublié cet outil indispensable. Lui seul permettrait de rompre son isolement, là-haut, sur le plateau, d'appeler le vétérinaire, un dépanneur… Et, pour elle, c'était le moyen le plus commode et le plus rapide pour avoir des nouvelles de sa famille et de ses proches.

Elle avait donc pris contact avec les Télécommunications, avait rempli une demande et avait, une fois encore, failli tomber à la renverse quand le service lui avait répondu qu'une telle installation n'était envisageable qu'avec sa participation financière. Elle avait précisé que des poteaux seraient posés par EDF pour l'amenée de l'électricité, mais il était hors de question d'utiliser ceux-ci, porteurs de la moyenne tension, pour véhiculer la ligne téléphonique. Eux aussi devraient, à leur tour, planter des poteaux.

Une nouvelle fois, elle avait sollicité le maire de Saint-Beaulize, mais il avait avoué son impuissance à négocier un arrangement avec les Télécommunications.

Elle s'était alors souvenue que Laurent Boirieux, l'ex-mari de Lise, occupait un poste important dans cette administration. Déterminée, elle l'avait appelé, disant qu'elle souhaitait un rendez-vous pour lui faire part d'une requête personnelle. Il avait paru très surpris, se demandant quel genre de sollicitation amenait cette femme, qu'il n'avait vue qu'une fois, à s'adresser à lui.

Ils s'étaient donc rencontrés. Juliette avait raconté son projet sans détour.

— Je ne me préoccupe plus de ce que fait mon mari, avait-elle lâché fermement. Si je ne l'ai pas encore quitté, c'est parce que j'ai longuement réfléchi à ma reconversion. Et le déclic s'est produit au cours d'une nuit d'insomnie… comme vous avez dû en vivre. Je vais repartir chez moi, dans l'Aveyron, et élever des brebis pour vendre le lait à Roquefort. Mon projet est presque bouclé, sauf que j'avais complètement oublié le téléphone. Et, comme la ferme est isolée, c'est vital. Mais votre administration me demande une somme importante pour amener la ligne, avait-elle précisé en lui tendant le courrier. Quand Bernard m'avait annoncé votre divorce, il m'avait dit que vous travailliez aux Télécommunications. Voilà la raison pour laquelle je me permets de venir vous solliciter. Je ne sais pas s'il est dans vos possibilités d'intervenir et je ne veux pas vous importuner. Bien entendu, mon mari n'est pas encore au courant de mon projet et, donc, de mon prochain départ. C'est la surprise que je lui réserve pour le début de l'année prochaine.

Il avait parcouru rapidement le document, hochant la tête. Puis il avait regardé Juliette et avait dit :

— En effet, ce n'est pas une mince affaire. La distance, les poteaux… Je ne peux rien vous promettre aujourd'hui, mais je vais faire tout mon possible pour que votre demande aboutisse. Nous sommes un peu liés, tous les deux, et, si je peux vous aider, ce sera une petite vengeance envers celui qui m'a enlevé mon épouse. Chacun son tour ! avait-il ajouté avec un sourire amer. Laissez-moi un numéro auquel je peux vous joindre. Dès que j'aurai du nouveau, je vous appellerai…

Juliette, qui jubilait, s'était confondue en remerciements.

— Si vous voyez encore Lise, avait-elle ajouté, surtout pas un mot ! Il faut que j'achève de boucler certains détails avant d'informer mon mari. Ça m'ennuierait qu'il apprenne mon départ par quelqu'un d'autre que moi et, qui plus est, si c'était par sa bouche à elle.

Il avait répondu, avec une grimace éloquente, qu'il n'avait plus aucune raison de la voir, qu'elle était sortie de sa vie, et avait ajouté, avec un sourire entendu :

— N'ayez aucune crainte, je ne vendrai pas la mèche !

Une semaine plus tard, Laurent Boirieux avait appelé Juliette pour lui annoncer que sa requête avait reçu un écho favorable. L'installation de sa ligne serait prise en charge par les Télécommunications. Elle l'avait remercié chaleureusement et lui avait fait parvenir une caisse de champagne.

V

Un à un, Juliette avait contourné les écueils qui s'étaient dressés devant elle. Il n'en restait qu'un, mais de taille : la séparation avec Bernard.

Elle était allée consulter un avocat, de façon à préparer son divorce et à ne pas être prise au dépourvu.

Elle avait informé son PDG de l'évolution de sa situation. Par le passé, il avait rencontré Bernard à quelques reprises lors de réceptions. Juliette pensait son mari suffisamment hardi pour contacter le directeur de la banque et lui demander s'il était au courant de ce que tramait son épouse. Elle avait donc préféré prendre les devants.

— Si toutefois il vous appelle, avait-elle averti son patron, dites-lui que vous ne savez rien. Les choses vont évoluer en début d'année et, moins il en saura, mieux ce sera. Je veux éviter qu'il puisse préparer une riposte.

Pour la semaine de Noël, Juliette, accompagnée de Mélanie et Pascale, avait rejoint ses parents et sa grand-mère à Collioure. Quant à son frère, il était resté à Millau. Du travail, des aménagements, l'inventaire... avait-il prétexté avec un soupçon d'embarras.

A leur retour à Rambouillet, le samedi 3 janvier 1976, Bernard leur avait présenté ses vœux et s'était inquiété de savoir si toutes trois avaient passé de bonnes fêtes. En lui répondant sur un ton badin, Juliette avait pensé qu'il déchanterait bientôt.

En effet, deux semaines plus tard, il recevait une lettre recommandée. Il était convoqué en conciliation par le juge, en compagnie de son épouse. Découvrant le courrier, il n'en avait pas cru ses yeux et l'avait aussitôt appelée au travail pour lui demander des explications. Elle lui avait répondu qu'elle était occupée et qu'ils auraient le loisir d'en parler à la maison.

Le soir, dès qu'elle était arrivée, son mari avait donc renouvelé sa question.

— Juliette... qu'est-ce que... qu'est-ce que ça signifie ? avait-il ânonné en brandissant la lettre, tremblant, livide.

— Bernard, tu ne vas pas me dire que tu ne comprends pas ! Tu n'es pas naïf à ce point ! lui avait-elle rétorqué, amusée, avec un large sourire. Ça signifie que j'ai demandé le divorce et que la procédure passe d'abord par une conciliation.

— Mais... mais, avait-il encore bredouillé, le regard perdu, tu... tu n'as pas le droit... pas... pas comme ça... pas sans m'avertir... On... on va...

— Bernard, l'avait-elle interrompu, tu ne vas quand même pas me donner des leçons de morale. Non, pas toi ! Je ne t'ai pas pris en traître. Je t'avais annoncé que je devais réfléchir à mon avenir... sans toi. C'est fait ! Voilà, c'est tout ! Maintenant, je suis prête, et le dernier épisode, c'est celui-là. Ne me raconte pas que tu ne t'y attendais pas... depuis le temps !

— Mais... mais... non ! Pourquoi ? Ce n'est pas possible ! On n'a jamais dialogué, tous les deux. Comment veux-tu arranger les choses, si on ne se parle pas ?

— Eh bien, on s'expliquera devant le juge, lui avait-elle lancé au visage, sereine, le regard en feu.

Ils s'étaient donc retrouvés, un matin, devant l'homme de loi. L'entrevue avait été tendue. Bernard avait reconnu avoir eu une période d'instabilité et d'égarement, mais il avait affirmé avoir tiré un trait sur cette relation extraconjugale. Il ne comprenait donc pas pourquoi son épouse qui, par ailleurs, le délaissait complètement depuis plus de quatre mois, alors qu'il avait retrouvé sérieux et dignité, venait de demander le divorce. Même si Juliette s'était juré de ne pas s'emporter, elle avait jugé qu'il était grand temps d'intervenir. Si elle le laissait poursuivre à ce rythme-là, à se lamenter, bientôt ce serait lui la victime !

— Je ne ferai aucune concession, avait-elle déclaré, autoritaire. Il m'a menti à plusieurs reprises, en continuant à voir sa… sa maîtresse. A chaque fois, il m'a promis que c'était fini, et, ensuite, je l'ai surpris plusieurs fois avec elle… jusque dans son bureau, un soir, et dans des positions qui ne pouvaient prêter à confusion ! J'ai eu la naïveté de le croire sur parole et je me suis trompée. Il m'a bafouée, ridiculisée, et il voudrait que je lui tende la main ? Certainement pas ! S'il avait cessé ses infidélités au retour de Marrakech, comme il me l'avait affirmé, penaud et mielleux, j'aurais passé l'éponge, même si ce genre d'aventure laisse des traces difficiles à effacer. J'avais d'ailleurs fait un pas, puisque nous avions repris la vie commune. Mais au mois d'août, plutôt que de rester trois semaines en vacances avec nous, en famille, dans l'Aveyron, il nous a quittés après huit jours. Son travail ne pouvait attendre. En effet ! Monsieur est allé à Deauville « travailler » avec… l'autre. Dans notre appartement ! Et, aujourd'hui, il prétend qu'il a des remords ? Je ne vais pas me laisser attendrir par ses discours mesquins. Et, en plus, j'aurais dû continuer à servir de matelas à ce dévergondé ? Quand il aurait eu envie, bien sûr, ou quand madame n'aurait pas été disponible. Il n'y a pas inscrit « putain » sur mon front. Je ne sais pas ce qu'il fait de sa vie et je m'en moque éperdument ! Je l'ai prévenu dès mon retour de vacances que je devais désormais envisager mon avenir sans lui. Maintenant, c'est chose faite, et il est hors de question que je revienne en arrière. C'était avant d'agir que vous auriez dû réfléchir, monsieur Meyrand, au lieu de venir gémir ici, aujourd'hui, et de tenter de vous poser en victime ! N'espérez pas m'attendrir avec vos jérémiades ! Ce qu'il ne vous a pas dit, monsieur le juge, c'est depuis combien de temps il traîne avec cette… J'ai rencontré son mari… enfin, son ex-mari, puisqu'il les a amenés au divorce, eux aussi. Ça fait plusieurs années qu'ils couchent ensemble. Alors, non, ne pensez pas que je vais faire la moindre concession. Ma gentillesse a des limites qui ont été largement dépassées. La plaisanterie, et elle est de très mauvais goût, n'a que trop duré !

Le juge avait tenté de la raisonner, de briser cette intransigeance, mais Juliette n'en démordait pas. Bernard, piteux, ne savait trop que dire, craignant qu'une parole de travers ne déchaîne une nouvelle vague de reproches. Son regard inquiet allait de l'un à l'autre. Il cherchait un réconfort, un soutien, une solution, dans les yeux du juge. N'y tenant plus, il s'était tourné vers son épouse et s'était jeté à l'eau.

— Juliette, on ne va quand même pas tirer un trait comme ça, après dix-sept ans. Que veux-tu ? Que je te promette de nouveau d'être fidèle ? Tu veux que je te l'écrive… devant monsieur le juge ? Et puis, que vont dire Mélanie et Pascale ? Je ne veux pas te perdre, Juliette. Et toi, qu'est-ce que tu vas devenir ? Tu ne vas pas partir. On va recommencer… ensemble…

— Promettre, écrire ! C'est tout ce que tu as trouvé ? Et mentir ? Ah çà, tu sais très bien faire ! Quant aux filles, elles ne te pardonnent pas tes agissements grotesques. Et tu as le toupet de dire que je représente quelque chose pour toi ? Quant à ce que je vais devenir, ça me regarde. Tu ne vas quand même pas t'inquiéter pour moi, maintenant ? Et tu veux recommencer quoi ? Tu plaisantes ? Tu avais les cartes en main, il ne fallait pas les jeter dédaigneusement par-dessus ton épaule sans réfléchir. Tu me dégoûtes !

En parlant, elle l'observait. Il venait de réaliser que la partie était perdue. Il était devenu livide et se tassait dans sa chaise, ne sachant quelle contenance adopter. Ce désarroi amusait son épouse. Elle décida que le moment était venu de lui porter le coup de grâce. Et elle jubilait intérieurement à l'avance, à l'idée de l'énorme mensonge dont elle allait le gratifier.

— Oui, Bernard, je vais refaire ma vie, avait-elle asséné, l'œil noir. Tu m'y as forcée. Je vais refaire ma vie professionnelle… et familiale. J'ai une amie !

— Hein ? Quoi ? Une… une… amie ? avait-il bafouillé en la dévisageant, les yeux révulsés, détruit par cette révélation. Tu… tu veux dire que… que tu vas vivre… avec une femme ?

— Eh oui ! avait-elle confirmé avec un large sourire, le défiant du regard. Et c'est de ta faute. Tu m'as tellement écœuré des hommes !

Cette nouvelle avait anéanti son mari. Il avait baissé la tête, courbé le dos. Il venait de comprendre que Juliette venait de lui échapper, définitivement.

Le juge avait donc noté que la conciliation n'avait rien apporté. Tous deux devaient maintenant en passer par la procédure de divorce.

Ils s'étaient retrouvés le soir à Rambouillet. Une nouvelle fois, Bernard avait tenté de nouer le dialogue.

— Juliette, je t'en supplie, dis-moi que tout ça n'est pas vrai. Tu ne vas pas t'en aller, et… avec une femme, en plus. Si tu m'avais annoncé que tu avais un amant, j'aurais accusé le coup, mais je l'aurais accepté, alors que là… Je conçois ton exaspération, mais tu as agi sous le coup de la colère. Tu as décidé de partir, de me quitter, mais qu'est-ce que tu vas devenir ? Je t'en prie, cesse ce jeu cruel… Reste !

Elle l'avait écouté en trépignant, le regard en feu. Son irritation croissait avec le discours pathétique de son mari.

— Bernard, ça suffit ! avait-elle explosé. Je n'ai que faire de ta compassion, de tes états d'âme et de tes remontrances. Pendant des mois, pour ne pas dire pendant des années, tu ne t'es pas soucié de ce que je faisais, et maintenant tu redécouvres que j'existe ? Je te le répète : il est trop tard. Et puis, ne t'inquiète pas pour moi. La petite Aveyronnaise a grandi et sait très bien se débrouiller toute seule.

— Oui… j'ai été idiot, avait-il concédé. Tant pis pour moi. La colombe reprend son envol… Mais… tu as raconté au juge que tu allais refaire ta vie professionnelle. Tu vas quitter la banque ? Tu as des projets ?

— Pour avoir accepté ce que j'ai accepté, je suis naïve, mais tu ne penses quand même pas que je vais partir comme ça, les mains dans les poches ? Oui, j'ai un projet, un beau projet… mais ne t'attends pas à ce que je te le révèle. Vicieux comme tu l'es, tu serais capable de me mettre des bâtons dans les roues…

— Non, Juliette, ne crois pas ça. Au contraire… si je peux t'aider… Mais… ici… cette maison, c'est la nôtre. Qu'est-ce que…

— Merci, mais je n'ai pas besoin de ton aide. Je te répète que je suis une grande fille ! Pour ce qui est de la maison… et du reste, pour tous les détails, avait-elle coupé froidement, c'est mon avocat qui va s'en charger…

Et pour abréger cette discussion qui ne mènerait à rien, sinon à des cris, elle avait lâché, d'un ton détaché :

— Je suis fatiguée. Je vais me coucher…

Elle l'avait abandonné là, penaud, bras ballants, bouche ouverte, s'amusant de sa mine déconfite.

Dès le lendemain, elle avait pris rendez-vous avec un huissier pour inventorier le mobilier de la maison et elle en avait fait autant à Deauville, même si, là-bas, il n'y avait pas beaucoup de choses de valeur. « Deux précautions valent mieux qu'une ! » avait-elle murmuré avec un sourire en dessous.

Le soir, en quittant son travail, elle était passée voir son amie Carole. Elle lui avait conté le déroulement de la conciliation. Sur un ton faussement désinvolte, elle s'était attardée sur l'épisode où elle avait révélé à Bernard qu'elle allait refaire sa vie avec une femme.

— Tu aurais vu sa tête ! s'était-elle exclamée. Ah ! Si toutefois il t'appelait pour savoir si tu es au courant, tu peux faire celle qui est dans le secret. Tu peux même insister un peu en précisant que c'est normal, que tu es bien placée pour être informée… Enfin… si tu veux, Carole… si ça t'amuse !

Juliette jouait un double jeu. En dévoilant ce penchant pour les femmes à son mari, elle érigeait un mur entre eux deux. Et, en confiant cela à son amie, elle espérait aussi que Carole comprendrait à demi-mot qu'elle lui tendait la main. Mais, même si celle-ci s'était dite d'accord pour entrer dans la machination si, d'aventure, Bernard venait à la questionner, elle n'avait fait aucune proposition à Juliette. Elle l'avait même dévisagée curieusement sans ajouter le moindre commentaire.

Juliette avait également informé ses filles.

— J'ai annoncé à votre père que j'allais vivre avec une femme. Ce n'est pas vrai, bien entendu. C'est simplement pour l'agacer… et ça a marché ! Et puis, s'il vous en parle, vous ne serez pas surprises.

Juliette avait profité du pont de l'Ascension 1976 pour aller au Bousquet. Elle y avait invité un couple de relations. Lui était architecte. L'Aveyronnaise les avait entraînés jusqu'au mas Saint-Clair. Elle avait préféré prendre l'avis d'un professionnel et avait expliqué en détail les travaux et modifications qu'elle pensait réaliser, de façon à ne pas être confrontée à de mauvaises surprises qui auraient pu endommager de façon irréversible murs ou charpente. Elle était repartie rassurée.

La procédure de séparation avait suivi son cours. Et, mi-juin 1976, le divorce était prononcé. Maison et appartement avaient été estimés, à la satisfaction de Juliette, qui avait demandé et obtenu le remboursement par son mari de la moitié qui lui revenait, et elle s'était réservé les meubles qui lui plaisaient ou lui tenaient à cœur, lesquels devaient rester à sa disposition. Il lui avait également été attribué une somme d'argent qui, même si elle n'était pas très importante, lui serait utile au mas.

Chacun était ensuite parti à son travail. A son retour à Rambouillet, le soir, Bernard, nerveux et taciturne, lui avait lancé, sur un ton glacial :

— Je vais te verser la somme que je te dois dans une semaine au plus tard. Je ne peux pas faire plus rapide. Dès que ce sera réglé, tu iras habiter ailleurs. La maison m'appartiendra.

Juliette avait réfréné une forte envie de lui voler dans les plumes, tant il était odieux. Pourtant, elle s'était contenue, ne voulant pas prêter le flanc à de possibles rétorsions. Mais elle n'avait pu s'empêcher de lâcher, sarcastique :

— Oui, je comprends. Tu es pressé d'installer ta maîtresse !

Yeux exorbités, rouge de colère, il avait failli se jeter sur elle, avec l'envie de l'étrangler, mais le rire moqueur de celle qui était désormais son ex-épouse l'avait ramené à la réalité. Il n'avait pas répondu à cette provocation, ce qu'elle souhaitait peut-être, et qui l'aurait entraîné sur un terrain risqué.

Mais, avec cette mise à la porte précipitée, elle devait rapidement se mettre en quête d'un toit. Pourtant, elle n'avait guère plus d'un mois à vivre dans la région. Fin juillet, sa démission serait effective et, en août, elle prendrait ses quartiers dans l'Aveyron. Elle avait chargé son père de se renseigner sur le sérieux des artisans et de commencer à établir des contacts, voire de fixer des rendez-vous, même si elle était consciente qu'avec les congés ce ne serait pas la période la plus propice.

Ensuite, ce serait septembre et elle débuterait sa formation. Pour se loger, elle avait tout d'abord pensé occuper l'appartement de sa grand-mère, au-dessus de la quincaillerie à Millau. Puis, lors de sa rencontre avec le directeur du centre de formation à Saint-Affrique, celui-ci lui avait dit qu'il y avait des chambres dans l'établissement. Elle avait été séduite par cette possibilité de logement sur place, mais elle s'était ravisée. Elle avait passé l'âge des soirées chahutées. La maison du Bousquet était trop éloignée, à cinquante kilomètres de Saint-Affrique. Et, durant les longs mois d'hiver, elle redoutait d'être bloquée par la neige, là-haut, à 900 mètres d'altitude. Revenant à sa première idée, elle allait donc solliciter sa grand-mère. Elle savait d'avance que son aïeule serait ravie. Ainsi, Juliette ne serait qu'à trente kilomètres du lycée et, les soirs, elle pourrait réviser ses cours au calme. Et puis, Millau constituerait une transition agréable entre l'animation de la région parisienne, qu'elle allait quitter, et la solitude qui l'attendait, dans un an, perdue sur le plateau du Larzac, aux quatre vents.

De plus, la situation de Mélanie et Pascale n'était pas réglée. Avant la conclusion du divorce, elle ne leur avait pas demandé ce qu'elles avaient l'intention de faire. Auraient-elles envie de demeurer à Rambouillet ou préféreraient-elles accompagner leur mère ?

Juliette avait donc questionné ses filles. L'idée de partir vivre en Aveyron, dans cette province perdue, ne les enchantait pas trop, même si, au fil de leurs études, elles pourraient aller à Toulouse ou Montpellier.

— Maman, ta campagne, c'est bien pour les vacances, l'été, mais l'hiver, là-bas, c'est la mort ! avaient-elles décrété d'une seule voix. Ici, au moins, ça bouge toute l'année !

Pourtant, la perspective de continuer à côtoyer leur père ne les enchantait pas davantage. Elles imaginaient qu'elles devraient partager la maison avec la compagne de celui-ci, qu'il y aurait fatalement des tensions, et cela leur était insupportable. Elles avaient donc fini par accepter de suivre leur mère. Juliette avait prévenu Bernard.

— Oui, avait-il maugréé, je suppose qu'avec ton machiavélisme tu as trouvé les mots pour les convaincre de s'enfuir avec toi.

— Mélanie, Pascale, vous pouvez venir ? avait aussitôt appelé Juliette, avant de poursuivre sur un ton ironique : Quant à ce que tu nommes machiavélisme, c'est simplement du bon sens. Si j'en avais été dépourvue, tu aurais continué à me tromper !

Les filles étaient arrivées. Cette période était également difficile à vivre pour elles, prises entre deux feux, redoutant éclats de voix, claquements de portes ou bris de vaisselle. Pourtant, même si, à la maison, l'ambiance était tendue, jusque-là, leurs parents avaient toujours essayé de les tenir en dehors de leurs problèmes. Dès qu'elles avaient paru, leur mère avait rapporté les propos de leur père.

— Dites-lui si je vous ai influencées, leur avait-elle demandé.

Elles avaient confirmé qu'elles avaient pris leur décision toutes seules, même si elles avaient longuement hésité à l'idée d'aller vivre en province. Mais elles ne voulaient pas, non plus, croiser la maîtresse de leur père dans la maison.

Bernard avait accusé le coup. Il s'était empêtré dans des explications douteuses qui avaient fait s'esclaffer Juliette.

— Ah ! tu pars donc en province ? avait-il relevé à son adresse, moqueur. Quant à moi, aujourd'hui, je n'ai personne... d'attitré, avait-il lâché, se mordant aussitôt la langue, et puis, j'irai vivre chez... chez elle, chez ma compagne... quand... quand j'en aurai une.

— Arrête, s'était rebiffée son ex-épouse, tu es ridicule ! Ta vie privée ne nous intéresse pas. On ne veut pas savoir si tu as une maîtresse... ou plusieurs ! Par contre, si tu ne dois pas vivre ici, il est hors de question que les filles y habitent seules, livrées à elles-mêmes.

Bernard était pris au piège. Son sang n'avait fait qu'un tour. Il n'avait plus qu'une carte à abattre.

— Tout le monde m'abandonne donc, avait-il soupiré, la voix brisée, avant de se ressaisir et de lâcher, sur un ton sarcastique : Vous allez donc suivre votre mère. C'est très bien ! Mais elle ne vous a sûrement pas révélé qu'elle va vivre avec une femme !

Juliette avait sursauté. Même si elle connaissait le peu de scrupules de l'infidèle, elle ne s'attendait pas à ce qu'il utilise de tels arguments pour essayer de retenir ses filles et, surtout, de les détourner d'elle. Mais Mélanie et Pascale savaient à quoi s'en tenir quant à cette révélation. Elles avaient décoché un sourire niais, avant d'annoncer, joyeuses :

— Perdu ! Maman nous a informées. Et puis, à choisir entre une femme agréable et un père coureur... On se moque éperdument de ton tableau de chasse ! Et, avait poursuivi Pascale, tu ne manques pas de scrupules à parler d'abandon ! Tu ne t'es pas gêné pour nous délaisser, ainsi que maman.

Leur père s'était retrouvé sans voix, abattu et battu sur tous les fronts.

La semaine suivante, avec un large sourire, Juliette avait déposé sur son compte un chèque important qui mettait fin à cette union.

Elle avait demandé à Carole si elle pouvait l'héberger pour le mois qui lui restait à passer dans la région. Celle-ci avait longuement réfléchi. Ne pas accueillir son amie dans l'embarras l'ennuyait, mais elle était hésitante.

— Juliette, avait-elle fini par lâcher, confuse, je ne peux pas te refuser mon toit, mais tu es encore empêtrée dans tes incertitudes concernant ta vie privée, alors, autant que les choses soient claires entre nous : je ne veux pas me prêter à tes fantasmes.

L'Aveyronnaise avait rétorqué que cela ne lui avait absolument pas traversé l'esprit. Pourtant, au fond d'elle-même, un sentiment de déception s'était fait jour. Elle avait secrètement espéré que ce rapprochement aurait pu déboucher sur des sentiments plus tendres.

Quant à ses filles, début juillet, une fois l'année scolaire terminée, elles étaient parties au Bousquet.

VI

Juliette avait demandé à sa grand-mère l'autorisation d'utiliser son appartement à Millau, en compagnie de ses filles. Anna avait accepté avec joie. Mais Michel, informé de cette intrusion, avait une fois de plus joué les trouble-fête. La venue de sa sœur semblait le déranger.

Début août, Juliette avait quitté l'appartement de son amie Carole et rejoint sa famille au Bousquet. Son frère n'avait pas caché sa réticence à l'idée de l'avoir comme voisine. Voulant tirer les choses au clair, elle l'avait rencontré. Embarrassé, il avait avoué à Juliette que sa situation n'était pas reluisante. La quincaillerie ne marchait pas bien. Depuis un an, une grande surface de bricolage s'était implantée à Millau. Les prix pratiqués et le choix étaient tels que beaucoup de clients s'étaient détournés, un à un, du magasin familial. Mais, si la concurrence expliquait certaines choses, elle n'était pas seule responsable des déboires du quincaillier. Lydie, hautaine, avait également largement contribué à cette désertion. Elle n'avait jamais fait beaucoup d'efforts pour être agréable, se permettant même, en fonction de son humeur, de rabrouer les clients. Et, pour couronner le tout, depuis des années, elle dépensait sans compter. A la découverte de crédits multiples, de relances de factures impayées, Michel avait exigé des explications. L'entrevue entre les époux avait été orageuse. Tous deux s'étaient jeté à la face des mots insultants. Ils étaient en instance de séparation et il envisageait de vendre.

— Quoi ? s'était offusquée Juliette. Même si, officiellement, je n'ai rien à y voir, tu ne vas pas vendre. Tu n'as pas le droit ! Que vont dire les parents ? Et mémé ?

L'autorité de sa sœur l'avait laissé sans voix. Il paraissait las et l'avait dévisagée, le regard perdu.

— Tu leur en as parlé ? avait-elle enchaîné en se radoucissant, percevant son désarroi.

Il avait répondu par la négative, arguant qu'il avait honte d'avoir ainsi laissé péricliter l'affaire.

— Michel, c'est peut-être le moment de se serrer les coudes. Avec nos conjoints, on est aussi mal tombés l'un que l'autre. On ne va pas continuer à se chamailler comme quand on était enfants. Est-ce que je peux t'aider financièrement ?

Il était demeuré évasif, avançant des chiffres incertains, puis avait décrété que, quoi qu'il fasse, avec cette concurrence de grande enseigne, il ne parviendrait pas à remonter la pente. Il en avait assez de passer des heures à s'échiner pour en retirer un maigre bénéfice. Il était décidé à vendre et à aller travailler ailleurs. Peut-être même postulerait-il à un emploi dans ce magasin qui l'avait en partie fait sombrer. Mais présenter la chose aux parents l'angoissait, le paralysait.

— Et puis, avait-il ajouté, mémé Anna a conservé la jouissance de son appartement. Tu le sais, puisque tu vas t'y installer. Et jamais elle ne me donnera l'autorisation de le vendre.

— Comment ? avait rugi sa sœur, atterrée, parce que tu as l'intention de tout céder : fonds et murs ? Non, Michel, c'est ridicule ! Et qu'est-ce que tu vas faire ? Quitter une demeure qui t'appartient pour aller en location, alors qu'ici c'est superbe. Même si ça a un coût, on ne peut pas reprocher à Lydie un manque de goût. La décoration et l'ameublement sont magnifiques. Et moi je compte sur l'appartement de mémé jusqu'à mai prochain. Et puis, enfin, c'est le patrimoine de la famille. Tu ne vas pas le dilapider ainsi. Réfléchis, grand frère, et ne prends pas de décision à la hâte. Je suis à ta disposition pour parler de tous tes problèmes et, si tu veux, je t'assisterai pour annoncer ça aux parents... et à notre grand-mère... parce que j'imagine que ce sera un choc. Mais, s'ils apprenaient que tu veux tout mettre en vente, ce serait bon pour les faire mourir. Fais aussi le point de tes problèmes financiers. Même si je vais avoir beaucoup à investir au mas, je pense pouvoir t'aider… j'ai bien dit t'aider, te prêter, d'accord ?

Il avait acquiescé mollement, perdu dans ses pensées moroses.

Dès le lendemain soir, il avait appelé sa sœur. Le discours de celle-ci lui avait mis un peu de baume au cœur. Elle était descendue à Millau. Il avait fait le bilan de ce qu'il devait. Il n'y avait plus qu'à annoncer sa décision aux parents. Tous deux avaient convenu de ne pas évoquer la vente des murs. Ils remontèrent au Bousquet et réunirent la famille. Pour Anna, cette issue était inéluctable.

— Ça ne m'étonne pas, avait-elle décrété avec une moue évocatrice. Ta Lydie, elle n'est pas franche. Et avec ses airs de princesse, avait-elle ajouté en se dandinant, ce n'était pas une fille pour toi. Et puis, salarié, tu seras plus tranquille.

Et, comme à l'habitude, Marie-Odette avait versé quelques larmes. Encore une fois, tout ce qui arrivait était de sa faute. Elle n'avait pas su protéger ses enfants, elle ne les avait pas suffisamment mis en garde contre les turpitudes de l'existence.

— Et alors ? avait dit l'aïeule à sa fille, tu ne vas pas pleurer pour ça. Ils sont encore jeunes, en bonne santé, et ils ont envie de travailler. Qu'est-ce que tu veux de plus ? Le reste, les histoires de cœur, d'argent, ça fait partie des dédales de la vie. Toi et moi, nos hommes, ils ont fait chacun une guerre et ils en sont revenus blessés. Tu ne te souviens pas de l'angoisse dans laquelle tu vivais, quand Charles était au front, avec tes deux gamins sur les bras ? Tu crois que c'était mieux ?

Sa fille, réconfortée, avait dû en convenir. Elle avait loué le caractère optimiste de sa mère, qui, du haut de ses soixante-dix-neuf printemps, observait d'un regard détaché les êtres, les événements et les choses. Quant au père de Michel et Juliette, depuis longtemps, les tourments de la vie ne l'assaillaient plus.

— Ça pourrait être plus grave, avait-il conclu avec philosophie, levant les bras en signe d'impuissance.

Michel avait entamé sa procédure de divorce. Quant à ses ennuis financiers, ses parents avaient décrété que c'était à eux qu'incombait le devoir de l'aider et non à sa sœur, qui avait d'autres chats à fouetter.

Pendant le mois d'août 1976, jonglant avec les congés des divers artisans, Juliette était parvenue à en rencontrer la plupart. Permis de construire en poche et plans à l'appui, elle avait détaillé ce qu'elle voulait faire. Menuisiers, plombiers-chauffagistes, plâtriers, carreleurs, électriciens, pour la plupart surpris des connaissances de la jeune femme, avaient défilé au mas et n'avaient plus qu'à rendre leurs devis.

Juliette avait décidé de transformer la petite grange, située à droite de la propriété, en habitation. Elle fourmillait d'idées pour l'aménagement intérieur et avait tracé plusieurs plans, avant d'en retenir un. Elle voulait aussi faire bâtir une tour au beau milieu de la bâtisse et récupérer la cheminée qui trônait contre le mur de la vieille maison qui avait brûlé, pour l'installer dans le grand séjour.

Souvent, elle avait rêvé de cet imposant cantou, qui portait sur le linteau la date de la construction : 1756. Au-dessus, sur une pierre de taille plus grande que les autres, était grossièrement sculptée une croix. Des années plus tôt, quand la maison était encore debout, Juliette en avait demandé la signification à sa grand-mère. Elle lui avait dit que cette croix avait peut-être un rapport avec les Templiers, qui avaient été présents dans la région, notamment à La Couvertoirade, Sainte-Eulalie-de-Cernon et La Cavalerie.

Mais les préoccupations immédiates de l'Aveyronnaise étaient autres.

En effet, les maçons et charpentiers consultés avaient refusé le chantier. Devant la détermination et les arguments de la propriétaire, qui s'était même permis de leur donner certaines directives à suivre pour mener à bien les travaux et qui leur avait clairement fait sentir qu'elle ne tolérerait pas d'à-peu-près, ils avaient préféré renoncer. Elle en avait même entendu un maugréer dans sa barbe que ces Parisiens ne savaient pas ce qu'ils voulaient et que lui n'allait pas se laisser commander par une femme.

Pourtant, malgré ces refus, elle n'en démordrait pas. Elle voulait sa tour et sa cheminée... et elle les aurait ! C'était sa maison et elle serait comme elle l'avait imaginée. Elle en avait parlé avec son père, qui avait travaillé dans la maçonnerie jusqu'à la guerre, pour savoir si son idée était farfelue ou pas. Il l'avait rassurée, en précisant toutefois que cet aménagement nécessitait des travaux lourds : dépose et modification d'une partie de la toiture et de la charpente, mise en place d'un gros linteau pour soutenir un des murs de la tour, construction... Ce n'était pas une mince affaire ! Mais sa fille, désormais sûre de son fait, avait maintenu son choix.

Elle avait décidé d'implanter cette tour au milieu de la façade ouest. Elle serait carrée et comporterait quatre niveaux, de façon à ce que le dernier dépasse du toit de la maison. Un escalier en bois permettrait d'accéder aux étages. Tout en haut, elle pourrait poser son regard sur ce vaste plateau qui l'enchantait, mais également surveiller son troupeau. Et puis, ainsi, la maison serait plus cossue.

Au rez-de-chaussée, l'entrée se situerait donc dans la tour, qui servirait d'accès au premier étage, puis au grenier, le dernier niveau servant de mirador, avec une fenêtre sur chacun des quatre pans. L'entrée donnerait sur un grand corridor qui desservirait toute la maison. A droite, exposé au sud, là où se trouvait la grande ouverture en arche, elle avait imaginé un vaste séjour. Au dos du mur de séparation avec l'entrée, elle avait donc l'intention de faire rebâtir la cheminée qui occupait le pignon nord de la vieille maison incendiée, contre le fournil. Il fallait agrandir les portes situées sur les versants est et ouest qui allaient recevoir de grandes baies vitrées pour constituer une pièce claire et agréable à vivre. La cuisine était prévue derrière la tour, avec un accès direct dans le séjour, à droite de la cheminée. Sur la partie gauche de la maison, des ouvertures devraient également être pratiquées pour accueillir deux chambres au levant et, côté couchant, toilettes et salle de bains, chaufferie et buanderie, laquelle ferait aussi office de débarras. Tout au bout du couloir, sur le pignon nord, elle désirait également faire ouvrir une porte. Elle donnerait dans un grand local de plain-pied, à construire en prolongement de la maison, qui servirait de garage, de remise à bois et de cave côté est. Là, il faudrait creuser dans la roche calcaire. De cette façon, la température, constante tout au long de l'année, serait idéale pour les conserves et le vin.

Au premier étage, elle voulait aménager deux appartements avec, en plus de l'accès intérieur par la tour, une entrée par un escalier extérieur indépendant pour chacun. Celui situé au nord bénéficierait de la vaste terrasse constituée par le toit plat du garage. Pour celui du sud, elle en avait également prévu une. Elle ferait vitrer la partie située dessous, au rez-de-chaussée. Ainsi, l'hiver, elle pourrait se prélasser au chaud derrière les fenêtres, et, l'été, cette pièce ouverte serait agréable avec un barbecue. Une pièce avec coin cuisine et un séjour, deux chambres, une salle d'eau et des toilettes équiperaient chaque logis. De chaque côté, sous les rampants du toit, elle créerait des placards et des penderies. Ainsi, elle pourrait sans problème accueillir filles... ainsi que futurs gendres et enfants.

Mais les problèmes du maçon, du charpentier et du couvreur demeuraient entiers et la faisaient rager.

Dans un encart sur l'annuaire de l'Hérault, Juliette avait trouvé une entreprise de maçonnerie, menuiserie, charpente et couverture dans la commune du Caylar, pas très éloignée du mas. Les frères Cadourt se disaient spécialistes en rénovation. Elle avait donc pris rendez-vous avec eux en expliquant succinctement son affaire.

Quand elle avait vu apparaître les deux hommes, par un bel après-midi de fin août, elle les avait regardés avec inquiétude. Dire qu'ils ne payaient pas de mine était un compliment ! Ils devaient avoir une cinquantaine d'années. Longs comme des jours sans pain, maigres à faire pitié, béret crasseux vissé sur la tête, barbe de trois jours, affublés de vêtements qu'aurait certainement renié un vagabond, ils déambulaient comme des pantins désarticulés. La première impression était pour le moins peu engageante ! « Mais il ne faut pas juger les gens sur l'apparence ! » s'était dit Juliette pour se rassurer.

Ils avaient failli lui écraser la main en la saluant d'une voix aiguë et, à leur tour, l'avaient dévisagée de leurs yeux de fouine. L'un d'eux avait un tic nerveux qui lui faisait tordre la tête. Il avait fait les présentations : son frère était maçon et lui menuisier-charpentier-couvreur.

Malgré son scepticisme, l'Aveyronnaise avait commencé à expliquer ce qu'elle attendait, persuadée que c'était peine perdue. Ils semblaient d'ailleurs écouter Juliette d'une oreille distraite, ponctuant ses recommandations d'un hochement de tête entendu, d'un sourire poli, s'éloignant sans raison apparente et marmonnant entre eux. Elle commençait à trépigner d'impatience, prête à renvoyer ces deux originaux qui avaient l'air de se moquer d'elle et de ses préoccupations, quand celui qui avait un tic avait réclamé le plan. Ils avaient étalé le document sur le capot de la voiture et y avaient jeté un rapide coup d'œil.

Juliette avait ensuite énoncé tout ce qu'elle attendait d'eux. Elle avait parlé du toit à modifier pour l'érection de la tour, laquelle serait à bâtir avec les mêmes pierres que celles de la bâtisse, des huit chiens-assis à créer, des diverses ouvertures à réaliser dans les murs de quatre-vingts centimètres d'épaisseur, des portes et fenêtres avec double vitrage, des volets. Elle avait évoqué les éléments de la cuisine, les escaliers, celui de l'intérieur dans la tour et les deux à l'extérieur pour accéder aux appartements du premier. Tout le sol pavé du rez-de-chaussée devrait être remplacé par une double chape en béton. Entre les deux, elle voulait insérer une isolation. Les chambres seraient ensuite revêtues de parquet en châtaignier posé sur lambourdes. Entrée, cuisine, salle de bains, dégagement et pièces de service seraient carrelés, et le séjour recouvert de tommettes. Elle tenait à avoir des poutres apparentes dans cette grande pièce, mais leur avait demandé conseil pour le plafond. Elle souhaitait avoir une bonne isolation phonique entre le rez-de-chaussée et l'étage. Ils avaient conseillé la pose d'un hourdis et d'une chape béton, isolée si possible. Elle voulait conserver les pierres apparentes sur les murs extérieurs ainsi que dans le séjour et avait suggéré de les sabler pour leur rendre leur ocre d'origine. Ils avaient acquiescé et avaient parlé des joints à refaire à la chaux.

Elle avait réservé la cheminée de la maison détruite pour la fin. Elle les avait entraînés là, expliquant qu'elle tenait absolument à la récupérer et à l'installer dans le séjour. En se grattant la tête, ils avaient lorgné avec insistance sur le pignon contre lequel trônait l'imposant cantou, puis avaient lâché quelques commentaires où il était question d'étais, de leviers et de grue. Juliette n'osait pas les interroger, mais elle avait compris que, ce qui les inquiétait, c'était la tenue dudit pignon lorsqu'ils effectueraient la dépose. Ils s'étaient enfin retournés et, dans un haussement d'épaules dédaigneux, avaient décrété, triomphants, que ce n'était pas une banale cheminée qui allait les arrêter. Ils avaient ensuite demandé à pénétrer dans la grange. Là, ils avaient longuement détaillé murs, poutres et plafonds, avant de dresser une vieille échelle, qui avait perdu quelques barreaux, dans la trappe qui accédait à l'étage. En quelques sauts, ils s'étaient hissés là-haut et y étaient demeurés un moment. Juliette les attendait en bas, essayant de saisir leur conversation. Ils étaient enfin réapparus avec un vague sourire, annonçant que ces travaux ne présentaient pas de difficultés insurmontables et qu'ils pouvaient s'en charger. La surprise avait été telle qu'elle était demeurée un instant bouche bée.

— Vous… vous êtes sûrs ? avait-elle demandé, peu rassurée.

— Eh ! avait grogné l'un des deux, si on vous le dit ! Pourquoi ? Vous ne nous croyez pas ? Vous pensez qu'on n'est pas capables de faire ces bricoles ?

— Ces bricoles, comme vous dites, plusieurs de vos collègues les ont refusées, prétextant que ce n'est pas possible ou très risqué…

— Ah, ah, ah ! s'étaient-ils esclaffés, goguenards, avant que le charpentier poursuive : Comme d'habitude ! Ils ont peur de se noyer dans un verre d'eau. De nos jours, sorti des briques, des moellons et des fermettes, il ne faut rien leur demander d'autre. Et puis, c'est trop compliqué, il risque d'y avoir des imprévus et ça ne rapporte pas assez. Mon frère et moi, ma petite dame, si on vous dit qu'on peut le faire, c'est qu'on peut… et on connaît notre travail ! Maintenant, si vous trouvez mieux ailleurs… et moins cher, ne vous gênez pas, allez-y. On n'attend pas après ça, on a assez de travail… Mais il faut quand même faire un devis, parce que, je ne sais pas si vous réalisez, mais il y en a pour quelques sous…

— Oui… je sais, avait répondu Juliette du bout des lèvres, de peur de froisser la susceptibilité des deux hommes.

Même si elle n'avait pas totalement été conquise par ces affirmations, elle avait pensé qu'elle ne pouvait pas avoir affaire à des mystificateurs.

— Quand est-ce que vous pourrez me donner votre estimation ? s'était-elle inquiétée aussitôt, parce que… je suis assez pressée, avait-elle ajouté timidement en essayant de dissimuler sa crainte.

— Ah oui ! avaient-ils clamé d'une seule voix, comme tout le monde. Aujourd'hui, vous êtes tous pressés. Mais qu'est-ce que vous avez donc à courir tout le temps ? C'est vrai qu'à Paris ils galopent toute la journée ! D'ailleurs, même quand ils sont en vacances, ils courent. Vous êtes complètement fous, là-haut !

— C'est vrai, n'avait eu d'autre recours que d'admettre Juliette en souriant, mais, moi, je suis aveyronnaise. Je suis née à Millau… et je vais revenir ici… pour élever des brebis…

Cette révélation avait fait s'esclaffer les deux frères qui, d'un seul mouvement, avaient rejeté leur béret en arrière, découvrant quelques mèches folles. Ils l'avaient dévisagée d'un œil sceptique, se demandant si elle plaisantait. Elle avait deviné leur incrédulité et avait confirmé ses dires.

— Ah, miladieu ! avait poursuivi le maçon, quand tous deux eurent retrouvé leur sérieux, quand on dit que vous êtes fêlés, on ne se trompe pas ! Et vous n'êtes pas bien, là-haut, au chaud dans un bureau ? Parce que, à vous voir, vous ne travaillez pas dans le bâtiment, vous ! Elever des brebis ! En tout cas, vous avez perdu l'accent d'ici !

Juliette s'était racontée : les déboires conjugaux, la recherche d'une nouvelle vie, le désir de retourner dans l'Aveyron, et ce déclic, ce coup de foudre pour le mas familial et pour l'élevage. Les frères avaient salué sa volonté et lui avaient souhaité de réussir.

— Et, avait-elle enchaîné, si nous nous mettons d'accord sur le prix, vous pouvez commencer quand ? Mi-septembre ?

Ce qui avait soulevé une volée de cris et protestations du duo.

— Début octobre ? Pas plus tard, parce que, après vous, il y a tous les autres corps de métiers. Pour peu que le mauvais temps s'en mêle, la neige... J'ai prévu d'emménager en mai prochain et, hormis ce que je me réserve, je voudrais que tout soit terminé. Maintenant, soyez francs : si vous pensez ne pas pouvoir tenir les délais, il est inutile de me rendre un devis surestimé... J'aurai aussi quelques aménagements à effectuer dans la grange, mais je n'ai pas encore tous les éléments. Je ne veux donc pas me précipiter. J'y verrai plus clair au cours de ma formation. Et puis, cette maison qui a brûlé, j'ai également envie de la reconstruire... et sans trop tarder, parce que c'est là que ma grand-mère est née, il y a soixante-dix-neuf ans, et je voudrais qu'elle la revoie rénovée, tant qu'il n'est pas trop tard...

Les deux frères l'avaient dévisagée, à la fois ennuyés et admiratifs, impressionnés par la détermination de la propriétaire. Avant de la quitter, ils avaient promis de faire de leur mieux, autant pour le prix que pour le délai, même si, pour ce dernier, ils avaient regimbé, arguant qu'ils étaient déjà plus que chargés en travail et qu'ils devraient alors retarder certains chantiers.

Après les avoir regardés partir, Juliette, partagée entre deux sentiments, n'avait pu retenir un éclat de rire. La première impression était plus que défavorable, et pourtant, en les écoutant parler, elle était à peu près certaine qu'elle avait affaire à des professionnels compétents. Mais ses interrogations étaient toujours de mise. Leur devis ne serait-il pas trop élevé ? Accepteraient-ils le chantier au vu du délai très court qu'elle leur imposait ? Autant de questions qu'elle espérait voir solutionnées rapidement. Les brebis agnelaient en novembre et elle pourrait donc acheter les agnelles en janvier. Dans le meilleur des cas, elle démarrerait l'élevage en janvier 1978. Normalement, cela lui permettrait de mener à bien ses travaux les plus urgents. Mais elle venait aussi de se rendre compte que, contrairement à la région parisienne, où il était facile de trouver rapidement des artisans disponibles, là, ils étaient tous submergés et prenaient souvent du retard dans les chantiers.

Par son amie Carole, Juliette avait appris que Bernard avait installé Lise Boirieux à Rambouillet. Cela ne faisait que confirmer ce que l'Aveyronnaise avait toujours pensé, à savoir que son ex-mari n'avait jamais rompu avec sa maîtresse. Cette nouvelle lui avait tout d'abord arraché quelques jurons à l'encontre de l'infidèle, puis, une fois calmée, elle s'était réjouie d'avoir eu la force et la détermination d'aller au bout de ses intentions. Après tout, maintenant, il pouvait faire ce que bon lui semblait et avoir autant de maîtresses qu'il l'entendait. Il était enfin sorti de sa vie et c'était bien là le plus important !

A la rentrée scolaire de septembre 1976, Mélanie et Pascale avaient pris le chemin du lycée de Millau, l'aînée en classe de terminale, la cadette en première, tandis que leur mère, avec une pointe d'anxiété, retournait, elle aussi, sur les bancs de l'école, au CFPPA La Cazotte à Saint-Affrique, après avoir demandé et obtenu un financement pour sa formation.

Ils étaient quinze stagiaires. Parmi eux se trouvaient des jeunes de dix-huit à vingt-trois ans, six garçons et trois filles, très motivés pour certains, beaucoup moins pour d'autres. Yves et Geneviève, deux Aveyronnais trentenaires, étaient également présents. Lui s'était retrouvé au chômage, et tous deux avaient décidé de reprendre l'exploitation des parents de la jeune femme. Claude, un célibataire de trente-six ans, faisait aussi partie de la troupe. Après avoir travaillé dans le bâtiment, il avait eu le désir de prendre la succession de ses parents, pour qui l'âge de la retraite allait bientôt sonner. Et, dans cette région, le roquefort procurait un débouché logique aux éleveurs. Il y avait aussi Alexandre, un quadragénaire qui travaillait avec sa femme éleveuse, âgée de cinquante-cinq ans. C'était elle qui avait incité son mari à faire le stage. Vu leur différence d'âge, si elle disparaissait prématurément, lui, n'ayant pas de diplôme, ne pourrait plus conduire la ferme. Mais ainsi il allait faire des journées doubles, à s'occuper du troupeau matin et soir en plus des cours. La dernière était Salomé Amraya, une petite Tchadienne de vingt-huit ans, plutôt timide, qui était arrivée en France sept ans plus tôt. Comme dans beaucoup d'Etats africains, l'indépendance avait provoqué des périodes troublées, où insécurité, conflits, rebellions et famine étaient courants.

Les journées de Juliette étaient bien remplies. Elle s'investissait dans ses études, n'hésitant pas à reprendre ses notes le soir à Millau. Même si la semaine passée au Bousquet, chez Corinne et Alain Longvialle, lui avait permis de pénétrer dans cet environnement, qui lui était totalement étranger auparavant, elle écoutait avec attention les exposés des formateurs.

Elle apprit ainsi qu'autour de Roquefort a été déterminée une zone de production appelée « Le Rayon », d'environ cent vingt kilomètres de diamètre, qui, outre une partie de l'Aveyron, comprend également des fermes du Tarn, de la Lozère, du Gard et de l'Hérault.

Ainsi, de Rodez à Lodève, d'Albi à Mende, des producteurs de lait élèvent des brebis de race Lacaune exclusivement. Cette race a été sélectionnée pour sa rusticité. Elle convient très bien à l'environnement de ces contrées. La brebis Lacaune a une tête fine et allongée. Ses petits sabots sont adaptés aux prairies parsemées de cailloux, comme, notamment, sur le Larzac.

Même si elle craint grand froid et forte chaleur, elle est plutôt résistante. Son principal atout réside dans son très bon rendement en lait. La tonte a lieu en mai. Chaque brebis donne entre un kilo et un kilo et demi de laine, surtout présente sur le dos.

La période de reproduction, qui se nomme la lutte, a lieu en juin, sauf pour les agnelles, pour lesquelles elle est retardée d'un mois. Après une gestation de cinq mois, les agneaux naissent en novembre. Ils sont allaités par les mères pendant un mois, puis vendus. Les éleveurs doivent périodiquement renouveler leur troupeau pour conserver une production de lait correcte. Pour cette raison, une brebis est réformée au bout de quatre à cinq ans et vendue pour la boucherie. Dans ce cas, une partie des agnelles intègre donc le troupeau pour remplacer les bêtes les plus âgées.

La traite dure environ six mois et demi et commence à la vente des agneaux. Au début, une brebis donne en moyenne trois litres de lait par jour. En fin de lactation, la production journalière n'est plus que d'un litre. Chaque bête fournit ainsi deux cents litres de lait par saison. Il est collecté tous les jours par une entreprise de ramassage pour la fromagerie. Douze à treize litres sont nécessaires pour fabriquer un pain de roquefort qui pèse près de trois kilos à son entrée en cave. Les éleveurs sont tenus d'effectuer la traite matin et soir. Le troupeau doit aller dans les prés tous les jours pendant au moins huit heures, sauf en période d'agnelage et lorsque les conditions climatiques ne le permettent pas, ce qui est souvent le cas pendant la période hivernale, avec gelées ou neige. Ainsi, de janvier à fin mars, les brebis ne quittent pas l'étable. Dans les zones de production aux terres riches, les éleveurs font les foins et cultivent des céréales, de façon à nourrir les bêtes, mais aussi des graminées, dont ils conservent la paille pour la litière et vendent les graines pour la farine. Sur les pâtures pauvres du Larzac, certains n'ont pas cette opportunité et doivent acheter du fourrage, des céréales et de la paille pour subvenir aux besoins du troupeau.

Les problèmes avec les mères se produisent surtout au moment de l'agnelage. Ensuite peuvent également survenir des risques de mammite, principalement en début de lactation. Dans ce cas, la brebis est réformée et vendue pour la boucherie.

Juliette se passionnait pour ses études. Elle relevait les éléments dans lesquels elle décelait des différences par rapport à ce qu'elle avait pu voir chez ses amis Corinne et Alain, à qui elle rendait visite chaque fin de semaine pour en parler.

Au fil des semaines, des liens s'étaient tissés entre les stagiaires et deux groupes s'étaient formés. Les jeunes, garçons et filles, se retrouvaient ensemble, chahutant souvent ces dernières et laissant les plus de trente ans, les « vieux », entre eux. Mais l'ambiance était bon enfant et, même ceux qui étaient là comme ils auraient pu être ailleurs, sans réelle motivation, ne perturbaient pas le bon déroulement des cours.

Au début, Salomé, la Tchadienne, était très renfermée, voire méfiante. Juliette, qui avait côtoyé plusieurs personnes de couleur en Ile-de-France, avait remarqué cette réserve et sympathisé avec elle. Curieuse, elle l'interrogeait sur son pays et parlait beaucoup avec la jeune Noire. Ainsi, petit à petit, celle-ci s'était fondue dans le groupe.

Juliette s'était également mise en quête d'une chienne. Elle avait trouvé une jeune border-collie, qu'elle avait prénommée Cigale. Dans un an et demi, elle pourrait surveiller le troupeau et aider sa patronne à ramener les bêtes à l'étable le soir. Cette race présente toutes les aptitudes requises pour la surveillance des brebis et elle est très répandue dans les élevages, notamment en Aveyron et dans les Pyrénées. Ces chiens, de taille moyenne, au poil noir et blanc mi-long, sont très affectueux. Malgré sa jeunesse, Cigale était docile et attendait patiemment sa maîtresse dans l'appartement jusqu'au soir, même si, à midi, Michel la sortait un peu. Mélanie et Pascale n'étaient pas les dernières à s'occuper du chiot, se disputant même l'honneur d'aller le promener.

Une semaine après leur rencontre, Juliette avait reçu le devis des frères Cadourt. Elle avait écarquillé les yeux en découvrant le montant, se demandant s'ils ne s'étaient pas trompés. Habituée aux prix nettement plus élevés pratiqués dans la région parisienne, elle avait détaillé chaque poste pour vérifier s'ils n'avaient rien oublié. Mais tout paraissait conforme. La lecture du total lui avait arraché un large sourire. Ils mentionnaient qu'en cas d'accord ils s'engageaient à commencer le chantier début octobre, comme elle l'avait envisagé, de façon à avoir terminé au moins la partie construction de la tour et la toiture fin novembre s'il n'y avait pas trop d'intempéries jusque-là. Les devis des autres corps de métiers lui étaient également parvenus. Elle avait aussitôt déclenché les travaux.

La première chose qu'elle avait demandée aux frères Cadourt était d'empierrer le chemin, de façon à combler les ornières et à le rendre praticable en voiture, ce qu'ils avaient exécuté fin septembre. Elle avait également convenu avec eux de se retrouver tous les soirs. Ainsi, elle se rendait compte de l'avancement du chantier et, si un problème imprévu surgissait, tous trois pourraient le régler sur-le-champ. Dès le début d'octobre, à la fin des cours, elle prenait la route de Saint-Beaulize et montait au mas. Là-haut régnait une agitation inhabituelle. Six ouvriers, deux charpentiers et quatre maçons, travaillaient sans relâche. De jour en jour, elle avait vu la toiture se découvrir, les fondations se couler et les pierres s'assembler une à une. Les huit chiens-assis prenaient forme. Chapes, hourdis, ouvertures à créer, viendraient dans un deuxième temps, quand la bâtisse serait hors d'eau.

Et, dans la grisaille de fin novembre, tandis que Juliette venait d'achever son premier stage obligatoire en période d'agnelage chez Corinne et Alain, la tour, coiffée de son toit pointu à quatre pentes, était enfin dressée et surmontait le faîtage de la grange dont la toiture était également achevée, ainsi que les chiens-assis. Même si Juliette avait suivi journellement la progression des travaux, elle ne cachait pas sa surprise de voir que les deux frères avaient tenu parole. Ce soir-là, en arrivant, elle avait longuement détaillé la transformation de la grange, comme si elle la découvrait pour la première fois. A plusieurs reprises, elle s'était arrêtée, penchant la tête, faisant un pas, à droite, à gauche, en avant, en arrière, avec admiration et fierté. Puis elle était repartie vers sa voiture et en était revenue, brandissant d'un air triomphant des bouteilles de champagne. Dans le crépuscule naissant, tous les ouvriers, joyeux, avaient levé leur verre à cette réalisation.

Les charpentiers avaient déposé le vieux plafond disjoint, ainsi que les poutres tordues et vermoulues. Les maçons allaient maintenant enlever le pavage du sol, couler la première chape et pratiquer les diverses ouvertures dans les murs. Ensuite viendrait le hourdis de l'étage.

La période des fêtes approchait à grands pas. Peu avant Noël, ces travaux étaient achevés. Traditionnellement, les entreprises fermaient une à deux semaines à ce moment-là.

Pour Noël, Juliette et ses filles avaient rejoint leur famille à Collioure. Michel, qui avait déjà mis sa sœur dans le secret, avait révélé à ses parents et à sa grand-mère qu'il avait vendu le fonds de commerce. Un magasin de meubles allait remplacer la quincaillerie. Quant à lui, comme il l'avait espéré, il allait être embauché dans la grande surface de bricolage qui avait ouvert un an et demi plus tôt et qui n'avait pas arrangé ses affaires. Mais, ainsi, il serait plus tranquille, et la vente allait lui permettre de rembourser les dettes contractées par son ex-épouse.

A la demande de ses beaux-parents, Juliette et les filles étaient montées deux jours à la Chapelle-Saint-Mesmin où elles avaient été accueillies à bras ouverts. Les parents de Bernard avaient toujours été charmants, et Juliette n'avait aucune raison de les ignorer ou de les rendre responsables de ce qui était arrivé.

La première semaine de 1977 avait vu tomber la neige et les artisans n'avaient pu monter au mas Saint-Clair. De même, au Bousquet, les éleveurs étaient isolés. Heureusement, Corinne et Alain n'avaient pas encore vendu les agnelles et la traite n'avait donc pas commencé. Dans la vallée, les routes étaient dégagées et Juliette avait repris ses cours normalement.

Dès le mois de mars, Charles, le père de Juliette, était revenu à Millau. Au mas, les travaux avançaient et il y avait de quoi s'occuper à l'intérieur.

Fin avril, les Télécommunications avaient amené la ligne. EDF en avait fait de même et avait installé le transformateur.

L'extérieur du mas était achevé. Pierres sablées et joints refaits donnaient un bel aspect ocre à la bâtisse. Le long de la façade de la vieille maison se trouvaient deux bancs en pierre. Juliette avait demandé aux maçons de les installer de part et d'autre de la porte d'entrée. Elle avait acheté des jardinières qui, déjà, débordaient de fleurs printanières multicolores.

A l'intérieur, le séjour, avec son sol en tommettes, ses grosses poutres entrecoupées de lambris clair et son imposant cantou, était pratiquement terminé. Il manquait seulement quelques coups de pinceau que Juliette s'était réservés. Les grandes ouvertures en faisaient une pièce claire, très agréable. Charles avait posé le carrelage dans l'entrée, la cuisine, la salle de bains, les toilettes et le couloir qui desservait chambres, buanderie, chaufferie. Le plombier-chauffagiste avait testé les diverses installations : chaudière et chauffage, plomberie et sanitaire, puisage et stockage de l'eau.

L'escalier dans la tour allait bientôt être installé. Juliette, qui n'achèterait les agnelles qu'en janvier 1978, se chargerait de la finition des deux chambres du rez-de-chaussée ainsi que de la réalisation des appartements de l'étage. Elle avait de nouveau sollicité son père, qui serait un chef de chantier avisé en même temps qu'un aide précieux.

Elle avait déjà fait le point des équipements nécessaires à la bergerie. Les devis avaient été établis, mais elle avait volontairement laissé de côté cette partie. Elle avait seulement fait creuser les tranchées et poser les divers fourreaux pour l'eau et l'électricité. Le stage n'était pas encore terminé et, même si elle suivait les cours avec aisance, elle voulait être certaine d'obtenir son diplôme avant de réaliser les travaux dans la grange.

Dès que Juliette avait su que le centre de formation faisait le pont pour l'Ascension, elle avait donc retenu une entreprise de déménagement, qu'elle avait fini par dénicher à Rodez. Cela n'avait pas été sans mal, compte tenu de la date. Beaucoup faisaient eux aussi le pont. Fin avril, elle avait appelé Bernard pour le prévenir qu'elle viendrait récupérer ses meubles le vendredi 20 mai. Il n'avait pu cacher sa surprise. Elle l'avait écouté d'une oreille distraite, en souriant. Ses propos, mielleux et emplis de regrets, sonnaient faux et avaient laissé son ex-épouse de marbre. Décidément, il ne changerait pas !

— Et je ne veux pas avoir ma remplaçante entre les pieds, ce jour-là, avait-elle précisé d'un ton ferme.

Pris au dépourvu, il avait balbutié quelques mots pour tenter de se justifier, mais Juliette, qui, désormais, se moquait éperdument de sa vie et de ses états d'âme, avait coupé court, réjouie de l'embarras dans lequel elle venait de le plonger. « Il est resté le même. Toujours aussi comédien ! » avait-elle maugréé après avoir raccroché.

Elle avait prévenu Carole de sa visite. Elle était arrivée à Rambouillet le jeudi après-midi. Son amie l'avait hébergée. Depuis le temps qu'elles ne s'étaient vues, elles avaient beaucoup de choses à se raconter et avaient passé la soirée à papoter. Le vendredi matin, guillerette, elle avait pris la direction de la maison. Pourtant, sa joie avait été de courte durée. Elle avait pénétré dans le parc, le cœur battant, la gorge serrée. Tant d'années passées là, tant d'années de bonheur, qui auraient pu continuer, se prolonger… jusqu'à leurs vieux jours. Mais le destin… ce destin qui jouait avec la vie des êtres, sans se préoccuper de leurs espérances, de leurs sentiments, de leurs états d'âme, ce destin, qui, en l'occurrence, se nommait Bernard, en avait décidé autrement. La page était bel et bien tournée, définitivement ! Elle avait frotté ses yeux humides, devant lesquels un brouillard de chagrin s'était installé. Elle avait respiré profondément et, aussitôt, s'était ressaisie ; elle n'allait pas fondre en larmes. Pas devant lui ! Surtout pas devant lui !

Tous deux s'étaient salués et avaient discouru de banalités. Un rapide regard à l'intérieur l'avait surprise. Elle s'attendait à trouver une maison bouleversée, mais meubles, tableaux, tapisseries, éléments de décoration n'avaient pas changé de place depuis son départ. En attendant l'arrivée des déménageurs, Bernard, plutôt mal à l'aise, lui avait proposé un café qu'elle avait poliment refusé, puis il s'était enquis de savoir comment elle allait et si sa nouvelle vie lui donnait satisfaction.

— Ton stage se déroule bien ? lui avait-il demandé. Tu veux donc élever des moutons ?

Elle était demeurée évasive, rétorquant qu'elle ne savait pas encore, que ce serait une corde de plus à son arc, qu'elle envisageait plusieurs possibilités. Mais, toujours intrigué par la révélation qu'elle lui avait faite le jour de leur conciliation, il n'avait pu s'empêcher de la questionner.

— Et… et cette amie ? Tu… vis avec elle ?

— Bernard, lui avait-elle répondu en le fusillant du regard, est-ce que je me préoccupe de savoir avec qui tu vas, avec qui tu couches ? Non ! Aie donc la décence de respecter ma vie privée. Et puis, que je sache, je n'ai pas de comptes à te rendre ! avait-elle lâché, méprisante. Ta curiosité est malsaine.

Il avait ravalé sa salive et bredouillé quelques mots d'excuse, même si cette zone d'ombre dans la vie de Juliette l'intriguait toujours.

Dès l'arrivée des déménageurs, Juliette, liste en main, les avait entraînés d'une pièce à l'autre, collant des petits morceaux de papier sur ce qu'ils devaient charger, devant l'œil contrit de Bernard, qui n'osait plus souffler mot.

Une fois les premières directives données, elle avait laissé les deux hommes à leur travail et son ex-mari à ses errances. Elle avait sorti des armoires et des buffets ce qu'elle devait emporter. Draps, couvertures, mais aussi service en porcelaine de Limoges, service de verres en cristal d'Arques, ménagère Louis XV en argent, vases de Sèvres, tous les cadeaux de mariage qui venaient de son côté à elle avaient été soigneusement emballés et rangés dans des cartons étiquetés. Elle s'était également réservé des tableaux et des tapisseries d'Aubusson qu'elle décrochait prestement des murs, sans un regard pour Bernard qui faisait triste mine dans son coin. Une grande armoire rustique, un lit bateau, deux chambres complètes, un buffet campagnard, une commode Louis XV, le salon en cuir couleur crème et boiseries en merisier, avec canapé d'angle et quatre fauteuils confortables, étaient également destinés à gagner l'Aveyron. Dans la grande bibliothèque, elle avait soigneusement trié les livres qu'elle emmenait, ainsi que le meuble.

Elle avait ensuite entraîné Bernard à la cave. Là étaient stockés vin, champagne et conserves. Tous deux avaient trié les bouteilles achetées en commun. Grands crus de bordeaux, rouges ou blancs, bourgognes, châteauneuf-du-pape, champagne de grande marque, avaient ainsi été partagés de façon équitable, de même que quelques millésimes rares. Chaque fois que Juliette brandissait une bouteille qu'elle mettait de côté pour elle, Bernard acquiesçait d'un signe de tête, sans un mot, visiblement perturbé par tout ce remue-ménage.

Juliette s'était également approprié la totalité des conserves. Il y avait là d'innombrables boîtes et bocaux : fruits, légumes, cèpes et girolles, sans oublier confits, pâtés et foies gras, que préparaient tous les ans sa mère et sa grand-mère. Au retour de la cave, Juliette, qui s'amusait du désarroi de son ex-mari, avait également raflé quelques bibelots, plus par esprit frondeur que pour leur valeur réelle.

A midi, le chargement était pratiquement terminé. Juliette avait laissé les déménageurs achever leur besogne et leur avait donné rendez-vous le lendemain matin, samedi, à huit heures à Fondamente, de façon à les conduire jusqu'au mas sans qu'ils risquent de s'égarer.

Bernard lui avait proposé de déjeuner avec lui.

— Merci, mais je suis attendue, avait-elle menti sur un ton léger, avant d'ajouter, narquoise : Et puis, sincèrement, manger quelque chose qui a été préparé par ta maîtresse, je ne pourrais pas !

Il avait avalé sa salive et était resté coi, tandis qu'elle, triomphante, lui adressait un petit signe de la main, assorti d'un regard moqueur, avant de reprendre la route de l'Aveyron.

VII

Juliette avait passé la nuit précédente à Millau, en compagnie de Mélanie et Pascale. Et elle était maintenant là, au mas Saint-Clair, chez elle. Enfin ! Après avoir longuement songé à toutes ces années, ce qui l'avait tour à tour rendue morose, puis joyeuse, pensant qu'il était inutile de se morfondre, qu'une page de sa vie était tournée et qu'une autre commençait, elle quitta le canapé et promena une nouvelle fois un regard amusé sur le désordre qui régnait dans le vaste séjour. Il était seize heures.

Elle avait mis en route la chaudière à fuel en arrivant le matin. Mais la fatigue de ces deux jours et l'humidité qui régnait dans la maison la firent frissonner et l'incitèrent à allumer le cantou. Et puis, elle voulait également s'assurer que la grande cheminée fonctionnait correctement. Elle avait laissé une porte-fenêtre ouverte, mais le feu eut un peu de mal à prendre, répandant un voile de fumée âcre dans la pièce. Après quelques instants, les grosses bûches s'enflammèrent enfin et les flammes s'élevèrent dans le foyer, dansant, crépitant et léchant le mur. Juliette regardait ce spectacle avec des yeux d'enfant ébahi et muet devant un nouveau jouet.

Elle hésita à redescendre dormir à Millau et décida finalement de rester au mas. C'était désormais là qu'elle allait vivre, seule avec sa chienne Cigale, qui avait presque un an et était une compagne fidèle, obéissante et affectueuse. Elle avait de quoi dîner, et le lendemain, dimanche, toute la famille viendrait lui rendre visite. Grand-mère, parents, filles et frère, tous viendraient partager le repas préparé par sa mère. Et il y avait aussi un autre événement d'importance à fêter…

Elle enfila une grosse veste et sortit, Cigale sur ses talons. Juliette l'avait déjà amenée plusieurs fois au mas. A chaque fois, dès qu'elle avait sauté de la voiture, la jeune chienne courait en tous sens, bondissant après les papillons, s'arrêtant devant une sauterelle, fourrant le nez dans le trou d'un mulot, grattant le sol et aboyant en espérant déloger l'habitant. Mais, là, elle sentait qu'il y avait quelque chose de différent. Elle avait vu le séjour s'emplir de paquets, de cartons, de meubles et de sacs divers qu'elle reniflait, intriguée. Elle ne quittait pas sa maîtresse d'une semelle et la regardait fréquemment, à la recherche d'une caresse, d'un mot, qui la rassureraient.

Inexorablement, le soleil descendait vers le couchant. Quelques traînées de nuages paressaient dans le ciel, effleurées par une brise légère qui les berçait nonchalamment. Juliette monta jusqu'au sommet de la colline, derrière la grande grange. Le temps était clair, la vue dégagée portait au loin jusqu'à l'horizon qui se déclinait en nuances de gris. Même si elle avait déjà observé ce paysage à maintes reprises, elle ne s'en lassait pas. Chaque jour était différent. Et puis, aujourd'hui était un jour particulier : elle venait de s'installer au mas. Elle erra un long moment sur le plateau avec Cigale à ses côtés, pensant à tout et à rien, soudainement envahie par un bonheur intense. Bientôt, son stage allait s'achever et sa nouvelle vie prendrait réellement forme. Plus de hiérarchie pesante, éternellement insatisfaite, plus de collègues grognons, jaloux, plus de mari infidèle, plus de ville bruyante, polluée, plus de gens pressés, mécontents, râleurs. A elle l'espace, le grand air, le calme, la liberté ! A elle le Larzac !

Oh ! elle demeurait consciente que cette liberté avait un prix, qu'en fait elle serait liée à la ferme toute l'année, tous les jours, mais elle allait travailler pour elle, avec un débouché assuré, même si quelques aléas étaient toujours possibles : maladie, mauvaise année pour le fourrage, les céréales, la paille. Et puis, de la fin de la traite, mi-juillet, à l'agnelage, mi-novembre, pendant la période où les brebis étaient en gestation, l'activité serait réduite et elle pourrait prendre le temps de souffler. Elle avait envisagé de faire construire une piscine, mais elle préférait attendre au moins un an, de façon à voir réellement si elle pourrait en profiter.

Un vent froid du nord, qui descendait des monts d'Aubrac, s'était levé, entraînant les nuages. Juliette rentra et alla s'asseoir dans le cantou, chauffant ses mains au-dessus du feu qui crépitait. Cigale se coucha devant le foyer, la tête sur ses pattes. Observant sa maîtresse, elle poussa un long soupir. L'Aveyronnaise ne se lassait pas de regarder cette cheminée qu'elle avait fait transporter de la maison en ruine. Depuis toujours, elle en avait rêvé. Elle était fière de l'avoir sauvée. Elle avait également conservé cette croix, peut-être liée à l'histoire des Templiers, qui trônait au milieu du fronton.

Elle se mit à déplacer des paquets pour libérer de l'espace dans la pièce. Elle avait acheté une imposante table de campagne et des chaises rustiques chez un antiquaire. De Rambouillet, elle avait amené une grande armoire ancienne. Elle y rangea service en porcelaine, verres en cristal et ménagère Louis XV. Quelques bouteilles d'apéritif et de digestif prirent également place sur les étagères. Vin, champagne et conserves iraient dans la cave fraîche taillée dans le calcaire en prolongement de la maison. Elle avait aussi acquis deux congélateurs. Dans son paradis isolé, elle pourrait ainsi stocker suffisamment de provisions pour ne pas se retrouver démunie lors des hivers longs et rudes, pendant lesquels neige ou verglas risquaient de la couper du reste du monde.

Elle prépara son repas et s'attabla sous l'œil gourmand de Cigale qui, comme à l'accoutumée, eut droit à quelques miettes avant d'avaler goulûment sa pâtée. Juliette revint dans le séjour, baigné par une clarté orangée qui parvenait du couchant.

La fin du jour approchait. Elle sortit avec la chienne et remonta au faîte de la colline. Le soleil déclinait. Quelques instants plus tard, il enflammait l'horizon. Au fil des minutes, les traînées de nuages s'embrasèrent, habillant la voûte céleste de teintes vives. Ocre, gris, bleu nuit, mauve, s'entrelaçaient sous la main du maître en un tableau somptueux, irréel. Au nord et à l'est, terre et ciel se confondaient, drapés dans un linceul gris-bleu pastel. Les vallées se noyaient dans un voile de brume laiteux. Déjà, l'énorme boule pourpre tutoyait la ligne de partage incertaine et, inexorablement, descendait, aspirée par le néant. Dès qu'elle eut sombré, happée par la nuit triomphante, les couleurs changèrent. Seuls, les nuages hauts, qui se jouaient encore de la pénombre, se pavanèrent quelques instants, dans un ultime tableau aux nuances flamboyantes, avant de rejoindre l'uniformité naissante. L'empire des ténèbres allait bientôt régner sur la planète endormie.

Les premières étoiles s'allumaient une à une et, de leur scintillement blafard, hésitant, semblaient adresser un signe de bienvenue à la nouvelle habitante du plateau.

Juliette était en extase devant ce spectacle unique, qu'elle n'avait jamais regardé avec autant d'attention, avec autant de bonheur. Qu'elle était belle, la Terre ! Qu'il était beau, le Larzac, en cette fin de crépuscule !

— Cigale, tu as vu comment on nous accueille, ici ? C'est merveilleux ! lâcha-t-elle en interpellant la chienne, qui se dressa sur ses pattes arrière et la gratifia de quelques coups de langues affectueux.

Réjouie par ce ballet de lumière et de couleurs que dame nature venait de donner, elle redescendit en sautillant, faisant courir Cigale sous les rafales de vent froid qui balayaient le plateau.

Juliette prépara son couchage. De Rambouillet, elle avait amené un lit bateau acheté aux puces. Elle l'avait fait mettre dans un angle du séjour pour garnir et décorer. Un dessus-de-lit en coton écru tout en arabesques, réalisé au crochet par sa grand-mère, le recouvrait. Plusieurs coussins aux couleurs chatoyantes étaient éparpillés dessus. Mais, ce soir, c'était le seul endroit disponible pour dormir. Il allait donc retourner à sa destination première. Demain matin, son père et son frère, qui seraient là à huit heures, monteraient un lit et une armoire dans la deuxième chambre et l'aideraient à ranger. Elle avait laissé le mobilier de sa chambre à Rambouillet. Elle ne voulait pas traîner ce souvenir où, se disait-elle, peut-être qu'une autre qu'elle avait couché avec ce cochon de Bernard. Elle avait acheté une autre chambre qui devait lui être livrée la semaine suivante.

Une chaleur agréable, dissipée par le chauffage central, avait maintenant tempéré la maison. Dans le cantou, le feu finissait de se consumer. Juliette ne remit pas de bûches. Elle s'endormit rapidement, lasse après ces deux journées chargées et mouvementées. Elle avait souvent rêvé de ce jour où elle allait emménager là, chez elle. Mais, même si cette date constituait l'aboutissement de plusieurs mois de lutte, de déceptions, de remises en question, une certaine appréhension lui tenaillait l'estomac. Etait-ce le fait de passer sa première nuit au mas, était-ce le fait d'être seule dans la grande maison, désormais face à sa vie et à son destin, elle dormit d'un sommeil léger et se réveilla à maintes reprises, épiant le moindre bruit. Intriguée, elle tendait alors l'oreille, aux aguets, retenant sa respiration, à l'écoute de sons qui, tout en étant atténués par les murs épais et l'isolation, étaient inhabituels. Dehors, le vent soufflait en rafales. Il s'engouffrait par les interstices du toit, sifflant une complainte lugubre. La charpente gémissait sous les poussées de la houle. Par moments, une tuile battait d'un bruit sec. Une chouette, qui avait dû élire domicile dans le grenier, hululait, elle aussi dérangée. Même Cigale, affalée devant le cantou, poussait de petits aboiements, sans doute perturbée par ce changement et troublée dans ses songes.

Au cours de la nuit, le vent tomba. A sept heures, la sonnerie stridente du réveil tira Juliette du profond sommeil dans lequel elle avait fini par sombrer. Elle sursauta et mit quelques instants avant de réaliser où elle se trouvait. Elle écarquilla les yeux dans la pénombre de cet univers qui ne lui était pas encore familier, elle tapota le lit, puis le sol, et trouva enfin la poire de la lampe de chevet. Un halo blafard éclaira faiblement la pièce et la rassura. Cigale, qui, jusque-là, n'avait pas bronché, se dressa et, en deux sauts, fut au pied du lit, en quête d'une première caresse.

Une clarté diffuse se glissait dans le séjour par les interstices autour des volets. Juliette comprit que le jour s'était levé. En robe de chambre, elle s'empressa d'ouvrir pour se faire caresser par le soleil naissant, mais elle demeura bouche bée en poussant les contrevents : un brouillard dense avait enveloppé le plateau dans un linceul opaque. La visibilité était quasiment nulle. L'herbe rase était recouverte d'une épaisse pellicule de givre. Cigale était allée faire ses besoins, et réapparut bien vite, bousculant sa maîtresse au passage en s'engouffrant dans la pièce. Juliette frissonna et rentra.

Le café était prêt quand son père et son frère arrivèrent, peu après huit heures.

— On a failli se perdre ! lança Charles en embrassant sa fille. Quel temps de chien ! Au Bousquet aussi, il y a du brouillard, mais pas à Millau. En principe, c'est toujours comme ça : s'il est présent en haut, il n'y en a pas en bas, et vice-versa. Au fait, tu as bien dormi ? s'inquiéta-t-il aussitôt.

Sa fille confirma que, pour une première nuit, ce n'était pas si mal. Ils se mirent ensuite au travail. Vers dix heures, le soleil parvint à percer, effaçant par petites touches le voile de grisaille. Seules subsistaient quelques écharpes de brume qui virevoltaient sous le vent, tendant parfois un rideau argenté sous l'astre du jour. Imperceptiblement, les diamants de givre accrochés aux brindilles d'herbe laissaient place à des perles qui scintillaient sous la tendre caresse des premiers rayons.

A onze heures et demie, la chambre était installée, le séjour à peu près en ordre, les bouteilles et les conserves rangées dans la cave. Grand-mère, mère et filles arrivèrent. Juliette, Charles et Michel sortirent pour les accueillir. Même si Anna était déjà venue au mas durant les travaux, elle ne put retenir une larme en étreignant sa petite-fille.

— Tu sais… petite, bredouilla-t-elle, la gorge serrée par l'émotion, aujourd'hui, je suis heureuse… oui… heureuse… et fière… de découvrir ça, fit-elle dans un geste ample, fière de toi, petite ! Jamais je n'aurais pensé voir ces vieilles pierres reprendre vie. Ce que tu as fait est formidable. Je te souhaite bonne chance, Juliette. Tu le mérites !

Elle essuya ses yeux rougis et adressa à sa petite-fille un sourire dans lequel se lisait toute la tendresse du monde.

— Merci, mémé, chuchota Juliette, émue à son tour, mais, avec une grand-mère comme toi, on ne peut qu'être motivé. Et merci à vous aussi, papa, maman, et toi Michel, merci pour votre soutien et pour votre aide… même si je pense encore avoir besoin de vous ! Quant à vous, les filles, vous voyez : la voie est tracée. Une famille comme la nôtre, ça permet d'aplanir beaucoup de difficultés…

Tous s'engouffrèrent dans la maison. Juliette guida sa grand-mère vers la salle à manger. A peine entrée, celle-ci s'arrêta, les yeux écarquillés. Un énorme bouquet, apporté par Charles, trônait sur la table, au milieu des chandeliers allumés. Toute la famille s'écria, d'un seul élan :

— Bon anniversaire !

Anna se retourna, bouche ouverte. Ses yeux riaient et pleuraient en même temps. Tous défilèrent pour l'embrasser et lui remettre un cadeau. Une fois l'émotion passée, elle parvint à articuler quelques mots.

— Merci… merci, mes enfants. J'avais trouvé curieux que personne ne parle de mon anniversaire. Je me suis dit qu'avec l'installation de la petite vous aviez d'autres chats à fouetter… Et puis j'ai pensé que, maintenant, j'étais trop vieille et que vous n'aviez pas envie de me voir souffler autant de bougies. Et… vous ne m'avez pas oubliée. Quelle idiote je suis ! Quatre-vingts ans… et les fêter ici, au mas Saint-Clair, là où je suis née… jamais… jamais je n'aurais imaginé que cela puisse arriver. Maintenant, je peux mourir en paix. Merci, Juliette, pour ce que tu as fait… merci, petite !

— Mémé, poursuivit sa petite-fille, la gorge serrée, je suis heureuse d'avoir pu t'offrir ce cadeau. Mais ne raconte pas de bêtises, tu es en pleine forme. Et puis, qui mieux que toi pourrait nous écouter, nous conseiller, entendre nos confidences, nous remettre dans le droit chemin quand on s'égare ? Allez, quatre-vingts printemps, ça se fête !

Le repas se prolongea. Le champagne déliait les langues. Anna ne tarissait pas d'anecdotes. Les souvenirs rejaillissaient à profusion. La famille écoutait religieusement les histoires de la grand-mère, riant parfois aux éclats après un bon mot. Mais, à bavarder ainsi, le temps passait. C'était déjà l'heure du départ. Après les embrassades, tout le monde regagna ses pénates, Michel, Mélanie et Pascale à Millau, Anna, Marie-Odette et Charles au Bousquet, abandonnant la future bergère à sa solitude.

Elle avait proposé aux filles de venir habiter avec elle, mais toutes deux préféraient rester à Millau. Elles étaient sur place pour aller au lycée, et l'aînée, pour qui le bac approchait, pouvait facilement inviter copines et copains pour des révisions communes, ce qui ne serait pas le cas au mas. Ces arguments avaient fait sourire Juliette, qui avait compris que Mélanie et Pascale aspiraient à un peu de liberté et d'indépendance. D'ailleurs, pour elle aussi, l'échéance approchait.

Et puis, en cas de problème, Michel habitait l'appartement en face des filles. De plus, jusqu'à la fin de ses cours, Juliette viendrait à Millau matin et soir pour amener et reprendre Cigale qu'elle allait confier à son frère. Il rentrait déjeuner à midi et la sortirait pour ses besoins.

Tous les soirs, à son retour au mas, Juliette partageait son temps entre rangement et flânerie. Le samedi, le marchand de meubles livra sa chambre. Elle s'était familiarisée avec les bruits nocturnes de la maison et dormit d'un sommeil de plomb pour la première nuit dans sa nouvelle literie.

Même si elle avait suivi le stage sans grande difficulté, l'approche du terme la tourmentait. La hantise de l'échec devenait une obsession.

La formation était découpée en dix modules, appelés unités capitalisables. Elle n'était pas sanctionnée par un examen final. Chaque unité était attribuée par un jury désigné par le directeur régional de l'Agriculture et de la Forêt. Les dix unités devaient être acquises pour obtenir la validation du brevet professionnel agricole. Parmi celles-ci, sept étaient nationales : les connaissances scientifiques et techniques liées à la production agricole, la conduite d'un élevage ovin, les mathématiques, l'expression et la communication dans la vie professionnelle, le fonctionnement d'une exploitation agricole, la conduite techno-économique d'une exploitation, l'environnement de l'exploitation agricole.

Les trois dernières étaient des unités d'adaptation régionale et comportaient la conduite d'un élevage ovin filière lait et les productions végétales destinées à l'alimentation du troupeau. Pour la dixième, Juliette avait choisi la mise en place d'une activité complémentaire dans laquelle étaient traités la vente directe et le tourisme rural.

Ce vendredi après-midi de fin mai, elle prit la route de Saint-Affrique et entra au centre de formation d'un pas mal assuré, l'estomac noué, la gorge serrée. Elle retrouva ses collègues stagiaires, aussi anxieux qu'elle, visages crispés. L'annonce des résultats déclencha cris d'allégresse et rires. Tous étaient reçus. Comme tous les autres, radieuse, elle pouvait enfin souffler et envisager sereinement l'avenir.

Elle fila ensuite à Millau pour retrouver ses filles qui sautèrent de joie à l'annonce du succès de leur mère. Elle les entraîna au Bousquet. A son arrivée, voyant son euphorie, son visage radieux éclairé par un large sourire, ses parents et sa grand-mère comprirent aussitôt que la réussite venait de couronner son stage. Marie-Odette et Anna se mirent aussitôt en cuisine. Pendant ce temps, elle rendit visite à Corinne et Alain qui la félicitèrent chaleureusement. Elle les convia, ainsi que les parents de l'éleveuse, à partager le dîner. Elle appela son frère qui décida de rejoindre la famille. Elle téléphona à son amie Carole, ravie de cette bonne nouvelle. Le repas se déroula dans une gaieté bien compréhensible.

Le samedi soir, élèves et formateurs se retrouvèrent pour un repas convivial qui se prolongea fort tard et s'acheva dans la liesse, en boîte de nuit à Millau.

Avant de se séparer, tous échangèrent adresses et numéros de téléphone. Ils se promirent de s'appeler, de se voir, de se tenir au courant de l'évolution de leur situation… Ces promesses firent sourire Juliette, persuadée que chacun, bientôt de nouveau entraîné dans les tourbillons, parfois semés d'embûches, de la vie, après cet intermède studieux, oublierait vite ses compagnons de stage.

Son diplôme en poche, Juliette réserva aussitôt deux cents agneaux à Corinne et Alain. Elle sollicita également le maire de Saint-Beaulize pour savoir si des agriculteurs de la commune seraient susceptibles de lui vendre de la paille et du fourrage. Ses prés n'étaient pas riches et, de plus, elle ne s'imaginait pas en train de faire les foins toute seule. Il lui communiqua quatre adresses. Elle s'empressa de les contacter. Deux se dirent intéressés pour les foins et les céréales, un autre pour la paille. Elle les rencontra pour parler prix et livraison. Ils tombèrent d'accord. Elle en profita pour demander au premier s'il pourrait labourer la doline, car elle avait l'intention de faire un jardin. Il acquiesça, précisant que le labour s'effectuerait en octobre et qu'il amènerait du fumier pour enrichir la terre. Elle repartit sereine.

Elle prit aussi contact avec la Confédération générale des producteurs de lait de brebis et des industriels de Roquefort.

La Fédération régionale des syndicats des éleveurs de brebis, fondée en 1922, et la Fédération des syndicats des industriels de Roquefort, constituée en 1928, conscientes de leurs intérêts communs, se sont regroupées sous l'égide de cette confédération, chargée de coordonner les relations entre éleveurs et industriels. Cet organisme a été créé par la convention du 22 mars 1930. Ses missions sont multiples.

Elle est chargée de coordonner les rapports entre producteurs et fabricants affineurs, notamment de déterminer le prix du lait, de réguler le marché et de définir les conditions de production, de transport et de livraison du lait.

Elle défend et promeut l'appellation roquefort en finançant des agents de contrôle de qualité, en protégeant l'appellation

AOC en France et à l'étranger, et en mettant en place publicité collective et promotions diverses.

Elle assure également le suivi de la composition et de la qualité des laits fournis par les producteurs, en effectuant divers contrôles : germes pathogènes, bactériologiques... qui déterminent le paiement du lait. D'autres éléments, telle la teneur en matière grasse et en matières protéiques, sont testés quatre fois par mois. Les résultats sont communiqués aux éleveurs. Tout au long de son parcours, le roquefort reste sous surveillance permanente et attentive.

La Confédération est aussi dotée de services techniques, qui sont notamment chargés des contrôles laitiers ovins, du centre d'élevage des jeunes béliers, du centre d'insémination artificielle et d'actions de développement pour l'amélioration de la productivité des élevages et du lait.

La Confédération possède un département études et recherches, qui travaille sur la composition chimique et bactériologique du lait, sur son aptitude à faire du fromage, sur l'alimentation des brebis, ainsi que sur l'amélioration de la génétique.

Enfin, c'est également la Confédération qui autorise un éleveur à produire, après avoir jugé de ses compétences. Cette installation est aussi validée par la commune et l'aménagement du territoire.

Juliette avait donc déposé sa demande et devait attendre la réponse, même si, à la Confédération, on lui avait laissé entendre qu'il ne devrait pas y avoir de problème.

Elle s'était également rendue à l'ADASEA, l'Association départementale d'aménagement des structures d'exploitations agricoles, pour l'obtention d'une subvention, craignant qu'avec l'approche des vacances les dossiers ne soient traités qu'à la rentrée.

Elle avait ensuite poursuivi les travaux dans la maison. Si le rez-de-chaussée était achevé, il restait les deux appartements à l'étage. Son père lui donnait la main et dormait au mas. Ainsi, tous deux faisaient de longues journées.

Juliette avait demandé à la fromagerie de Saint-Affrique et aux caves de Roquefort de visiter leurs installations. Elle se rendit donc dans cette ville qu'elle connaissait bien. Là, elle découvrit les étapes successives de la transformation du lait en fromage, conduite de bout en bout par le chef de fabrication. Il ne ménagea pas ses explications, qu'elle écouta avec intérêt.

Environ deux mille cinq cents exploitations fournissent quotidiennement du lait aux fromageries. Dès la traite, il est stocké par l'éleveur dans des tanks à lait où il est descendu et maintenu à une température de huit à dix degrés. Lors de la collecte journalière par les camions-citernes de l'entreprise de ramassage, un prélèvement est effectué dans chaque ferme. A son arrivée à la fromagerie, il subit des contrôles bactériologiques et chimiques, ainsi qu'une analyse de conformité. Si le lait n'est pas conforme, il est détourné de la fabrication du roquefort qui, étant un fromage au lait cru et entier, ne peut tolérer aucune imperfection. Si tous ces tests sont validés, il peut débuter son cycle de transformation. Il est alors chauffé à une température de vingt-huit à trente-quatre degrés. Successivement sont ensuite ajoutés la présure pour le faire cailler, des ferments lactiques qui permettent l'acidification de la pâte et du *penicillium roqueforti*.

C'est ce champignon de culture microscopique, largement répandu dans la nature, qui donnera son aspect persillé et son arôme spécifique au fromage. Il se présente sous la forme de petits pinceaux, d'où l'origine de son nom, le *penicillium*. Dans l'atmosphère humide des caves, il se propage dans le fromage, transforme la pâte, la colore de bleu-vert et lui donne toute sa saveur. Il est créé à partir de miches de pain de seigle et de blé qui sont placées à côté des fleurines, orifices naturels par lesquels respire la cave. Rapidement, le *penicillium roqueforti* envahit toute la mie du pain. Une autre méthode consiste à développer des spores sur des pains cuits dans des bouteilles, de façon à éviter la formation de la croûte du pain. La mie est ensuite broyée pour obtenir la poudre verte qui fait toute la spécificité du roquefort.

Deux heures après le mélange avec la présure, le caillé est tranché au moyen d'une lyre tressée qui permet d'obtenir des petits cubes. Vingt minutes plus tard intervient un léger brassage qui sépare les grains de caillé du lactosérum ou petit-lait. Le caillé est alors placé dans des moules pour l'égouttage qui dure deux jours à température ambiante, entre seize et vingt degrés. Pendant cette phase, les fromages sont retournés régulièrement, de trois à cinq fois par jour.

L'étape suivante, qui se déroule en deux fois sur cinq jours, est celle du salage avec du gros sel marin à sec. L'excédent de sel est enlevé lors de l'opération de brossage.

Les pains de fromage sont ensuite percés d'une quarantaine de trous sur toute leur hauteur. Ces cheminées permettent d'expulser le gaz carbonique provoqué par la fermentation et favorisent le développement du *penicillium roqueforti*.

Dix jours se sont écoulés depuis l'arrivée du lait. Le pain de roquefort est alors prêt à partir vers les caves où va débuter l'affinage.

Juliette fut enchantée par sa visite. Bientôt, elle aussi allait participer avec fierté à l'aventure de ce fromage particulier. Il ne lui restait plus qu'à se rendre aux caves pour découvrir en détail la dernière phase de fabrication.

Elle avait pris rendez-vous. Maurice Astruc, l'un des maîtres affineurs au savoir-faire incomparable, rendu célèbre par sa présence sur les publicités, l'accueillit avec un grand sourire. Il entraîna Juliette dans un bureau et se mit à conter avec passion.

L'histoire du roquefort débuta à l'époque du jurassique moyen, c'est-à-dire deux cents millions d'années en arrière ! A cette période, la montagne du Combalou, dont une partie surplombe encore aujourd'hui le village de Roquefort-sur-Soulzon, s'effondra sous l'effet de grands bouleversements géologiques, constituant ainsi un réseau de failles rocheuses.

Les premières traces de faisselle, l'ancêtre du roquefort, furent retrouvées sur le mont Sargel, à trois kilomètres du site. Elles datent d'environ 3 000 avant Jésus-Christ.

En l'an 12 après Jésus-Christ, le poète Columelle donnait dans ses écrits les premières recettes à base de roquefort.

En 76, Pline l'Ancien évoquait dans son *Histoire naturelle* l'existence d'un délicieux fromage déjà très convoité à Rome : le roquefort.

On raconte aussi qu'au IXe siècle, chaque année, deux mulets partaient de l'abbaye de Conques chargés de roquefort. Ils traversaient l'empire de Charlemagne jusqu'à Aix-la-Chapelle, en Allemagne, pour livrer à l'empereur à la barbe fleurie son fromage préféré pour Noël. Il avait découvert le roquefort à l'occasion d'une halte chez un évêque du Rouergue, au retour d'une guerre en Espagne.

Du XIIe au XIVe siècle, l'arrivée des Templiers sur le plateau du Larzac eut une influence déterminante sur l'évolution agricole de la région. Ils favorisèrent l'élevage et organisèrent une exploitation plus rationnelle des sols. Les brebis furent privilégiées au détriment des chèvres. Le passage des animaux assurait la fumure des terres. Afin de préserver la végétation naturelle des causses, une réglementation draconienne fut mise en place. Les troupeaux devaient cheminer uniquement sur des sentiers définis, appelés les drailles. La production de viande, de peau et de laine s'accrut et la production laitière s'affirma.

Au XVe siècle, Charles VI, dit le Bien-Aimé, rédigea, en 1411, le véritable premier texte de protection pour ce fromage. Cette charte faisait des caves un lieu de franchise et donnait aux habitants le monopole d'affinage « tel qu'il est pratiqué de temps immémorial dans les grottes du village », était-il écrit. En 1457, Charles VII, son fils, reconnut un privilège aux habitants de Roquefort, « ce terroir où ne pousse ni pied de vigne, ni grain de blé », qui purent, dès lors, prélever un fromage par lot pour subvenir à leurs dépenses.

Le 31 août 1666, le Parlement de Toulouse confirma tous les privilèges accordés successivement par Charles VI, Charles VII, François Ier, Henri II, Louis XIII, Louis XIV, pour la défense du roquefort, et punit les contrefaçons. Cet arrêt fut confirmé en 1785.

Au XVIIIe siècle, Siècle des lumières, Diderot et d'Alembert décernèrent au roquefort le titre de roi des fromages.

De son côté, Casanova, le libertin vénitien, célébra le roquefort avec ferveur dans ses *Mémoires*. Maurice Astruc le cite avec délectation : « Le chambertin et le roquefort sont d'excellents mets pour restaurer l'amour et pour porter à prompte maturité un amour naissant ! », ce qui fit sourire Juliette.

En 1842 eut lieu la création de la Société civile des caves réunies. Le 4 mai 1863 fut déposée la marque Société.

L'une des dates importantes fut le 26 juillet 1925. Ce jour-là fut édictée une loi qui définissait les statuts de l'appellation d'origine Roquefort. Cette appellation a été confirmée au niveau international le 1er juin 1951 par la Convention de Stresa en Italie.

Ainsi, au fil des siècles, le fromage de Roquefort aura acquis ses lettres de noblesse. Mais la page la plus belle de son histoire est sans doute sa légende.

En des temps très anciens, un berger gardait son troupeau sur le plateau du Larzac. Il trayait ses brebis et fabriquait son caillé dans une grotte où il demeurait. Un jour vint à passer une jeune fille d'une grande beauté. Subjugué par cette magnifique créature, il abandonna ses animaux et se mit à la suivre. Mais, à chaque fois qu'il s'approchait d'elle, elle s'enfuyait, encore plus loin, encore plus vite, disparaissant et réapparaissant à sa guise, comme si elle s'amusait de ce berger en haillons ! Il erra ainsi sur le causse pendant de longs jours, sans jamais parvenir à approcher la belle. Déçu, épuisé, se demandant s'il n'était pas victime d'un mirage, tant sa lucidité lui faisait défaut, il finit par renoncer et, résigné, retourna auprès de son troupeau. Il avait laissé là un morceau de pain de seigle et du caillé de brebis. L'humidité qui régnait dans la grotte avait favorisé l'apparition de fines moisissures sur le pain, et le fromage était marbré de vert tendre. Le berger était tellement affamé qu'il n'eut d'autre solution que de se rabattre sur ce caillé à la couleur étrange. Et, à la première bouchée, ce fut un enchantement. Pain moisi et caillé étaient délicieux. Le roquefort était né !

Le berger proposa à ses voisins de goûter sa trouvaille. Ceux-ci, conquis, lui en réclamèrent de nouveau, et toujours davantage. Ne pouvant plus subvenir à la demande, il dut bientôt disposer des étagères dans son antre. Les autres bergers, mis dans le secret, s'empressèrent eux aussi de fabriquer des fromages. Pour éviter les vols, les entrées des grottes furent fermées par des petites cabanes en bois. Si, aujourd'hui, les ouvrières qui travaillent dans les caves se nomment les cabanières, elles le doivent à ces cabanes, nées de la légende.

Maurice Astruc en avait fini avec l'historique du roquefort. Il entraîna ensuite Juliette dans les caves et reprit ses explications.

A partir du XVIIe siècle, les caves, qui étaient des cavités naturelles, ont été modernisées. Voûtes bâties, piliers de soutènement, couloirs de circulation, ont été aménagés. Les caves de Roquefort Société sont réparties sur onze étages. Chacune possède des propriétés spécifiques et chaque élément joue un rôle dans l'affinage. Les travées de bois, sur lesquelles sont déposés les pains de fromage, sont salées au gros sel pour leur apporter des propriétés bactério-statiques. Le bois joue un rôle de capteur d'humidité et intervient ainsi sur la régulation de l'hygrométrie. Mais l'élément principal d'aération est la fleurine.

Les fleurines sont des failles qui sont nées de l'effondrement de la montagne du Combalou. Leur nom vient de l'occitan *flarina,* qui signifie « souffler ». Elles prennent naissance sur le versant nord, à différentes hauteurs sur la falaise, et, après un parcours plus ou moins long dans les entrailles de la roche, elles débouchent dans les caves. Ainsi se crée un courant d'air permanent, à une température qui avoisine neuf degrés tout au long de l'année. Lors de ce cheminement au travers du calcaire poreux dans lequel s'infiltre l'eau de pluie, l'air se charge d'humidité à quatre-vingt-quinze pour cent. C'est là qu'intervient tout le savoir-faire du maître affineur. En fonction du microclimat spécifique à chaque cave, celui-ci adapte des conditions d'affinage particulières, qui consistent essentiellement à réguler le flux de cet air qui pénètre dans la cave pour assurer la meilleure maturation au roquefort. Dans chacune d'entre elles, les entrées des fleurines sont équipées de trappes qui, plus ou moins ouvertes, permettent d'assurer cette régulation.

Après deux à trois semaines, l'évolution du fromage doit être ralentie. Chaque pain est alors plié dans une feuille d'étain. C'est l'un des rôles des cabanières. Le roquefort est prêt pour poursuivre sa lente maturation dans des salles à basse température. L'ensemble de ces opérations dure au minimum trois mois, au bout desquels arrive le moment des derniers contrôles. Le maître de cave va devoir apprécier l'onctuosité, la coloration et la forme des veinures et, bien entendu, le goût. Si le fromage répond à tous ces critères, il sera emballé et pourra être commercialisé.

Juliette avait remarqué qu'à certains endroits les murs étaient noirs. Elle en demanda la raison à son guide. Il lui expliqua qu'avant l'apparition de l'électricité les caves étaient éclairées avec des bougies dont la fumée avait noirci les parois.

Maurice Astruc entraîna Juliette vers la salle de dégustation. Là, il expliqua les saveurs spécifiques des trois variétés de la production : le Société, le Templier et le Baragnaude. Il vanta particulièrement ce dernier, fleuron des caves Société, à l'onctuosité incomparable, au léger goût de miel, à la saveur persistante en bouche, et s'attarda sur l'origine du nom. Baragnaude vient de « fée » en occitan, et la légende dit que c'est grâce aux fées qui habitent les caves que cette variété possède une saveur si particulière. La future éleveuse connaissait déjà le Baragnaude et l'appréciait à Rambouillet.

Juliette avait visité une première fois les caves lorsqu'elle était à l'école primaire de Millau. Elle en avait conservé un souvenir imprécis, déformé par ses yeux d'enfant. Depuis toutes ces années, les proportions, les détails, s'étaient estompés.

Sa dernière visite, avec sa grand-mère, deux ans plus tôt, était encore bien présente dans son esprit. Mais elle avait alors des préoccupations bien plus importantes, empêtrée dans ses problèmes conjugaux. Comme beaucoup de touristes, elle avait suivi le flot et écouté d'une oreille distraite les explications de la guide. Au hasard, elle avait retenu quelques chiffres, quelques anecdotes. Pourtant, dans cette période troublée, ce rêve, ce rêve providentiel, qu'elle avait fait après la visite, l'avait marquée et avait fait basculer sa vie. Les fées habitaient bien les caves !

Juliette remercia chaleureusement Maurice Astruc et s'en retourna au mas, enchantée par son après-midi de découverte.

Mélanie et Pascale logeaient toujours à Millau. Non seulement elles étaient sur place pour aller au lycée, mais l'aînée, qui prenait des cours d'auto-école, pouvait ainsi gérer plus facilement ses rendez-vous. Les dimanches, Anna et Marie-Odette passaient les prendre en descendant du Bousquet et rejoignaient Charles et Juliette qui, ce jour-là, s'accordaient quelques heures de repos bien méritées. Michel se joignait parfois à la famille.

Pour faire ses courses, Juliette avait pris ses habitudes. Elle allait fréquemment à Saint-Beaulize, où un épicier avait ouvert boutique en début d'année, à la grande satisfaction des ménagères qui défilaient là, dans ce qui était devenu leur lieu de rencontre favori. A l'intérieur, sous le regard attentif du tenancier, s'échangeaient nouvelles et potins locaux. A Fondamente, la future éleveuse achetait viande et pain, et elle poussait parfois jusqu'à Cornus où se trouvaient tous les commerces. Les travaux qu'elle avait réalisés n'avaient pas laissé les villageois indifférents. Les premières fois où elle s'était rendue dans les magasins, elle ne s'était pas fait connaître et, l'air préoccupé derrière un rayon, écoutait, d'une oreille amusée, les conversations à mi-voix qui allaient bon train.

« Vous êtes montée là-haut ? Vous avez vu les travaux qu'elle a fait faire ? C'est impressionnant ! Je ne sais pas d'où elle vient, cette femme, ni d'où elle sort l'argent... parce qu'il y en a pour quatre sous ! Et il paraît qu'elle veut élever des brebis. Encore un caprice d'une dame de la ville ! Elle croit que ça se passe comme ça, mais elle déchantera vite. C'est pas le bureau, à embaucher à neuf heures avec les ongles faits, la peinture sur la figure et les grandes toilettes ! Il se dit que c'est la petite-fille de la propriétaire du mas... Enfin... aller se nicher dans ce coin perdu... Ou alors, son histoire d'élevage, c'est du vent, comme celui qui souffle sur le Larzac... Vous verrez, dans quelque temps, le maire pourra faire goudronner le chemin, parce que, à mon avis, les voitures n'ont pas fini d'y monter, sur le plateau ! Remarquez, c'est discret... pour recevoir... si vous voyez ce que je veux dire. Ah, ah ! Il n'y a pas que les moutons à quatre pattes qui vont se faire tondre au mas Saint-Clair ! »

Ces propos avaient surpris et peiné Juliette. Prête à se présenter et à remettre les choses en place, elle s'était ravisée. Cela ne pouvait qu'encourager les ragots et apporter de l'eau au moulin des commères. Elle n'aurait pas eu le dos tourné que les messes basses auraient repris de plus belle et avec davantage de véhémence. Elle imaginait déjà les commentaires fielleux. « Vous avez vu comment elle se défend ? Quel culot ! Oh ! croyez-moi, il n'y a pas de fumée sans feu ! »

Laisser faire le temps était la meilleure solution. Les yeux inquisiteurs des langues fourchues s'épuiseraient vite à épier, sans les voir, belles voitures et beaux messieurs qui devaient défiler au mas ! Et la déception éteindrait le feu injustement allumé et attisé...

Fin juin arrivèrent les résultats du baccalauréat. Mélanie était reçue. Quelques jours plus tard, elle passa le concours d'entrée à l'école normale. A la rentrée, elle allait partir à Montpellier pour faire la formation d'institutrice qui se déroulait en trois ans. Elle et sa mère durent se rendre dans la préfecture de l'Hérault pour les inscriptions et la recherche d'une chambre. Pour l'aînée, cette semaine fut chargée. A peine de retour, elle passait le permis de conduire, qu'elle décrocha à la première tentative.

— Maintenant, lui suggéra Juliette avec un petit sourire entendu, tu vas avertir ton père de tes succès, ou, mieux, lui rendre visite. Il n'est pas complètement idiot. Il comprendra qu'il ne peut pas faire moins que de te payer une voiture !

Mélanie suivit les conseils de sa mère. Toute fière, elle informa son père et ses grands-parents paternels de ses succès et leur annonça sa visite en compagnie de Pascale. Elles partirent toutes deux pour la Chapelle-Saint-Mesmin. Bernard, sachant qu'elles ne viendraient pas à Rambouillet, se libéra pour passer une journée avec elles. Toutes deux n'avaient jamais accepté Lise Boirieux et elles ne voulaient absolument pas la trouver sur leur chemin. Les rendez-vous se déroulaient donc chez les grands-parents, qui étaient ravis. Quelques jours plus tard, toutes deux étaient de retour dans l'Aveyron. Père et grands-parents avaient été généreux. Il ne restait plus à Mélanie qu'à trouver une voiture. Les deux filles étaient enchantées, car Pascale non plus n'avait pas été oubliée.

Juliette reçut l'accord de la Confédération pour la vente du lait ainsi que celui de l'ADASEA pour ses subventions. Sans plus attendre, elle appela l'entreprise Cadourt pour faire bétonner le sol de l'étable à la rentrée. Il n'y avait aucune urgence, puisque les agnelles arriveraient seulement en janvier 1978 et mettraient bas mi-décembre, la traite débutant en janvier 1979.

Une fois les foins faits, les deux agriculteurs de Saint-Beaulize livrèrent plusieurs remorques de bottes qui s'empilèrent dans la grange au-dessus de la bergerie.

Quelques promeneurs déambulaient parfois dans le chemin, le dimanche matin, avant les grosses chaleurs des après-midi ensoleillés de juillet. Des regards curieux se tournaient vers le mas. Les badauds s'arrêtaient et contemplaient la bâtisse en lâchant des commentaires enthousiastes qu'ils accompagnaient de hochements de tête flatteurs. Certains se risquaient même à s'avancer. Juliette se montrait alors aimable et répondait avec le sourire aux questions les plus diverses. C'était le meilleur moyen d'étouffer dans l'œuf les hâbleries les plus loufoques. Et elle insistait bien sur le fait qu'elle allait élever des brebis... Les curieux s'excusaient du dérangement, se confondaient en remerciements et repartaient en devisant, pour certains encore sceptiques quant au devenir du mas.

Fin juillet, les deux appartements étaient terminés, à la grande satisfaction de Juliette, mais aussi de son père, qui ne comptait ni son temps, ni sa peine, et affichait un sourire radieux en faisant visiter les lieux à son épouse et à sa belle-mère. Désormais, il allait pouvoir reprendre ses activités favorites de retraité, lecture, chaise longue et sieste, là-haut, au Bousquet.

Mélanie avait acheté une voiture et les kilomètres défilaient. La première semaine d'août, elle et Pascale étaient revenues chez leurs grands-parents à la Chapelle-Saint-Mesmin.

Juliette avait invité Carole. Son amie de Rambouillet avait hâte de connaître le repaire de l'Aveyronnaise, qui le lui avait vanté maintes fois au téléphone, présentant l'endroit comme un paradis sur terre.

Carole arriva un samedi de début août, pour une semaine, tandis que Stéphane et Vincent, ses deux fils, étaient chez leur père. Elle découvrit le mas avec étonnement.

Après qu'elles se furent rafraîchies et qu'elles eurent papoté un moment, Juliette lui fit les honneurs de sa demeure. Elle l'entraîna dans toutes les pièces, puis dans les deux appartements de l'étage. Elle proposa à Carole d'en occuper un, mais celle-ci préféra s'installer dans la chambre libre du rez-de-chaussée.

L'Aveyronnaise avait gardé la tour pour la bonne bouche. Toutes deux gravirent les marches. Parvenues au sommet, Juliette, d'un ample mouvement du bras, invita, avec une fierté non dissimulée, son amie à découvrir le paysage somptueux qui s'étalait à leurs pieds. Carole était médusée. Elles redescendirent, puis se dirigèrent vers la grange, avant de gagner le faîte de la colline bercé par une légère brise. Une nouvelle fois, Carole fut ébahie. Conduite par une Juliette exaltée, qui l'entraînait de droite à gauche avec force explications, elle allait de surprise en surprise. Malgré les multiples descriptions enflammées qu'elle lui avait faites, son amie n'imaginait rien de tel. Ce coin de terre perdu, presque inaccessible, cet immense plateau désertique parsemé de rochers aux formes parfois inquiétantes, cette végétation rare, torturée, rabougrie, cette vue qui planait sur collines douces et vallées mystérieuses avant d'aller se perdre dans le lointain cotonneux d'un horizon aux contours indécis, cette ferme et ce mas restauré de belle manière, avec un goût évident, tout cela enchantait la Parisienne dont le regard vagabondait de découverte en découverte.

— J'avais du mal à le croire, mais tu ne m'avais pas menti. C'est vraiment le paradis ! souffla-t-elle, émerveillée.

Elles regagnèrent la maison et poursuivirent leur conversation. Une question brûlait les lèvres de Juliette. Elle ne tarda pas à s'en ouvrir.

— Carole, fit-elle d'un air détaché, tu n'as toujours pas de compagnon ?

— Ah ! j'en avais un, mais on vient de rompre. Je ne t'avais pas parlé de lui quand tu m'as invitée, parce que, de toute façon, il travaille en ce moment. Il y a une semaine, on s'est disputés à propos des enfants et je l'ai invité à reprendre sa liberté… ce qu'il a fait. Bof ! Ce n'est pas bien grave. Ce ne sont pas les hommes qui manquent ! A mon âge, je ne veux pas m'embarrasser d'un ami capricieux. Mais je ne désespère pas d'en trouver un qui partagera ma conception de la vie, simple, joyeux… qui m'aimera comme je suis… et qui aimera Stéphane et Vincent. Et toi ?

— Oh ! soupira Juliette, avec tous les soucis que j'ai eus, le stage, les travaux, je n'ai pas vraiment eu le temps de chercher… et ça ne m'a pas manqué. Et puis, les hommes… je ne sais toujours pas… conclut-elle avec un sourire engageant que Carole feignit d'ignorer.

Le lendemain, dimanche, elles étaient invitées au Bousquet. Carole fit la connaissance de la famille de Juliette. Michel était présent.

Pendant la semaine, toutes deux se promenèrent dans la région. La Parisienne découvrait l'Aveyron avec plaisir. Le vendredi soir suivant, elles allèrent dîner au restaurant à Millau en compagnie de Michel. Tous trois terminèrent la soirée en boîte de nuit. Juliette avait laissé Cigale dans l'appartement de son frère… au cas où elle trouverait un homme galant, avait-elle lâché, amusée. La future éleveuse, bronzée, maquillée, aguichante dans sa courte robe claire largement décolletée, ne fut pas en reste d'invitations, qu'elle honora plus par jeu que par désir, dansant nonchalamment, à la fois distante et provocante. Et, quand l'étreinte se resserrait trop à son goût, elle demandait à son cavalier quelle était sa profession. Elle s'amusait de certaines réponses flatteuses, et, lorsque, invariablement, il se croyait obligé de lui retourner la question, elle répondait qu'elle était agricultrice et qu'elle élevait des moutons. La réaction était alors fulgurante. D'un seul mouvement, le bras qui enlaçait sa taille prenait alors soudainement ses distances ; l'autre, qui caressait ses cheveux, retombait vivement le long des hanches ; la tête, qui couvrait son cou de baisers, se relevait brusquement ; le corps en feu se décollait promptement du sien, à croire que, subitement, elle dégageait une odeur d'étable ! Aussi, aucun cavalier ne revint la solliciter. Cynique, elle les implorait alors d'un regard à la fois langoureux et fripon, mais ils détournaient aussitôt les yeux, gênés, faisant mine de ne pas avoir vu, de ne pas avoir compris. Satisfaite de ses facéties, elle passa la deuxième partie de la soirée seule, assise à la table, tutoyant la bouteille de whisky. Pendant ce temps, sur la piste, Michel et Carole s'en donnaient à cœur joie. Quand, enfin, ils revinrent s'asseoir, elle leur conta ses frasques avec force détails. Tous deux pouffèrent de rire. Ils repartirent bientôt et dansèrent longuement, finissant par échanger baisers langoureux et tendres caresses. Juliette, calée au fond de la banquette, une cigarette aux lèvres, savourait ses espiègleries en sirotant verre après verre. Quand l'un de ses cavaliers venait tourbillonner alentour, elle lui distillait un clin d'œil pervers qui éloignait aussitôt le bellâtre. Michel et Carole la rejoignirent et lui annoncèrent qu'ils allaient dormir ensemble à Millau. Juliette éclata de rire et bredouilla qu'elle n'était pas en état de conduire, et donc de remonter au mas. Elle passa elle aussi la nuit à Millau. Le matin au lever, chancelante, encore embrumée, elle les découvrit en train de prendre le petit déjeuner, tendrement enlacés. Elle se souvint de la folle nuit et clama, en se tenant la tête, devant leurs regards hilares :

— Eh bien, vous deux, vous n'avez pas perdu de temps !

A contrecœur, Carole repartit le dimanche, après avoir promis à Michel de lui écrire et de revenir dès qu'elle le pourrait.

VIII

Juliette était maintenant seule au mas. Après avoir passé une semaine chez leurs grands-parents paternels à la Chapelle-Saint-Mesmin, Mélanie et Pascale avaient filé à Collioure pour quinze jours. La dernière semaine d'août était prévue au Bousquet avec grands-parents et arrière-grand-mère.

Maintenant que l'aménagement de sa maison était terminé, l'Aveyronnaise voulait nettoyer la vieille bâtisse, qui avait été détruite par un incendie, pour la faire ensuite restaurer. Dès le lundi, elle avait commencé à déblayer les ronces qui avaient envahi l'intérieur. Lors de la démolition de la cheminée, les maçons avaient seulement poussé sur les côtés les lauzes qui encombraient le passage. Elle devait donc les sortir, les trier et les ranger par taille. Les toitures en lauzes étaient construites avec des pierres très larges et épaisses en partie basse, et, plus on montait vers le faîtage, plus elles étaient petites et fines. L'un des deux frères Cadourt, le couvreur, en avait expliqué la raison : c'était pour une question de poids, mais aussi d'étanchéité, que les toitures étaient conçues de cette façon.

Par ce mardi après-midi ensoleillé, Juliette, vêtue d'un short et d'un tee-shirt, le corps luisant de sueur, examinait les lauzes une à une, chargeait celles qui étaient en bon état dans la brouette et allait les ranger à l'extérieur de la maison, faisant plusieurs tas en fonction des dimensions. Un bruit de moto se fit entendre. Un jeune homme déboula, cheveux au vent, et coupa le moteur en apercevant la jeune femme. Il la salua et se présenta.

— Je suis le fils de Gaston Bouguayroux. Je passe quelques jours chez lui, en bas, à Ventalou, pour le mois d'août.

Il s'extasia devant les transformations qu'avait réalisées Juliette, racontant qu'il jouait parfois dans les parages quand il était enfant.

— Maintenant, je ne viens plus que pour les vacances, ajouta-t-il, avant de préciser : Mes parents sont divorcés et je vis à Millau avec ma mère. C'est plus pratique pour le lycée, et puis, mon père a tellement mauvais caractère que ce serait difficile de le supporter en permanence. Je m'appelle Olivier. Je peux vous aider ?

Juliette le dévisageait, surprise. Il était grand, mince, les cheveux châtains qui couvraient les oreilles, les yeux noisette, le visage doux. Elle accepta la proposition de l'adolescent.

— Moi, je m'appelle Juliette, fit-elle en lui expliquant le but de son travail.

Une heure plus tard, elle décréta que c'en était assez pour cette journée et convia Olivier à aller se rafraîchir. Ils s'installèrent dans le séjour et discutèrent un moment. Le jeune avait seize ans et allait rentrer en classe de première en septembre. Il n'avait pas du tout l'intention de prendre la succession de son père à la ferme et espérait réussir ses études pour tenter ensuite des concours de l'administration.

Le lendemain après-midi, il réapparut. En short et torse nu, il se remit à remuer les pierres en compagnie de Juliette. Le jeudi, alors que tous deux déplaçaient de lourdes lauzes, il en laissa échapper une et se blessa à un doigt. Elle le conduisit dans la salle de bains pour le soigner. La blessure était superficielle, mais la douleur et la vue du sang incommodaient Olivier qui transpirait, blanc comme un linge, assis sur le rebord de la baignoire. Peu rassurée à l'idée qu'il s'évanouisse là, elle l'amena jusqu'à sa chambre en le soutenant. Il s'allongea sur le lit, prêt à défaillir. Elle lui passa un gant imbibé d'eau fraîche sur la tête et le torse, puis elle acheva le pansement. Il était encore pâle. Elle retourna imprégner le gant et, de nouveau, le rafraîchit. Elle était penchée sur lui. Il ne quittait pas des yeux le large décolleté qui dévoilait ses seins fermes sous le tee-shirt. Juliette s'en était aperçue. Elle caressait ses cheveux humides. La main féminine s'égara sur la poitrine. Leurs visages brûlants se frôlaient, leurs souffles chauds, haletants, se mêlaient. Elle s'allongea à côté de lui et l'embrassa, d'abord sur la joue, puis, tandis qu'il l'enlaçait, leurs lèvres s'unirent dans un même élan. Incapable de réfréner une envie éperdue, il glissa une main hésitante, tremblante, sous le tee-shirt moite et, maladroit, se mit à pétrir un sein. Juliette, au comble de l'excitation, le couvrait de tendres caresses et de baisers ardents. Elle sentait sa respiration saccadée qui effleurait son cou, qui chatouillait sa nuque. Fébrile, elle expédia ses vêtements à terre, pendant qu'il ôtait son short, fou d'impatience et de désir. Elle accompagna ses étreintes et guida ses gestes. Ils s'unirent sauvagement, dans un cri. L'adolescent inexpérimenté la chevauchait fougueusement. Ils s'abandonnèrent enfin, dans un râle, épuisés par ces moments intenses de volupté, couverts de sueur...

De nouveau étendus côte à côte dans le grand lit moelleux, grisés d'amour, essoufflés, ils laissaient leurs corps repus d'ivresse charnelle revenir à la vie.

Lentement, Juliette reprenait conscience. Elle fixait le plafond, les yeux dans le vague, encore frissonnante de plaisir. Petit à petit, elle réalisait. Elle n'avait pas eu un homme depuis plus de deux ans, elle avait recherché, sans en obtenir, les caresses féminines, et là elle venait de faire l'amour, comme une folle, comme une gamine. Mais elle n'était plus une gamine et elle venait d'avoir une relation avec un adolescent de seize ans. Au fur et à mesure que ses idées s'éclaircissaient, elle était partagée entre deux sentiments ; la frénésie unique de ces instants resterait gravée en elle, et pourtant une sorte de remords coupable se faisait jour dans son esprit chahuté. Qu'est-ce qui l'avait prise, elle qui avait regardé d'autres femmes avec des yeux emplis de désir ? L'occasion. Oui, c'était l'occasion ! Cela ne serait jamais arrivé si Olivier ne s'était pas blessé. Là, sur son lit, elle avait eu envie de ce corps d'homme, jeune, presque imberbe, à la peau douce, aux formes élégantes. Et elle n'avait pu maîtriser ses pulsions. Qu'allait-elle faire, maintenant ? Qu'allait-elle lui dire ? Et lui ? Qu'allait-il penser ? Même si ses yeux avides avaient désiré cette première relation, n'allait-il pas ensuite lui adresser des reproches ? N'allait-il pas raconter à toute la contrée qu'il avait fait l'amour avec une femme de presque quarante ans !

Imperceptiblement, elle tourna la tête vers lui. Il l'observait, penaud, détaillant ses formes du regard. Son visage affichait à la fois satisfaction et incrédulité. Il lui sourit. Il sembla à Juliette qu'il voulait parler, mais n'osait pas. Elle prit les devants.

— Eh bien, Olivier, lui murmura-t-elle à l'oreille en riant, espérant le décrisper, comment va ton doigt ? Détends-toi. Je ne te fais quand même pas peur, maintenant ? Oui… Je comprends… C'était la première fois…

Il se contenta d'un frémissement de lèvres, rougit et acquiesça d'un timide mouvement de tête.

— Tu… tu regrettes ? lui demanda-t-elle, soudain confuse devant son mutisme.

— Euh… Non… Non… bredouilla-t-il enfin, après un long silence, mais… c'était tellement… inattendu… inespéré ! Mais si, c'était très bien. Et puis… faire ça avec une femme comme toi… comme vous… Oh, si ! Merci, Juliette !

— Je suis ravie si tu as pris autant de plaisir que moi, lui confia-t-elle en l'embrassant. Mais j'ai un peu honte. Et puis, je dois te parler franchement, Olivier.

Ces quelques mots glacèrent l'adolescent, qui se mit à la dévisager avec angoisse. Qu'avait-elle à lui dire ? Quelle révélation importante, inquiétante, peut-être, pouvait-elle avoir à lui faire, maintenant qu'ils s'étaient donnés l'un à l'autre ? Juliette perçut son désarroi et voulut aussitôt le rassurer.

— Ne sois pas soucieux, Olivier. Il n'y a rien de grave… et cela dépend uniquement de toi.

Il devint perplexe et se mit à scruter son visage avec des yeux interrogateurs, pressé de savoir.

— Voilà, poursuivit-elle en le regardant, souriante, tu es mineur et, si j'assume ce que nous avons fait, je ne voudrais pas que ça s'ébruite. Ce n'est pas pour ma réputation. Ça, je m'en fiche. Je suis divorcée, libre, et je ne connais pratiquement personne ici. Tu dois simplement comprendre que si notre relation revenait aux oreilles de certains, de ton père entre autres, les choses pourraient mal tourner pour nous... pour moi, surtout... et je souhaite rester ici, maintenant que j'y suis installée. Comme ce n'est pas moi qui vais aller crier sur les toits que j'ai fait l'amour avec un mineur, je compte sur ta discrétion totale. Je sais comment ça se passe entre jeunes. Vous, les garçons, vous aimez bien parler de vos expériences. Et là, une première fois avec une femme mure, tous tes copains ne pourront pas en dire autant ! Alors, que tu ailles raconter tes prouesses, ça ne me dérange pas, mais surtout pas de nom, pas de prénom, pas de lieu, aucune indication qui pourrait me compromettre. Excuse-moi d'être peut-être un peu brutale, mais il est préférable que ces instants de bonheur demeurent notre secret.

Elle déposa un baiser sur sa bouche et lui caressa la joue.

— Juliette... vous...

— Tu peux me dire tu... enfin, comme tu veux... l'interrompit-elle, amusée par sa gêne.

— Oui, reprit-il, ayant retrouvé sa verve, tu as ma parole, Juliette. J'ai trop apprécié ces moments extraordinaires pour aller salir ton nom ou risquer de t'attirer des ennuis en rapportant à qui que ce soit ce que nous avons fait. Et puis, tu sais, contrairement à ce que tu penses, en général on ne se vante pas beaucoup d'une première fois. On est tellement maladroit !

— Comme je l'ai été ! s'exclama-t-elle dans un éclat de rire. On y est tous passés... On se lève ?

Après un dernier baiser, elle se dressa sur le lit. Elle se rhabillait quand la sonnerie de l'entrée carillonna. Elle se rajusta précipitamment, passa par la salle de bains pour se donner un rapide coup de peigne et se dirigea vers la porte tandis que la sonnerie retentissait une nouvelle fois.

— Qui cela peut-il bien être ? maugréa-t-elle.

Elle ouvrit et se retrouva sans voix.

— Olivier est là ? demanda Gaston Bouguayroux sans même dire bonjour. Où est-il, ce crétin ? insista-t-il sur un ton péremptoire.

Juliette avait pâli. Elle réalisa que la vue de la moto de l'adolescent avait trahi sa présence. Prise au dépourvu, décontenancée par l'abord revêche du père, encore frémissante, elle ne trouvait pas ses mots, dévisageant furtivement l'arrivant à la figure rougeaude qui trépignait en face d'elle.

— O… Olivier ? balbutia-t-elle enfin, peu rassurée, il… il est là. Il s'est fait mal à un doigt et je viens de lui faire un pansement. Il m'aidait à remuer des lauzes et… et voilà. Comme il ne se sentait pas très bien, il est allé s'allonger dans ma chambre.

Elle se mordit aussitôt les lèvres d'avoir donné cette précision. Mal à l'aise, elle tourna les talons et alla chercher le jeune homme. Elle lui expliqua rapidement ce qu'elle venait de dire à son père. Il apparut, souriant.

— Qu'est-ce que tu fous là ? grommela Bouguayroux. Il y a du boulot à la ferme, et, toi, tu viens faire le guignol ici ! Allez, suis-moi.

— Mais, papa, rétorqua calmement Olivier, quand je suis parti, tu faisais la sieste. Tu n'avais qu'à me dire que tu avais besoin de moi.

— Ah oueh ! Depuis le début de la semaine, tu fiches le camp tous les après-midi. C'est ici que tu passes ton temps ? Les lauzes, tu parles ! Et vous, j'espère que vous n'avez pas attiré mon fils ici pour… pour… Monsieur se faisait soigner ? Monsieur se reposait ? Dans votre chambre ? Eh bé ! C'est pas à moi que ça arriverait, ça ! Je ne veux plus que tu viennes traîner ici, toi. C'est compris ?

— Papa, c'est la vérité, assura Olivier, rouge comme une pivoine. Regarde, je me suis fait mal et elle m'a soigné… C'est tout…

— Assez parlé ! décréta son père. Ne t'avise pas de revenir ici, sinon ça va barder. On s'en va.

— Oui, oui, c'est ça, on s'en va, maugréa l'adolescent qui avait repris ses esprits. De toute façon, tu râles toujours. Quoi qu'on fasse, ça ne te convient jamais. Si c'est comme ça, je vais retourner à Millau, chez maman. Là-bas, jc pourrai aller à la piscine et elle ne me surveillera pas à longueur de journée. Au revoir, madame Cieurac, ajouta-t-il froidement.

— Au revoir, Olivier, et merci pour ton aide, fit Juliette en observant le visage boursouflé du père. Soigne ton doigt. Au revoir, monsieur Bouguayroux. Désolée d'avoir accaparé votre fils, ajouta-t-elle, un brin narquoise.

Ils tournèrent les talons. Gaston, nerveux, monta dans sa voiture en marmonnant et démarra en trombe, faisant jaillir les cailloux et laissant derrière lui un nuage de poussière. Olivier enfourcha sa moto et, après un rapide signe de la main, disparut lui aussi au bas du chemin.

Juliette rentra et alla se doucher. Elle ressortit ensuite et, accompagnée de Cigale, s'installa dans un transat. Elle était à la fois rêveuse et pensive. Elle venait de vivre un intense moment de bonheur, aussitôt suivi d'une rencontre inattendue, âpre. Comme une gifle à un enfant désobéissant. Comme un avertissement après cette relation coupable. Elle désirait savourer, prolonger encore ce plaisir charnel qu'elle n'avait pas connu depuis longtemps, mais elle avait également besoin de réfléchir, de mettre de l'ordre dans ses idées. Le soleil dardait encore et ses chauds rayons caressaient la peau bronzée de la jeune femme. Ces instants précieux, volés, elle savait qu'ils étaient fugitifs. Fustigé par un Gaston suspicieux, Olivier ne s'aviserait pas de revenir au mas… et c'était mieux ainsi. Cette liaison ne pouvait être qu'éphémère, sans lendemain. Et elle espérait également que l'adolescent n'aurait pas de problème avec ce père acariâtre. Elle était confiante quant à la discrétion du jeune. Une histoire… une belle histoire d'amants par un magnifique après-midi d'été ensoleillé. Et le mot « fin » qui venait de s'inscrire brutalement au terme de cette aventure passionnée.

Juliette passa une nuit agitée, alternant les rêves les plus fous et les cauchemars sombres. Olivier ou son père surgissaient à tour de rôle, autant de moments de bonheur ou d'angoisse.

Le lendemain, elle retourna à ses pierres. Elle était affairée à trier les lauzes quand Cigale dressa l'oreille et se mit à aboyer. Juliette s'interrompit et tendit l'oreille. Un bruit de moteur lui parvint, sans qu'elle puisse en déterminer la provenance. Quelques instants plus tard, une moto surgit du haut de la colline derrière la grange. Olivier s'arrêta à ses côtés, souriant.

— Mais qu'est-ce que tu fais là ? lui dit la jeune femme sur un ton de reproche. Tu es fou ! Ton père ! S'il apprend que tu es revenu, on va s'attirer des ennuis, tous les deux.

— Ne sois pas inquiète, Juliette. Il n'y a pas de danger. Comme il n'avait pas besoin de moi et qu'il passe la moitié de ses après-midi à faire la sieste et à cuver son vin, je lui ai demandé l'autorisation d'aller à la piscine à Millau pour retrouver mes copains. Et tu as vu par où je suis arrivé ? A Cornus, j'ai pris le chemin sur le plateau et me voilà ! Je t'aide ? acheva-t-il, espiègle.

— Non, décréta Juliette, ce ne serait pas prudent. Ton père ne s'est douté de rien ? Il ne t'a pas fait de remontrances ? Et ton doigt ?

— Ça va. Ce n'est pas grand-chose, fit-il en montrant négligemment le pansement. Mon père ? Non, il a juste râlé parce que j'étais parti sans le prévenir.

Il la regardait, la dévorant des yeux, s'arrêtant sur ses cuisses bronzées, détaillant ses seins qui pointaient sous le tee-shirt. Elle, tout en sachant que c'était une folie, avait la même envie que lui. Elle l'invita à prendre une boisson fraîche. Installés sur le canapé, ils parlèrent un moment. Leurs corps se rapprochaient, se frôlaient. Ils s'embrassèrent, échangèrent de tendres caresses.

— Va mettre ta moto dans le garage, coupa-t-elle soudain. Si ton père avait l'idée de revenir traîner par là, il ne se rendra compte de rien.

En un tour de main, il avait rangé l'engin. Il la rejoignit. Le lit de Juliette accueillit de nouveau leurs ébats effrénés. Cette fois, elle n'avait pas de remords. Elle se donna sans retenue dans les bras de ce frêle garçon, trop heureux de découvrir l'amour avec cette femme expérimentée.

Avant de la quitter, il lui dit qu'il retournait chez sa mère, qui accueillait de la famille, pour le week-end.

— Oui, murmura Juliette, songeuse, moi, je vais chez mes parents.

— Mais je peux revenir lundi, ajouta aussitôt Olivier, les yeux brillants.

Elle aurait dû lui expliquer que ce qu'ils faisaient n'était pas bien, elle aurait dû lui faire la morale, elle aurait dû refuser de prolonger cette relation ambiguë qui ne les mènerait à rien, elle aurait dû l'éconduire poliment. Vu leur différence d'âge et le fait qu'il était mineur, elle aurait dû se comporter comme une mère responsable et non comme une amante passionnée, elle aurait dû... mais elle en fut incapable !

Depuis plus de deux ans, aucune étreinte masculine ne l'avait fait vibrer. Aucun homme ne l'avait serrée dans ses bras, hormis quelques danseurs pressés ! Et là, sous les caresses juvéniles et les assauts fougueux de son jeune amant, elle revivait. Son corps, si longtemps frustré d'amour, renaissait.

Dès le lundi, ils se retrouvèrent les après-midi, donnant libre cours à leur passion, à cette passion coupable.

La dernière semaine d'août était arrivée. La rentrée des classes approchait. Olivier allait retourner chez sa mère. Le vendredi, leurs ébats eurent des teintes mélancoliques. Chacun savait que l'aventure allait s'achever. Ils s'étaient rhabillés et, toujours allongés sur le lit, ils devisaient de tout et de rien, en échangeant les dernières tendres caresses, les derniers baisers de feu, quand la sonnette carillonna. Inquiète, Juliette alla ouvrir et se trouva nez à nez avec le père de l'adolescent, nerveux, la mine renfrognée.

— Olivier est là ? demanda-t-il sans préambule.

— Non, répondit Juliette avec assurance.

— Vous en êtes sûre ? interrogea-t-il, sceptique. Il est encore parti. Et hier je suis monté, mais je suis arrivé trop tard. Je l'ai vu qui repartait vers le plateau.

— Peut-être, mais hier je n'étais pas là, mentit-elle avec aplomb, le regardant droit dans les yeux. Pourquoi ? Vous avez vu sa moto aujourd'hui ? reprit-elle pour le décontenancer.

— Euh… non ! rétorqua-t-il, avant de poursuivre, agacé : Laissez-moi entrer. Je veux vérifier.

Avant qu'elle n'ait pu lui répondre ou esquisser le moindre geste, il l'avait écartée du bras sans ménagement et s'était engouffré dans la maison d'un pas décidé, pestant et faisant de grands gestes. Elle le suivit à distance, aux cent coups, les jambes flageolantes. Il fureta dans toutes les pièces en maugréant, contrarié de ne pas trouver trace de son fils. Ils étaient parvenus devant la chambre. Juliette retint sa respiration, au comble de l'angoisse. C'en était fait ! Il allait découvrir le pot aux roses et exploser, ivre de rage. Le scandale allait s'étaler au grand jour. Juliette était prise de panique. Pourtant, son cerveau fonctionnait à la vitesse de la lumière. Mais aucun argument, aucune excuse ne serait crédible. Elle avait beau s'ingénier à chercher, elle devait se faire une raison. Derrière cette porte se trouvait la vérité, cruelle mais incontournable. Elle allait les éclabousser, elle et l'adolescent. Le père irascible, coléreux, ne se priverait pas de la traîner dans la boue, de la poursuivre en justice, ne serait-ce que pour récupérer un peu d'argent. La jeune femme avait l'estomac noué, la gorge sèche. La sueur perlait sur son front. Ses jambes ne la portaient plus. Il poussa la porte. C'était le dénouement, terrible, imprévu, inavouable. C'était la fin tragique de leur belle histoire. Elle jeta un regard de détresse par-dessus son épaule, s'attendant à l'explosion…

La vue du lit, recouvert du dessus-de-lit, lui arracha un immense soupir de soulagement. En quelques minutes, l'adolescent avait pu effacer les traces compromettantes. Mais la joie de la jeune femme fut de courte durée. Elle réalisa qu'Olivier se cachait quelque part. Où ? Là… sous le lit…

dans un placard ? Avait-il eu le temps de s'échapper ? Certainement pas ! Bouguayroux allait-il poursuivre son inspection ? La moto ! La moto dans le garage !

— Bon, pesta-t-il, dépité, il n'est pas là, ce fumier de gosse ! Mais où est-ce qu'il est encore allé traîner ? Il aura de mes nouvelles, ce soir ! Il est temps qu'il retourne chez sa mère. J'en ai marre de lui.

Juliette ferma les yeux, incrédule. C'en était terminé. Il allait repartir... enfin !

— Pourtant, je suis certain qu'il est venu, renchérit-il, et pas seulement pour déplacer des pierres ! Depuis trois semaines, il n'est plus le même. Vous l'avez dévergondé, ce môme ! Ça, j'en suis sûr ! Je vais en parler à sa mère pour qu'elle le fasse examiner par un docteur. Et, si vous avez fait des cochonneries avec lui, je vous promets que vous aurez de mes nouvelles. Ça vous coûtera cher ! Un mineur... un gamin de seize ans, vous vous rendez compte ?

— Monsieur Bouguayroux, fit Juliette, qui avait pâli à l'écoute de ces accusations à peine voilées, je ne vois pas de quoi vous voulez parler. Qu'est-ce que vous insinuez ? Que j'aurais eu... une relation avec... avec votre fils ? Moi ? Une femme de trente-sept ans avec un adolescent ? Vous êtes complètement fou ! se défendit-elle avec véhémence, essayant de mettre une grande persuasion dans ses propos. Olivier n'a que faire de moi. Il est simplement venu ici quelques fois, jusqu'à ce que vous le lui interdisiez. Tout ce que nous avons fait, c'est de trier les lauzes et de boire un jus de fruits. Et, même s'il n'est plus puceau, qu'est-ce que ça prouve ? Je suppose qu'il a des copines de son âge... si vous voyez ce que je veux dire... Ce que vous prétendez est ridicule !

Juliette était campée face à lui, droite, bras croisés, presque arrogante. Bouguayroux la dévisageait, bouche ouverte, dodelinant de la tête. Il n'affichait plus le regard mauvais qu'il avait à son arrivée. Même si la figure avait toujours sa couleur pourpre, que ne pouvaient justifier les seuls rayons du soleil, les traits s'étaient radoucis.

— Oueh ! grommela-t-il, heureusement que les vacances se terminent, parce que j'en ai ras le bol ! Entre lui et sa mère… Mais, dites-moi, poursuivit-il en promenant un regard lascif sur les formes de la jeune femme, si vous ne vous intéressez pas aux jeunes, un homme d'âge mûr vous conviendrait certainement.

Il s'était avancé vers Juliette. Elle avait reculé d'un pas, vite bloquée, le dos au mur, surprise et inquiète. Elle voulut appeler Cigale, mais se ravisa, pensant que, si elle avait été là, elle se serait déjà manifestée. La chienne devait courir sur le plateau, à la recherche de quelque mulot. Juliette respirait l'odeur de transpiration aigre que dissipait la chemise de flanelle sale, elle sentait l'haleine repoussante dans laquelle se mêlaient les effluves de vin bon marché, de tabac brun et autres renvois de concombre et d'ail. D'un geste rapide, les grosses mains velues l'avaient saisie par la taille et l'emprisonnaient avec force. Déjà, il cherchait à l'embrasser. Juliette avait détourné la tête pour échapper aux lèvres violacées et au souffle fétide.

— Arrêtez ! cria-t-elle en se débattant.

Mais il n'avait que faire de ses suppliques. Riant et grognant de plaisir, il poursuivait son infâme besogne. De tout son poids, il la plaquait contre la cloison. Il l'embrassait goulûment dans le cou, une main avide pétrissait un sein tandis que l'autre, aussi prompte, s'égarait dans le short. Juliette entrevit pendant une fraction de seconde ses yeux globuleux, exorbités. Cette vision la terrifia. Dans ce regard animal, elle venait de comprendre que rien n'arrêterait la bête en rut. Un instant paniquée, elle parvint à se ressaisir. Elle eut une pensée apeurée pour Olivier, qui devait être dissimulé par là, peut-être sous le lit ! « Pourvu qu'il n'intervienne pas, pourvu qu'il ne se montre pas ! » implorait-elle mentalement.

Face au monstre, le souvenir de son jeune amant décupla ses forces et sa détermination. Pendant un bref moment, elle laissa libre cours aux assauts désordonnés du forcené, trop occupé pour réaliser qu'elle glissait lentement un genou entre ses jambes. Puis, ayant bien pris ses appuis, elle le remonta violemment. D'un coup, l'étreinte se libéra dans un cri bestial. Plié en deux, Bouguayroux gémissait de douleur, se tenant le bas-ventre à deux mains.

Aussitôt, elle bondit dans l'entrée et se saisit précipitamment du fusil que son père lui avait donné lorsqu'elle avait aménagé. « Toute seule ici, ça peut toujours servir, avait-il précisé. On ne sait jamais, un rôdeur, un voleur… Même si tu tires en l'air, c'est dissuasif ! »

L'autre apparaissait au bout du couloir, encore courbé en deux, grimaçant et geignant de plus belle, la bave aux lèvres, les yeux révulsés, le visage d'une pâleur inhabituelle. Juliette demeura à distance et pointa le canon dans sa direction.

— Maintenant, dehors, vieux porc dégoûtant, sinon je t'achève ! explosa-t-elle, tout en restant méfiante. Je comprends que ton fils ne veuille pas rester avec toi, et j'imagine aussi pourquoi ta femme t'a quitté, pauvre type !

Elle avait crié ces derniers mots avec un immense plaisir. Il ne méritait pas mieux ! La vue de l'arme enleva toute velléité à l'irascible. Honteux, affolé, il franchit la porte en fixant le fusil qui suivait son déplacement. Il grimpa péniblement dans sa voiture et mit le moteur en marche. Mais, avant de disparaître, il ne put s'empêcher de clamer, en brandissant le poing :

— Je te retrouverai ! Je t'aurai, salope !

Le canon se redressa dans sa direction. Il démarra en trombe, labourant la castine dans un nuage de poussière.

Juliette s'assit sur l'un des bancs en pierre devant l'entrée et appuya le fusil contre le mur. Ses jambes la lâchaient. Tout son corps se mit à trembler. La sueur dégoulinait dans son dos, sous ses aisselles, sur son front. Des larmes envahirent ses yeux, bientôt remplacées par de profonds sanglots entrecoupés de violents spasmes qui la secouaient tout entière. C'était fini, et maintenant elle craquait. Elle demeura ainsi de longues minutes, reprenant petit à petit ses esprits, collée contre le mur frais qui la ramenait à la vie, séchant ses pleurs, épongeant sa sueur.

— Juliette ! entendit-elle murmurer.

Elle sursauta et tourna la tête vers l'entrée. Perdue dans ses pensées, elle avait oublié Olivier ! Il était là, le visage décomposé.

— Il… il est parti ? s'inquiéta-t-il aussitôt.

Il lui décocha un semblant de sourire qui ne parvint pas à dissimuler une profonde détresse.

— Oui, acquiesça-t-elle en se levant. Viens, rentrons… au cas où il aurait des remords !

Ils s'enfermèrent dans la maison. A son tour, l'adolescent craqua et se mit à pleurer. Juliette fila s'asperger d'eau fraîche et l'invita à en faire autant. Puis elle porta des boissons dans le salon et s'installa dans un fauteuil. Il s'assit dans le second, face à elle, plus détendu. Sciemment, elle avait négligé le canapé où ils auraient pris place ensemble. Elle voulait éviter une promiscuité qui aurait encore dérivé vers de tendres effusions. Même si ces événements dramatiques avaient connu une heureuse issue, ils avaient ouvert les yeux de la jeune femme. Elle venait enfin de prendre conscience qu'il était plus que temps de mettre un terme à cette liaison coupable. Et, maintenant que l'alerte était passée sans dommage, c'était le moment opportun pour parler à son jeune amant.

— Félicitations pour le lit, fit-elle, admirative, mais où étais-tu caché ?

— Dessous… sous le lit !

— Hein ! s'exclama-t-elle. J'y ai pensé et j'avais peur que tu interviennes quand il s'est jeté sur moi.

— J'ai eu la même idée, confirma-t-il dans un sourire, mais je me suis dit que, là, c'était fichu. Et puis, tu t'es bien débrouillée ! Mais si ça avait vraiment mal tourné, perdu pour perdu, je t'aurais prêté main-forte. Je crois que je l'aurais assommé. Quel porc ! Et c'est mon père ! Quel père !

— Oui, je comprends, confia tristement Juliette. Heureusement que tu t'entends bien avec ta mère. Les vacances s'achèvent, tu vas reprendre l'école et oublier tout ça maintenant.

— Oublier ? Oublier quoi ? lâcha-t-il, angoissé.

— Olivier, tu es un grand garçon, nous sommes adultes tous les deux. J'ai passé des moments merveilleux avec toi... et je pense qu'il en était de même pour toi, mais nous devons tirer un trait là-dessus. Ce n'est pas raisonnable.

— Mais... mais... Juliette... ce... ce n'est pas possible ! Je t'aime !

— Non, Olivier ! asséna-t-elle avec autorité. Encore une fois, ce n'est pas raisonnable. Où veux-tu que nous conduise notre histoire ? Je sais combien ce que je dis te fait mal, mais on doit regarder la réalité en face. Tu as seize ans, j'en ai trente-sept. Qu'est-ce que tu veux faire avec moi ? Dans treize ans, j'aurai cinquante ans et tu n'en auras pas trente. J'ai deux filles qui n'ont guère plus que ton âge. Comme elles, tu as tout l'avenir devant toi. Tu connaîtras une fille, tu fonderas un foyer... et tu seras heureux avec ton épouse et tes enfants. Et tu garderas au fond de ton cœur, comme un secret, le souvenir de cette femme avec qui tu as connu l'amour. Tu crois m'aimer, mais ce n'est qu'une aventure... une première aventure, mais sans espoir, sans lendemain. Et ne pense pas que c'est l'intervention de ton père qui me dicte ma conduite. Disons que sa visite a peut-être précipité les choses, mais, même sans son incursion, j'aurais pris cette cruelle décision... Sois lucide, Olivier. Nous ne devons pas nous revoir...

Elle se tut, la gorge serrée. Ses derniers mots avaient atteint l'adolescent de plein fouet. Le ciel venait de lui tomber sur la tête. Comme elle s'y attendait, il fondit en larmes. Apitoyée, mais fermement décidée à ne faire aucune concession, elle le laissa épancher son chagrin. Au bout d'un moment, il se redressa, le visage décomposé. Il venait de réaliser que ce bel été, son bel été, parvenait à son terme, brutalement, dans une infinie tristesse. Le rideau venait de tomber sur une pièce au scénario magnifique, qui s'achevait dramatiquement.

— Tu... tu dis que l'intrusion de mon père ne t'a pas influencée, mais... je ne peux pas te croire, Juliette. Ça te donne un bon prétexte pour te débarrasser de moi... c'est tout !

laissa-t-il tomber avec une profonde amertume, la voix mal assurée, les yeux dans le vague.

— Olivier, je conçois ta déception et ton chagrin. Moi, je n'ai connu que deux hommes dans ma vie, mon mari et toi. Et, quand j'ai découvert que Bernard me trompait, j'ai eu autant de dépit que toi, et même certainement davantage. On ne tire pas un trait sur dix-sept ans de vie commune comme ça, sans dommage, sans séquelles, même si, les dernières années, l'amour était absent. La douleur est encore plus grande, plus profonde. Mais il faut redresser la tête, avoir du courage, se battre… et se retourner pour commencer une nouvelle vie… Et puis, ton père a des soupçons. Si on continuait à se voir, un jour ou l'autre, il nous surprendrait. Tu voudrais que j'aille devant un tribunal pour détournement de mineur ?

— Ah non ! se défendit-il sur-le-champ, en se redressant. Je m'en voudrais toute ma vie… En effet… je comprends, finit-il par admettre dans un murmure pathétique, mais alors… une dernière fois… juste une dernière fois… tu veux ?

Elle ne fut pas surprise par sa requête. C'était une façon agréable de se dire au revoir. Elle le savait malheureux et voulait le consoler un tant soit peu. Elle ne pouvait pas le laisser partir ainsi, en lui donnant l'impression qu'elle le chassait. Elle se leva, lui tendit la main et l'entraîna dans la chambre pour des effusions passionnées… celles des adieux…

Juliette se glissa au-dehors et inspecta les alentours pour être sûre que Bouguayroux ne rôdait pas dans les parages, à épier l'éventuel départ de son fils. Elle échangea un dernier baiser de feu avec Olivier, puis il sortit sa moto du garage. Elle l'accompagna jusqu'au sommet de la colline. Il enfourcha l'engin et, après un signe de la main, il démarra en trombe, faisant voler la poussière. Le cœur serré, elle le regarda s'éloigner, jusqu'à ce qu'il disparaisse derrière un bosquet, jusqu'à ce que le silence retombe sur le plateau. Mélancolique, elle redescendit lentement vers la maison.

Cigale revenait de ses pérégrinations dans la campagne, le museau couvert de terre. Juliette s'assit sur le banc. Des frissons la parcouraient. Le soleil avait gagné la façade et chauffait maintenant le mur. Elle s'y adossa. La tiédeur la revigora. La chienne s'était assise face à elle et remuait la queue. Juliette tendit la main et lui caressa la tête.

Ah, ma pauvre Cigale ! soupira-t-elle, l'œil humide, si tu avais été là, tu l'aurais mis en fuite, ce salaud ! Drôle de journée ! Triste journée ! Que les humains sont parfois compliqués ! Toi, tu n'as pas tous ces problèmes. Mais je devais faire ce que j'ai fait. Olivier a la naïveté de ses seize ans. Il s'en remettra… peut-être plus vite que moi…

Elle rentra, rêveuse, nostalgique, et revint s'asseoir dans le salon. L'image émue de son jeune amant était encore présente. Sans entrain, elle fila dans la chambre pour arranger son lit. Là aussi, elle revoyait leurs deux corps allongés, nus, échangeant de tendres caresses.

— Je ne peux pas rester ici, ce soir, maugréa-t-elle, maussade. Je ne supporterai pas cette solitude. Je monte au Bousquet.

Elle téléphona et se mit en route. Là-haut, dans le berceau familial, elle allait pouvoir parler, rire… revivre… oublier… Quand elle arriva, elle salua parents et grand-mère et rendit visite à Corinne et Alain Longvialle qui, dans cette période sans traite des brebis, avaient des journées moins chargées. Puis elle regagna la maison. Après le souper, tandis qu'une fraîcheur bienfaisante tombait, elle s'installa sous le tilleul en compagnie de son aïeule, qui l'avait dévisagée à plusieurs reprises avec insistance pendant le repas.

— Tu as une drôle de tête, petite, lui dit-elle en plongeant ses yeux dans les siens, et puis, ce n'est pas dans tes habitudes de venir en prévenant au dernier moment. Qu'est-ce qui ne va pas ? Tu as des problèmes ?

— Non, mémé… non… juste un peu de lassitude, peut-être…

— Eh bien ! s'exclama Anna, si tu es déjà fatiguée, qu'est-ce que ce sera quand tu devras t'occuper de deux cents brebis. Juliette ! Si tu ne veux pas parler, je comprends, mais ne me raconte pas que tout va bien… pas à moi, petite !

La jeune femme l'écoutait, morose, tête baissée, les yeux humides. Les souvenirs, encore trop présents, l'étreignaient. Elle releva le visage, regarda sa grand-mère avec un sourire mélancolique et se décida à lui confier son invraisemblable aventure. Anna écoutait sans un mot, hochant parfois la tête, faisant une grimace. Puis sa petite-fille décrivit l'épisode de l'arrivée du père en colère.

— Je ne t'ai pas dit que, le garçon en question, c'est le fils Bouguayroux, avoua Juliette, honteuse. Mais jure-moi de n'en parler à personne, mémé.

— Promis, petite, mais enfin tu te rends compte ! Tu es folle, Juliette. Qu'est-ce qui t'a pris ? Le fils de ce fou ! Seize ans ! Un gosse ! Même pas l'âge de tes filles. Enfin, si c'est terminé, c'est le principal. Maintenant, à ton tour de me faire une promesse : ne recommence pas une telle bêtise !

— Ce sont les circonstances qui nous ont fait chavirer... tout simplement. Un moment d'égarement... C'est idiot... cruel aussi... C'est la vie. Mais ça m'aura servi de leçon. C'est promis, mémé, je ne renouvellerai pas cette expérience.

— J'espère ! lâcha sa grand-mère sur un ton de reproche. Et tu ne peux pas trouver un homme... un homme de ton âge ?

— Euh, je n'ai pas vraiment eu le temps. Et puis, ce n'est pas là-haut, au mas, que je peux espérer rencontrer quelqu'un... Et après j'aurai suffisamment de travail, mais on verra... On ne sait jamais... Ces choses-là se produisent quelquefois lorsqu'on s'y attend le moins !

IX

La rentrée 1977 était arrivée. Pour Juliette, la vie reprit un cours normal, même si le souvenir nostalgique de ses ébats passionnés avec Olivier occupait encore parfois ses pensées.

Depuis longtemps, elle avait envie d'acheter un cheval. Les promenades en forêt, qu'elle avait pris l'habitude de faire au centre équestre à Rambouillet, souvent en compagnie de Carole, lui manquaient et, de plus, elle joindrait l'utile à l'agréable, en parcourant les prés à dos de jument pour surveiller ses brebis. Elle se mit donc en quête d'une pouliche d'environ deux ans. A cet âge-là, les animaux étaient débourrés et plus dociles.

Début juin, la propriétaire du mas avait rendu visite à un éleveur de chevaux et retenu une jument anglo-arabe d'un peu plus de deux ans qui était en fin de débourrage. Il appela pour dire qu'elle était prête et la livra. Elle était encore un peu farouche, mais Juliette acheva de l'apprivoiser avec patience lors de longues sorties sur le plateau. Elle l'appela Pyrène.

Juliette s'était mise en quête d'un tracteur. Elle en avait dégotté un chez un marchand de matériel agricole, un modèle ancien, mais qui suffirait à ses besoins. Elle avait également fait l'acquisition d'une remorque, les deux étant indispensables pour transporter le fumier de la bergerie jusque dans les prés ou pour aller récupérer une brebis souffrante. Elle avait aussi acheté un 4X4 d'occasion à l'arrière découvert, utile pour aller s'approvisionner en sel ou amener une bête malade chez le vétérinaire.

Elle allait parfois faire ses courses à Cornus en empruntant le sentier pédestre GR 71C qui suivait le chemin, de la Fage au mas, avant de serpenter sur le plateau. Elle traversait le hameau de la Fageolle et arrivait ainsi au chef-lieu de canton, sept kilomètres plus loin, à l'est de la ferme. Le matin, elle partait à pied vers huit heures et rentrait pour midi. Certaines fois, elle prenait le même itinéraire l'après-midi sur le dos de Pyrène, ce qui lui permettait de ramener davantage de provisions. Pendant l'été, à plusieurs reprises, elle croisa des randonneurs qui se promenaient sur le plateau. Quelques-uns s'arrêtaient bavarder un moment avec elle, admirant le mas magnifiquement restauré.

Les maçons débarquèrent et les travaux de la bergerie purent commencer. C'était un long bâtiment dont les deux pignons étaient orientés est-ouest. Au sud, des ouvertures avaient été percées dans le mur d'un mètre d'épaisseur. Le côté nord s'enfonçait dans la colline. Le plafond voûté était soutenu en son milieu par une rangée de gros piliers carrés.

Juliette pensait que cette bâtisse était très ancienne, mais personne n'avait jamais pu lui fournir de précisions sur l'origine de la construction. Au-dessus se trouvait la grange, d'architecture plus classique et qui avait été rajoutée bien plus tard.

Une fois le gros œuvre achevé, vint l'installation des mangeoires, des abreuvoirs et du système de ventilation, bouches, gaines et extracteur. Cet équipement était nécessaire pour extraire l'ammoniac dégagé par les excréments des brebis, ainsi que pour renouveler l'air de la bergerie. Fin octobre, l'étable était prête pour accueillir le troupeau. L'aménagement de la salle de traite, du local de réfrigération et de stockage du lait était prévu à l'automne de l'année suivante, en 1978, avant que les agnelles qu'elle allait acheter en décembre ne mettent bas.

Comme il le lui avait promis, un des agriculteurs qui lui avait vendu le fourrage arriva, par un après-midi d'octobre, avec tracteur, remorque de fumier et charrue. En un tour de main, la doline avait perdu sa couleur verte. Les sillons de terre rouge, aussitôt investis par merles et moineaux à la recherche de vers, luisaient au soleil.

En cette fin de mois, Juliette reçut une lettre. Les coordonnées de l'expéditeur n'apparaissaient pas au dos de l'enveloppe. Elle la décacheta aussitôt, n'attendant pas d'être rentrée pour en prendre connaissance.

Curieuse, elle alla de suite à la signature. Elle émanait de Gaston Bouguayroux ! Stupéfaite, Juliette ouvrit deux yeux ronds. Que pouvait donc bien vouloir ce fou ? L'anxiété la gagna. Et si ce malade avait découvert sa liaison avec son fils ? Et si Olivier avait des problèmes ? Intriguée, elle se mit à parcourir rapidement la feuille.

Madame Cieurac,

J'espère que vous me pardonnerez d'avoir tant tardé à vous écrire, mais j'ai mis du temps à y voir clair, à réaliser ce que j'avais fait chez vous.

Je vous prie d'accepter mes excuses. J'ai été idiot. Mon attitude est inqualifiable. Je ne sais pas ce qui m'est passé par la tête. Ce fils, cet enfant qui n'en est plus un, qui m'échappe, m'a perturbé. Je voudrais son bonheur, mais je suis maladroit. Peut-être aussi quelques verres de trop m'avaient enlevé ma lucidité. Je suis désolé de ce qui est arrivé.

Si vous avez besoin d'aide, je me ferai un plaisir de vous rendre service.

Veuillez agréer mes sincères salutations.

Gaston Bouguayroux.

La lecture de ce courrier arracha un sourire amer à Juliette. Le père de l'adolescent avait enfin pris conscience que ses gestes et ses paroles avaient été plus que déplacés. Mais, maintenant, l'incident était clos et ces quelques mots, griffonnés sur une page blanche, faisaient renaître des souvenirs encore à fleur de peau, venaient raviver une flamme tout juste éteinte. Elle lança un regard mélancolique vers le haut de la colline derrière la grange, là où elle avait accompagné pour la dernière fois Olivier, ce jour d'août, après avoir chassé son père. « S'il réalise qu'il a été d'une incorrection sans nom, c'est déjà ça ! » soupira Juliette en entrant dans la cuisine. Elle jeta négligemment la lettre sur la table. « Il s'est enfin rendu compte de ses erreurs. Il est peut-être un peu moins crétin que je ne le pensais ! En tout cas, s'il croit que je vais lui demander de l'aide, il attendra longtemps ! »

Elle retourna à ses occupations. Le rêve de ce bel été venait de resurgir et elle devait à nouveau se faire violence pour l'oublier…

Novembre venait de naître, avec ses journées maussades, humides. Souvent, le brouillard envahissait la vallée et ne se levait que vers midi. Parfois, c'était le plateau qui était noyé dans la brume, pris dans la nasse de grisaille. Tous les jours, Juliette sellait Pyrène et allait faire de longues promenades sur le causse. Cigale fermait la marche en folâtrant.

Juliette avait nettoyé le four à pain situé derrière la vieille maison en ruine et fait une flambée pour le tester. L'opération avait semblé concluante. Aussi, un matin, elle pétrit un peu de pâte qu'elle laissa lever. L'après-midi, elle alluma le foyer. Une fois le bois consumé, elle enleva les cendres et enfourna. Deux heures et demie plus tard, elle ressortit deux tourtes dorées qui sentaient bon le pain de campagne. Le soir, fière du résultat, elle dégusta le pain qu'elle trouva à son goût. Elle se promit de renouveler l'expérience.

En ce début de mois, Juliette reçut un appel de la Confédération. Un éleveur, âgé de soixante ans, venait de décéder d'une crise cardiaque. Son épouse, qui avait déjà quelques problèmes de santé, n'était pas en mesure de s'occuper seule des bêtes. Elle voulait donc se débarrasser rapidement de la totalité, environ deux cent cinquante têtes, avant l'agnelage, prévu dans la deuxième quinzaine de novembre.

Juliette était ennuyée ; elle avait déjà retenu deux cents agnelles chez Alain et Corinne. Pourtant, cette opportunité était séduisante. Si elle achetait une partie des brebis, elle pourrait commencer à produire dès janvier 1978, au lieu d'attendre encore un an sans tirer de revenus de la ferme.

Mais un autre problème venait de se faire jour. Comme elle ne devait commencer la traite qu'en janvier 1979, elle n'avait pas fait installer les équipements, salle, local de stockage du lait et système de réfrigération, les repoussant à l'automne 1978. Si elle acquérait ce troupeau, il ne lui restait qu'à peine deux mois pour mettre en place ces accessoires indispensables.

Elle avait noté l'adresse de l'éleveuse veuve, qui habitait à Camarès, à une vingtaine de kilomètres au sud de Saint-Affrique et, malgré ces incertitudes, elle lui rendit visite par un après-midi froid où le givre avait accroché des guirlandes d'argent sur les arbustes décharnés.

Les brebis étaient belles. Elles avaient de trois à quatre ans. Mais la veuve voulait impérativement les céder en un seul lot. Pour Juliette, cinquante têtes supplémentaires par rapport à ses prévisions allaient lui procurer un surcroît de travail non négligeable. La traite lui prendrait environ une demi-heure de plus matin et soir, et les équipements n'étaient pas en place. Il y avait aussi l'entretien de l'étable, le stock de fourrage et de paille. Elle en avait approvisionné suffisamment en fonction de ses prévisions. Elle fit part à l'éleveuse de toutes ces remarques. Celle-ci lui proposa également le foin qu'elle et son mari avaient rentré au mois de juin, ainsi que la paille qui provenait des moissons de blé. Après avoir abordé le côté prix, Juliette lui expliqua que cette possibilité d'achat bousculait ses projets, qu'elle devait faire le point et réfléchir avant de lui donner une réponse. Elle lui demanda deux jours.

Elle repartit de Camarès indécise et fila directement au Bousquet, où elle exposa ses problèmes à Corinne et Alain. Ils la rassurèrent aussitôt. Si Juliette ne leur achetait pas les deux cents agnelles qu'elle avait retenues, ils les négocieraient avec les marchands de bestiaux, comme ils le faisaient habituellement tous les ans. Restait les cinquante bêtes qu'elle n'avait pas prévues. Les Longvialle auraient bien voulu aider la jeune éleveuse, mais la taille de leur exploitation ne leur permettait pas de prendre plus de brebis qu'ils n'en avaient. Alain lui fit remarquer qu'elle pourrait se défaire de l'excédent des mères si la tâche s'avérait trop rude. Juliette leur demanda également ce qu'ils pensaient du prix annoncé par la veuve. Les brebis coûtaient nettement plus cher que les agnelles qu'elle devait acheter au Bousquet.

— C'est normal, lui dit Corinne, elles vont bientôt agneler, et puis, nous, on t'avait fait un prix. Non, elle est raisonnable et tu peux toujours discuter, faire valoir que tu prends tout le troupeau, te faire donner le foin sur le marché... Et tu vas aussi pouvoir vendre les agneaux en janvier et produire un an plus tôt que prévu. Financièrement, ce n'est pas négligeable.

— Oui, en effet, tu as raison, convint Juliette. Mais, avant de décider quoi que ce soit, je dois m'assurer que la salle de traite et le local de stockage du lait seront installés, sinon... Je vais revenir la voir dès que je serai fixée. On parviendra bien à s'entendre. Et je ne veux pas voler cette femme. La pauvre, avec le décès de son mari, elle est complètement perturbée. En tout cas, merci de votre compréhension et de vos conseils. Par contre, moi qui espérais venir assister à l'agnelage ici, je devrai m'en charger au mas... et toute seule. J'espère que je ne paniquerai pas, que tout ira bien... parce que vous ne pourrez pas me venir en aide, on est trop loin...

Alain rappela à Juliette qu'elle avait fait son stage d'agnelage avec eux et qu'elle s'en était fort bien sortie. Cette évocation rassura la future éleveuse. Corinne l'invita à rester dîner avec eux.

— Profites-en, ajouta-t-elle en riant, ce sont tes derniers instants de liberté. Après, bienvenue au bagne !

Juliette déclina l'invitation. Cigale était restée seule au mas et elle craignait qu'elle ne fasse quelque bêtise.

— Et puis, je vais m'arrêter à Millau. Il faut que je rencontre au plus tôt les artisans pour l'installation des équipements. Je reviendrai lorsque tout sera réglé. Ainsi, vous aurez les dernières nouvelles.

Elle les quitta sur ces mots.

Arrivée à la sous-préfecture, elle se rendit chez les artisans à qui elle avait déjà fait établir des devis. Elle regagna ensuite le mas, heureuse. L'approvisionnement des machines ne posait pas de problème et ils lui avaient assuré que tout serait prêt fin décembre.

Elle rappela l'éleveuse de Camarès et prit rendez-vous pour le lendemain. Puis elle téléphona à Corinne pour lui dire qu'elle leur rendrait visite ensuite.

Mais un autre problème venait de surgir. Aucun des prés n'était fermé. Juliette, qui ne se voyait pas garder le troupeau toute la journée, avait décidé de mettre en place des clôtures, comme quelques éleveurs commençaient à le faire. Elle avait prévu ces travaux au début de 1978. Pendant cette période hivernale de froid vif, souvent attisé par le vent du nord, de brouillard, de crachin ou de pluie qui glaçaient gens et animaux jusqu'aux os, de neige qui paralysait la vie, la plupart des éleveurs ne sortaient pas leurs bêtes. L'Aveyronnaise avait essayé de planter des piquets, mais, sans machine, la tâche s'était avérée quasiment impossible dans le sol calcaire du Larzac. Elle avait pensé solliciter son père et son frère, mais, après avoir estimé le nombre de pieux à ficher en terre, plus d'un millier, elle avait renoncé. Tous deux lui apporteraient leur aide pour installer les cinq kilomètres de grillage à moutons. Elle avait alors pris contact avec une entreprise et convenu d'effectuer la pose en janvier. Et puis, même si elle achetait le troupeau à l'éleveuse de Camarès, de la période d'agnelage à la fin de l'année, les brebis ne sortiraient pas beaucoup. Comme les prés n'étaient plus exploités depuis quatre ans, elles auraient largement de quoi brouter aux alentours du mas et ne s'éloigneraient certainement pas. Et Cigale pourrait enfin commencer à monter la garde.

Dans la soirée, alors qu'elle achevait sa vaisselle, le téléphone sonna. Une petite voix hésitante se fit entendre au bout du fil.

— Juliette...

— Oui.

— C'est Salomé...

— Salomé ! s'exclama l'Aveyronnaise en reconnaissant une compagne de stage, quelle surprise ! Qu'est-ce que tu deviens ?

— Je... je vais mal... Je suis perdue... seule... sans toit. Je... je vis dans la rue... J'ai froid... faim...

Juliette mesura de suite la détresse dans laquelle était plongée la jeune Tchadienne. Elle voulut lui poser des questions, savoir comment elle en était arrivée là, mais celle-ci l'interrompit.

— Je n'ai plus un sou, révéla-t-elle d'une voix lasse, chevrotante, brisée. Je viens d'utiliser la dernière pièce qu'on m'a donnée pour t'appeler. La communication va être coupée.

C'était un appel au secours pathétique. Juliette lui demanda où elle se trouvait. Salomé dit qu'elle était à Millau, dans une cabine, sur la place du Mandarous.

— J'arrive, trancha l'Aveyronnaise. Trois quarts d'heure... Attends-moi.

Elle se mit aussitôt en route, intriguée par cet appel au secours. Juliette avait connu Salomé à Saint-Affrique. Elle avait vingt-neuf ans. Elle était en France depuis huit ans et, jusque-là, elle avait vécu en multipliant les emplois précaires. Elle vivait à Millau, dans une chambre qu'elle avait abandonnée au début de la formation, bénéficiant des possibilités de logement au lycée. Un an avant ce stage, elle avait fait la connaissance d'un jeune homme qui travaillait avec ses parents, éleveurs. Tous deux se retrouvaient chez la Tchadienne, mais elle n'avait encore jamais rencontré le père et la mère de son compagnon. En accord avec lui, la jeune Africaine avait suivi cette formation. Elle devait ensuite intégrer la ferme pour l'aider et, à terme, prendre la succession de ses parents. Mais, apparemment, les choses avaient pris une tournure autre.

La pleine lune avait répandu une clarté laiteuse sur le Larzac, balayé par un vent froid du nord. La nuit allait être glaciale. Mais Juliette était trop préoccupée pour admirer le paysage. Elle arriva sur la place du Mandarous et aperçut une masse sombre dans la cabine d'où la jeune Noire l'avait appelée. Elle s'approcha et découvrit Salomé, recroquevillée, tremblante, les yeux hagards. Dès qu'elle la vit, la Tchadienne se redressa lentement et empoigna un vieux sac à dos éculé et une bouteille d'eau vide. Une lueur d'espoir traversa son regard perdu. Elle sortit d'un pas mal assuré et se jeta dans les bras de l'Aveyronnaise.

— Oh, Juliette ! s'écria-t-elle, Juliette ! Merci ! Merci d'être venue !

Même si la future éleveuse n'avait pas eu le temps de beaucoup l'observer, elle avait du mal à la reconnaître. Le froid, la faim, la peur, l'avaient voûtée, vieillie, ridée. Elle ressemblait presque à une grand-mère. Le visage était creusé, inexpressif, flétri. Sous la pâle clarté du lampadaire, le blanc de ses yeux inquiets ressortait encore davantage qu'à l'ordinaire. Elle portait des tennis dont les semelles bâillaient, un vieux jean troué aux genoux et au bas effrangé, une veste sombre, parsemée d'accrocs et aux poches décousues, des mitaines percées. Ses cheveux, naguère brillants et tout frisés, pendaient en mèches ternes désordonnées.

Pendant qu'elles s'étreignaient, Juliette eut un léger mouvement de recul. Salomé dégageait une odeur qui ne trompait pas ; elle ne s'était pas lavée depuis plusieurs jours. Sans réfléchir, l'Aveyronnaise lui dit :

— Allez, viens. Je t'emmène chez moi.

— Mais… mais… Juliette, se défendit-elle d'une voix chevrotante, en baissant la tête, effondrée, je ne veux pas t'ennuyer. Si… si tu pouvais… juste un peu d'argent… Je… je te le rendrai… quand ça ira mieux…

— Salomé, dans l'état où tu es, il est hors de question que tu restes ici. Viens…

Elle la prit par la main et l'entraîna jusqu'à la voiture. La Tchadienne tremblait. Elle se tassa au fond du siège. Juliette mit le chauffage au plus haut. En roulant, elle lui jeta quelques coups d'œil rapides. Elle voulait lui demander comment elle en était arrivée là, mais, face au mutisme de la jeune Noire, elle préféra attendre d'être arrivée au mas.

Cigale les reçut avec force aboiements. Elle tourna longuement autour d'elles en reniflant, intriguée par cette inconnue qui sentait mauvais. Elle fit entrer Salomé dans la cuisine et lui proposa à manger. Pendant qu'elle se restaurait, assise timidement sur un coin de chaise, le corps parcouru de tremblements, la maîtresse de maison l'observait. Dans d'autres circonstances, elle aurait pu la croiser dans la rue sans la reconnaître. Par moments, la Tchadienne levait subrepticement les yeux, puis les baissait aussitôt, comme honteuse, dès qu'ils croisaient ceux de Juliette.

— Je vais te préparer des vêtements et faire le lit, lui dit-elle. Pendant ce temps, tu vas aller prendre une douche.

— Oh ! merci, Juliette, lâcha-t-elle d'une voix gênée, mais je ne veux pas te déranger. Tu es déjà trop gentille de m'avoir donné à manger. J'avais si faim... trois jours que je n'ai rien avalé... mais je ne veux pas...

— Salomé, si je suis venue te chercher, c'est parce que j'ai compris que tu étais au fond du trou, et, si je t'ai amenée chez moi, ce n'est pas pour te mettre dehors maintenant, avec le froid qu'il fait. Où veux-tu aller dormir ? Va te doucher.

Elle lui montra la chambre libre, avant de la conduire dans la salle de bains. Elle prit des vêtements à elle et les posa sur une chaise, puis elle prépara le lit. Elle retourna dans la cuisine pour ranger et s'assit. En l'attendant, elle alluma une cigarette. Elle était atterrée par l'aspect de la Tchadienne. Elle l'avait connue belle fille, joyeuse, prenant confiance en elle au fil des semaines à Saint-Affrique, et elle venait de la retrouver vieillie, perdue, clocharde...

Un long moment s'écoula, puis la porte s'ouvrit. Un peu plus tard, après être passée par la chambre et s'être vêtue,

Salomé apparut. Déjà, une toilette complète, des cheveux lavés et peignés, des vêtements propres, même s'ils lui étaient un peu grands, lui donnaient un aspect plus présentable. Juliette lui adressa un sourire et la complimenta.

— Oui, je me sens mieux, avoua-t-elle, mais, Juliette...

— Salomé, si tu veux encore me remercier, ce n'est pas la peine. Imagine l'inverse ! Tu ne m'aurais pas tendu la main ? Alors ne parlons plus de ça, mais plutôt de toi... de ce qui t'est arrivé... enfin... si tu en as envie... Maintenant, si tu veux aller te reposer, rien ne presse. Ça peut attendre demain...

— Non, Juliette, j'ai envie de parler... j'en ai besoin... Depuis plusieurs jours, plus personne ne m'adresse la parole. Les gens me regardent comme si j'étais une bête... oui... une pauvre bête, sale, puante, avec des vieux habits déchirés... et une bête noire. Alors, quand on est comme ça, même tendre la main devient difficile. Certains râlent, t'engueulent, te bousculent. Il y en a même qui m'ont craché dessus... Et les insultes ! « Retourne dans ta brousse. Va manger les araignées et dormir dans les arbres, avec les singes ! » Je ne croyais pas que des gens puissent être aussi peu respectueux. Nous, on a l'habitude d'entendre des choses pas gentilles, mais là, dans ma situation de mendiante, j'ai vraiment vu ce qu'était la méchanceté... le racisme... Pourtant, on est des êtres humains... comme eux. Ce n'est quand même pas de notre faute si nous sommes nés dans des pays pauvres, déstabilisés par les guerres, dévastés par les maladies, ravagés par la famine, sous l'emprise de dictateurs sanguinaires. Ah ! Les Blancs ! Maintenant qu'il n'y a plus d'esclavage et de colonies, on les gêne ! Ce qu'ils n'ont pas compris, c'est que, si on vient en Europe, c'est pour ne pas crever de faim. Moi, je préférerais être dans mon pays... mais c'est tellement dur... quoique, je me demande si je ne vais pas y retourner. Là-bas, au moins, on ne te regarde pas comme un animal curieux... et puis, on est tous pareils...

Salomé se mit à pleurer à chaudes larmes. Juliette, émue, la laissa épancher son chagrin. Elle devait évacuer son trop-plein de rancœur, de haine, de désespoir. Elle attendit qu'elle reprenne ses esprits. Elle releva la tête, essuya ses pleurs et se mit alors à raconter comment elle en était arrivée à toucher le fond.

Après le stage, elle avait de nouveau loué une chambre à Millau et trouvé un poste de femme de chambre dans un hôtel de la sous-préfecture, en attendant que son ami la présente à ses parents. Mais il tergiversait, trouvait toujours des prétextes pour repousser la rencontre. Au fil des semaines, elle avait fini par douter de sa sincérité. Début août, excédée, elle l'avait mis devant ses responsabilités. Mal à l'aise, il lui avait enfin avoué que ses parents ne voulaient pas d'une Noire chez eux. Profondément affectée, elle avait rompu aussitôt. Jusque-là, elle avait vécu de petits boulots, mais cet espoir de s'intégrer dans une famille et de mener une vie meilleure qui venait de s'envoler l'avait anéantie. Sa belle motivation avait disparu. Fin septembre, une fois la saison d'été achevée, l'hôtel n'avait plus eu besoin de ses services. Elle avait alors baissé les bras et n'avait même pas recherché de travail. Elle renonçait. N'ayant plus d'argent pour payer sa chambre, le propriétaire l'avait mise dehors et, depuis, elle errait ainsi, quémandant quelques pièces aux passants pour subsister, dormant sous les porches. Et là, le froid survenant, elle s'était retrouvée comme prise au piège, dans l'impasse de cette spirale infernale des démunis qui n'ont plus la force de combattre, de relever la tête pour tenter de retrouver un semblant de dignité.

Si elle avait précieusement conservé les coordonnées des autres stagiaires, jusqu'à ce jour, timide, honteuse, elle n'avait pas osé demander de l'aide. Mais, ce soir, elle était à bout. Elle avait gardé un bon souvenir de Juliette, qui avait sympathisé avec elle à Saint-Affrique, et là, morte de froid, affamée, vêtue de haillons, elle avait enfin appelé au secours.

— Ma pauvre Salomé ! s'exclama Juliette, apitoyée par le récit de la Tchadienne, comme tu as dû en baver ! Ne sois plus inquiète, on va trouver une solution.

— Une solution, Juliette, mais quelle solution ? Je vais repartir dans mon pays, voilà la solution. Je suis indésirable, ici ! Crever de faim là ou ailleurs… soupira-t-elle tristement, la gorge serrée, les yeux encore humides.

— Salomé, je ne sais pas encore, mais… On va aller dormir. Repose-toi et laisse-moi réfléchir. La nuit porte conseil, dit-on. Demain, on reparlera de tout ça, tu veux ?

Elle acquiesça et gagna la chambre. Juliette fit de même. La nuit de l'Aveyronnaise fut agitée. La vue de cette fille en hardes hantait ses rêves. Elle passa de longs moments éveillée, à songer à la façon dont elle pourrait venir en aide à la jeune Noire.

Ne pouvant plus fermer l'œil, elle se leva à sept heures et prépara le petit déjeuner. Cigale vint lui faire fête, puis elle alla renifler devant la chambre, toujours intriguée par cette présence étrangère.

Quand Salomé apparut, vers huit heures, la décision de Juliette était prise. La Tchadienne lui adressa un bonjour timide, assorti d'un sourire gêné.

— Est-ce que tu as passé une bonne nuit ? s'enquit la maîtresse de maison.

— Oh oui ! confirma-t-elle aussitôt, dans un soupir qui en disait long. Dormir dans un bon lit, au chaud, avec des draps propres… après avoir mangé à sa faim et s'être lavée, quel bonheur ! J'avais presque oublié tout ça ! Je ne sais comment te remercier, Juliette.

Celle-ci l'invita à s'installer pour le petit déjeuner, qu'elles prirent sans un mot. Quand elles eurent terminé, l'Aveyronnaise lui fit part de ce qu'elle avait imaginé.

— Salomé, commença-t-elle, cette nuit, j'ai beaucoup pensé à toi. Ton histoire m'a déchirée. J'ai une proposition à te faire. Cet après-midi, je retourne à Camarès pour voir une éleveuse qui vend son troupeau de deux cent cinquante brebis. C'est intéressant, car je vais gagner un an de production de lait par rapport à ce que j'avais prévu. Par contre, j'avais établi mes calculs sur deux cents bêtes, qui m'auraient permis de vivre toute seule. Là, je n'ai pas le choix, mais ça va me procurer un surplus de travail non négligeable. Alors… si tu veux rester ici pour m'aider, je t'accueillerai avec plaisir. Je peux te loger et tu auras un salaire.

La Tchadienne se mit à la dévisager, bouche bée, incrédule. Ne rêvait-elle pas ? Ne vivait-elle pas un mauvais cauchemar… un de plus ? N'était-elle pas victime d'hallucinations provoquées par sa faiblesse, par son cerveau traumatisé ? Les mots restaient bloqués dans sa gorge. Ses profonds yeux noirs roulaient, sautaient, regardant partout et nulle part, faisant apparaître deux boules blanches au milieu de son visage aux traits encore émaciés. Juliette se tut. Elle devait lui laisser le temps de revenir de sa surprise, de réaliser, de réfléchir. Un long moment s'écoula ainsi, dans un profond silence.

— Mais, Juliette, fit enfin la jeune Noire, tu te rends compte de ce que tu dis ! De ce que tu me proposes ? Travailler avec toi ? Ce n'est pas possible ! Non ! Je ne peux pas accepter…

— Salomé, c'est tout ce que je peux faire. Tu es libre d'accepter ou non. Mais, si tu refuses par scrupule, c'est idiot. Cette proposition, je te la fais de bon cœur. Je t'ai appréciée à Saint-Affrique et je voudrais essayer de t'aider à remonter la pente. Quant à moi, ces cinquante brebis que je n'avais pas prévues me posent vraiment un problème. Si je ne parviens pas à m'en sortir, si je passe trop de temps à la traite et à l'entretien de l'étable, je serai forcée de les revendre. Et toi, si tu as fait cette formation, même si après ça ne s'est pas concrétisé comme tu l'espérais, c'est parce que tu aimes les animaux et que tu avais vraiment envie de t'en occuper. C'est une opportunité pour démarrer dans la profession. Mais je ne veux pas te forcer ; c'est à toi de choisir. Si tu n'as pas envie, je ne t'en voudrai pas. Prends le temps de réfléchir ; rien ne presse. Tu m'accompagnes, cet après-midi, à Camarès ?

— Mais… mais… Juliette, balbutia-t-elle, émue, je… je ne sais pas… je ne sais plus. C'est… c'est trop beau ! C'est un rêve que tu me proposes…

— Oui, fit Juliette en riant, si on veut. Le rêve, c'est d'être à la bergerie tous les matins à cinq heures et demie ou six heures, de décembre à juillet. Deux heures et demie de traite… et le soir même chose, sans parler du nettoyage de l'étable, du fourrage à trouver et à leur distribuer de janvier à mars, de la surveillance de l'état des clôtures, des imprévus : les intempéries, les maladies… Et moi, si je tombe malade, je n'ai pas de solution… Mais tu as peut-être raison, c'est un rêve. En tout cas, c'est le mien et je suis heureuse de pouvoir le concrétiser, même si j'en connais les contraintes. Et puis, c'est avoir un peu de liberté que de pouvoir mener sa vie à sa guise, dans ce magnifique pays qu'est l'Aveyron, sur ce plateau mythique du Larzac que j'aime. Ici, je me sens chez moi. A Saint-Affrique, tu m'avais dit que tu ne connaissais pas le Larzac. Tu l'avais juste traversé quand tu étais arrivée en France. J'aurais pu t'y emmener. On ira faire un tour dans la matinée, quand le soleil sera un peu plus haut. Tu verras comme c'est beau.

— Oui… oui, murmura la Tchadienne, perdue dans ses pensées. J'aimerais accepter ton offre, Juliette. C'est tellement inespéré, merveilleux. Mais… je ne voudrais pas t'imposer ma présence, je… je ne voudrais pas te décevoir…

— Salomé, encore une fois, je ne t'oblige pas. Si je te propose de travailler avec moi, c'est que j'ai confiance en toi. Réfléchis. Au fait, ce soir, je suis invitée chez des amis éleveurs au-dessus de Millau. Tu viendras avec moi. Je vais les prévenir que nous serons deux.

— Mais… je ne veux pas vous déranger. Et puis… je suis Noire… c'est…

— Salomé, je comprends que tu sois devenue méfiante et rancunière, mais arrête de croire que tous les Blancs sont racistes… même si je sais qu'il y en a, hélas ! Tu verras, Alain et Corinne sont très gentils… On visitera leur élevage. Ils ont quatre cents brebis. Ses parents à elle travaillent avec eux.

Juliette prépara le repas de midi, puis elle convia son hôte à aller flâner sur le plateau. Chaudement emmitouflées, elles errèrent ainsi pendant deux heures sur le causse, où le vent du nord soufflait toujours, inclinant les rares arbustes qui s'accrochaient sur ce sol aride. L'éleveuse lui fit faire le tour des soixante-dix hectares de la propriété et elle désigna d'un geste les dix hectares supplémentaires qu'elle avait loués. Au retour, elle lui fit visiter la bergerie et les installations qui allaient bientôt accueillir le troupeau, si les tractations aboutissaient avec l'éleveuse de Camarès. Elle lui présenta également Pyrène.

Il était près de midi quand elles rentrèrent. Salomé était ravie de sa promenade. Juliette l'entraîna dans les deux appartements de l'étage et lui précisa qu'elle voulait également remettre la vieille maison en état. Elle la conduisit ensuite jusqu'au dernier étage de la tour où elle lui fit découvrir la vue somptueuse qui s'étalait à leurs pieds.

— Ce que tu as fait est magnifique, confia la Tchadienne, ébahie, une fois qu'elles furent redescendues. Ça représente beaucoup de travail… et d'argent, mais que c'est beau !

Elle se tut, promenant un regard envieux dans le séjour clair et spacieux, meublé et décoré avec goût. Puis elle ajouta dans un soupir, l'œil triste, d'un ton résigné :

— Moi, jamais je ne pourrai avoir une maison…

— Salomé, ce n'est pas parce que tu traverses une mauvaise passe qu'il faut baisser les bras. Si tu as un travail stable… ici… ou ailleurs, tu retrouveras un ami, vous fonderez un foyer et vous pourrez avoir une maison…

— Mmm ! je ne sais pas… murmura la jeune Africaine, défaitiste.

Ses déboires, ses échecs, étaient encore trop proches, trop présents. En arrivant en France, elle avait imaginé une autre vie, une vie digne, qui lui permettrait de s'épanouir, d'oublier la famine, la maladie, la misère. Et, au lieu de cela, elle s'était retrouvée dans la précarité, à vivre de petits boulots sans lendemain, repoussée par les parents de son ami qui n'acceptaient pas une Noire chez eux… Elle était une laissée-pour-compte, larguée au bord du chemin, tout comme l'étaient la majorité de ses concitoyens, là-bas, chez elle, au Tchad. Elle avait compris que, si certaines de ses compatriotes venues en France sombraient dans la prostitution, c'était uniquement pour survivre.

Ces gens, autour d'elle, qui travaillaient, qui mangeaient à leur faim, qui avaient un toit, n'avaient pas le moindre regard de compassion, pas la moindre attitude charitable, seulement de l'indifférence, ou, pire, des paroles désagréables, des gestes déplacés. Pas une seule main tendue, pas un mot gentil, pas un sourire ! Aussi, elle était désabusée, elle ne faisait plus confiance au genre humain.

Juliette tenta de la réconforter de son mieux. Pendant le repas, elles parlèrent de choses et d'autres, se remémorant les bons moments qu'elles avaient passés durant leur formation.

En début d'après-midi, elles partirent toutes deux pour Camarès. Cigale avait pris place sur le siège arrière de la voiture. A leur arrivée, la veuve dévisagea l'Africaine avec des yeux soupçonneux. Juliette la présenta comme une amie et expliqua qu'elles avaient suivi ensemble le stage à Saint-Affrique. Elles se rendirent à l'étable. Les discussions commencèrent. L'éleveuse n'entendait pas baisser son prix. Juliette argua que le fait d'acheter la totalité du troupeau valait bien une réduction, puis elle parla du foin.

— Je comprends que vous vouliez tirer le maximum de vos bêtes, mais certaines ont quatre ans, ce qui veut dire que dans un an, deux au plus, je devrai les remplacer. L'achat de la totalité du troupeau représente un gros sacrifice financier pour moi. J'avais déjà réservé deux cents agnelles chez un éleveur. Je l'ai vu hier soir et je lui ai expliqué votre problème. Il est prêt à rompre notre contrat. Quant à moi, je m'étais organisée pour avoir un petit revenu pendant un an de plus, en attendant de produire. Vous savez comme moi que le prix des agnelles d'un mois n'a rien à voir avec celui des brebis prêtes à mettre bas. Je ne veux pas me ruiner. Voilà ce que je vous propose : vous enlevez vingt francs par tête et vous me donnez le foin sur le marché. Qu'est-ce que vous en dites ?

Indécise, la veuve secoua longuement la tête en marmonnant. Si elle acceptait, cela représentait une moins-value de cinq mille francs, mais, si elle refusait, elle avait encore deux cent cinquante mères sur les bras qui, dans deux à trois semaines, allaient mettre bas. Elle n'avait ni l'envie ni la force morale de les surveiller jour et nuit. En cas de problème, elle risquait de perdre plusieurs bêtes. Le foin lui importait peu. Elle voulait juste s'en débarrasser. Juliette se promenait de long en large, mains dans les poches, l'air détaché. L'éleveuse l'observait furtivement, comprenant qu'elle ne reviendrait pas sur sa proposition. Après un long silence, elle prit la parole.

— Bon, c'est d'accord, consentit-elle enfin, au grand soulagement de Juliette, mais je vous fais un beau cadeau.

— Vous êtes raisonnable, la flatta l'éleveuse du mas Saint-Clair. Je ne suis pas un ogre et je ne veux pas profiter de votre malheur, mais, dans un marché, les deux parties doivent y trouver leur compte. Je crois que c'est le cas pour notre transaction. Et puis, vous ne dénicherez peut-être pas rapidement quelqu'un qui vous achètera la totalité des brebis avant l'agnelage. Ça vaut bien un petit sacrifice. Je vais m'organiser pour vous débarrasser du troupeau au plus tôt, ainsi que du foin, même si c'est moins urgent.

La veuve les invita à prendre un café. Elle ne s'était pas encore habituée à cette solitude, arrivée soudainement, et cette compagnie inopinée brisait pour quelques instants la monotonie de ses journées, désormais sans but. Autour de la table, elles devisèrent un long moment avant de prendre congé. Cigale dormait dans la voiture.

Il était seize heures trente quand elles arrivèrent à Millau. Juliette entraîna Salomé dans un magasin de vêtements. Mais la Tchadienne, gênée, n'osait pas se servir et l'Aveyronnaise dut prendre les choses en main. Elles ressortirent une heure plus tard, chargées de paquets. La jeune Noire, qui allait de nouveau pouvoir s'habiller correctement, se confondit en remerciements.

— Ce n'est pas de la haute couture, fit Juliette, mais, quand on a des vêtements propres, on se sent déjà mieux…

Elle décida de passer embrasser sa fille. Elle avait la clé de l'appartement de sa grand-mère, mais elle sonna. Pascale vint ouvrir et demeura sans voix en voyant sa mère. Juliette lui présenta Salomé.

— C'est une copine de stage. Elle a quelques problèmes en ce moment et elle va peut-être m'aider au mas. Je viens d'acheter un troupeau de deux cent cinquante brebis et on ne sera pas trop de deux pour s'en occuper…

— Ah ! c'est bien, alors… bredouilla Pascale, visiblement mal à l'aise. Maman… je ne suis pas seule. Un… un copain est venu récupérer des cours de l'an dernier, lâcha-t-elle enfin, d'une voix hésitante. Il est en classe de première et, comme il vient d'être malade, ça lui permettra de se mettre à jour.

Elle précéda sa mère dans la grande pièce. Mais, avant qu'elle n'ait pu faire les présentations, Juliette s'exclama :

— Olivier ! C'est toi qui es là ! Quelle surprise !

Le regard incrédule de Pascale allait de sa mère au jeune homme. Celui-ci était devenu rouge comme une pivoine. Il dévisageait Juliette, bouche bée, les yeux ronds. Elle réalisa qu'elle devait prendre les devants, expliquer rapidement pourquoi elle le connaissait. Même si tous deux s'étaient juré de garder secrets leurs tendres ébats de l'été, la surprise, l'incompréhension, pouvaient amener Olivier à commettre un impair préjudiciable. Elle éclata de rire, d'un rire forcé, qui sonnait faux, mais que personne ne décela.

— Comment vas-tu, Olivier ? s'inquiéta-t-elle pour donner le change. Tu as été malade ? Rien de grave, j'espère… Toi, Pascale, tu te demandes comment il se fait que nous nous connaissions ? Olivier est le fils Bouguayroux. Son père habite la ferme de Ventalou, en bas de chez nous. Cet été, il était en vacances là-haut et, un après-midi, je l'ai vu débarquer au mas en moto. Il m'a aidée à trier les lauzes de la vieille maison pendant plusieurs jours… jusqu'à ce que son père vienne râler parce qu'il n'était pas avec lui…

Le jeune homme poussa un grand soupir de soulagement en entendant les mots de Juliette. Recouvrant un peu d'allant, il la salua poliment et raconta qu'il avait eu une petite grippe.

— Mais… mais, poursuivit-il, intrigué, Pascale s'appelle Meyrand et vous, madame, Cieurac. Ah ! si j'avais su…

La phrase resta en suspens. Brusquement, il venait de se rendre compte qu'un mot de trop risquait de mettre à mal leur secret et de les plonger dans une situation lourde de conséquences. Juliette, elle aussi profondément troublée par cette rencontre imprévue, fut rassurée en entendant le vouvoiement et le « madame » déclinés par l'adolescent.

— Oui, j'ai repris mon nom de jeune fille après mon divorce, précisa-t-elle aussitôt avant de conclure : Eh bien, on va vous laisser à vos études.

Elle n'avait qu'une hâte, celle de partir, de fuir le jeune homme. Elle embrassa sa fille et serra longuement la main d'Olivier en le regardant droit dans les yeux, comme pour lui faire comprendre qu'il devait oublier cette visite.

— Bon courage ! lança-t-elle en se dirigeant vers la porte, heureuse de s'esquiver, mais terriblement inquiète à l'idée que l'adolescent, perturbé, ne laisse échapper des mots compromettants.

En montant au Bousquet, elle essaya d'avoir une attitude détachée, mais tous ces souvenirs revenaient à la surface, devenaient obsessionnels. Quelles étaient vraiment les relations de sa fille avec Olivier ? Etait-ce seulement un copain… ou… ou un petit ami ? Dans cette éventualité, quelle allait être désormais l'attitude du jeune homme avec Pascale ? Voudrait-il poursuivre une tendre relation avec la fille de son ancienne maîtresse ou préférerait-il rompre ? Dans ce cas, quelles explications donnerait-il ? Une parole malencontreuse pourrait déclencher la foudre. Il fallait absolument qu'elle sache. Elle devait interroger sa fille au plus tôt… mais avec beaucoup de tact, de façon à ne pas éveiller d'inutiles soupçons.

A l'entrée du Bousquet, Juliette montra la maison de ses parents à Salomé. Elles arrivèrent chez Corinne et Alain. L'Aveyronnaise présenta la Tchadienne. Elles allèrent visiter la bergerie. La jeune Noire observa avec intérêt le troupeau et les installations, posa des questions. Juliette annonça à ses amis qu'elle avait conclu le marché avec la veuve de Camarès et que ses aménagements seraient prêts pour la période de traite. Alain proposa de lui prêter sa bétaillère pour transporter les brebis, ce qu'elle accepta avec joie.

Pendant le repas, Juliette, toujours absorbée par sa rencontre, paraissait parfois absente. Corinne s'en aperçut et lui demanda si elle avait des problèmes.

— … Euh… Non… répondit-elle avec retard, non… Je suis juste un peu préoccupée parce que je n'avais pas prévu de démarrer aussitôt… J'espère que tout se passera bien…

Que ce soit Alain, Corinne ou Juliette, tous étaient des passionnés et, au cours de la soirée, l'élevage alimenta l'essentiel de la conversation. Salomé, qui semblait retrouver un peu de confiance, prit elle aussi part à la discussion. Il était près de vingt-deux heures quand les deux femmes repartirent vers le mas Saint-Clair. La Tchadienne n'avait toujours pas donné de réponse à Juliette. Même si celle-ci avait saisi l'opportunité de l'emmener, d'abord à Camarès, ensuite au Bousquet, pensant que la visite des deux élevages pourrait l'inciter à se décider, elle ne voulait pas la forcer à accepter sa proposition. Pendant le voyage, la jeune Noire ne parla pas beaucoup. « Pourquoi ne dit-elle rien ? s'interrogeait l'Aveyronnaise avec une pointe de déception. Elle est toujours indécise… ou alors elle n'a pas envie de travailler dans un élevage… elle n'a peut-être pas envie de rester avec moi… et elle n'ose pas me le dire, de peur de me décevoir… On verra demain… Il faut aussi lui laisser un peu de temps. Elle est sans doute encore perturbée… »

Après avoir rentré la voiture dans le garage, Juliette, accompagnée de Salomé, monta jusqu'à l'étable pour voir Pyrène. La jument leva la tête à leur arrivée, pas habituée à recevoir la visite de sa patronne à cette heure inhabituelle, onze heures passées. Les deux femmes redescendirent aussitôt en frissonnant, transpercées par le vent glacial qui balayait le plateau. Déjà, Cigale les attendait devant la porte, elle aussi impatiente d'entrer. La propriétaire gratta le foyer de la cheminée, où quelques braises achevaient de se consumer, et remit du bois. Elle proposa une tisane à la Tchadienne et elles s'installèrent face à face dans le cantou, chacune sur un banc coffre.

Juliette avait allumé une cigarette. Elle regardait, sans vraiment les voir, les flammes qui avaient repris vie et dansaient dans le foyer en léchant les grosses bûches, tant ses pensées étaient absorbées par Pascale et Olivier. La voix de la jeune Noire la fit sursauter et la tira de sa méditation.

— Juliette, bredouilla-t-elle avec un petit sourire gêné, je… j'ai réfléchi… si tu veux… j'aimerais rester. Ce que tu m'as montré me donne envie de faire le métier que j'ai appris. Lorsque je me suis inscrite au stage, j'étais terriblement angoissée par la crainte de ne pas y arriver… Je ne suis pas beaucoup allée à l'école, mais, à Saint-Affrique, je me suis énormément investie… et, quand on a eu les résultats, j'étais folle de bonheur ! Et puis, la perspective de rejoindre Serge à la ferme de ses parents me comblait. Hélas ! Travailler avec toi, ce sera une belle expérience. J'espère que je ne te décevrai pas…

— Je suis très contente. Je craignais que tu refuses, que tu aies peur, que tu n'oses pas. Merci, Salomé, c'est gentil à toi d'accepter.

— Juliette ! C'est moi qui dois te remercier. Jamais je n'oublierai ce que tu fais pour moi. Merci pour tout. Tu es tellement gentille. Tu me recueilles, tu me proposes du travail, tu… tu me fais revivre… Jamais je ne pourrai te rendre tout ce que tu me donnes… jamais… mais j'essaierai d'être digne de ta confiance… je te le promets !

Ses derniers mots eurent du mal à sortir de sa bouche, tant l'émotion la submergeait. Elle se leva et, gagnée par un profond trouble, étreignit l'éleveuse avec force. Quand elle la relâcha, au travers de ses longs cheveux frisés, Juliette discerna une intense flamme d'espoir qui s'était allumée dans ses yeux de braise, desquels perlaient des larmes qui scintillaient sur son visage d'ébène, mais ces larmes-là étaient des larmes de bonheur.

— Tu sais, Salomé, confia Juliette en prenant ses mains tremblantes, moi aussi je suis passée par des moments difficiles. Les déboires, le doute, le découragement, le désespoir, je connais… C'est peut-être pour ça que je te comprends mieux que d'autres… et c'est peut-être aussi pour ça que j'ai envie de t'aider. On va s'en sortir… tu vas t'en sortir… Par contre, avant que tu me donnes un accord définitif, j'ai une question à te poser, mais tu n'as peut-être pas encore de réponse : est-ce que tu as l'intention de demeurer ici ou est-ce que tu as d'autres projets ? Je ne veux pas paraître indiscrète, mais, si tu restes, je devrai certainement augmenter le troupeau. Avec deux cent cinquante têtes, je pense que ce sera juste financièrement. Il faudra une cinquantaine de bêtes de plus et je serai obligée de louer d'autres prés.

— Non, non, Juliette ! clama-t-elle avec force, j'ai envie de rester. Pendant le stage, je me voyais déjà en train de m'occuper des brebis. Malheureusement, le sort en a décidé autrement ; alors, cette opportunité que tu me proposes, c'est un cadeau du ciel ! Je n'ai pas de famille… plus de famille. Je suis seule, toute seule. Où veux-tu que j'aille ?

— Je suis ravie, Salomé, fit Juliette avec un large sourire. On doit donc aborder les conditions. Je te propose un salaire de base au SMIC. J'ai réfléchi et je ne peux pas faire mieux. Comme je te l'ai dit, je vais devoir conserver une cinquantaine d'agnelles parmi celles qui vont naître et louer d'autres prés pour m'en sortir. Mais ce n'est pas un problème. Finalement, c'est une aubaine que tu sois arrivée, parce que je crois que, toute seule ici, j'aurais fini par déprimer… Pour le logement, si tu veux continuer à occuper la chambre, tu ne paieras pas de loyer. Quant aux charges, je chauffe tout le rez-de-chaussée, alors ce n'est pas ta présence qui va changer grand-chose. Tu sais aussi que, de fin décembre à mi-juillet, on travaillera sept jours sur sept. Pas de samedis, pas de dimanches. Je t'offre donc la nourriture en compensation. Sinon, tu peux occuper un des appartements à l'étage. Tu seras plus autonome. Dans ce cas, je te demanderai un loyer… modeste. Pour les repas, à toi de choisir. Mais ça ne me dérange absolument pas si tu continues à manger avec moi, au contraire. Une compagnie, c'est toujours agréable. Et puis, si tu as besoin de t'absenter une demi-journée, on s'arrangera. Réfléchis et tu me diras…

— C'est tout réfléchi, Juliette, annonça-t-elle aussitôt, je reste avec toi. Je ne vois pas qu'est-ce que je ferais toute seule en haut. Et puis, moi aussi j'apprécie une compagnie. Pouvoir parler, ça fait chaud au cœur. Je suis d'accord pour tout, Juliette. C'est tellement inespéré, c'est… c'est un rêve… après ces mois de galère. Merci, Juliette, merci encore… pour tout !

— Une dernière chose. A deux, on pourra prendre des vacances pendant la période creuse, entre mi-juillet et mi-novembre. Toi, tu as droit à quatre semaines, comme tous les salariés. Quant à moi, j'en profiterai peut-être pour aller passer une semaine ou deux à Collioure, chez mes parents. La mer me permettra de décompresser un peu.

— Oui… oui, murmura la Tchadienne, rêveuse, moi, je resterai là. D'ailleurs, où veux-tu que j'aille ? Je n'ai personne… à part toi… acheva-t-elle, la voix mélancolique, les yeux humides.

— Salomé, ne sois pas morose. Tu trouveras quelqu'un. Tu es jeune, jolie, fit Juliette pour la réconforter. Et puis, si tu veux aller à Collioure, la maison t'est ouverte. Mais on a le temps de penser aux vacances ! Il est presque une heure. On va au lit ?

— Oui… souffla-t-elle, encore tout émue.

Juliette passa une deuxième nuit agitée. Si la situation de la jeune Noire semblait réglée, c'était maintenant sa fille qui absorbait ses pensées.

Le lendemain était un samedi. Salomé se leva, radieuse. Même si son visage portait encore les stigmates de ses souffrances, elle apparut souriante. Juliette appela son frère. Après lui avoir demandé des nouvelles de Carole, avec qui il correspondait toujours, elle l'invita à déjeuner le dimanche, puis elle fit de même avec Pascale. Ainsi, elle pourrait en savoir plus sur ses relations avec Olivier. Quant à Cigale, elle avait lié connaissance avec la Tchadienne et venait se frotter affectueusement contre elle ou chercher une caresse.

L'après-midi, Juliette emmena Salomé à Saint-Beaulize où elles firent quelques courses. Dans ce bourg rural de quelque quatre-vingt-dix âmes, le seul commerce du village était vite devenu le lieu de rencontre des ménagères, qui échangeaient là nouvelles locales et autres cancans ! A son installation au mas, les commentaires les plus farfelus avaient circulé autour de la caisse. L'éleveuse, qui connaissait quelques villageoises de vue, les salua à leur entrée dans l'étroite boutique où flottait une multitude d'odeurs, du café à la farine, des poireaux au vin tiré dans le tonneau, de la lessive à l'eau de Cologne. Leur arrivée coupa court aux conversations. La présence de Salomé suscita des regards en dessous, intrigués, qu'elles firent mine d'ignorer. Une fois dehors, Juliette se retourna discrètement. Derrière la vitrine, plusieurs paires d'yeux curieux les épiaient. Les potins avaient repris de plus belle, avec un sujet de discussion tout neuf !

Elles allèrent ensuite à la boucherie de Fondamente et poussèrent jusqu'à Cornus pour acheter le pain. Maintenant que Salomé allait rester au mas, il était utile qu'elle connaisse les endroits où Juliette effectuait son ravitaillement, même si, dans l'immédiat, la jeune Noire ne conduisait pas. Avant de repartir du chef-lieu de canton, l'Aveyronnaise l'emmena au-dessus de la commune pour lui montrer où arrivait le chemin de randonnée GR 71C qui passait au mas Saint-Clair. Elle l'avait déjà emprunté à plusieurs reprises avec Pyrène ou à pied. Elle joignait ainsi l'utile à l'agréable, venant faire ses courses en flânant sur le plateau, lors des belles journées d'automne.

Malgré l'heure tardive du coucher, Juliette dormit encore mal cette nuit-là. Dans ses rêves s'enchevêtraient les brebis, les agnelles, Salomé, Pascale, Olivier…

Michel et Pascale arrivèrent dans la matinée du dimanche. Les présentations faites, ils s'installèrent dans le cantou et se mirent à bavarder en attendant l'heure du déjeuner. A midi, la maîtresse de maison convia ses hôtes à passer à table. De temps à autre, Juliette observait sa fille, essayant de déceler si un trouble quelconque l'agitait, mais celle-ci parlait et plaisantait avec son naturel habituel. A la fin du repas, sa mère la sollicita pour débarrasser la table. C'était l'occasion d'être toutes les deux seules dans la cuisine.

— Dis-moi, ma chérie, commença aussitôt Juliette, ce garçon… Olivier… tu le connais depuis quand ? Et… c'est… c'est juste un copain ou…

— Pourquoi, maman, s'exclama Pascale en éclatant de rire, quelque chose t'inquiète ?

— Euh… non… mais… comme ça… pour savoir, bredouilla-t-elle, prise au dépourvu. Je suis ta mère…

— Eh bien, avant, avec Olivier, on se croisait et on se disait juste bonjour. Depuis la rentrée, on a sympathisé. Il est très gentil, et puis, comme ses parents sont divorcés, eux aussi, ça nous a peut-être rapprochés. On se comprend mieux… on parle de choses qu'on ressent… Mais non, il n'y a rien entre nous… enfin, pas pour le moment. Voilà, tu es rassurée ? Toi qui le connais un peu, qu'est-ce que tu penses de lui ? En tout cas, vous en faisiez une tête, tous les deux, hier soir ! Et, quand vous avez été reparties, il était bizarre. Il ne parlait plus, il avait l'air absent…

— Chérie, mets-toi à notre place. J'arrive chez toi et je découvre un jeune homme que j'avais vu ici cet été. J'étais à cent lieues d'imaginer le rencontrer à l'appartement… Quant au reste, oui, il paraît agréable… La seule chose qui me chagrine, c'est son père. C'est un coléreux, il boit… J'espère que lui n'est pas pareil… Et puis, de toute façon, ce n'est pas grave… vous ne sortez même pas ensemble…

Elles retournèrent au salon, où Salomé et Michel discutaient à bâtons rompus. Il écoutait avec intérêt les récits de la Tchadienne sur son pays. La journée s'acheva dans la bonne humeur.

Pour Juliette, ce fut une quatrième nuit agitée. Elle n'osait envisager ce qui se passerait si, entre sa fille et Olivier, naissait une relation affective. Comment l'adolescent vivrait-il les rencontres avec la mère de son amie ? Et elle, quelle attitude pourrait-elle avoir face à celui qui avait été son amant ? Devait-elle en parler avec Pascale, au risque de briser un rêve tout juste éclos ? Comment la jeune fille recevrait-elle cette révélation ? Elle serait certainement offusquée, elle risquait de ne plus voir en sa mère celle qui l’avait élevée, mais une rivale… ou, pire, une traînée ! Quelle serait la réaction d’Olivier ? Visiblement, il n’avait pas, lui non plus, totalement oublié ce bel été. Cette histoire finirait en drame, avec des cris, des pleurs, des déchirements, des séparations…

Juliette ne voyait pas quelle était la meilleure solution… ou la moins mauvaise ! Elle finit par se dire qu’il n’y avait aucune urgence. Même si Pascale et Olivier nouaient un flirt, ils n’cn étaient pas au stade d’envisager une vie commune. Des révélations prématurées ne pourraient que compliquer la vie de tous les trois. Il était préférable de laisser passer le temps. « Et puis, demain j’appellerai ma grand-mère, songea Juliette. Elle, avec sa sagesse, elle me donnera les bons conseils ! »

Rassurée, elle s’endormit enfin et se réveilla tard. Salomé était déjà debout depuis un moment et s’affairait. Cigale, loin des préoccupations des humains, grignotait tranquillement un os.

— Je ne sais pas si j’ai bien fait, mais, comme tu n’étais pas levée, je me suis permis de préparer le café et le petit déjeuner, glissa-t-elle d’une petite voix.

— C’est très bien, Salomé. Tu es chez toi. Moi, je dors mal en ce moment. Je pense à beaucoup de choses et mon sommeil est perturbé. J’espère que tout va rentrer dans l’ordre, parce que, bientôt, plus question de traîner au lit jusqu’à huit heures et demie !

Dans la matinée, Juliette appela ses parents à Collioure. Après leur avoir annoncé l’arrivée de Salomé et l’achat du troupeau, elle parla longuement avec sa grand-mère, à qui elle demanda conseil, suite à sa rencontre avec Olivier. L’aïeule était perplexe sur le comportement à adopter.

— Tu t’es mise dans de beaux draps, petite, fit-elle sur un ton de reproche, mais, à ta place, je tairais ce secret… tout au moins pour le moment…

Hormis l’inévitable sermon, les propos d’Anna rassurèrent Juliette.

L'après-midi, en compagnie de Salomé, elles allèrent flâner sur le plateau, sous le pâle soleil d'automne. Au hasard de leur promenade, elles s'arrêtèrent devant une dépression d'une dizaine de mètres de diamètre, profonde d'environ un mètre, qui avait la forme d'une grande vasque. La Tchadienne demanda ce que c'était.

— Ça s'appelle une lavogne. Ce sont, pour la plupart, des cavités naturelles. Sur le plateau, la terre est argileuse et souvent recouverte de roches calcaires. Les lavognes servent de réserves d'eau pour les troupeaux. Plusieurs sont disséminées dans les pâturages. Celle-là ne devait pas être suffisamment étanche pour retenir l'eau et elle a été pavée. Ainsi, les brebis ont pratiquement toujours de quoi boire lorsqu'elles sont en pâture toute la journée. Il n'y a que pendant les périodes de sécheresse que les lavognes se vident, mais, dès qu'il y a un orage, elles se remplissent à nouveau.

Le lendemain, les deux femmes allèrent récupérer la bétaillère d'Alain et commencèrent le déménagement des brebis, qui leur prit deux jours. Le restant de la semaine fut consacré au transport du foin et de la paille. Ainsi, la grange fut pleine à craquer, avec ce qu'elle avait acheté aux agriculteurs de Saint-Beaulize.

Juliette appela les éleveurs qui lui avaient loué dix hectares de prés. Elle souhaitait quarante hectares supplémentaires, à partir d'avril 1978. Pour eux, c'était une aubaine, plutôt que de laisser les terres en friche.

Même si quelques villageois avaient remarqué le transport des brebis jusqu'au mas, la présence de Salomé déclencha une nouvelle salve de commérages. « Eh bien ! Qu'est-ce que je vous avais dit ? Ça ne devait pas marcher comme elle voulait et elle a embauché une négresse pour attirer les clients. C'est que, il y en a qui en sont friands, de ces noires. Vous allez voir ce défilé, là-haut, sur le plateau ! Le Gaston Bouguayroux, il va pouvoir installer un péage devant chez lui, à Ventalou ! Ou alors il va pouvoir monter se purger au mas Saint-Clair ! Oh, ça, c'est une autre histoire ; c'est certainement trop cher pour sa bourse ! Et puis, ces deux femmes, ensemble… moi, je ne sais pas, mais elles sont peut-être… enfin, vous voyez… mais… ça n'empêche pas le reste ! »

Juliette eut vent de cette nouvelle traînée de ragots. Elle prit le parti d'en rire. Encore une fois, il fallait laisser faire le temps qui, mieux que de longs discours, estomperait à lui seul ces médisances. Amusée, elle fit part à Salomé de ce qui se racontait au village.

— Quoi ? s'écria celle-ci, scandalisée, en ouvrant des yeux ronds. Ils sont fous… ces gens ! Ils n'ont pas le droit de raconter des choses pareilles… Mais… tu ne vas pas tolérer ça ? Tu ne vas pas laisser dire de telles bêtises ?

— Salomé, ne t'énerve pas, s'esclaffa Juliette, ils se calmeront tout seuls… quand ils se rendront compte qu'il n'y a rien de vrai dans leurs propos. A la campagne, tu ne peux pas les empêcher de jaser. Certains y prennent un malin plaisir. Eh bien, on ne va pas les décevoir… Et puis, on n'est pas d'ici, toutes les deux… alors, ça en intrigue certains, et, comme ils ne savent pas, ils inventent… Ce n'est pas grave. Dans quelques semaines, les villageois se rendront compte qu'on est vraiment là pour élever des brebis et ils finiront par nous considérer comme des leurs.

Elle raconta les bruits qui avaient couru lorsqu'elle s'était installée au mas. Mais la jeune Noire avait du mal à admettre ces affabulations.

— Que je n'entende pas de telles choses, parce que je leur ferai avaler leur langue, moi ! avait-elle pesté, sous le regard hilare de l'Aveyronnaise.

Un matin, Juliette pénétra dans la salle de bains alors que Salomé s'y trouvait, au sortir de la douche. Celle-ci prit une serviette et commença à s'essuyer, comme si de rien n'était. En une seconde, Juliette avait caressé du regard les formes de la Tchadienne. Elle s'excusa et ressortit. Mais la vue de ce corps d'ébène avait réveillé ses fantasmes. Les cuisses musclées, les fesses rondes, les reins cambrés, le ventre plat, les petits seins pointus, les longs cheveux frisés qui tombaient sur les épaules, les yeux de braise, la firent frissonner de désir. Un instant, elle fut tentée de revenir sur ses pas. Mais elle se dit qu'une telle manœuvre était, sinon déplacée, tout au moins prématurée. Même si elle avait côtoyé la jeune Noire pendant plusieurs mois à Saint-Affrique, jamais elles ne s'étaient fait de confidences sur leur vie privée, et pas davantage sur leurs penchants respectifs. Peut-être que Salomé, se sentant redevable, n'oserait pas refuser quelques caresses, quelques baisers, mais elle pouvait aussi repousser ses avances ou, pire, quitter le mas sur-le-champ, indignée. Et ce n'était pas le moment ! Au fil des jours, au fil des semaines, toutes deux apprendraient à mieux se connaître. L'Aveyronnaise tenta de reprendre ses esprits. « Enfin, Juliette, tu es folle ! Tu dérailles ! se fustigea-t-elle. Ce serait indécent. Tes parents ne t'ont pas éduquée comme ça, ma fille. Si ta grand-mère savait, tu prendrais un savon dont tu te souviendrais ! Tu n'as pas tendu la main à Salomé pour profiter ainsi de la situation, pour lui demander de se donner, pour abuser d'elle, en échange de l'hospitalité que tu lui as offerte. Tu n'es pas un démon ! Tu n'avais quand même pas cette arrière-pensée en tête quand tu es allée la chercher à Millau ! »

Elle s'efforça de chasser de son cerveau tourmenté ces images lascives qui l'obsédaient. Laisser faire le temps… Plus tard, peut-être…

Juliette avait proposé à Salomé de lui apprendre à monter à cheval. La jeune Noire, un moment indécise, avait fini par accepter. Craintive, elle avait grimpé sur le dos de Pyrène. Celle-ci était docile et, petit à petit, la Tchadienne avait pris confiance. Elle s'occupait de la jument, la sellait parfois et partait faire une petite promenade sur le causse.

X

Au fil des jours, Juliette avait remarqué que la Tchadienne faisait de son mieux pour remonter la pente et tenter d'oublier ses déboires. Elle semblait avoir retrouvé la joie de vivre. Par un après-midi pluvieux, alors qu'elles se prélassaient toutes deux devant le cantou, l'Aveyronnaise lui en fit la remarque.

— Oui, dit-elle en souriant, je commence à revivre. Oh ! nous autres, les Africains, on ne demande pas à décrocher la Lune ! Un travail, un toit, manger à sa faim… et des gens qui t'aiment… oui, ça, c'est le plus important. Ces quatre choses-là suffisent pour être heureux…

— En effet, mais je crois que c'est pareil pour la majorité des êtres humains. Tu ne veux pas me parler de toi, de ton pays, de son histoire, de l'endroit où tu vivais, de ta famille ? Moi, j'ai déjà du mal avec l'histoire de France et, côté géographie, ce n'est pas mieux. Je connais les noms de plusieurs pays d'Afrique, mais pour les situer…

Un trait de lumière avait traversé le visage de la jeune Noire. Sa réserve naturelle faisait qu'elle évitait d'évoquer sa vie, son passé. Mais, là, c'était différent ; on le lui demandait. Elle s'était redressée avec un soupçon de fierté.

— Le Tchad, commença-t-elle, se trouve entre le tropique du Cancer et l'équateur. Il est entouré au nord par la Libye, à l'est par le Soudan, au sud par la République centrafricaine, au sud-ouest par le Cameroun et à l'ouest par le Nigeria et le Niger. Il est presque deux fois et demie plus grand que la France et, actuellement, il doit approcher les cinq millions d'habitants. La capitale s'appelle N'Djamena. Du temps des Français, elle se nommait Fort-Lamy. C'est la ville la plus importante. Elle est située à l'ouest du pays, à proximité du lac Tchad et des frontières avec le Nigeria et le Cameroun.

— Ah oui ! coupa Juliette, comme ça, je vois un peu mieux, mais excuse-moi de t'avoir interrompue.

— Ce n'est rien, fit Salomé en souriant, reprenant aussitôt son récit. Le nord du pays est peuplé par ceux que nous appelons les Blancs. Ce sont les Arabes, les Peuls et les Toubous. La terre est plutôt désertique. C'est là où se situe le massif du Tibesti, une chaîne de montagnes volcaniques dont le point le plus élevé, l'Emi Koussi, culmine à 3 415 mètres. Dans cette région, il existe beaucoup de grottes dans lesquelles se trouvent des peintures rupestres. Quant aux Noirs, ils vivent dans le centre et le sud.

— Ah ! vous ne cohabitez pas ?

— Non ! Les relations entre ces différentes ethnies ont toujours été tendues. Eux sont musulmans, et nous chrétiens. Je pense que ça peut expliquer ces tensions et le fait qu'il y ait ce clivage. Et puis, le nord est proche d'autres pays arabes, comme l'Algérie, la Libye ou l'Egypte. Dans le sud, il y a aussi des peuplades animistes…

— Des quoi ? questionna l'Aveyronnaise en ouvrant des yeux ronds.

— Des animistes, des tribus qui ne vénèrent pas un Dieu comme nous ou les Arabes. Pour eux, les phénomènes naturels ont une âme et ils croient aux esprits, qui sont divisés en bons et mauvais. Ils pratiquent la sorcellerie et la magie.

— Mais… tu en as rencontré, des animistes ? interrogea Juliette, perplexe.

— Oh ! je n'ai jamais vraiment cherché, répondit Salomé en faisant la moue. Ce sont des peuples qui vivent pratiquement en autarcie, et je ne me suis jamais hasardée à aller chez eux.

— C'est incroyable !

— Oui… pour des Européens, peut-être ! glissa la jeune Noire, amusée.

— Et toi, tu habitais où ?

— A six cents kilomètres à l'est de N'Djamena, à vol d'oiseau ! Par la route, il y a sept cent trente kilomètres. La ville à côté de laquelle je vivais s'appelle Am Dam. Là-bas, le climat est un mélange du climat désertique du nord et du climat tropical qui règne au sud, là où se trouve la savane. Il y a donc de la végétation qui nous permet d'avoir du bétail. Nous, on avait des moutons. C'est peut-être aussi pour ça qu'apprendre l'élevage m'a intéressée. Il y a également des zones humides qui permettent de faire pousser les cultures, comme le manioc, le sorgho, le riz ou le mil. C'est la base de notre alimentation… les années favorables, quand la sécheresse ou les pluies torrentielles ne s'en mêlent pas.

— Oui, s'apitoya Juliette, je suppose que les famines ne sont pas rares…

— Hélas ! soupira Salomé, la mine triste à l'évocation de ces périodes où la faim tenaillait les populations, semant épidémies et mort sur son passage. Là-bas, j'ai connu des moments difficiles, comme… comme avant que tu me recueilles… Oui… c'est terrible, lâcha-t-elle, les yeux humides.

— Mais tu es allée à l'école ? Parce que tu as des connaissances…

— Oui, un peu. Dans notre misère, on avait la chance d'avoir une mission française à Am Dam, alors, quelquefois, on allait s'asseoir sur les bancs de la classe. J'ai pu apprendre à lire, à écrire, à compter. Et puis, les Français nous laissaient des livres. Ça m'a permis de me perfectionner, de m'intéresser à beaucoup de choses : le calcul, le français, la géographie… Ah ! la géographie ! C'était ce que je préférais. Je promenais mes yeux sur les cartes, je regardais les photos… et je rêvais… Je rêvais de pays lointains, de paradis… de cette France qui nous avait apporté un peu de modernisme, à nous, les sauvages ! Et je me passionnais aussi pour les revues qui parlaient de l'agriculture, parce que, quand j'étais enfant, je ne pensais pas quitter mon pays un jour et, dans ces livres, j'espérais dénicher les secrets qui nous permettraient de ne plus avoir faim.

Ces bribes de savoir que l'on grappillait comme on pouvait, comme un morceau de pain volé, c'était extraordinaire. On avait l'impression que, parce qu'on savait lire, le monde allait nous appartenir. On a vite déchanté... Tout de même, avoir un peu de culture, c'est important, c'est ce qui nous différencie des animaux...

— C'est extraordinaire de t'écouter, Salomé, s'extasia Juliette en secouant la tête, impressionnée par le récit de l'Africaine. J'en ai des frissons dans le dos ! Et dire que nous on se plaint parfois ! Dans notre civilisation occidentale, on est à des années-lumière de votre vie. Avec la meilleure volonté, on ne peut pas réaliser. C'est formidable de pouvoir entendre parler quelqu'un comme toi, qui viens de là-bas. Oui, répéta-t-elle, rêveuse, nous, on ne réalise pas. A deux ou trois ans, on va à l'école... c'est normal, même s'il y a quelques pleurs, au début ! Si on savait la chance qu'on a... Et ta famille ?

— Oh ! répondit Salomé en faisant la moue, ma famille ? Une famille africaine ! Simon, mon jeune frère, un père qui travaillait quand il en avait envie... et ce n'était pas souvent le jour, qui ne se gênait pas pour aller voir ailleurs, même si, comme ici, la religion chrétienne n'autorise qu'une seule femme... légitime... et donc des demi-frères, des demi-sœurs... voilà ! Un troupeau de traîne-misère, un troupeau de crève-la-faim ! Comme tous les autres... Chacun pour soi... et, comme dans un troupeau, les plus forts s'en sortent, les autres... J'avais cinq ans quand ma mère est morte... la malaria... Simon avait un an. Mon père ne s'est pas remarié, mais les femmes défilaient dans la case. C'était la vie en communauté. Les plus grands s'occupaient des petits, les autres femmes aussi... un peu... mais on était souvent livrés à nous-mêmes...

— Oh, mon Dieu ! s'exclama Juliette, horrifiée, en se cachant le visage entre ses mains.

— Oui, lâcha la Tchadienne, désabusée, c'était notre quotidien. Parfois, quand on s'endormait le soir sans avoir rien mangé depuis plusieurs jours, quand on n'avait à boire que l'eau des flaques, sale, puante – tu ne voudrais même pas y laver ton linge, Juliette –, on se demandait si on allait se réveiller le lendemain matin… Et pourtant, vous, les Français, vous avez permis à mon peuple d'évoluer. Oh ! tout n'était pas parfait. Il y avait, comme partout, des profiteurs, des vicieux ! Certains se croyaient même encore au temps de l'esclavage. Ah ! Il vaut mieux ne pas en parler, oublier tout ça. C'est une période révolue. Mais, comme bien souvent, les excès de quelques abrutis, irresponsables, jouisseurs, font qu'une minorité donne une opinion complètement négative de la majorité. Je crois que c'est ce qui a amené, comme dans tous les territoires d'Afrique colonisés par les Européens, les peuples indigènes à réclamer leur indépendance. Après, on peut toujours se poser des questions, philosopher… Mais si, avant de rechercher uniquement les profits, on avait considéré les Africains comme des êtres humains, on n'en serait pas arrivé à cette situation de rupture. Hélas ! Certains nous ont traités comme des animaux… comme des bêtes… même pas comme des chiens ! Pourtant, qu'est-ce qui différencie un être humain d'un autre être humain ? La couleur de sa peau ? Même les animaux sont plus intelligents. Ils ne s'attardent pas à ces détails. Est-ce que c'est Dieu qui a voulu cette différence ? Si c'est lui, il s'est trompé lourdement. Je ne sais pas ce qu'on a fait pour être châtiés de la sorte…

— Oui, confirma Juliette, la voix grave, moi aussi, je me pose parfois la question face à de telles injustices.

— En 1940, pendant la Seconde Guerre mondiale, sous l'impulsion du gouverneur Félix Eboué, mon pays a été le premier à se rallier à la France libre. Il a alors servi de base à la colonne Leclerc pour les opérations en Libye, où se trouvaient des bases allemandes, jusqu'à l'armistice. Ensuite, en 1946, un Antillais, Gabriel Lisette, a fondé le Parti progressiste tchadien. C'était les prémices de l'indépendance, qui a été proclamée en 1960. Notre premier président s'appelait François Tombalbaye. Mais l'administration a été laxiste et les haines tribales ont vite resurgi. Elles ont favorisé la constitution du

Front de libération nationale du Tchad, le Frolinat, qui a été responsable de la rébellion de 1968, appuyée par la Libye. Une période de grands troubles où on ne savait pas à qui se fier. Entre soldats peu scrupuleux, rebelles sans foi ni loi et pillards avides, on vivait dans la peur… Les vols, la maltraitance, les filles et les femmes violées, les tueries…

— Oui, ce doit être terrible de vivre constamment dans la crainte, à se méfier de tout et de tout le monde, soupira Juliette.

— Le président Tombalbaye a demandé l'aide militaire de la France. Les troupes sont arrivées en 1969 et ont commencé à sécuriser le pays. Mais, moi, j'en avais assez. Dès que j'ai pu, je suis partie, avec d'autres jeunes. En groupe, on se soutenait, on avait moins peur. Et puis, mourir pour mourir, il valait mieux que ce soit en courant vers la liberté.

— Mais… c'est atroce ! s'écria Juliette.

— Oui, mais c'est le lot de millions de personnes en Afrique, murmura Salomé, la voix brisée par cette évocation qui réveillait en elle des souvenirs douloureux. Et s'il n'y avait que ça, poursuivit-elle sous le regard interrogateur de l'Aveyronnaise. Il y a les mariages. Moi, j'y ai échappé ! Là-bas, ce sont les pères qui décident avec qui tu vas te marier. Le père du garçon propose du bétail : chameaux, vaches, chèvres ou moutons… et ils discutent. Comme dans tout marché, chacun veut essayer de tirer le maximum de la marchandise. Voilà à quoi on compare les femmes, à du bétail !

— Oui, murmura Juliette, mais, ça, ça ne me surprend pas trop. C'est quelque chose qui avait encore cours en France au XIXe siècle. Par contre, chez nous, c'était la femme qui devait amener sa dot : linge, argent, terres… Et comment as-tu échappé à ce mariage forcé ?

— Ah ! s'exclama Salomé, ça me fait encore rire. Je devais avoir quinze ans. Un jour, un garçon a voulu me prendre de force. Même si je suis timide, la vie m'avait déjà appris à me défendre, les épreuves m'avaient endurcie. J'avais toujours un couteau sur moi. Je lui ai fait une estafilade du cou au nombril. Ce n'était pas très grave, mais ça avait marqué tout le monde dans le village ! Après, j'ai quand même eu peur des représailles, mais heureusement il n'y en a jamais eu. Suite à cette histoire, on m'avait surnommée « la tigresse ». Un peu plus tard, mon père se désespérait de ne voir aucun jeune homme du village lui apporter des noix de kola... Chez nous, c'est la coutume pour demander une fille en mariage. Aussi, il avait pris les devants, mais, quand il allait me proposer aux pères des jeunes à marier, personne ne voulait de moi. Personne ne voulait de la tigresse ! Tu penses ! Là-bas, une femme qui avait osé lever la main sur un homme, ils se disaient tous que, le jour où ça n'irait pas, je n'hésiterais pas à recommencer. Et voilà comment j'ai eu la chance d'échapper à un mari qui m'aurait achetée !

— C'est extraordinaire ! s'extasia Juliette, subjuguée. Et comment as-tu quitté le Tchad ?

— Oh là là ! Quel périple ! fit-elle, les yeux enflammés. Je suis partie en 1969. Les troupes françaises étaient arrivées, mais, avant que le calme revienne, il a fallu du temps. Avec d'autres jeunes du village, on parlait souvent. On rêvait de liberté... de la France... Nous, on imaginait ça comme un paradis. Quand on avait l'occasion de voir des soldats français, on leur posait des questions. Je me souviens de l'un d'eux en particulier. Il était de Marseille et il n'arrêtait pas d'évoquer sa ville, la plus belle de France, sa région, la plus accueillante ! Il en avait vraiment la nostalgie. « Mais je crois que ce qui me manque le plus ici, disait-il, c'est le pastis ! » Il nous avait expliqué que, dans le Midi, c'est l'apéritif incontournable. Il parlait de la Provence, des oliviers, de la mer, du soleil, des calanques, de la bouillabaisse... Il nous avait montré des photos qui faisaient rêver. C'était magnifique. Aussi, quand j'ai décidé de quitter le Tchad, je savais que j'irais à Marseille...

— En effet, c'est une jolie ville, confirma Juliette, et puis c'est le sud. Les gens sont décontractés, de caractère nonchalant. Et alors ?

— On était un groupe de cinq, trois garçons et une autre fille, à vouloir s'expatrier. Un militaire nous avait fait cadeau d'une carte d'Afrique et on étudiait les différents parcours possibles. Notre première idée était de rejoindre l'Algérie, de façon à embarquer sur un bateau pour traverser la Méditerranée. On était complètement inconscients. D'Am Dam à Alger, c'était un périple de plus de quatre mille six cents kilomètres ; des routes, des pistes, le désert, des endroits peu sûrs, certainement semés d'embûches... sans parler de la faim, de la soif... Et, bien entendu, on n'avait pas un sou en poche, juste la fougue de nos vingt ans ! Par l'armée française, on réussissait à avoir quelques informations sur la situation dans notre pays. Notre tracé passait par la ville de Faya Largeau, dans la région de Borkou, au sud du Tibesti, là où des combats mettaient aux prises les insurgés et les armées tchadienne et française. On a donc fini par renoncer à cet itinéraire...

— Parce que vous vouliez faire ça à pied ? interrogea Juliette, incrédule. C'était une folie !

— Oui... cerrtainement, soupira Salomé. On ne savait pas trop. Dans nos petites têtes, on se disait qu'on rencontrerait des nomades, des caravanes, peut-être des voitures, qu'on trouverait à manger. En fait, on partait vraiment à l'aventure, sans un sou, avec seulement quelques fripes déchirées, des chaussures éculées... mais avec une volonté farouche de réussir ! On s'est donc penchés de nouveau sur la carte et, après bien des palabres, on est tombés d'accord sur la fuite vers le Cameroun. C'était moins loin, on n'avait pas d'autre pays à traverser et on restait en Afrique noire. Mais on était en désaccord sur l'itinéraire à suivre.

— Et alors ? demanda Juliette, passionnée par le récit, comment avez-vous fait ?

— Comme on était cinq, on a voté. Les uns voulaient descendre vers le sud-ouest, passer par Am Timan, Sahr, Doba, Goré et Baibokoum. Après, on franchissait la frontière et on atterrissait à Ngaoundéré. Les autres préféraient filer vers l'ouest, jusqu'à N'Djamena. De là, une fois la frontière passée, on prenait la route du sud, qui nous menait aussi à Ngaoundéré par Maroua et Garoua. Arrivés là, on ne se posait plus de question. Il ne restait qu'un peu plus de mille kilomètres et il y a une ligne de chemin de fer qui va de Ngaoundéré jusqu'au port de Douala, notre but, en passant par Yaoundé, la capitale du Cameroun. Le plus court, c'est par le sud-ouest. D'Am Dam à Douala, il y a deux mille quatre cents kilomètres, alors que, par N'Djamena, il y en a pratiquement deux mille six cents. Ah oui ! Je ne t'ai pas dit : au Tchad, il n'y a pas de réseau ferroviaire…

— Ah bon ! s'exclama l'Aveyronnaise, surprise. Et vous avez choisi quelle voie ?

— On était trois à vouloir aller à N'Djamena. On était quand même conscients qu'on devrait travailler un peu ici ou là pour amasser un minimum d'argent. Il faudrait bien acheter à manger, payer le bateau, le train, peut-être… Et puis, on avait également envie de découvrir la capitale de notre pays ! On est donc partis par là.

— Mais… tu avais prévenu ta famille ? s'inquiéta Juliette.

— Oui… enfin, mon frère, Simon. Je m'entendais très bien avec lui. Je lui avais appris à lire et il me vouait une profonde reconnaissance. De toute façon, mon père ne s'occupait pas de nous. Simon a pleuré quand je lui ai révélé que je m'enfuyais. Je lui ai promis de revenir le chercher ou de le faire venir en France, une fois que tout irait bien… Après mon arrivée ici, je lui ai envoyé quelques courriers. Il me répondait toujours. Il me demandait comment ça se passait pour moi, quand est-ce qu'il pourrait me rejoindre… jusqu'au jour où… Cette lettre-là, ce n'était pas son écriture, mais celle d'une demi-sœur… Elle m'annonçait… qu'il avait été tué dans une embuscade tendue par des rebelles. Il avait dix-huit ans… C'était en 1970…

— Oh, mon Dieu ! C'est terrible ! s'apitoya l'éleveuse.

Salomé s'était tue. Dans ce périple qui l'avait conduite là, au mas Saint-Clair, les péripéties avaient été nombreuses, certaines savoureuses ou cocasses, d'autres difficiles, pénibles parfois, et l'évocation de ce frère qu'elle adorait bloquait les mots dans sa bouche. Elle s'était penchée vers le feu, les épaules rentrées. Les larmes, lentement, une à une, silencieusement, allaient s'écraser sur le dallage du cantou. Juliette préféra ne rien dire. Il fallait lui laisser le temps d'épancher son chagrin, trop longtemps contenu. Un moment plus tard, elle releva son visage marqué par la douleur et, d'un geste las, rabattit en arrière ses longs cheveux d'ébène frisés. Ses yeux noirs, grands ouverts, étaient encore humides. Les pleurs avaient tracé un sillon brillant sur chacune de ses pommettes. Au travers des flammes qui crépitaient et dansaient dans l'âtre, le regard un peu perdu devait chercher la trace de cette tête familière.

— Excuse-moi, murmura-t-elle, mais ça me fait du bien de parler un peu de mon frère… Il était si gentil… C'est dégueulasse, la guerre…

— Oui, soupira Juliette, et pardonne-moi de faire resurgir ces souvenirs. Tu… tu veux continuer ?

— Oui, fit-elle avec un petit sourire qui creusa ses fossettes et redonna vie à son visage. On est donc partis un matin de très bonne heure. On avait fait faire nos cartes d'identité et nos passeports. On avait pris des galettes de mil, qu'on avait cachées en prévision du voyage, et de l'eau. Mais, dès le lendemain, un des garçons a rebroussé chemin. Une journée de marche l'avait découragé. Il y a sept cent trente kilomètres d'Am Dam à N'Djamena. On a dû mettre un mois. Parfois, on s'arrêtait dans les villages pour demander un peu d'eau ou de la nourriture. Quand on racontait aux gens qu'on était en route pour la France, certains nous prenaient pour des fous, d'autres nous donnaient à manger. Pourtant, chez eux, c'était autant la misère que chez nous. Et on est enfin arrivés dans la capitale. Là, ça a été l'éblouissement ! Une ville, une vraie, qui grouillait. Des magasins, des enseignes, des gens en tous sens, des vélos, des voitures, des hommes et des femmes bien habillés… mais aussi des mendiants, des affamés…

— Oui, malheureusement, il y a de la misère partout, mais j'imagine que la découverte de la ville a dû être un choc pour vous qui veniez de votre campagne.

— Tu ne peux pas savoir ! s'exclama la Tchadienne, ces lumières, cette vie… On regardait ça avec des yeux incrédules. Pour nous, c'était l'apothéose… mais on a vite déchanté ! La notion d'entraide n'existait pas, comme dans notre savane. On a vite dû chercher du travail pour pouvoir manger. Des petits boulots : femme de ménage, vendeuse sur les marchés… Tous les quatre, on se retrouvait le soir, on partageait les quelques pièces gagnées dans la journée et on dormait sous un porche, là ou ailleurs… Et puis, les deux garçons ont trouvé du travail dans une usine. C'était mieux payé… Ils ont commencé à s'éloigner de nous et ils ont fini par nous annoncer qu'ils n'iraient pas plus loin.

— Aïe ! s'émut Juliette, votre voyage était donc compromis…

— Oh, sur le moment on a accusé le coup, lâcha Salomé avec une moue vite réprimée, mais, avec ma copine, on était déterminées. Au bout d'un mois, on a considéré qu'on avait assez d'argent et on est reparties. Pourtant, on n'était pas très rassurées quand on a franchi la frontière, à Kousséri. Après, on a marché pendant pratiquement deux semaines, jusqu'à Maroua. Presque deux cent cinquante kilomètres, avec plus de cent kilomètres sur une piste où on n'a pas rencontré grand monde. Quatre jours, dont un sans bouger, à s'abriter sous un rocher, tellement il pleuvait ! Heureusement qu'on avait pris des provisions à N'Djamena ! Le lendemain, il faisait soleil, mais la piste était détrempée ; par endroits, il y avait d'énormes flaques. Avec nos nu-pieds, c'était fantastique ! Mais ce qui est bien avec ces chaussures, c'est que l'eau ressort aussi vite qu'elle est entrée !

Les deux femmes éclatèrent de rire à cette évocation cocasse. Puis Salomé reprit son récit.

— Après, il y a une grande route jusqu'à Ngaoundéré. Là, on a marché, on a fait du stop. Aussitôt arrivées, on est allées à la gare pour demander les tarifs des trains. A l'annonce du prix, on a bondi de joie ; il nous resterait encore un peu d'argent pour acheter à manger après avoir réglé le prix du billet.

On est donc reparties de suite. Une fois assises sur la banquette, on s'est regardées et on s'est mises à rire comme deux idiotes. De se voir là, en route pour conquérir le monde, nous qui venions de notre savane, jamais nous n'aurions imaginé ça quelques mois auparavant ! Oh, ce voyage en chemin de fer ! Je m'en souviendrai toujours. Par rapport aux trains français, c'était un tacot. On a mis trois jours pour parcourir les mille kilomètres entre Ngaoundéré et Douala. Le tracé passe par des montagnes, par des gorges. C'était impressionnant parfois...

— Et, là, il ne vous restait plus qu'à embarquer, glissa Juliette, captivée par le récit de son aide.

— Hélas, non ! poursuivit Salomé avec une grimace. Pas d'argent, pas de bateau ! Mais, dès qu'on est arrivées, on est allées sur le port... voir l'océan. Quelle découverte ! Quel choc ! Toute cette eau à perte de vue, le clapotis incessant des vagues, les énormes navires qui entraient ou sortaient, les grues qui chargeaient ou déchargeaient des containers, cette population hétéroclite qui grouillait... On avait bien vu des photos, mais ce n'est pas comparable. L'immensité, le bruit, l'agitation du port... on est restées là des heures, sans dire un mot. Mais il fallait se ressaisir, encore une fois essayer de trouver du travail pour payer notre voyage. Alors on est reparties proposer ce qu'on savait faire, c'est-à-dire pas grand-chose ! On s'était renseignées et on savait qu'il nous fallait deux mois de salaire pour le bateau... et en travaillant tous les jours. Et puis, au bout d'une semaine, ma copine a rencontré un garçon qui l'a fait embaucher dans l'hôtel où il travaillait... Ils se sont mis à vivre ensemble et, bien entendu, elle m'a dit qu'elle ne voulait plus partir pour la France...

— Ooh ! s'apitoya Juliette, atterrée, mais... mais alors tu te retrouvais toute seule ?

— Eh oui ! soupira la jeune Noire. Je faisais des petits boulots... un jour avec, un jour sans... et l'argent qui ne rentrait pas vite... Je mangeais tout juste à ma faim, quelquefois pas du tout. J'ai eu des moments de découragement. Partir à cinq et se retrouver seule... Parfois, j'avais envie de renoncer, de retourner chez moi pour retrouver mon frère et les autres. Mais j'allais souvent traîner sur le port… et ça me donnait à nouveau la force d'attendre. Là, je rêvais au bateau qui m'emmènerait loin de ce continent semé d'embûches et de déceptions. Je parlais avec les marins. Un jour, il y en a un qui m'a proposé de m'arranger le voyage gratuitement… dans la soute… mais il y avait une contrepartie… Tu comprends ?

— Oh non ! s'exclama Juliette, les yeux horrifiés, tu… tu n'as pas fait ça, Salomé ?

— Si, laissa-t-elle tomber en baissant la tête, j'en avais assez des galères, des copains qui m'avaient tous abandonnée, de ce port où je n'étais pas chez moi, où je ne me sentais pas bien. Ce bateau, cette proposition, c'était ma liberté… et je l'ai achetée… je l'ai achetée en me donnant au marin qui me l'offrait.

— Mon Dieu ! murmura l'Aveyronnaise, le regard empli de compassion, en être rendue à ça…

— Tu ne peux pas comprendre, Juliette, assura la Tchadienne sur un ton de reproche, en relevant la tête, les yeux humides.

— Salomé, excuse-moi, mais je ne te juge pas, je ne te reproche rien. Simplement, entendre ton récit, c'est terrible, c'est tout ce que je veux dire.

— Oui… enfin, concéda la jeune Noire, pour moi, ce n'était pas de la prostitution. J'avais vingt et un ans, j'étais encore vierge… et j'ai connu l'amour dans la cale d'un bateau… c'est tout. Ce marin était plutôt gentil. Tous les jours, il m'apportait à manger. Ça avait été une des clauses de notre marché… et je lui avais dit que, s'il ne tenait pas parole, j'irais le dénoncer au capitaine. Alors, tous les soirs on se retrouvait… C'était un petit rayon de soleil pour moi qui étais tapie durant ces longues journées dans la pénombre, parce que, être enfermée pendant dix jours au fond d'un bateau, entre bananes, café et balles de coton, ne pas voir la clarté, être ballottée au gré des vagues, ne pas savoir où on est, c'était difficile… Ce n'était pas un trois-étoiles ! Mais je considère cet épisode plutôt comme une expérience qu'autre chose. Il y a pire ! C'est seulement une semaine et demie de ma vie... Je n'y pense plus, maintenant... et c'était le prix de ma liberté, répéta-t-elle dans un souffle.

— Oui, après tout, convint Juliette, fataliste, on fait parfois des choses qu'on regrette ensuite, comme moi quand je me suis donnée à Bernard... Ce n'était pas mieux que toi... et ça a duré des années ! Si j'avais su... Et puis, l'essentiel, c'est que tu sois là aujourd'hui. Les galères sont derrière toi, maintenant.

— Oui, et ça grâce à toi, Juliette. Là-bas, en Afrique, il y avait deux personnes qui m'aimaient, ma mère et mon frère... Hélas ! Tous deux ne sont plus là aujourd'hui. Et je crois que, depuis que je suis en France, tu es la première personne qui m'a vraiment considérée comme un être humain, à l'égal de toi. Et, ça, c'est quelque chose qui restera gravé dans ma mémoire... Mais ce qui me désole, c'est que jamais je ne pourrai te rendre tout le bien que tu m'as fait... jamais...

— Salomé, d'abord, tu ne sais pas. La vie est parfois tellement bizarre... Et puis, franchement, tu crois que j'aurais pu me regarder dans une glace, tu crois que j'aurais pu m'endormir la conscience tranquille, si je ne t'avais pas tendu la main, si je t'avais laissée crever de faim et de froid dans la rue ? Non, je n'aurais pas pu. Mais oublie ça et raconte-moi ton arrivée en France. Où as-tu débarqué ?

— A Bordeaux, enfin au port du Verdon, à l'embouchure de la Gironde. Même si je posais le pied dans un pays totalement inconnu, j'étais heureuse de quitter le bateau, de retrouver la terre, cette terre de France à laquelle j'avais tant songé. Et puis, le voyage dans ces conditions, ce n'était pas vraiment ce à quoi j'avais rêvé, enfermée dans la cale pendant toute la traversée ! Et encore, la descente a été périlleuse, avec la douane et la police. Je me suis échappée de nuit, avec la complicité du marin qui... Ensuite, comme je te l'ai dit, mon objectif était Marseille. J'ai traîné quelques jours au port, à solliciter les transporteurs. Oh ! les propositions ne manquaient pas ! Pour tous les horizons ! Et les yeux en disaient long ! Mais là je n'avais plus la même précipitation que lorsque je voulais quitter le Cameroun… et je ne voulais pas payer une nouvelle fois mon voyage… en nature ! Et, un après-midi, j'ai fini par trouver un routier qui se rendait à Marseille avec son camion frigo. « D'où êtes-vous ? » m'avait-il demandé. Quand je lui ai dit que je venais du Tchad, son visage s'est illuminé. « J'étais au Tchad pendant la guerre, en 1943, avait-il précisé, quand il a fallu aller nettoyer la Libye où les Allemands avaient installé des bases. Je vous emmène à Marseille. On parlera de votre pays. Ça me rajeunira ! Mais je n'y vais pas directement par Toulouse. Je dois livrer des agrumes à Périgueux, Brive et Rodez, et charger ensuite du roquefort. »

— Quelle coïncidence ! s'exclama Juliette, toujours captivée par le récit.

— Oui. J'avais souri et je l'avais regardé d'un air ahuri en entendant ces noms qui, bien entendu, ne me disaient rien. « Oui, je suis bête, avait-il ajouté, vous ne pouvez pas connaître les villes de France ! Alors, vous venez avec moi ? » Je n'étais pas pressée, il m'inspirait confiance ; je lui ai donc dit oui. Il avait la cinquantaine, plutôt réservé, pas comme certains qui jouaient les gros bras pour essayer d'impressionner l'étrangère que j'étais, fraîchement débarquée de sa brousse. Vu que le bateau ne m'avait rien coûté, j'avais un peu d'argent pour acheter à manger et je n'étais donc pas à un ou deux jours près. Il m'avait donné rendez-vous le lendemain matin. J'étais à l'heure ! On a donc quitté Bordeaux à l'aube. A Rodez, il a achevé de décharger sa marchandise et on a filé vers Millau. Il devait se rendre à Roquefort, mais le chargement n'était prévu que le lendemain. Il m'a dit : « Puisqu'on a le temps, on va passer par le Larzac. On mangera à L'Hospitalet. Il y a un restaurant routier sympa. Et puis, j'aime ce plateau désertique. On se croirait au bout du monde ! » Et voilà comment j'ai découvert le Larzac, en camion ! fit Salomé en riant.

— Et le paysage t'a marquée, toi aussi, au point que tu as eu envie de revenir dans la région ? demanda Juliette, fière de voir que son causse ne laissait pas les gens indifférents.

— Oh oui ! confirma Salomé. Il a dormi dans sa couchette et moi sur le siège. Et il n'a jamais cherché à profiter de moi. Un type bien... Le lendemain, il a donc chargé des palettes de roquefort. C'est comme ça que j'ai découvert que c'était un fromage... et quel fromage ! Mais, si, à ce moment-là, on m'avait dit qu'un jour je travaillerais pour le roquefort, j'aurais éclaté de rire. Moi, j'allais faire ma vie à Marseille ! L'après-midi, le camionneur m'a donc déposée au port. Je suis partie à la découverte. Le Vieux-Port, la Canebière, Notre-Dame-de-la-Garde, la fameuse Bonne Mère... c'était magnifique. J'ai traîné un peu partout et j'ai trouvé un travail de femme de ménage dans un hôtel. Je logeais dans une chambre sous les toits... si on peut appeler ça une chambre ! Enfin, je ne dormais pas dans la rue. Mais je me suis rapidement posé des questions. Il y avait un va-et-vient permanent, le jour, et surtout le soir jusqu'à minuit. Et, peu après, le patron m'a proposé d'arrondir mes fins de mois. J'étais intéressée, évidemment. Mais la petite Noire naïve n'avait pas réalisé que c'était un hôtel de passe. Le tenancier commençait à me serrer de près, et là j'ai entrevu quel était le genre de travail qu'il voulait me faire faire. Je lui ai aussitôt demandé mon compte, mais il m'a expédiée sans un sou en râlant que ces Noirs étaient tous les mêmes, des fainéants ! Et il a même ajouté : « Estime-toi heureuse que je ne te dénonce pas à la police comme clandestine ! »

— Oui, malheureusement, vous êtes des proies faciles pour ces maquereaux.

— C'est ce que j'ai compris, mais je n'allais pas baisser les bras pour autant. Je suis repartie à la recherche d'un autre boulot. Je me suis présentée dans une entreprise de nettoyage. Là, on travaillait le soir après la fermeture des magasins, dans les grandes surfaces. J'avais trouvé une chambre à louer. Même si elle n'était pas trop chère, quand j'avais payé le loyer, il ne me restait pas de quoi m'offrir des toilettes ou aller au restaurant. Mais je mangeais à ma faim. Par contre, quand je rentrais la nuit, j'avais peur. Dans certains quartiers, à minuit, tu croises plus de drogués, de dealers ou de proxénètes que d'honnêtes gens. Et j'ai vite réalisé ce que cherchaient les types qui déambulaient lentement au volant de grosses voitures décapotables, le sourire enjoué, les mains pesantes de bagues, la chemise ouverte sur un torse velu orné d'une grosse chaîne en or...

— Ah ! ce sont les pièges de la ville, lâcha Juliette avec une grimace.

— Oui, et là je me suis dit que la ville n'était pas faite pour moi. Avec des mœurs différentes, j'avais ressenti la même chose, que ce soit à N'Djamena ou à Douala. Alors, deux mois après être arrivée, j'ai repris mon baluchon et j'ai décidé de revenir dans l'Aveyron que je n'avais fait qu'entrevoir en camion... et je me suis arrêtée à Millau ! C'était fin 1969.

— Et tu as bien fait ! s'exclama Juliette.

— Oui, enfin... soupira la Tchadienne, j'espère que maintenant je vais pouvoir vivre dignement, parce que, jusque-là, à part pendant le stage, j'ai toujours vécu dans la précarité. La mégisserie, femme de ménage dans les hôtels, dans les grandes surfaces, au camping, serveuse ou à la plonge dans les restaurants... je prenais ce qui se présentait et je m'adaptais, en fonction des saisons. Je ne pouvais pas me permettre de faire la difficile. Je parvenais à payer ma petite chambre meublée. Un lit, un évier, un réchaud, manger à ma faim, c'était déjà beaucoup... même si j'avais rêvé mieux, là-bas, au fond de ma savane.

— Malheureusement, j'ai le sentiment que beaucoup de ceux qui arrivent en France sont aussi déçus que tu as pu l'être. Entre le rêve et la réalité, il y a souvent un grand fossé...

— Hélas ! Si on savait... mais je croyais fermement qu'avec du courage je parviendrais à m'en sortir. Et puis, pendant l'été 1975, j'ai connu Serge. On a le même âge. Il travaille avec ses parents à la ferme. Eux aussi sont éleveurs. On s'entendait bien, on parlait des moutons que je connaissais déjà au Tchad, on évoquait l'avenir. A l'ANPE, j'avais découvert une brochure du Centre de formation professionnelle de Saint-Affrique.

— La Cazotte, précisa Juliette.

— Oui. C'est ce qui m'a incitée à vouloir faire le stage d'éleveuse. Quand je l'ai annoncé à Serge, il m'a dit que ce serait génial, qu'après, quand j'aurais mon diplôme, il me présenterait à ses parents, que je travaillerais avec eux. Pour moi, c'était le bout du tunnel. Un boulot sûr, un ami, une famille à fonder, que demander de plus ? Mais, encore une fois, j'ai été naïve. Pendant deux ans, on ne s'est vus que chez moi. Jamais il ne parlait de m'emmener chez ses parents. J'étais patiente, je ne m'interrogeais pas, mais cet été, après le stage, je me suis mise à douter de sa sincérité… et de ses sentiments. J'ai fini par lui demander ce qu'il comptait faire. Il m'a répondu, très ennuyé, tout au moins en apparence, qu'il avait discuté avec ses parents. Il n'était pas possible que je les rejoigne à la ferme. Leur propriété n'était pas suffisamment grande pour nourrir une bouche de plus. Vrai ou pas, je n'en savais rien, et je me posais beaucoup de questions. Peut-être espérait-il continuer à mener cette vie, à se voir comme ça, peut-être n'avait-il jamais averti son père et sa mère de notre liaison, peut-être aussi était-ce eux qui ne voulaient pas d'une négresse chez eux ? C'est d'ailleurs ce qu'il a fini par m'avouer, honteux, à force de le harceler. En tout cas, le ciel m'est tombé sur la tête. Encore une fois, l'Africaine se retrouvait seule, rejetée. J'ai proposé mes services dans des élevages, mais ce n'était pas la bonne saison… et puis, dans les yeux qui regardaient arriver cette Noire, je lisais déjà la réponse. C'est comme ça que j'ai commencé à perdre pied…

— Eh bien ! Quelle histoire ! s'exclama l'Aveyronnaise, abasourdie.

Elle éprouvait de la compassion après avoir entendu le récit de Salomé, mais aussi une joie profonde de l'avoir recueillie.

— Oui, fit celle-ci avec un sourire. D'un côté, tous ces événements m'ont endurcie, mais quand on est au fond du trou... ce n'est pas facile de remonter la pente. Et, quand j'étais en pleine détresse, parfois je regardais les numéros de téléphone des stagiaires, mais je n'osais pas les solliciter. Et puis, il n'y avait que toi qui avais vraiment sympathisé avec moi pendant notre formation. Je me souviens qu'on parlait souvent ensemble. Mais j'ai attendu... attendu... J'avais honte de demander de l'aide. Mais là j'étais vraiment à bout... Et, quand j'ai pensé à mon petit frère Simon, j'ai réalisé que, pour lui, pour sa mémoire, je devais essayer de relever la tête. Et voilà comment je t'ai appelée, Juliette. Merci de m'avoir tendu la main, finit-elle, la voix tremblante, les yeux humides, caressant Cigale qui recherchait elle aussi quelque témoignage d'affection.

— Oublie tout ça, Salomé, même si je suppose que c'est plus facile à dire qu'à faire. Maintenant, la vie va te sourire... enfin...

— Oui, j'espère... et puis, j'ai confiance en toi. Mais tu vois, quand j'entends des propos racistes, je ne peux pas m'empêcher d'imaginer que les inconscients qui les profèrent feraient bien d'aller vivre un temps chez nous. Ils comprendraient peut-être pourquoi on cherche à venir ici, même si ce n'est pas toujours le paradis auquel on rêve. Quand on crève de faim, de maladie, quand on ne sort d'une guerre que pour entrer dans une autre, on ferait n'importe quoi pour essayer d'avoir une vie meilleure.

— Oui... Malheureusement, ceux qui tiennent de tels propos parlent sans savoir. C'est dommage...

— Et puis, on entend aussi que les pays riches, et notamment la France, donnent de l'argent aux pays défavorisés comme le mien. C'est vrai, mais ils devraient s'inquiéter de la façon dont il est distribué, cet argent, parce que ce sont toujours les mêmes qui en bénéficient. Nous, les pauvres, on n'en voit jamais la couleur ; les autres, ceux qui en ont déjà beaucoup, se le partagent entre eux. Les palais, les voitures, les hôtels particuliers, les femmes, les safaris, les repas, les réceptions… voilà à quoi sert l'argent des pays occidentaux. Dans cent ans, il y aura toujours autant de misère en Afrique. Après, c'est facile de prétendre qu'on ne veut pas travailler. Si les pays riches voulaient nous aider efficacement, la priorité est de réduire la famine. Pour ça, on doit apprendre à bien cultiver nos terres, il faut renforcer l'irrigation. On manque aussi de bonnes structures médicales, d'écoles où on pourrait former des techniciens, des ingénieurs, des docteurs. Ceux qui sont un peu doués… et qui ont les moyens viennent faire leurs études en France… et après beaucoup y restent, parce qu'ils ont davantage d'opportunités que chez nous et parce qu'ils gagnent plus d'argent. Ils ne veulent pas revenir se perdre et vivoter dans la brousse ! Tant qu'on n'aura pas empêché… ou qu'on ne voudra pas empêcher cet exode, l'Afrique ne pourra pas évoluer. Au fond, je me demande parfois si tout ça n'est pas voulu. On est des crève-la-faim…

— Oui, c'est un vaste débat, et je suis plutôt d'accord avec toi, mais pour faire bouger certaines choses, que ce soit ici ou ailleurs, ce n'est pas simple… Quelle est la situation dans ton pays, maintenant ?

— Les troupes françaises ont quitté le Tchad en 1972, après que la Libye a accepté de ne plus soutenir le Frolinat. Le calme était partiellement revenu. Après, il y a eu des périodes paisibles et d'autres troubles. En 1975, le président Tombalbaye a été assassiné et, depuis, je ne sais pas trop, mais, aux dernières nouvelles, il y a encore des tensions… D'ici que les batailles reprennent…

— Que c'est triste ! soupira Juliette. Ici, même si tout n'est pas parfait, ça n'a rien à voir. Entre les guerres, la famine, les épidémies, vous n'êtes pas gâtés, et je comprends que vous soyez attirés par l'Europe. Mais ton histoire est passionnante, Salomé. Je te connais mieux maintenant… Ah ! il va être temps de rentrer le troupeau…

XI

Nous étions à la mi-novembre. L'agnelage allait bientôt commencer. Pour cette période délicate, les brebis restèrent à l'étable. Les deux femmes se relayaient jour et nuit pour surveiller les mères. A la fin du mois, la bergerie s'était emplie d'agneaux. Seuls deux étaient morts à la naissance. L'éleveuse était rassurée.

Au cours de la première semaine de décembre, les artisans vinrent installer, comme ils l'avaient promis, la salle de traite, les tanks à lait et le système de réfrigération. Tout était enfin prêt.

Avec la présence de Salomé, de façon à rentabiliser l'élevage, Juliette avait donc décidé de conserver cinquante-deux agnelles pour compléter le troupeau, qui compterait ainsi trois cents têtes. Elle avait pris contact avec un marchand de bestiaux pour la vente des cent quatre-vingt-dix-huit bêtes restantes. Deux jours avant Noël, l'homme monta au mas. Il était rompu aux négociations et savait l'éleveuse sans expérience. Mais Corinne et Alain, qui connaissaient les cours, l'avaient prévenue. Elle ne devait pas se laisser faire. Une âpre discussion débuta. Et, si le maquignon savait compter, Juliette savait manier les chiffres. Deux fois, il fit mine de partir ; deux fois, elle ne broncha pas. Revenant sur ses pas en marmonnant, la mine renfrognée, il fit une nouvelle proposition, mais elle n'en démordait pas. Il finit par se ranger aux souhaits de la propriétaire et le marché fut conclu.

— Eh bé ! Vous alors, vous êtes drôlement coriace pour une Parisienne ! s'exclama-t-il, encore ébahi par une telle opiniâtreté.

— Oui, s'esclaffa-t-elle, mais ne vous fiez pas à mon accent, je suis née à Millau… et j'ai quelques amis éleveurs. Ça aide !

Dès le soir, les deux femmes, un peu gauches, effectuèrent leur première traite qui leur prit presque trois heures. Le lendemain matin, elles étaient déjà plus à l'aise. La première collecte eut lieu. Etienne Desmeaux, l'un des employés, dont c'était la dernière campagne avant de prendre sa retraite, pesta d'avoir à venir à la ferme par le chemin tout juste carrossable et ajouta, goguenard :

— Et, quand il va y avoir la neige, vous pourrez le boire, votre lait, parce que si vous attendez que je monte…

Mélanie était arrivée de Montpellier pour les vacances et partageait son temps entre le mas et Millau avec sa sœur. Sa mère lui avait présenté Salomé. Au mas Saint-Clair, Noël, qui était un dimanche, se déroula en compagnie des filles et de Michel, qui avait annoncé à sa sœur la venue de Carole et de ses deux fils dans la semaine. Juliette avait interrogé la cadette sur ses relations avec Olivier.

— On sort ensemble, avait lâché celle-ci.

— Ah ! avait relevé sa mère, contrariée. Fais attention ! J'espère que vous n'allez pas trop loin… A ton âge, tu as le temps d'être amoureuse. Pense d'abord à tes études !

— Mais… maman, je suis sérieuse ! avait rétorqué Pascale.

— Oui, avait soupiré Juliette. Moi aussi j'étais sérieuse… et pourtant…

— Maman, je sais, mais ne t'inquiète pas. Olivier est timide, réservé. Il passe Noël chez son père et je lui ai dit qu'il pouvait venir nous voir, mais il a refusé. Il ne veut pas nous déranger…

— Mmm ! C'est certainement moi qui l'impressionne ! souffla ironiquement sa mère pour donner le change. Ce n'est pas grave. Il faut bien qu'il voie son père…

Le lendemain, lundi, les deux filles prirent le train à Millau pour se rendre chez leurs grands-parents paternels, chez qui elles passèrent trois jours. Leur père leur consacra deux jours. Elles regagnèrent l'Aveyron le vendredi.

A leur retour, Juliette s'inquiéta de savoir si leur séjour s'était bien déroulé. Elles avaient été choyées. Elle se garda de prendre des nouvelles de son ex-mari, mais elle ne put s'empêcher de leur demander si elles avaient vu Lise Boirieux.

— Ah non ! répondirent-elles d'une seule voix. Papa n'allait pas nous l'imposer. Il sait que nous la haïssons... Et puis, nos grands-parents ne veulent pas la voir, eux non plus. Ils regrettent que tu n'aies pas pu venir avec nous, mais ils comprennent que, maintenant, avec ton travail, ce n'est plus possible. Ils te souhaitent bonne chance.

Le fait de savoir que sa remplaçante était toujours indésirable chez ses beaux-parents amena un large sourire de satisfaction sur le visage de leur mère.

— Je les appellerai pour les vœux et je les inviterai ici, s'ils ont envie de venir. Votre grand-père va être en retraite. Ils auront le temps.

Pour le Nouvel An, l'Aveyronnaise, qui ne pouvait désormais plus quitter le mas, avait convié toute sa famille.

Juliette, ses parents, ses filles, sa grand-mère, Salomé, allaient débuter l'année 1978 ensemble. Michel, Carole, accompagnée de Stéphane et Vincent, ses deux fils de quinze et quatorze ans, les avaient rejoints. Il y avait tout juste assez de couchages pour toute la maisonnée. La maîtresse de maison avait décrété qu'elle coucherait dans le lit bateau installé dans le séjour, mais Salomé s'y opposa. C'était elle qui occuperait ce lit.

— C'est bien normal que ta famille ait priorité, dit-elle. Et puis, ce n'est pas comme si je retournais dehors ! Je pourrais même aller dormir dans la grange, au milieu du foin. Juliette, j'ai connu pire, tu le sais, alors n'insiste pas, ça me fait plaisir. Je suis déjà tellement heureuse de partager ces fêtes avec toi, avec les membres de ta famille, qui ne me dévisagent pas comme une étrangère. Tu ne peux pas comprendre ces choses-là, toi, mais un regard chaleureux, une parole aimable, ça vaut tout l'or de la terre. Et puis, comme nous deux on se lèvera avant tout le monde, ce n'est pas gênant.

Devant cette détermination, Juliette avait abdiqué et proposé la chambre de Salomé à sa grand-mère.

— Ah ! s'était-elle exclamée, et pourquoi au rez-de-chaussée ? Je vais dormir en haut. Tu crois que je ne peux pas monter l'escalier ? Je ne suis pas encore impotente, petite !

La chambre de Salomé fut donc attribuée à Mélanie et Pascale.

Carole était revenue au mas avec joie. Après avoir découvert la Tchadienne, elle n'avait pu s'empêcher de poser à Juliette la question qui lui brûlait les lèvres.

— Tu... toi et Salomé... vous...

Juliette avait compris le sens de l'interrogation que son amie venait de formuler à demi-mot. Elle éclata de rire.

— Non, Carole ! se défendit-elle d'un ton détaché. Pourquoi ? Qu'est-ce qui t'amène à imaginer ça ?

— Eh bien ! Je connais un peu tes tourments et je me dis que toutes les deux, seules ici, dans cet endroit isolé... ça pourrait réveiller certains de tes fantasmes. Et puis, comme tu n'as toujours pas d'ami...

— Ah ! j'en ai eu un cet été... un vacancier, lui confia-t-elle. On a passé des moments merveilleux ensemble, mais il est reparti...

— Et vous n'avez pas gardé de contact, tu ne vas pas le revoir ?

— Non, souffla Juliette, amère, ce n'est pas possible. Il est beaucoup trop jeune pour moi...

— C'est dommage, compatit son amie. Quant à moi, je veux faire une surprise à Michel, ce soir à minuit. Je suis décidée à venir le rejoindre à Millau. Au mois d'août, ça a été le coup de foudre. Depuis, on s'écrit et on se téléphone très souvent. J'ai commencé des recherches pour ouvrir un cabinet d'assurances. J'espère que dans six mois je serai aveyronnaise. J'en ai assez de la région parisienne. Grâce à toi, j'ai pu connaître ton beau pays... et l'amour ! Bien entendu, j'en ai parlé aux enfants.

Ils sont d'accord. Je voulais absolument les amener pour les présenter à ton frère et leur faire découvrir la région. La présence d'un homme à la maison leur manque, et je crois que Michel sera ravi, lui aussi. Il m'a confié que le fait de ne pas avoir d'enfants le chagrinait beaucoup. Je pense que c'est aussi pour cette raison qu'il adore tes filles. Tu crois qu'il va être heureux ?

— Le contraire m'étonnerait ! s'exclama Juliette. Il traîne sa tristesse tout au long de ses journées. Par contre, chaque fois que nous nous voyons, je n'ai même pas besoin de lui demander de tes nouvelles : il n'arrête pas de me parler de toi ! Alors, il va être fou de joie !

Ce 31 décembre 1977, Juliette n'avait pas sorti le troupeau. Il faisait froid et cela lui évitait d'aller récupérer les bêtes dans les prés. Mais, avant les festivités, il y avait la traite. Tous voulurent y assister. Les deux femmes, maintenant parfaitement rodées, maniaient avec dextérité la trayeuse et les brebis. Carole et ses fils caressèrent affectueusement les agnelles.

Au douzième coup de minuit, les embrassades et les vœux fusèrent, puis ce fut l'échange des cadeaux. Salomé n'avait pas été oubliée. Juliette lui avait acheté un ensemble : chemisier blanc, jupe et tailleur noirs, et Michel, sur les conseils de sa sœur, une paire de bottes en cuir. Leurs parents lui offrirent un flacon de parfum. Carole lui tendit un écrin dans lequel elle découvrit un collier de perles. La jeune Noire croyait rêver. Ses yeux brillants, grands ouverts, allaient de l'un à l'autre. Au comble de l'émotion, elle parvint tout juste à balbutier quelques bribes de remerciements et se mit à pleurer à chaudes larmes. Jamais elle n'avait reçu d'aussi beaux présents. Quand elle eut repris ses esprits, elle sécha ses pleurs, s'excusa et embrassa la maisonnée.

Juliette, qui savait mieux que personne d'où revenait la Tchadienne, avait la gorge serrée. Le bonheur de Salomé lui arracha une larme. Elle aussi était émue de la voir heureuse, épanouie.

Carole entraîna ensuite Michel dans la cuisine. Ils réapparurent quelques minutes plus tard, bras dessus bras dessous. A son tour, le frère de Juliette avait les larmes aux yeux. Troublé, il réclama un peu d'attention. D'une voix mal assurée, il annonça ce que Carole avait dévoilé à Juliette. Les applaudissements crépitèrent. Ils échangèrent un tendre baiser. Cigale prit part à la fête et y alla de son aboiement. Le champagne scella ce moment de bonheur.

A deux heures, il était temps d'aller se coucher. Juliette dit à Salomé qu'elles feraient la traite à sept heures.

— Je ne pense pas que les brebis aient autant festoyé que nous, mais elles patienteront bien une heure. Ce n'est pas tous les jours le 1er janvier !

— Tu as raison, Juliette, et moi je ne suis pas prête d'oublier une soirée comme celle-là. C'était merveilleux. Tous ces cadeaux ! Vous n'auriez pas dû… Merci encore, merci pour tout.

— Tu sais, Salomé, recevoir, ça fait plaisir, mais, pour celui qui offre, partager une joie comme celle que tu as manifestée tout à l'heure, c'est aussi un superbe cadeau…

En ce dimanche 1er janvier 1978, les brebis s'agitaient dans l'étable lorsque Juliette et Salomé apparurent, à sept heures et quart. Elles avaient pris le temps d'avaler un café, histoire de s'éclaircir les idées. Le réveillon avait laissé des traces. Quand elles revinrent à la maison, peu avant dix heures, Anna, Charles et Marie-Odette prenaient le petit déjeuner. Les autres dormaient encore. Un vent glacial du nord, gage de beau temps, s'était levé. Le Larzac était recouvert d'un givre tenace. Un pâle soleil s'élevait lentement dans le ciel, faisant scintiller les fils d'argent qui fleurissaient les arbustes décharnés.

— Juliette, commença sa grand-mère, si, hier soir, Michel et Salomé ont versé des larmes, moi aussi j'ai pleuré cette nuit quand j'ai été couchée.

— Ah bon ! s'inquiéta sa petite-fille, qu'est-ce qui ne va pas, mémé ? Tu es malade ?

— Non, non, petite, moi aussi j'ai pleuré de joie. Voilà presque soixante ans qu'avec ton grand-père j'ai quitté ce mas où je suis née. Mes Noëls d'enfant et de jeune fille, c'est ici que je les ai passés. Oh ! On n'avait pas grand-chose à cette époque, mais, ces jours-là, on mangeait un peu mieux que d'habitude... et c'était déjà beaucoup. On savait apprécier la vraie valeur des choses... ce n'est pas comme maintenant où il faut consommer. Consommer, encore et encore ! Acheter... même si ça ne sert à rien ! Pour ce que ça nous donne ! On est devenus esclaves. Il n'y a que l'argent qui compte, aujourd'hui. Je ne parle pas pour toi, petite, parce que, ce que tu as fait ici, c'est magnifique... c'est noble... c'est...

Les mots s'étouffèrent dans sa bouche. L'émotion l'étreignait. Deux larmes descendirent lentement sur ses pommettes ridées.

— Merci, Juliette, ajouta-t-elle en se redressant.

— Maman, poursuivit Marie-Odette, moi aussi j'ai été émue par cette soirée. Même si je n'avais guère plus de trois ans quand j'ai quitté le mas, et même si mes souvenirs sont flous, je me rappelle avec émotion ces années. Le dernier Noël ici, c'était en 1919, un an après la fin de cette maudite guerre. Tu m'avais fabriqué une poupée. C'était merveilleux...

— Oui, soupira Anna, on a coutume de dire que c'était le bon temps. Je ne sais pas si c'est vrai, mais ce qui est sûr c'est qu'on était plus jeunes... et on n'avait pas de douleurs !

Michel et son amie apparurent, rayonnants, et s'interrogèrent à la vue de leurs proches, plus près des larmes que du rire. Ceux-ci leur contèrent les souvenirs qu'ils venaient d'évoquer. Carole, qui n'avait jamais entendu parler de la précarité du monde paysan au début de ce siècle, écouta ces évocations avec une oreille attentive.

Après le repas, l'après-midi se passa autour de la chaleur bienfaisante du cantou. Comme souvent lors de leurs rencontres, la grand-mère et sa petite-fille bavardèrent longuement ensemble de choses et d'autres.

— Par contre, avait ajouté l'aïeule, tu m'avais dit que tu voulais restaurer la vieille maison. Si c'est pour moi que tu veux le faire, ce n'est pas la peine, petite. Tu as déjà investi beaucoup, ici. Je suis fière de toi et de ce que tu as réalisé, mais ne gaspille pas ton argent inutilement.

Le lendemain, chacun repartit vers des horizons différents, Mélanie à Montpellier, Anna, Charles et Marie-Odette à Collioure, Michel et Pascale à Millau, Carole et ses fils à Rambouillet. Le mas retrouva sa quiétude habituelle.

Le soir, Juliette appela les parents de Bernard pour leur présenter ses vœux et les inviter à venir lui rendre visite au mas. Ils acceptèrent avec joie, se donnant rendez-vous aux beaux jours.

Le mardi après-midi, le temps se couvrit. Des nuages noirs, de plus en plus nombreux et imposants, traversaient le ciel, poussés par un vent d'ouest, annonçant la neige. Et le mercredi, quand Juliette et Salomé se levèrent, à cinq heures et demie, il leur suffit d'entrebâiller les volets de la cuisine pour apercevoir un épais tapis blanc qui avait recouvert le plateau. L'Aveyronnaise maugréa. Avec trente centimètres de neige, le camion de ramassage ne monterait pas jusqu'au mas. Pourtant, afin d'éviter tout risque de mammite, la traite devait être effectuée comme si de rien n'était. Mais, si la neige ne fondait pas rapidement, la situation allait vite devenir problématique. Même si Juliette avait prévu large, les tanks ne permettaient pas plus de deux jours de stockage. Ensuite, il faudrait jeter le produit des traites. De plus, l'AOC impliquant un ramassage quotidien, ce lait stocké n'irait pas à Saint-Affrique pour la fabrication du roquefort, mais à Saint-Georges ou au Massegros. Là, il serait pasteurisé et transformé en yaourts, féta ou Lou Pérac, mis en œuvre avec du lait cuit. Mais il serait payé moins cher à l'éleveuse.

Salomé était impatiente de voir poindre le jour. Quand elles eurent terminé, à huit heures et demie, elle quitta l'étable à la hâte et se figea dehors, les yeux écarquillés. C'était la première fois qu'elle voyait la neige ! Ce matin à leur arrivée, tandis que leurs pas s'enfonçaient en crissant dans la poudreuse, la campagne, dans la pénombre de cette nuit sans lune, sous un plafond de grisaille bas, lui était apparue uniforme. Maintenant, elle découvrait avec curiosité et ravissement ce spectacle nouveau pour elle. Le soleil s'escrimait à essayer de transpercer les nuages encore épais, répandant un voile blafard sur la Terre. Aussi loin que pouvaient porter ses yeux, ce n'était qu'une immensité immaculée. Le relief des collines s'était adouci, les arbustes rabougris avaient disparu, parés d'un voile blanc. Aveuglée par la réverbération, elle plissait les yeux sans pouvoir détacher son regard de ce tableau enchanteur. A ses côtés, Juliette, malgré ses préoccupations, savourait elle aussi cette scène qu'elle découvrait pour la première fois au mas. Salomé était impressionnée par le silence feutré qui régnait, seulement troublé par le piaillement de quelque oiseau en quête d'une nourriture devenue rare. Après une bataille rangée de boules de neige qui les amusa comme deux gamines, sous l'œil intrigué de Cigale qui sautillait de l'une à l'autre, elles rentrèrent enfin, les mains gelées. La maîtresse de maison alluma la cheminée et appela la mairie de Saint-Beaulize. Mais ils ne pouvaient qu'attendre le passage de l'engin de la DDE, débordée par cette chute importante. Après être montées en haut de la tour, d'où elles avaient pu admirer la Terre recouverte d'une opulente capeline blanche, elles consacrèrent la matinée au ménage.

L'après-midi, Juliette sortit une luge qu'elle avait ramenée de Rambouillet, comme d'autres objets sans utilité qu'elle avait saisis au passage, lors du déménagement, dans le sous-sol ou au grenier. Elles allèrent jusqu'au sommet de la colline et s'en donnèrent à cœur joie, avant de s'employer à faire un passage depuis la maison jusqu'à la bergerie. Le temps s'était éclairci, mais le vent, qui avait à nouveau tourné au nord, était glacial et la couche de neige brillait, intacte.

Le jeudi, une bise polaire avait nettoyé le ciel qui resplendissait d'un bleu froid, au grand désespoir de Juliette. En début d'après-midi, alors que toutes deux achevaient de dégager les abords de la maison, elles entendirent le bruit d'un moteur qui gravissait le chemin. Elles tendirent l'oreille. Un sourire traversa leurs visages transis. Un tracteur, équipé d'une lame, surgit du dernier virage en poussant la neige sur le bas-côté. Il s'arrêta à proximité. Lorsqu'elle reconnut l'homme emmitouflé qui en descendit, Juliette resta bouche bée. C'était Gaston Bouguayroux !

— J'ai pensé que vous étiez ennuyée pour le lait, fit-il en s'approchant, la figure violacée, autant par le froid vif que par ce qu'il avait déjà dû ingurgiter, et, comme on ne peut pas faire grand-chose avec ce temps... Et puis, entre voisins, il faut bien se rendre service...

A peine revenue de sa surprise, elle ne put faire autrement que de le remercier. Elle hésita un moment avant de l'inviter à entrer prendre une boisson. Elle avait toujours en mémoire son incursion et l'agression du mois d'août dernier. Mais elle se dit qu'elles étaient deux et qu'il n'oserait pas renouveler ses gestes déplacés. Et puis, Cigale était là, qui rôdait déjà autour de l'intrus, montrant les crocs, crinière dressée. Juliette lui proposa un grog, qu'il avala séance tenante en poussant un soupir d'aise et qu'il prolongea par deux copieuses rasades de rhum en se léchant les babines de plaisir. Ses yeux globuleux dévisageaient Salomé avec insistance. Juliette, qui avait remarqué son regard pervers, n'était pas très rassurée. Ils devisèrent quelques instants, pestant après ce maudit temps. L'éleveuse proposa de le dédommager pour sa peine et le carburant, mais il refusa énergiquement. Il se leva enfin, remonta sur son tracteur et disparut au bas du chemin après leur avoir adressé un salut de la main.

— Qui est-ce ? demanda la jeune Noire qui avait, elle aussi, décelé l'attitude curieuse du paysan.

— C'est le propriétaire de la ferme de Ventalou, au bas de la côte, raconta Juliette, un ivrogne, un fainéant et un coléreux. Il était venu faire un esclandre ici au mois d'août dernier parce que son fils m'aidait à trier les lauzes. Tu sais, c'est Olivier. On l'a vu avec Pascale à Millau. Maintenant, ils sortent ensemble, ces deux-là... et ça ne me plaît pas ! bougonna-t-elle. S'il devient comme son père... Enfin, j'espère que ça ne durera pas. Quant à cet alcoolique, je ne sais pas ce qui lui a pris. Il doit encore avoir une idée tordue derrière la tête !

Elle téléphona à l'entreprise de collecte pour signaler que la route avait été dégagée, de façon à ce que le camion-citerne puisse monter le lendemain. Puis, avec Salomé, elle chargea des sacs de sel dans le 4X4. Elles en répandirent dans les lacets serrés et aux endroits mal exposés que le soleil n'atteignait pas. La fine pellicule, que la lame n'avait pu enlever, allait fondre et éviter le gel des prochaines nuits.

Le froid persista jusqu'au dimanche, puis la température se radoucit enfin. Lentement, l'épais manteau blanc se désagrégea. Trois jours plus tard, le plateau avait retrouvé ses couleurs hivernales.

XII

Au mas, les courtes journées de cet hiver 1978 s'écoulaient, monotones, entre gelées, brouillards givrants, pluies fines et glaciales. En cette saison, les brebis ne quittaient pas l'étable. Deux fois par jour, après la traite, les mangeoires étaient garnies de fourrage.

Dès que les conditions de circulation furent redevenues normales, les deux femmes partirent un matin à Millau. Même si les congélateurs n'étaient pas vides, les festivités et cette période de mauvais temps avaient entamé les provisions. Après avoir déjeuné au restaurant, Juliette emmena Salomé à sa banque pour lui ouvrir un compte et lui verser son premier salaire. La Tchadienne, rayonnante, conserva un peu d'argent liquide. Elles allèrent ensuite flâner dans les magasins. C'était la période des soldes et les vêtements bradés représentaient une tentation à laquelle il était difficile de résister ! Chacune fouillait, essayait, se chargeait les bras. Salomé avait un moment disparu dans les rayons. Elles repartirent, encombrées de poches.

Juliette avait acheté douze bouteilles de vin, un panachage de bordeaux, côtes-du-rhône et bourgogne, pour offrir à Gaston Bouguayroux en remerciement de son aide pour le déneigement. Lui rendre visite ne l'enchantait pas, car rien que sa vue la révulsait et la faisait frissonner, mais elle se sentait redevable et elle pensait le diable capable d'aller colporter au village quelque calembredaine de son invention. Elle espérait ainsi lui clouer le bec. Au retour, elles s'arrêtèrent à Ventalou. Le paysan, qui ne s'attendait pas à cette visite courtoise, les convia aussitôt à entrer, l'œil brillant, après avoir fait taire à grands cris son chien, un bâtard haut et efflanqué, qui ne cessait d'aboyer en montrant les dents et en dressant son poil marron sale. Juliette, qui détournait la tête pour échapper aux effluves de vinasse, avait prévu cette invitation. La réponse tomba, tout naturellement.

— Ce serait avec plaisir, mentit-elle, faussement sérieuse, se retenant pour ne pas rire, mais il est cinq heures et nous sommes déjà fort en retard pour la traite.

— Ah ! éructa l'individu, déçu, mais sans la moindre gêne, tant pis, ce sera pour une autre fois, alors... et merci pour le pinard. Il doit être bon, celui-là !

Les yeux avides, il lisait les étiquettes en secouant la tête, salivant à l'avance et caressant ses lèvres bleues avec sa grosse langue violette. Les deux femmes l'abandonnèrent à sa contemplation et s'échappèrent sur ces mots.

Le soleil paresseux de janvier allait bientôt embraser l'horizon au couchant lorsqu'elles arrivèrent au mas. Toutes deux étaient ravies de leur journée et de leurs emplettes. Elles avaient croisé du monde, ce qui n'était pas le cas là-haut, sur leur désert. Et elles riaient encore de la tête de Bouguayroux quand il les avait vues débarquer chez lui.

Le soir, après le repas, Juliette s'était installée dans le cantou. Salomé avait filé dans sa chambre. Elle réapparut quelques instants plus tard avec un paquet qu'elle tendit à sa patronne.

— Jusque-là, je ne pouvais pas, fit-elle, souriante, mais maintenant que j'ai touché ma première paye, voilà. Je te dois bien ça...

Juliette la dévisagea, surprise, et eut un moment d'hésitation avant de se saisir du carton. Elle fit sauter la ficelle, ouvrit le papier et découvrit une ravissante chemise de nuit.

— Salomé ! s'exclama-t-elle, émue, en la dépliant, il ne fallait pas ! C'est une folie. Qu'elle est jolie ! Merci. Ton geste me touche, vraiment. Je comprends pourquoi tu avais disparu dans le magasin, cachottière !

— Oh, ce n'est pas grand-chose en regard de ce que tu as fait pour moi et de ce que tu m'as offert, mais ça me fait plaisir. Elle te plaît ? Sinon, la vendeuse m'a dit qu'on pourrait la changer…

— Certainement pas ! Elle est magnifique. C'est trop gentil.

Elles s'embrassèrent. Les yeux de la jeune Noire brillaient d'un intense éclat. Elle affichait un sourire radieux qui découvrait ses dents blanches et accentuait ses pommettes sur lesquelles roulèrent deux larmes que les flammes éclairaient tour à tour d'or et d'argent.

Salomé avait pris goût à la lecture. Dans la bibliothèque de l'éleveuse, elle n'avait que l'embarras du choix. Récits historiques, livres traitant des civilisations disparues, comme les Incas, les Mayas ou les Aztèques, la mythologie grecque, l'Egypte et ses pharaons, avaient passionné l'Aveyronnaise, mais il y avait aussi des classiques, d'Alexandre Dumas à Victor Hugo, et de beaux romans d'amour qui la faisaient rêver. Souvent, elle s'installait, le soir, après avoir pris conseil auprès de Juliette, et se plongeait assidûment dans les divers ouvrages à sa disposition.

Il fallait maintenant s'occuper des clôtures. L'éleveuse avait dû solliciter une entreprise pour faire les trous destinés à recevoir les piquets. Un ouvrier était arrivé avec un engin équipé d'un marteau-piqueur et d'une vrille. La tâche était ardue. Sur le plateau, le sol n'était que rocaille et, vu l'étendue de la pâture, cent vingt hectares, et le nombre important de pieux à installer, c'était le seul moyen. Elle devait délimiter plusieurs parcelles, de façon à pouvoir déplacer facilement le troupeau de l'une à l'autre. L'homme œuvra durant trois semaines lors des courtes journées de janvier. Il déjeunait au mas avec les deux femmes, rompant la monotonie quotidienne. Elles le laissèrent prendre un peu d'avance, puis elles commencèrent à planter les piquets, ce qui les sollicita jusqu'à la mi-février. Elles s'attaquèrent ensuite à la pose du grillage. Elles en déroulèrent ainsi plusieurs kilomètres et s'y employèrent pendant plus d'un mois. Fin mars se profilait lorsqu'elles eurent enfin achevé leur tâche. C'était le prix à payer pour ne pas avoir à surveiller les brebis toute la journée, comme le faisaient les éleveurs jusqu'à une époque récente.

Et c'est ainsi que les belles bergères, qui égayaient la campagne par leurs chants joyeux en filant la quenouille, avaient disparu, remplacées par des clôtures disgracieuses, au grand dam des amoureux des contes et des légendes !

Bientôt, les beaux jours allaient arriver et le troupeau pourrait aller paître et étrenner sa nouvelle gardienne.

Comme dans beaucoup de domaines, la modernité avait contraint les éleveurs à évoluer. Les exploitations familiales, où vivaient et s'escrimaient jadis grands-parents, parents et enfants, étaient devenues rares. Dans les fermes, l'épouse du chef d'exploitation n'allait plus dans les prés, tricot sous le bras, pour garder les bêtes. Maintenant, elle travaillait en usine. Ainsi, un salaire assuré tombait dans l'escarcelle du ménage et atténuait les effets néfastes des intempéries et des chutes des cours. Quant aux enfants, qui fréquentaient l'école de plus en plus longtemps, et ce avec la bénédiction des aïeux, eux aussi n'étaient plus là pour surveiller les animaux. La terre, qui avait nourri tant et tant de générations, n'était plus capable de donner à manger à tous. Cette modernisation à outrance, ces marchés confrontés à la concurrence de pays où la production coûtait moins cher, ces immenses exploitations céréalières des plaines, allaient tuer à feu lent les modestes agriculteurs des régions accidentées. Les terres trop pauvres, pas assez étendues, le relief défavorable, les obligeaient à pratiquer la polyculture. Ils s'échinaient à élever quelques bêtes, à entretenir une basse-cour, à engraisser un porc ou deux, à cultiver blé ou seigle, à rentrer foins et moissons, à semer des pommes de terre et du maïs, à planter des betteraves, mais tout cela en quantité insuffisante pour que ce soit rentable. L'exode avait commencé, irréversible. Les fermes allaient tomber en ruine, les villages allaient se dépeupler à mesure que les anciens, accrochés à leurs racines, iraient rejoindre le petit cimetière attenant à l'église. Dans une indifférence générale, la désolation allait hanter les hameaux abandonnés, sous le hululement des hiboux et l'envahissement des ronces. Une toiture s'affaisserait en gémissant, un pan de mur dégringolerait en soulevant un jet de poussière, lente mais inexorable agonie, qui allait emporter et ensevelir à jamais la mémoire des campagnes de France. Aussi, les jeunes devaient faire des études, obtenir des diplômes pour rentrer dans l'administration, avoir un travail assuré, moins pénible que le labeur ingrat de la terre, un bon salaire qui tombait tous les mois, qu'il pleuve, qu'il vente ou qu'il grêle. Même si l'Aveyron, avec ses deux mille cinq cents éleveurs de brebis, paraissait privilégié par rapport à certains autres départements, comme la Creuse, la Corrèze ou la Lozère, le modernisme donnait lieu, comme partout ailleurs, à une course effrénée à la rentabilité. Et la rentabilité passait par l'achat de machines qui permettaient de faire plus avec moins de bras. Maintenant, il était hors de question de rester à deux, là où une personne suffisait pour mener l'exploitation. Certains avaient réussi à s'agrandir, parfois par héritage, mais le plus souvent en souscrivant des emprunts qui réjouissaient les banquiers avides. Il suffisait d'une mauvaise année pour que l'état de leurs finances ôte le sommeil aux paysans ainsi pris à la gorge.

Les jours avaient allongé, en cette fin mars 1978. Juliette et Salomé avaient commencé à faire quelques semis dans la terre fertile de la doline qui avait été fumée et labourée à l'automne précédent.

Le troupeau allait bientôt pouvoir retourner en pâture, les brebis et les agnelles dans des enclos distincts.

Ce dernier dimanche du mois, comme depuis 1976, le pays passait à l'heure d'été.

Pour en avoir parlé avec plusieurs collègues, Juliette savait que les bêtes, comme les humains, s'accoutumaient difficilement à ce changement. Les animaux, habitués à des heures régulières, que ce soit pour la traite ou le départ dans les prés, étaient déréglés. Chez les éleveurs qui avaient tenté de suivre les montres, avancées d'une heure ce week-end là, la production laitière avait chuté. Aussi, la plupart conservaient le rythme ancestral en pestant après les technocrates qui avaient pondu une telle ineptie.

Le choc pétrolier de 1973 avait amené le gouvernement de Valéry Giscard d'Estaing, alors président de la République, à mettre en place cette modification. Le prétexte, économiser l'équivalent de trois cent mille tonnes de pétrole brut, en faisait rire plus d'un. Début avril et fin septembre, il faisait nuit quand les gens se levaient ; aussi ils ne voyaient pas où se trouvait l'économie.

« Ceux qui ont inventé ces foutaises, entendait-on dans les campagnes, ils embauchent à neuf heures, ils travaillent dans des beaux bureaux, ils mangent sur place parce qu'ils ont des cantines. Après, ils prennent le café en papotant et, à cinq heures, ils rentrent chez eux frais et dispos, alors, l'été, ça leur fait une heure de clarté en plus pour jouer au tennis, au golf, pour aller dîner au restaurant ou recevoir des amis. Ils n'ont qu'à venir dans les champs et les prés au plus chaud de la journée et ils comprendront. Ils verront s'ils ont envie de courir après une balle, le soir après le boulot. Une douche, un bon chabrot et au lit ! Nous, même les femmes, on leur fiche la paix pendant les grands travaux ! Moi, je les laisserais sécher sur place ! clamaient les plus virulents. Ce sont des fous, ces énergumènes-là... et dire que ce sont eux qui nous gouvernent ! Avec ça, on n'est pas fauchés. Economies d'énergie ? Tu parles ! En tout cas, ils ne font pas d'économies de connerie, dans leurs bureaux climatisés, avec la moquette jusqu'aux chevilles. Et les bêtes, elles aussi sont déboussolées. La production de lait s'en ressent. Et ils osent nous dire que ce n'est pas vrai, qu'on se fait des idées. Ils nous prennent vraiment pour des demeurés ! Et leur slogan : « En France, on n'a pas de pétrole, mais on a des idées ! » C'est ça, leurs idées ? Et on les paye pour inventer ces foutaises ? Moi, je leur botterais le cul ! »

Juliette avait fait partie de la catégorie de gens qui appréciaient le changement d'heure. Les longues soirées estivales permettaient de pratiquer des activités et de sortir, là-haut, à Rambouillet. Elle voulut tenter d'imposer l'heure d'été au troupeau, mais elle déchanta rapidement. La production de lait avait diminué. Elle repoussa donc la traite d'une heure. Après tout, ce n'était pas bien grave. Il y avait quand même des périodes creuses dans la journée…

Quand Juliette avait envisagé de restaurer la vieille maison, c'était en pensant que sa grand-mère serait heureuse de voir revivre l'endroit où elle était née. Mais, à Noël, Anna lui avait dit de ne pas dépenser d'argent pour cette remise en état. La petite-fille s'était rangée à son idée, car elle n'en avait pas besoin, tout au moins dans l'immédiat.

Libérée de ces travaux, elle décida de faire construire une piscine. Enfant, puis adolescente, elle était inscrite au club de natation de Millau et participait à des compétitions. « Et puis, se remémora-t-elle avec un sourire amer, c'est là que j'ai connu Bernard ! »

Au mas, l'eau lui manquait et il était impensable d'aller tous les jours à la piscine de Saint-Affrique pendant les mois d'été. Mais la période de traite s'achevait mi-juillet. Ensuite, elle n'aurait qu'à conduire le troupeau dans les prés le matin et revenir le chercher le soir. Elle aurait donc largement le temps de profiter de sa piscine. Salomé, à qui elle annonça la nouvelle, fut ravie.

Juliette prit aussitôt contact avec une entreprise spécialisée et les travaux débutèrent rapidement. Elle avait donné fin juin comme délai d'achèvement.

Début avril, l'Aveyronnaise reçut une lettre qui avait été postée à Saint-Beaulize. Elle l'ouvrit. La vue de la signature la fit grimacer. Le courrier émanait de Gaston Bouguayroux.

— Qu'est-ce qu'il veut encore, celui-là ? maugréa-t-elle. Il ne peut pas m'oublier ?

Elle entreprit la lecture.

Madame Cieurac,

Nous sommes voisins, mais nous nous connaissons peu. Il est vrai que nos premières rencontres se sont plutôt mal passées. J'étais dans une période de doute et j'étais devenu agressif. La boisson n'arrangeait rien.

Aujourd'hui, j'ai refait surface et retrouvé la raison. Je ne bois plus qu'un verre de vin à table et rien entre les repas. Mais, vous qui avez été confrontée comme moi à une séparation, vous pouvez comprendre que la solitude me pèse. C'est pourquoi je me permets de vous inviter à venir me voir à la maison. Nous pourrions parler, évoquer votre travail, le mien, passer un moment ensemble, envisager de se rendre service, comme je l'ai fait quand il y avait la neige.

J'espère que ma requête ne vous semblera pas déplacée. J'attends de vos nouvelles.

Recevez mes sincères salutations,

Gaston Bouguayroux.

Juliette fixait la missive avec des yeux ronds.

— Mais qu'est-ce qu'il cherche, ce demeuré ? répéta-t-elle à haute voix, contenant difficilement sa colère, ce qui fit lever la tête à Salomé, plongée dans une revue.

Dans cette lettre, Juliette percevait des non-dits, des insinuations, qu'elle ne parvenait pas à déceler. Même si elle n'avait aucune intention de donner suite à ce courrier, elle entreprit de le relire lentement, murmurant certains mots, certains passages, pour bien s'en imprégner et essayer de décrypter entre les lignes.

— Me proposer de le rencontrer seule chez lui, murmura-t-elle, il prend ses désirs pour des réalités. S'il s'imagine que je vais répondre à son invitation, il se fourre le doigt dans l'œil !

En riant, elle tendit la feuille à la Tchadienne qui s'esclaffa en la parcourant. La lettre de Gaston Bouguayroux finit dans la poubelle et son contenu fut vite oublié.

Au mas, les jours coulaient, rythmés par les traites, l'entretien de l'étable, la conduite du troupeau dans les pacages et le jardinage.

Lentement, le printemps réveillait la campagne. Les premières fleurs égayaient les prés où l'herbe avait repris vigueur. Bourgeons et pousses vert tendre, d'abord hésitants, s'accrochaient aux branches frêles des arbustes du plateau. De l'autre côté de la vallée, vers le sud, forêts et prairies se paraient d'une robe émeraude du meilleur effet. Les oiseaux piaillaient à qui mieux mieux et virevoltaient en quête des brindilles qui allaient constituer le nid douillet de leur progéniture.

Pour la première fois de sa vie, Juliette découvrait avec ravissement la renaissance de la terre, merveilleux spectacle offert à tous les amoureux de la nature. Elle interpellait Salomé, montrait, s'extasiait, commentait, et la jeune Noire, à son tour, se laissait gagner par l'enthousiasme de sa patronne. Toutes deux regardaient avec émerveillement, écoutaient avec attention, subjuguées par les couleurs et les bruits qui s'offraient à elles.

Juliette avait demandé à Salomé si elle ne voudrait pas apprendre à conduire. La jeune Noire y pensait. L'Aveyronnaise lui proposa de prendre le 4X4 et d'aller dans les chemins pour commencer à se familiariser avec le volant. Après les premiers balbutiements, la Tchadienne parvint à se débrouiller honorablement. Elles se rendirent ensuite dans une auto-école à Saint-Affrique pour prendre rendez-vous en juillet, où elle aurait plus de temps libre.

Un matin, Juliette était descendue à Saint-Beaulize pour faire quelques courses, et notamment acheter de la farine pour le pain. Alors qu'elle remontait, à hauteur de Ventalou, Gaston Bouguayroux surgit et lui fit signe de s'arrêter. Elle s'exécuta de mauvaise grâce.

— Madame Cieurac, vous n'avez pas répondu à ma lettre, commença-t-il en s'approchant de la voiture, souriant. Vous avez bien cinq minutes. Je vous offre un café…

Juliette ne s'attendait pas à pareille invitation. Prise de court, elle ne sut trop que répondre. Connaissant l'individu, elle craignait qu'un mot ne soit mal compris et ne déclenche ses foudres. Elle l'observait à la dérobeé. C'était vrai qu'il avait changé. Il avait maigri et son visage, rasé de frais, n'affichait plus ce teint rougeaud qu'elle lui avait connu.

— En effet, finit-elle par lâcher, mais moi… je n'ai rien à vous proposer. Et puis, là, je n'ai pas le temps. Je dois pétrir pour cuire le pain… et je suis très occupée au mas…

— Oui, je m'en doute, concéda-t-il en posant sa grosse main velue sur le rebord de la portière, mais, justement, je pensais qu'on pourrait s'aider… travailler ensemble, par exemple. Comme ça, vous pourriez élever moins de brebis. Ce serait moins contraignant, moins pénible. Et puis, avec les deux fermes, on augmenterait les revenus. Ça vous soulagerait pour rembourser votre crédit, parce que je suppose que vous avez dû beaucoup emprunter avec tous les travaux que vous avez entrepris. Moi, avec la propriété, j'ai largement de quoi vivre. Et j'ai du foin en trop. Vous pourriez en profiter, plutôt que de l'acheter. Le seul investissement que je vais devoir faire, c'est la réparation de la maison. Il y en a besoin, dehors comme dedans. Alors… si on travaillait ensemble, plutôt que de mettre de l'argent ici… on pourrait envisager autre chose… A tous les deux, on y arriverait. Et puis, vous n'auriez plus besoin de garder votre employée, elle aussi doit vous coûter cher. Qu'est-ce que vous en dites ? finit-il, serein, ses gros yeux globuleux qui sautaient du visage à la poitrine de l'Aveyronnaise sans la moindre discrétion.

Juliette, assise sur son siège, serrait son volant à deux mains. Elle avait écouté son discours, médusée ! Et maintenant elle n'avait qu'une envie, celle de fuir, de ne plus voir ce visage qu'elle détestait. Jamais elle n'aurait imaginé autant d'audace, autant de sans-gêne, d'impertinence même. Le souvenir de leur rencontre brutale en août dernier resurgissait et ne le lui rendait que plus odieux. Mais qu'espérait-il ? Qu'elle accepterait ce rustre chez elle… dans son lit, puisque, à mots à peine voilés, c'était ce qu'il lui avait laissé entendre ?

— Monsieur Bouguayroux, lâcha-t-elle après avoir repris ses esprits, je me sens très bien chez moi comme je suis. J'ai beaucoup de travail, mais, quand j'ai décidé de faire ce métier d'éleveuse, je savais à quoi m'en tenir. Même si cela ne vous regarde pas, sachez que je n'ai pas fait de crédit pour payer mes travaux. J'avais mis suffisamment d'argent de côté. Quant aux hommes, mon mari me trompait et nous avons divorcé. C'est pour cette raison que j'ai quitté Rambouillet et que je suis revenue dans l'Aveyron. Mais, ça, vous devez le savoir. Les nouvelles se répandent vite, à la campagne ! Alors, je n'ai pas l'intention de reprendre un compagnon. Et puis, on s'entend très bien avec Salomé.

— Oui, justement, coupa-t-il, une lueur triomphante dans les yeux, vous savez ce qui se raconte en bas, au village ? Que vous et… cette Noire, vous… vous… enfin… vous couchez ensemble !

— Ah ah ! s'esclaffa Juliette, c'est vrai que deux femmes seules, deux femmes qui ne sont pas d'ici, dans une ferme isolée, ça doit faire jaser. Et quand bien même !

Elle ne le quittait pas du regard et perçut un tressaillement frénétique à la révélation de ce sous-entendu pervers, dont elle savoura sur-le-champ l'effet euphorisant. Les yeux de Bouguayroux s'écarquillèrent, brillants, le visage s'éclaira, gagné par l'excitation. Déjà, il devait projeter quelque scénario torride ! Mais elle ne lui laissa pas le loisir de savourer ce fantasme à peine éclos et reprit, le tirant brutalement de sa méditation lubrique.

— Ce genre de racontars me laisse complètement indifférente. Les commérages sont le trait de ceux qui s'ennuient chez eux ou qui rêvent tout éveillés. Ceux-là devraient s'inquiéter de ce qui se passe dans leur foyer, plutôt que de se préoccuper de la vie des autres. Et on ne dit pas que Salomé est mon esclave, par hasard ? Parce que, une négresse, comme ces demeurés nomment les Noirs, ça doit en obséder certains… et en faire délirer d'autres ! Je suis désolée, monsieur Bouguayroux, mais je dois y aller. Je suis très en retard.

Elle démarra sans plus attendre, l'abandonnant, penaud, les bras ballants.

Dès son arrivée au mas, elle s'empressa de conter sa rencontre à Salomé. Les mains dans le pétrin, elles riaient encore de la tête de Bouguayroux !

— Mais toi, si tu cherches un compagnon, en voilà un de tout trouvé ! ajouta Juliette avec malice.

— Eh bien ! s'exclama la jeune Noire, si c'est tout ce que tu as à me proposer, je préfère rester célibataire !

Juliette était quand même intriguée par la démarche de Bouguayroux. Elle appela Pascale. Après avoir bavardé un moment, elle posa la question qui la démangeait.

— A Saint-Beaulize, mentit-elle d'un un ton détaché, j'ai entendu dire que le père de ton copain ne roulait pas sur l'or. Olivier t'en a parlé ?

— Je ne sais pas trop, répondit sa fille, mais ça ne m'étonnerait pas. En tout cas, il ne verse pas la pension alimentaire à sa mère et Olivier n'a jamais une pièce quand il va le voir.

C'était donc ça ! Une manœuvre qui aurait pu se révéler habile et bénéfique pour l'agriculteur sans scrupules de la ferme de Ventalou !

— Eh bien, il ne manque pas de culot ! dit Juliette à Salomé après lui avoir confirmé que ses soupçons étaient fondés. Quelle aubaine pour lui si j'avais accepté son marchandage. Mais il s'est vu, ce goujat ! Et quand je pense que c'est avec son fils que traîne ma fille ! Ooh !

Le projet de Carole prenait forme. Michel avait trouvé un local adapté à la création d'un cabinet d'assurances, moyennant quelques réparations et aménagements. Elle était venue à Millau de façon à finaliser l'achat et rencontrer les artisans avec qui le frère de Juliette avait pris rendez-vous pour établir les devis des modifications à effectuer. A l'idée de savoir que sa compagne allait bientôt le rejoindre, il était aux anges. Dès qu'il eut reçu les propositions, il fit le point par téléphone avec Carole et déclencha les travaux, qui devaient être achevés fin juin.

Lorsque Juliette avait annoncé à son PDG qu'elle allait quitter la banque pour partir élever des brebis sur le Larzac, celui-ci n'avait pu dissimuler une immense surprise. Il ne comprenait pas un tel revirement. L'Aveyronnaise lui avait alors proposé de venir au mas lorsqu'elle serait installée.

Elle l'avait donc appelé fin mars et il avait convenu de lui rendre visite pour le week-end de Pentecôte.

Lui et son épouse arrivèrent en fin d'après-midi le vendredi. Juliette les logea dans l'un des appartements de l'étage. La soirée se passa à bavarder autour de la table.

Le lendemain matin, ils se retrouvèrent après la traite. L'éleveuse leur fit les honneurs du mas, puis elle les entraîna visiter ses installations avant d'aller flâner sur le plateau. C'était un monde totalement nouveau pour eux. Ils étaient stupéfaits et admiratifs en découvrant ce qu'avait réalisé l'ancienne banquière, ce que confirma le PDG.

— Je me souviens que, lors de notre entretien, vous m'aviez parlé de concret et d'abstrait. Je comprends mieux maintenant. Nous ne pouvons que vous féliciter. Et puis, vivre dans ce magnifique cadre, quel bonheur ! Vous devez être moins sur les nerfs.

— Oh, ça oui ! répondit Juliette en riant, et j'ai même un peu de temps libre…

Ils repartirent le lundi après le déjeuner, non sans s'être confondus en remerciements.

— Et, si vous voulez revenir, ce sera avec plaisir, ajouta l'Aveyronnaise.

— Oui, fit-il, songeur, mais, hélas, avec notre vie de fous, nous ne sommes pas comme vous, nous n'avons pas beaucoup de temps…

Dès le lendemain, Juliette et Salomé s'attaquèrent à la tonte des brebis. Même si, au cours de leur stage en entreprise, les deux éleveuses avaient participé à cette opération, elles débutèrent avec une certaine appréhension. La nuit précédente, Juliette avait mis la ventilation de la bergerie au minimum, de façon à faire transpirer les bêtes. Ainsi, la tonte était plus aisée.

Elles se relayèrent, l'une tenant les brebis, l'autre maniant la tondeuse. Et, après quelques gestes gauches, la main devint plus sûre et la tonte se déroula sans encombre, avec des rires complices qui ponctuaient d'inévitables ratés.

Nous étions le dimanche 21 mai 1978. Le soir, après le repas, sans autre explication, Juliette brandit une bouteille de champagne sous le nez de la Tchadienne.

— Salomé, dit-elle, voilà un an que je suis au mas. Je pense que j'avais été un peu présomptueuse de vouloir m'installer ici toute seule. Mais le destin en a décidé autrement. Je suis heureuse que tu sois là…

— Oui, je comprends, Juliette, mais tu ne peux pas être plus heureuse que moi. Je vis… enfin ! Ici, je me sens utile… et on est tellement bien sur le Larzac…

— Ah, ça oui ! Allez, on va fêter ça !

Le bouchon sauta, les coupes s'emplirent et se vidèrent au fil de la soirée, tant et si bien qu'un peu plus tard les deux femmes riaient à tout propos, sous l'œil interrogatif de Cigale qui se demandait certainement ce qui pouvait amuser autant sa patronne et son aide. Quelques caresses, accompagnées de biscuits avalés goulûment, la rassurèrent…

Lorsque, en début d'année, Juliette avait téléphoné à André et Gisèle Meyrand, les parents de Bernard, pour leur présenter ses vœux, elle les avait invités au mas. Elle les avait donc rappelés. Ils étaient venus plusieurs fois en vacances à Millau, à l'époque où Juliette et Bernard s'étaient connus, mais ils n'avaient pas remis les pieds dans la région depuis quelques années.

Ils arrivèrent par un jour ensoleillé de début juin. L'Aveyronnaise les accueillit à bras ouverts et leur présenta Salomé. Elle leur fit faire le tour de la propriété. Ils furent ébahis par ce que leur ex-belle-fille, qu'ils considéraient toujours comme leur fille, avait réalisé. Ils découvrirent, avec étonnement et intérêt, le nouveau métier de Juliette et la félicitèrent pour son courage et son dynamisme. Ils repartirent après une semaine, enchantés par leur séjour et promettant de revenir l'année suivante.

L'Aveyronnaise avait proposé à Salomé de visiter fromagerie et caves. La Tchadienne avait dit oui sans hésiter. Elles se rendirent à Saint-Affrique, puis à Roquefort. La jeune Noire écouta avec attention les explications du chef de fabrication à la fromagerie, puis celles du maître affineur dans les caves. A leur sortie, elle confia à Juliette :

— Maintenant, le roquefort n'a plus de secret pour moi. C'est formidable de connaître toute cette chaîne dont nous sommes les premiers maillons. Avec ça, on ne peut qu'être encore plus sérieux et motivé dans son travail…

Comme sa sœur l'avait fait un an plus tôt, Pascale prenait des cours de conduite et préparait le bac qu'elle décrocha avec mention. Après avoir, elle aussi, passé avec succès le concours d'entrée à l'école normale, à la rentrée, elle allait rejoindre Mélanie à Montpellier. Toute la famille fut aussitôt prévenue. Elle avait également téléphoné à son père.

La mi-juin était la période de la lutte, c'est-à-dire le moment où les brebis sont en chaleur. A cette époque, la majorité des éleveurs possédaient des béliers et la reproduction s'effectuait par monte naturelle. Mais l'insémination artificielle commençait aussi à être pratiquée. Juliette ne voulait pas s'embarrasser avec des mâles et elle opta pour l'insémination. Seules, les cinquante jeunes agnelles, pas encore suffisamment formées, attendraient un mois de plus. Les premières naissances étaient ainsi décalées vers la mi-décembre.

Au mas, la piscine fut achevée dans les temps. Les deux femmes, ravies, allaient pouvoir goûter aux joies de l'eau.

Carole était arrivée à Millau fin juin pour aménager son cabinet, confiant pour quelque temps ses deux fils à ses parents. Michel était radieux. Son amie venait de le rejoindre et il avait décroché le poste de responsable des achats dans la grande surface de bricolage où il travaillait depuis maintenant un an et demi.

Le samedi 1er juillet, jour d'ouverture, Carole avait lancé des invitations pour l'inauguration. Personnalités, direction régionale du groupe d'assurances, la famille Cieurac ainsi qu'amis et connaissances se pressaient dans le bureau. Juliette et Salomé étaient de la fête en ce milieu d'après-midi. Peu avant qu'elles repartent, vers seize heures, car la traite les attendait, Pascale apparut, en compagnie d'Olivier. Elle embrassa sa mère. Il lui serra la main timidement, le feu aux joues. Carole, qui passait à proximité, salua la fille de son amie et le jeune homme, remarquant son trouble. Les deux éleveuses bavardèrent quelques instants, puis s'excusèrent et reprirent la route du mas.

Juliette avait invité toute la famille au mas le lendemain dimanche. A l'arrivée de ses filles, elle remarqua l'air morose de Pascale. Elle s'en inquiéta dès que toutes deux se retrouvèrent seules.

— ... C'est... Olivier, finit par lâcher la cadette d'une voix désabusée, il vient de me laisser tomber...

— Ah ! Et depuis quand ? Vous étiez pourtant ensemble à l'inauguration de Carole, hier...

— Oui, souffla tristement Pascale.

— Oh, ce n'est pas bien grave ! lâcha sa mère, jubilant intérieurement. Je t'avais déjà dit qu'il ne m'inspirait pas confiance, ce gamin. Tu en trouveras un autre, jolie comme tu es, poursuivit-elle en la flattant pour lui remonter le moral. Ce ne sont pas les garçons sérieux qui manquent... Et c'est donc lui qui a rompu ?

— Oui ! répondit Pascale, confuse, parce que... parce que je n'ai pas voulu coucher avec lui... Hier soir, après l'inauguration de Carole, il m'a raccompagnée à l'appartement. Il paraissait bizarre, excité… Il m'a proposé… J'ai refusé… il a insisté… plusieurs fois. Je n'étais pas très rassurée, mais j'ai tenu bon. Il m'a traitée de gamine et il est parti, en colère, en me disant que c'était fini tous les deux… et voilà…

— Tu as bien fait, ma chérie ! C'est un goujat, un coléreux, un vicieux, comme son père ! Moi aussi, je lui avais trouvé une attitude curieuse, hier… quand il m'a vue…

— Et tu sais ce qu'il a ajouté avant de s'en aller ? Que l'été dernier il avait connu une femme de trente-sept ans et qu'il avait fait l'amour avec elle pendant tout le mois d'août…

— Hein ? s'écria sa mère aux abois, c'est… ce… il t'a raconté ça ? Et… et c'est… c'est tout… ce qu'il t'a dit ?

— Ben… oui, maman ! Pourquoi ? Il n'allait quand même pas entrer dans les détails ! Il m'a juste précisé qu'elle, au moins, elle n'avait pas refusé… qu'elle avait de l'expérience… et qu'elle était très belle !

— Ah ! c'est déjà ça ! lâcha Juliette avec un pincement au cœur, avant de se ressaisir comme la mère digne qu'elle devait paraître. Quand même, quel cochon ! Aller raconter de telles choses ! Et puis… ce n'est certainement pas vrai, mais les adolescents comme lui se vantent souvent de prouesses accomplies avec des femmes mûres. Une femme… comme moi… par exemple… ça les fait fantasmer. Et puis, auprès d'une jeune fille comme toi, ça fait bien, ça fait homme ! Oublie-le, Pascale. Ne te rends pas triste pour un énergumène pareil…

— Oui, tu as raison, maman, mais il faut un peu de temps… Tu en sais quelque chose… Et puis, c'est quand même difficile d'être larguée parce qu'on veut rester sérieuse. Il m'a dit qu'il allait revenir la voir, qu'elle ne le repousserait pas, elle ! Eh bien, qu'il aille la retrouver, sa salope !

— Que… Quoi ? s'étrangla Juliette, livide, l'estomac noué, laissant échappert le couteau qu'elle avait en main.

Elle réalisa aussitôt que ce cri, jailli du cœur et qui trahissait un émoi profond, ce cri, qui aurait voulu être de haine, mais conservait un soupçon d'amour, était malvenu, ridicule, déplacé. Elle devait absolument maîtriser ses émotions, ne pas laisser transparaître un quelconque doute, au risque d'alerter sa fille. Elle essaya, tant bien que mal, de reprendre ses esprits et de retrouver une attitude normale. Elle posa ses mains tremblantes sur la table, respira profondément, avala sa salive. Inquiète, elle observait subrepticement l'attitude de Pascale, mais celle-ci n'avait pas cillé aux propos de sa mère. Juliette s'efforçait d'afficher un sourire banal et cherchait les mots propres à donner le change.

— Enfin, reprit-elle pour tenter d'effacer sa bévue, qu'il fasse ce qu'il voudra, cet idiot. Mais, même s'il a couché avec une femme l'an dernier, ce n'est pas dit qu'elle souhaite le revoir. Et puis, ce n'est pas forcément une traînée. Pour elle, c'était… c'était… une aventure de vacances, peut-être… rien d'autre… Enfin, il a attendu que tu aies passé le bac pour te quitter, sinon tu aurais été tellement perturbée que tu aurais pu échouer. Et puis, à la rentrée, tu vas partir à Montpellier et tu trouveras un autre amoureux… un jeune homme bien…

Mais Pascale n'écoutait déjà plus les propos de Juliette. Désormais, Olivier pouvait bien faire ce qu'il voulait, elle s'en moquait éperdument ! Elle haussa dédaigneusement les épaules et retourna bavarder avec les autres, laissant sa mère perdue dans ses pensées. « Eh bien ! maugréa-t-elle en soupirant, heureusement qu'il n'a pas raconté plus de détails, ce crétin ! J'aurais été dans de beaux draps. Et qu'il ne s'avise pas de venir me relancer. Il sera servi ! Mais… il n'osera pas… Non… il n'osera pas… C'était juste pour faire le beau ! »

Carole apparut, souriante. Pour elle, tout allait bien. Un ami, un travail, elle était loin des préoccupations de son amie.

— Juliette, fit-elle, ton jeune amant de l'été dernier, ce n'était pas Olivier, le copain de Pascale, par hasard ?

— Hein ? s'exclama l'Aveyronnaise, mais… mais…

— Juliette, je n'ai pas à m'immiscer dans ta vie privée, mais j'ai remarqué la façon insistante dont il te dévisageait hier, à l'inauguration. Son trouble en disait long… Il n'avait pas l'attitude de l'adolescent qui rencontre la mère de son amie, il te dévorait des yeux, il te déshabillait du regard… mais je ne te demande rien. Je n'ai pas à juger… simplement, c'était tellement flagrant que je n'ai pas pu m'empêcher de t'en parler…

— Oui, soupira tristement Juliette, en effet… c'était lui. Une belle histoire, un bel été, mais…

Elle rapporta à Carole ce que sa fille venait de lui révéler.

— Je suis heureuse qu'il ait rompu, poursuivit-elle. Quant à moi, je n'ai pas l'intention d'avoir une nouvelle relation avec lui. Mais, s'il remettait les pieds ici, je devrais faire très attention à ce que je lui dirais. Mon refus, et surtout la façon dont je l'exprimerais, pourrait l'inciter à se venger, à aller mettre Pascale au courant de notre liaison. Tu imagines ? Je passerais pour quoi, aux yeux de ma fille ?

Carole était embarrassée par les confidences de son amie. Elle tenta de la rassurer de son mieux, lui conseillant d'oublier cette aventure.

— Et puis, c'est un gamin, il n'osera pas venir te relancer, assura-t-elle. Il se doute bien que Pascale t'a tout raconté…

Après le repas, les uns restèrent au frais dans la maison, tandis que les autres s'adonnaient aux joies de l'eau dans la piscine.

XIII

Courant juillet 1978, Juliette reçut un appel de Bernard.

— Du fait que Mélanie et Pascale vont maintenant être à Montpellier, j'ai acheté deux appartements voisins dans une résidence, un pour chacune. D'après l'agence, ce n'est pas très loin de l'école normale. Comme ça, il n'y aura plus de loyer à payer. Il faudra qu'elles me rejoignent le jour où je vais y descendre pour tout régulariser. Je les fais mettre à leur nom. Lorsqu'elles auront terminé leurs études, si elles ne sont pas nommées sur place, elles pourront toujours les louer.

Juliette accueillit cette nouvelle avec joie.

— Et toi, poursuivit-il, comment vas-tu ? L'élevage ? Tu t'en sors bien avec les brebis ? Tu es satisfaite ?

— Oh oui ! assura-t-elle, joviale, je suis très contente. C'est un travail prenant, mais je l'ai choisi en connaissance de cause, et puis, ici, dans l'Aveyron, je suis chez moi.

— Et les filles m'ont dit que tu avais une employée, une Noire. Tu… tu vis… avec elle ?

— Euh… Ma vie privée ne te concerne pas, que je sache ! lança-t-elle dans un éclat de rire amusé, après avoir volontairement hésité, puis bégayé, histoire de laisser planer le doute dans l'esprit de son ex-mari.

Satisfaite de sa répartie, Juliette le salua et raccrocha. Elle avait senti une pointe de déception dans les derniers propos de Bernard. Il aurait certainement aimé qu'elle l'interroge sur son travail, sur son existence. Mais elle n'en avait que faire !

La campagne de lait s'achevait à la mi-juillet. Etienne Desmeaux, l'un des deux ouvriers chargés du ramassage, qui partait à la retraite, fit ses adieux aux éleveuses.

Un après-midi, les deux femmes se prélassaient au bord de la piscine en compagnie de Cigale qui somnolait en poussant de petits gémissements, rêvant sans doute à une brebis récalcitrante qu'elle ramenait vers le troupeau. Soudain, la chienne se dressa d'un bond et se mit à aboyer en direction du chemin, museau en l'air, crinière au vent. Sa maîtresse sursauta et lui ordonna de se taire. Mais, intriguée, elle se leva, de même que Salomé, au moment où apparaissait la silhouette trapue de Gaston Bouguayroux. Au premier regard, Juliette comprit que sa période de sobriété était passée. La figure était rouge, la bedaine tendue.

— Mais qu'est-ce qu'il vient faire ? souffla-t-elle à mi-voix, intriguée, en s'adressant à Salomé.

L'inquiétude se mit à la tenailler. « Et si son fils est allé lui raconter notre liaison pour se venger de Pascale ? Ça va encore mal finir ! »

— Je passais par là, lâcha-t-il, peu convaincant, alors je me suis dit que ce serait malpoli de ne pas m'arrêter pour vous dire bonjour… Et puis, je voulais aussi vous demander si vous n'aviez pas changé d'avis par rapport à ce que je vous avais proposé au printemps… Avec le temps, on peut réfléchir et… des fois que vous n'auriez pas osé m'en parler…

Il transpirait à grosses gouttes sous le soleil et haletait bruyamment, passant sa langue râpeuse violacée sur ses lèvres boursouflées. Les yeux globuleux allaient de l'une à l'autre, caressant, sans la moindre pudeur, les corps brillants d'un regard lubrique.

— Mais… vous parler de quoi, monsieur Bouguayroux ? demanda naïvement Juliette.

— Eh bien, d'associer nos deux fermes, plus de rentabilité, moins de travail… et puis, c'est vrai qu'à Ventalou j'ai des réparations à faire. Comme ça, je pourrais les éviter. Encore des économies…

— Monsieur Bouguayroux, reprit Juliette, bras croisés, s'efforçant de conserver son calme, je vous ai déjà dit ce qu'il en était. C'est hors de question !

Un éclair de haine traversa les yeux exorbités.

— Ah bon ! s'exclama-t-il en relevant la tête, feignant la surprise, et pourquoi ?

— Monsieur Bouguayroux, je suis chez moi et je n'ai pas à justifier mes choix. Sachez quand même que ma ferme me rapporte suffisamment pour bien vivre. Quant aux hommes, je vous ai déjà fait savoir qu'ils ne me manquaient pas…

— Ah oui ! grommela-t-il, revenant à la charge avec un rictus dédaigneux, se contenant de plus en plus difficilement, c'est ça, vous me toisez. Parce que vous avez quatre sous, vous vous prenez pour une reine. Pourtant, en agriculture, je pourrais vous en montrer. Eh bien, ça m'apprendra à être venu vous déneiger. Et puis… les hommes… Oueh ! Vous préférez vous vautrer avec… avec l'autre, là, fit-il en désignant Salomé d'un mouvement de tête méprisant. Ah ah ! c'est du propre tout ça ! A Saint-Beaulize, ils ont bien raison de dire qu'il se passe de drôles de choses au mas Saint-Clair ! Et on ne sait peut-être pas tout !

— Monsieur Bouguayroux, j'en ai assez de vos allusions déplacées et de vos commentaires fielleux ! asséna Juliette, excédée. Quoi qu'il se passe ici, personne n'en sait rien, alors, continuez à inventer… mais ça doit vous faire fantasmer, non, gros cochon ? Ensuite, je ne vous ai jamais demandé de venir déneiger, j'ai proposé de vous dédommager et vous avez refusé. Je vous ai offert du vin en remerciement. Pour ce qui est des fermes, je sais pour quelle raison une association vous intéresse tant : vous n'avez pas un sou… même pas de quoi payer la pension alimentaire à votre ex-épouse, ni donner un peu d'argent de poche à votre fils ! Vous dilapidez vos maigres revenus à acheter du mauvais vin. Vous vous êtes regardé ? Vous êtes laid, gros, dégoûtant, ivrogne ! Alors, si un jour je dois refaire ma vie, ce sera avec un homme, pas avec un porc ! Maintenant, disparaissez, je vous ai assez vu ! intima-t-elle en désignant le chemin d'un geste impérieux, le visage cramoisi.

Les yeux révulsés, les lèvres tremblantes de rage, les poings serrés, il suait, soufflait, bavait, trépignait. Juliette était aux aguets. Elle s'était placée de telle sorte que, s'il tentait de se jeter sur elle, une esquive adroite enverrait le malotru tout droit dans la piscine !

Mais l'empoignade qui les avait opposés dans la maison un an auparavant le dissuada certainement.

— Jamais personne ne m'a insulté comme ça ! grogna-t-il avec un rictus mauvais, même pas ma femme…

— Ah ah ! Peut-être, s'esclaffa Juliette, mais elle vous a quitté… et je la comprends !

— Et alors ? Ça ne vous regarde pas ! Ce sont mes affaires ! Bon ! Je m'en vais, décréta-t-il enfin, résigné, au grand soulagement des deux femmes, mais… vous me le paierez, nom de Dieu ! Vous me le paierez !

Il tourna les talons et s'éloigna aussitôt. Les deux éleveuses l'observèrent qui dévalait la pente en pestant, la démarche pataude. Elles demeurèrent un moment sans voix. Puis elles éclatèrent de rire. Mais le rire de Juliette était nerveux.

— Je devais le remettre à sa place, mais il m'a tellement agacée que je n'ai vraiment pas été tendre, confia-t-elle à Salomé, et maintenant je crains qu'il cherche à se venger.

— Oh ! rétorqua la Tchadienne, je ne crois pas. Il n'est pas assez courageux. Mais qu'est-ce qu'il a voulu insinuer en parlant de nous deux ?

— Eh bien, répondit Juliette, au village, certains disent qu'on vit ensemble… en couple… mais je me demande si ce n'est pas lui qui a répandu cette rumeur…

— Ah bon ! s'exclama Salomé. Qu'est-ce qu'ils s'imaginent ? Mais, quand on va faire les courses, on pourrait se tenir par la main, avoir des attitudes provocantes… leur donner l'impression que ce qu'ils racontent est vrai…

— Tu crois ? Tu aurais envie ? s'inquiéta Juliette, reprise par ses démons, en caressant des yeux le corps désirable de la jeune Noire.

— Euh... oui... enfin... bredouilla-t-elle, prise au dépourvu, juste comme ça... pour s'amuser...

Juliette avala sa déception. Elle se voyait déjà en train d'échanger de tendres caresses avec la Tchadienne. Celle-ci avait-elle deviné les fantasmes qui rongeaient sa patronne ? Dans le doute, l'Aveyronnaise préféra ne pas insister.

— Non, finit-elle par lâcher à contrecœur, je ne pense pas que ce soit une chose à faire. Peut-être que Bouguayroux exagère, mais il n'est pas impossible que quelques commères colportent ce genre de ragots. Ce n'est pas la peine de leur donner de quoi saliver !

La visite de son voisin irascible et la menace qu'il avait proférée après avoir été éconduit sans ménagement tourmentaient l'éleveuse. Elle eut une nuit agitée.

Le lendemain matin, tandis que Salomé s'affairait au ménage, elle avait mené le troupeau au pré, accompagnée par Cigale. En revenant, Juliette fit un détour par la piscine et poussa un cri. L'eau était d'une couleur marron. Des brindilles de paille étaient éparpillées à la surface et une odeur nauséabonde flottait dans l'air alentour. Atterrée, les yeux hagards, elle se mit à tourner autour du bassin pour essayer de déceler d'où provenait ce qui semblait être du purin. Pourtant, aucune canalisation d'évacuation ne passait à proximité. Juliette se pencha sur le pourtour du dallage pour tenter d'inspecter les parois, aussi minutieusement que le lui permettait le liquide opaque. Mais elle ne découvrit aucune fissure. Quelques traces brunes attirèrent son attention sur la castine juste devant le portail. Elle descendit jusqu'au chemin, mais ne découvrit rien d'autre.

— Le salaud ! s'écria-t-elle en brandissant le poing en direction de Ventalou. Je suis sûre que c'est un coup de ce porc de Bouguayroux... pour se venger de ce que je lui ai dit hier. Le salaud ! Le salaud ! répéta-t-elle, rouge de colère, le monstre ! Je vais... je vais l'étriper !

Elle rentra à pas pressés, maugréant et faisant de grands gestes. Sur ses talons, Cigale filait doux. Salomé s'inquiéta de voir Juliette dans une telle furie. Ne décolérant pas, elle raconta ce qu'elle venait de découvrir.

— On va devoir vider la piscine, pesta l'Aveyronnaise. J'espère que le liner ne sera pas abîmé. Après, il va falloir au moins deux semaines pour la remplir de nouveau. Avec le puits, on ne va pas pouvoir tirer beaucoup d'eau chaque jour. Priorité aux brebis ! Mais je veux en avoir le cœur net, je descends chez Bouguayroux.

Salomé essaya de l'en dissuader, mais en pure perte. Elle parvint juste à lui faire admettre qu'aller provoquer l'homme chez lui sans preuve était risqué.

— Oui, tu as raison, convint Juliette, mais je veux quand même vérifier s'il y a des traces de purin sur le chemin, parce que j'imagine qu'il a dû monter la tonne avec son tracteur, et, comme souvent les vannes fuient, je le verrai… ou je le sentirai ! Mais il est complètement fou, ce type !

La Tchadienne décida de l'accompagner pour calmer ses ardeurs en cas de besoin. Elles embarquèrent dans le 4X4 et filèrent sur la piste. Elles s'arrêtèrent à plusieurs reprises, mais ne décelèrent pas de traces suspectes, ni d'empreintes de roues de tracteur. Juliette s'interrogeait. Elle était plus que jamais décidée à aller demander des explications à Bouguayroux. S'il avait utilisé la tonne pendant la nuit, elle devait encore sentir mauvais. Une fois de plus, Salomé intervint.

— Tu crois peut-être qu'il va te recevoir à bras ouverts et te proposer une visite guidée, après ce que tu lui as dit hier ? Ah ! s'esclaffa-t-elle, il pourrait peut-être t'inviter dans sa chambre… et dans son lit !

— Salomé ! Non ! clama Juliette, horrifiée à l'idée de découvrir l'antre de celui qu'elle considérait désormais comme son ennemi intime.

— Il va nous chasser à coups de fourche ou lâcher son chien, poursuivit la Tchadienne, retrouvant son sérieux. Je te rappelle que tu n'as aucune preuve, Juliette…

— C'est vrai, admit l'éleveuse, mais qu'est-ce qu'il faut faire, alors ? Je ne peux pas laisser perpétrer de tels sabotages. Je vais… je vais porter plainte…

Elles filèrent jusqu'à la brigade de Cornus où un gendarme enregistra la déposition. Au retour, Juliette ralentit en passant devant la ferme de Ventalou. Des bidons en plastique étaient étalés au soleil.

— Voilà ! s'exclama-t-elle, il a transporté le purin avec ces bidons… dans le coffre de sa voiture… C'est pour ça qu'il n'y a pas de traces. Et il s'est empressé de les laver, le salaud !

Il serait difficile de prouver que le responsable de ce forfait était Bouguayroux. Entre deux invectives à l'adresse de l'agriculteur, une autre idée avait germé dans l'esprit de Juliette. Elle en fit part à Salomé. Après le déjeuner, elle prit le téléphone.

— Monsieur Bouguayroux, commença-t-elle, mielleuse, je voulais m'excuser pour les propos que j'ai tenus hier. Ils ont dépassé ma pensée. Vous ne méritez pas cette méchanceté. Pour me faire pardonner, je vous invite à venir cet après-midi avec nous à la piscine. On pourra parler amicalement… et se baigner. Avec ce temps caniculaire, c'est agréable de pouvoir se rafraîchir dans l'eau. On vous attend…

— Euh, c'est que… balbutia-t-il, pris au dépourvu, je… je ne sais pas nager… et puis… je… n'ai pas de maillot de bain… et… et je ne supporte pas le chlore. Il… me donne des allergies…

— Je n'ai pas traité l'eau depuis plusieurs jours, précisa Juliette. Le chlore s'est évaporé. Elle est pure comme si elle sortait de la source ! assura-t-elle, cynique. Mais, avec ce temps, les algues ne vont pas tarder à réapparaître. Demain, je devrai faire un traitement. Alors, si vous voulez en profiter, c'est aujourd'hui…

— Euh, non… vraiment, bredouilla-t-il, ne sachant comment se dépêtrer de ce piège. Non… merci, mais… je n'aime pas l'eau…

— C'est regrettable ! fit Juliette, sur un ton faussement désolé. Tant pis pour vous, c'était de bon cœur !

Elle raccrocha précipitamment.

— Qu'il n'aime pas l'eau, ça, je m'en étais déjà aperçue ! pesta-t-elle, la colère dans le regard. Mais il sait bien pourquoi il ne veut pas se montrer, l'animal ! Et je te promets qu'il y aurait plongé, dans la piscine parfumée au purin… avec son purin ! conclut-elle, l'œil mauvais, faisant de grands gestes face à Salomé qui ne put qu'éclater de rire.

Les gendarmes vinrent constater les dégâts. Ils s'arrêtèrent ensuite chez Bouguayroux qui les reçut en grommelant, s'offusquant des accusations proférées par sa voisine.

Dans la soirée, le téléphone sonna au mas Saint-Clair.

— C'est monsieur Bouguayroux, entendit Juliette au bout du fil. Les gendarmes sont passés à la maison cet après-midi et ils m'ont expliqué ce qui vous est arrivé. Merci de me les avoir envoyés. J'apprécie ! Mais c'est grave d'accuser les gens sans preuve comme vous l'avez fait. Vous mériteriez que je vous attaque pour diffamation ! Ah ! Tant que j'y pense, merci aussi pour l'invitation dans votre piscine ! Pour qui vous me prenez ? Même si je suis un paysan, je ne me baigne pas dans le purin. Et vous, vous êtes mesquine, vous êtes ignoble ! Mais je… mais je…

Il raccrocha bruyamment, se retenant de lâcher quelque parole bien sentie, avant que Juliette n'ait pu placer un mot. Et puis, que dire ? Elle se mit à tourner en rond en maugréant, persuadée que cette exaction resterait impunie.

— Demain, on videra la piscine, annonça-t-elle, résignée, à Salomé. Ça ne sert à rien d'attendre…

Le lendemain matin, elle ouvrit la vanne de vidange. Une fois le bassin vide, toutes deux frottèrent les parois pour achever d'enlever les traces marron qui subsistaient. Le remplissage put ensuite débuter, à raison de deux mètres cubes par jour, de façon à conserver de l'eau pour le troupeau et les besoins de la maison. En cet été sec, les lavognes disséminées dans les prés s'étaient asséchées depuis plusieurs semaines et Juliette ne pouvait compter que sur son puits. Elle devait donc éviter de trop le solliciter pour ne pas le tarir.

Dix jours après cet incident, même si la piscine n'était qu'à moitié pleine, les deux femmes pouvaient à nouveau barboter, pour leur plus grande joie, par les journées chaudes de fin juillet.

Cette chaleur devint rapidement étouffante. Un après-midi, le ciel se chargea de gros nuages noirs. A quatre heures et demie, Juliette, qui scrutait l'horizon, partit chercher les brebis et Pyrène en compagnie de Salomé, alors que l'ouest était zébré par les premiers éclairs que ponctuaient de lointains grondements sourds. Aidées de Cigale, qui avait compris le danger et courait en tous sens pour diriger les bêtes vers l'étable, elles ramenèrent le troupeau à la hâte. Elles n'avaient pas franchi la porte que les premières gouttes, grosses comme des médaillons, s'écrasaient sur le sol sec en soulevant la poussière. Le vent se levait et soufflait parfois violemment, faisant plier les frêles carcasses des arbustes. Elles éparpillèrent tant bien que mal un peu de fourrage dans les râteliers et gagnèrent la maison au pas de course, peu rassurées, avec Cigale sur les talons. La pluie tombait maintenant à verse et crépitait sur les tuiles.

L'orage éclata vers cinq heures. Un déluge d'eau et de grêle s'abattit sur le plateau, grondant sur le toit de la maison en un roulement ininterrompu. Les grêlons, portés par les rafales, venaient percuter les vitres avec force dans un bruit de mitraille. Les claquements secs s'intensifiaient et se rapprochaient. Les éclairs, de plus en plus éblouissants, illuminaient le séjour à intervalles réguliers. Juliette n'avait pas osé allumer la lumière. La pièce était tour à tour embrasée de mille feux ou plongée dans une pénombre qui projetait des ombres effrayantes. Cigale, la tête entre ses pattes, était tapie dans le cantou et levait un œil inquiet à chaque craquement. Dans le ciel couleur d'ébène se dessinaient les arabesques fulgurantes de la colère divine. La tempête se déchaînait. Elle balayait le plateau d'un souffle rageur et hurlait en s'engouffrant dans chaque interstice. Des feuilles hachées voletaient en tous sens, se collaient aux carreaux. Juliette regrettait de ne pas avoir fermé les volets. Elle tenta d'ouvrir une porte-fenêtre. Surprise par le souffle, elle faillit être projetée au sol et dut s'arc-bouter pour refermer, luttant de toutes ses forces contre cet ennemi titanesque mais invisible. Un paquet d'eau avait eu le temps de se répandre sur le carrelage, comme s'il avait été versé à seaux. Elle allait et venait, jetant de grands regards apeurés en tous sens, désarmée face à cette tornade. La nuit, une nuit de fin du monde, semblait s'abattre sur le mas. Elle voulut allumer la lumière, mais l'électricité ne fonctionnait plus. Elle se mit en quête de bougies et de lampes de poche. Quant à Salomé, assise dans un fauteuil, elle attendait patiemment que les éléments daignent enfin se calmer. Juliette revint et alluma plusieurs chandelles. Puis elle prit une cigarette, histoire de calmer son angoisse.

— Tu n'as pas peur ? demanda-t-elle.

— Oh ! fit la Tchadienne en haussant les épaules, là, on ne risque pas grand-chose. Les orages, chez moi, dans nos cases qui tenaient à peine debout, c'était bien pire. Et puis, on n'y peut rien. Il faut attendre que ça passe...

— Tu as raison, mais moi, je ne suis quand même pas rassurée. La foudre pourrait tomber sur la maison et, avant que les pompiers arrivent, tout aurait brûlé...

— Il ne faut pas penser à ça, rétorqua la jeune Noire en souriant.

Eclairs et tonnerre se déclenchaient en même temps, indiquant que l'orage était tout proche. Pendant une fraction de seconde qui parut durer une éternité, une boule de feu relia ciel et terre dans la vallée avec un fracas assourdissant, prolongé par l'écho. Quelques instants après, des flammes s'élevèrent autour d'un arbre qui venait d'être foudroyé.

Un peu plus tard, l'ire céleste sembla vouloir se calmer enfin. Les grondements s'espacèrent et la pluie ralentit. Un épais tapis blanc recouvrait le sol. Les deux femmes se hasardèrent au-dehors. Elles vérifièrent qu'aucune tuile n'était cassée ou manquante, puis elles montèrent à l'étable. Les brebis, la bouche pleine de foin, levèrent la tête lorsque la porte s'ouvrit. Apparemment, l'orage ne leur avait pas coupé l'appétit ! Pyrène, quant à elle, était nerveuse. Elle eut droit à quelques caresses et à quelques mots de réconfort.

— Les lavognes se seront remplies, dit Juliette en regagnant la maison. Dès demain, on pourra prendre un peu plus d'eau dans le puits pour la piscine.

— On peut même aller se baigner ! s'esclaffa Salomé.

Le ciel était toujours bas et noir. Quelques grondements se faisaient encore entendre au loin.

— Je vais préparer le souper tant qu'on y voit un peu, décréta Juliette, et puis, ça m'occupera.

Elle s'affairait dans la cuisine. Elle sursauta et poussa un cri. L'éclair venait d'illuminer la pièce d'une lumière aveuglante. Le claquement sec faisait vibrer les vitres et trembler le sol. Par la fenêtre, elle vit la boule de feu qui s'évanouissait au-delà de la piscine. Salomé accourut. Juliette, pâle, tremblante, qui avait expédié couteau et pomme de terre, haletait, appuyée sur le rebord de l'évier.

— Le... là... bredouilla-t-elle, terrifiée, il... est tombé là... derrière la piscine...

— Calme-toi, fit la Tchadienne, maintenant, c'est passé. L'essentiel, c'est qu'il ne soit pas tombé sur la maison ou sur la grange.

— Oui... oui, tu as raison, murmura l'Aveyronnaise en desserrant à peine les lèvres, mais quelle peur ! Heureusement que tu es là !

L'orage roula pendant une demi-heure, avant de se décider enfin à s'éloigner, au grand soulagement de l'éleveuse.

— J'espère que cette fois il ne va pas revenir, grogna-t-elle en mettant le nez dehors dans ce crépuscule précoce. Ce soir, dîner romantique, dîner aux chandelles ! se força-t-elle à plaisanter en constatant que l'électricité n'était toujours pas rétablie. Heureusement qu'en ce moment il n'y a pas de traite. Je me demande comment on aurait fait...

— On aurait trait à la main ! pouffa Salomé. Avec l'entraînement qu'on a, deux cent cinquante brebis, on y était au moins jusqu'à minuit !

— Oh non ! soupira Juliette, je préfère ne pas y penser !

Le lendemain matin, le soleil était radieux lorsqu'elles se levèrent. Les seules traces de l'orage se résumaient à quelques feuilles déchiquetées, disséminées sur le sol. En revenant d'amener les brebis au pré, elles allèrent vers l'endroit où Juliette avait vu tomber la foudre. A une centaine de mètres de la maison, elles découvrirent un cercle noir de trois mètres de diamètre. L'herbe était calcinée, des pierres étaient fracassées, de la terre était éparpillée, comme si un troupeau de sangliers était passé par là.

— Eh bien ! Il valait mieux ne pas être là ! s'exclama l'Aveyronnaise en frissonnant.

Elles descendirent ensuite jusqu'à la doline, là où se trouvait le jardin.

— Oh, mon Dieu ! s'écria Juliette.

La partie la plus basse baignait encore dans dix centimètres d'une eau rougeâtre sur laquelle flottaient des miettes de feuillage. Quant aux légumes, il n'en restait que des moignons. Pieds de tomates au sol ; haricots verts, carottes et pommes de terre hachés ; poireaux et oignons couchés ; salades disparues ; aubergines et concombres réduits en bouillie ; melons éventrés… le spectacle n'était que désolation.

— Oh, non ! gémit la propriétaire en se passant les mains devant la figure. Regarde ! Tout ça ! Tout ce travail pour rien… tout perdu. C'est… ce n'est pas possible… ce n'est pas juste…

— Juliette, je comprends ce que tu ressens. Ça fait toujours mal au cœur de perdre une récolte. Mais ce n'est pas dramatique…

— Mais… mais, bredouilla l'Aveyronnaise, tu… tu ne te rends pas compte ? Tout détruit !

— Juliette, encore une fois, je comprends que tu sois déçue…

— Déçue ? Le mot est faible !

— Tu crois que ça me fait plaisir de voir tout notre travail anéanti ? Ecoute-moi : il vaut quand même mieux ça que si la foudre avait tué la moitié du troupeau. Bien sûr, moi aussi j'étais heureuse de voir pousser les légumes… et de les savourer ! On y a beaucoup travaillé, mais on ne va pas mourir de faim pour ça. On trouvera de quoi manger au marché. Chez moi, les orages détruisent les récoltes, comme là. Et nous, on avait de quoi être tristes, parce que c'était une période de famine qui arrivait. C'était quand même plus grave…

— Oui… tu as raison, Salomé, nous, on trouvera de quoi se nourrir. C'est… c'est juste râlant de voir le travail de plusieurs mois fichu par terre, comme ça, en quelques minutes. J'ai encore des leçons d'humilité à recevoir de toi, petite Africaine !

Elle la prit par l'épaule et l'embrassa en riant, avant d'ajouter :

— On va boire le café, ça nous donnera du cœur à l'ouvrage…

L'éleveuse appela ses parents au Bousquet. Là-haut, ils n'avaient eu qu'une bonne pluie. Dans la matinée, EDF rétablit le courant et la vie reprit un cours normal…

A sa seconde tentative, Pascale venait de décrocher son permis de conduire.

Pour Carole, les débuts étaient satisfaisants. Même si la période estivale n'était pas la plus propice, elle avait déjà décroché plusieurs contrats d'assurance et la publicité faisait son œuvre. Elle et Michel montaient souvent passer le week-end au mas. Tous deux profitaient de la piscine. Carole sellait Pyrène et faisait des promenades sur le plateau.

— Juliette, j'ai un service à te demander, dit-elle un jour à l'éleveuse. J'aimerais acheter un cheval, mais…

— Tu voudrais que je le loge, coupa l'Aveyronnaise. Avec plaisir, comme ça, on pourra aller se balader toutes les deux.

— Mais… les frais : l'entretien, le foin, l'herbe, l'étable…

— Oh ! s'exclama Juliette, l'étable est assez grande. Le fourrage, il faudra estimer ce qu'un cheval peut manger et tu me paieras le prix que je l'achète. Quant à l'herbe, ce n'est pas une bête de plus qui va raser les prés. Pour l'entretien, parles-en à Salomé. Elle aime les chevaux, elle monte d'ailleurs Pyrène, et je suis sûre qu'elle sera contente de s'en occuper… et ça lui fera une petite pièce.

Carole présenta sa requête à la Tchadienne qui fut enchantée de l'aubaine. Et, quelques semaines plus tard, une deuxième jument, Océane, vint tenir compagnie à Pyrène.

XIV

L'automne 1978 était arrivé, teintant par petites touches les arbustes de roux et d'ocre. Certains matins, la vallée disparaissait sous un épais voile de brouillard que le soleil, lentement, patiemment, s'évertuait à effacer. Au mas, les brebis commençaient à avoir le ventre rond. Juliette et Salomé profitaient de leurs dernières semaines de tranquillité avant l'agnelage pour aller flâner dans les magasins à Millau ou rendre visite à Corinne et Alain au Bousquet.

Anna, Charles et Marie-Odette étaient repartis à Collioure. Lors de leur dernière visite au mas, Juliette avait cru discerner chez son aïeule un pincement au cœur inhabituel en la quittant.

— Je me demande, confia-t-elle à Salomé, si ma grand-mère n'aurait pas plaisir à venir habiter ici, avec nous. Je voulais le lui proposer, mais j'ai préféré t'en parler avant. Qu'est-ce que tu en penses ?

La Tchadienne la dévisagea, surprise.

— Juliette... que veux-tu que j'en pense ? Ta grand-mère est adorable. Elle a en même temps l'esprit jeune et la sagesse des gens de son âge. Jamais un mot désagréable ou une réflexion. Je l'apprécie beaucoup, et puis, si tu veux la recevoir, tu es chez toi, tu n'as pas à me demander mon avis...

— Oui, reprit l'éleveuse, elle aussi, elle t'aime bien... Mais... pour le logement, je ne sais pas si elle préférerait un des appartements à l'étage ou bien... ta chambre.

— Et alors ! s'exclama la jeune Noire, qu'importe ! Si elle vient, elle choisira. C'est vrai qu'à son âge le rez-de-chaussée serait peut-être plus adapté, mais elle est encore très alerte et, souviens-toi, au Noël dernier, elle a tenu à coucher à l'étage. Et moi, que ce soit en bas ou en haut, j'aurai toujours un lit.

Juliette était ravie. Elle appela ses parents, puis bavarda un moment avec sa grand-mère, avant de lui proposer de venir au mas.

— Oh, petite ! entendit-elle à l'autre bout du fil avec un trémolo dans la voix, je... je n'ai pas osé te le demander, mais... rien ne me ferait plus plaisir. Je n'ai jamais voulu faire de la peine à tes parents, mais ici, à Collioure, je ne suis pas dans mes murs. Moi, la mer... Et puis, comme ça, ils pourront se promener. A quatre-vingt-un ans, les voyages... Je suis un fardeau pour eux. Mais, dis-moi, Juliette, même si je suis très heureuse à l'idée d'habiter au mas, avec toi... et Salomé, je vais vous empoisonner la vie à être toute la journée entre vos jambes...

— Mémé, si je te propose de venir, c'est parce que je t'aime. La dernière fois où vous étiez là, j'ai vu dans tes yeux un éclair qui ne trompait pas. Je sais que c'est chez toi, ici. Et puis, tu pourras t'occuper des repas et nous faire profiter de tes recettes. Tu as tellement de choses à nous apprendre...

— Eh bien... j'essaierai... tant que j'ai un peu de mémoire ! Et Salomé, tu lui en as parlé ? Parce qu'elle est adorable, cette fille...

— Oui, mémé, et elle est ravie à l'idée de ta venue. Tu te charges d'annoncer la nouvelle aux parents... ou c'est moi ?

L'aïeule décréta qu'elle en faisait son affaire. Quelques jours plus tard, son gendre et sa fille l'amenaient au mas. En empoignant ses valises, elle affichait un sourire radieux, un sourire d'enfant devant un jouet le matin de Noël. Elle poussa un soupir d'aise en franchissant la porte.

Elle décida de loger à l'étage.

— Ce n'est pas comme si j'étais vieille, plaisanta-t-elle. Ça me fera de l'exercice de monter l'escalier, et vous, avec les va-et-vient pour les bêtes, vous serez plus tranquilles en bas. Et puis, comme ça, si je boude, vous ne le verrez pas !

Les trois femmes papotaient souvent, le soir, dans le cantou. Anna avait toujours un tricot en mains. Un pull, un cache-col, des chaussettes, occupaient ses soirées, quand elle ne s'installait pas devant la télévision.

— Vous mettrez ça dans vos bottes pour aller à l'étable et dans les prés. C'est plus chaud que vos bas en nylon. Ces trucs modernes, ça ne vaut rien ! décrétait-elle en regardant par-dessus ses lunettes, avec un petit sourire satisfait.

Salomé écoutait avec passion les histoires que racontait l'aïeule. Puis, à son tour, Anna questionnait la Tchadienne sur l'Afrique, en essayant d'imaginer ce lointain continent qu'elle ne connaissait pas, elle qui n'avait jamais quitté l'Aveyron que pour aller à Collioure. Elle tutoyait la Tchadienne qui l'appelait madame Combialet.

— Salomé, je n'aime pas que tu m'appelles madame, avait-elle dit. D'ailleurs, je ne suis pas une dame, je suis née paysanne, comme vous l'êtes, toi et la petite, aujourd'hui. Appelle-moi Anna, tout simplement.

— Euh... oui... mad... oui... Anna, avait bredouillé la jeune Noire.

Un après-midi, Juliette et Salomé avaient sellé Pyrène et Océane et elles étaient parties en promenade sur le plateau. Au retour, elles ramèneraient les brebis à l'étable. Lorsqu'elles arrivèrent à proximité du troupeau, l'éleveuse poussa un cri.

— Regarde ! s'écria-t-elle en désignant deux bêtes allongées à l'écart.

Elles approchèrent au galop et descendirent de leurs montures à la hâte. Deux mères, égorgées, gisaient dans un bain de sang. Juliette, pâle, les jambes tremblantes, tournait autour des cadavres en marmonnant. Salomé était muette, troublée elle aussi par cette vision.

— Ce n'est pas possible ! clama l'Aveyronnaise sous le coup de la colère. Il n'y a pourtant plus de loups ici...

Tête basse, sans un mot, elles ramenèrent le troupeau. Juliette annonça la nouvelle à sa grand-mère.

— Ça, ce sont des chiens errants, affirma-t-elle aussitôt.

Juliette appela la gendarmerie de Cornus pour signaler le forfait. La nuit tombait. Ils se rendraient sur les lieux le lendemain matin à la première heure pour faire le constat. Elle contacta également l'équarrisseur, de façon à ce qu'il procède ensuite à l'enlèvement des deux brebis.

Les gendarmes vinrent enquêter, mais, sur place, aucune trace ne permettait d'avancer la moindre hypothèse. Après avoir pris un café, ils quittèrent le mas.

— J'espère qu'ils ne vont pas recommencer, soupira l'éleveuse, morose. Si on doit veiller sur le troupeau toute la journée...

A sa seconde tentative, la Tchadienne, radieuse, avait obtenu son permis de conduire. Sa patronne lui avait laissé le volant pour remonter au mas.

Un soir, pour fêter ce succès, elle avait invité Anna et Juliette à Millau. Elle avait également donné rendez-vous à Michel et Carole pour dîner ensemble. Stéphane et Vincent, les enfants de celle-ci, avaient préféré rester à l'appartement devant la télévision. Sur le conseil de Michel, ils allèrent dans un restaurant dont le propriétaire avait changé depuis peu. Ils étaient seuls. La salle était habillée d'un décor bariolé aux couleurs vives, peu habituel dans la région. Une musique aux accents sud-américains flottait en sourdine. Les lumières tamisées dissipaient une ambiance feutrée. L'ensemble était original. Le patron les installa et revint leur proposer le menu. Juliette le dévisageait. Lui faisait de même.

— Je crois qu'on se connaît, finit-il par lâcher.

— Euh... oui, fit l'éleveuse en hésitant. Vous... vous étiez à l'école... au collège à Millau...

— Oui, confirma-t-il, et vous aussi... Vous n'êtes pas... Juliette... Juliette Cieurac ?

— En effet... et vous... ça y est ! Richard Castany. Quelle surprise !

Ils se tutoyèrent et chacun se mit à raconter son parcours. Après le collège, il était entré en apprentissage dans la restauration. Son diplôme en poche, il avait ensuite travaillé dans plusieurs établissements de la région. Puis il avait eu envie de changer d'horizon. Il était parti au Pérou en 1962. Là-bas, il avait d'abord bourlingué pour découvrir le pays, vivant de petits boulots, et il avait fait la connaissance d'orpailleurs qui gagnaient honorablement leur vie. Il s'était donc mis lui aussi à chercher le précieux métal. Mais, en 1963, le nouveau président avait entamé une expérience réformiste qui s'était vite heurtée à la guérilla. Le métier de chercheur d'or était alors devenu très risqué. Avec l'argent amassé, Richard avait acheté une petite plantation de café dans l'est du pays. En 1968, l'armée s'était emparée du pouvoir. La junte militaire avait lancé une réforme agraire, nationalisé la plupart des grandes exploitations et exproprié les entreprises étrangères. Le climat était devenu tendu. Richard était parvenu à vendre sa plantation et était parti s'installer sur la côte, dans le port de Trujillo, à cinq cent soixante kilomètres au nord de Lima, la capitale. Là, il avait acheté un restaurant. Il avait embauché une femme qui avait le même âge que lui. Elle avait un fils. Ils avaient vécu ensemble, discrètement et sans histoires. En 1975, le président avait été renversé et remplacé par un autre général. Des dissensions importantes avaient rapidement vu le jour au sein de la junte. En 1976, le régime s'était durci. Une politique d'austérité avait été mise en place. L'argent se faisait rare. Les affaires ne marchaient plus très bien. Richard commençait également à avoir la nostalgie de son pays. Il avait alors proposé à sa compagne de venir en France, mais elle avait refusé. Ils avaient tenu un an, mais, voyant qu'elle n'était toujours pas décidée à le suivre, il avait vendu le restaurant et était rentré en octobre 1977. Il avait cherché un établissement et avait imprégné celui-ci des couleurs et de l'ambiance du pays où il avait vécu pendant quinze ans.

Avant de repartir, Juliette félicita Richard pour l'originalité de son décor et la qualité de sa cuisine.

— Quelle coïncidence de se retrouver ainsi, avait-elle soufflé en riant, lors du retour au mas.

En évoquant ces retrouvailles, elle revivait son arrivée au collège. Richard, d'un an son aîné, avait alors accaparé ses regards et tous deux avaient échangé des billets doux innocents, transmis par une copine sûre. Quelques promenades main dans la main, deux ou trois caresses timides, avaient ponctué cette amourette d'adolescents. Mais, à cet âge-là, le caractère et le physique des filles et des garçons évoluaient rapidement, et chacun, avide de nouvelles découvertes, était parti voir ailleurs...

Nous étions dans la deuxième quinzaine de novembre et l'agnelage des deux cent quarante-huit mères occupait les jours et les nuits des deux éleveuses. Cinq agneaux ne survécurent pas et deux brebis ne purent être sauvées, malgré l'intervention rapide du vétérinaire, passablement sollicité par les éleveurs en cette période. La première mise bas des cinquante agnelles aurait lieu un mois plus tard.

Peu de temps après, André Gourant, l'employé qui alternait la collecte de lait avec son collègue Etienne Desmeaux, parti à la retraite en juillet, se présenta en compagnie de Loïc Montayras, un jeune remplaçant.

Il était midi passé et les trois femmes s'apprêtaient à passer à table. Juliette convia les deux hommes à partager leur repas. Ce jour-là, Anna avait fait un far levé accompagné de petit salé et de légumes et, comme elle ne lésinait pas sur les quantités, il y avait largement de quoi nourrir deux bouches de plus. Les deux employés acceptèrent l'invitation.

Le nouveau avait une trentaine d'années. Il était de taille moyenne, de corpulence athlétique, brun, le teint mat. Deux yeux bleus malicieux illuminaient un visage rond. Il paraissait plutôt réservé.

Pendant le repas, la conversation roula sur plusieurs sujets. Le jeune homme raconta qu'il était originaire de Rodez. Il avait passé son permis poids lourd et, après quelques balbutiements chez divers employeurs, il avait eu envie de voir du pays. Au hasard d'une offre d'emploi, il était parti chauffeur au Sénégal où il avait vécu huit ans, avant de revenir dans l'Aveyron pendant l'été. Il n'avait alors trouvé que des propositions pour les grandes lignes ou les transports internationaux et, comme il voulait essayer de se fixer, il souhaitait plutôt un travail qui lui permette de rentrer chez lui tous les soirs. Il était tombé par hasard sur l'annonce de l'entreprise de transport agroalimentaire de Roquefort et venait d'être embauché. Il avait loué un petit appartement à Saint-Affrique, et le moment était maintenant venu de se familiariser avec la tournée.

Salomé l'avait écouté, les yeux rêveurs. Quand il eut achevé son récit, elle lui dit qu'elle était tchadienne et, à son tour, conta son épopée, qui laissa le jeune homme béat.

— J'ai fait plusieurs voyages au Tchad, raconta-t-il, par le Mali et le Niger. Je connais N'Djamena, la capitale, et Sahr, au sud. Et je suis aussi allé une fois vers la frontière soudanaise. De Sahr, j'étais passé par Am Timam et Goz Beïda. De là, je devais remonter à Abéché. Mais j'avais dû faire un détour pour prendre une livraison de coton. Une piste pourrie, détrempée par des pluies diluviennes… Quelle expédition ! J'ai cru ne pas m'en sortir ! La ville s'appelait… Am… quelque chose… je ne me souviens plus…

— Am Dam ? souffla Salomé, le regardant, les yeux grands ouverts.

— Euh… oui, Am Dam, c'est ça !

— Ce n'est pas vrai ! s'exclama-t-elle en bondissant sur sa chaise. C'est chez moi ! J'habitais dans un village à côté. Quelle coïncidence ! Se retrouver comme ça, à des milliers de kilomètres…

— En effet, glissa-t-il, surpris à son tour. Et j'y étais resté deux jours, parce que, une fois le camion chargé, il n'avait pas voulu redémarrer… L'humidité. On avait dû bricoler, avec le garagiste. J'avais d'ailleurs mangé et dormi chez lui. Ce qui est extraordinaire là-bas, c'est l'accueil des gens. Ils n'ont rien… enfin, pas grand-chose, mais ils ne savent pas quoi faire pour vous être agréables. J'en garde un excellent souvenir.

— Oui, soupira Salomé, mais, en France aussi, il y a des gens qui ont le sens de l'accueil. Moi, si je n'avais pas eu Juliette… je ne sais pas où je serais, aujourd'hui…

Le repas achevé, les deux hommes félicitèrent la cuisinière et se remirent en route, après avoir remercié la maîtresse de maison et salué l'Africaine, leur donnant rendez-vous quelques jours plus tard pour la première tournée. Dès qu'ils eurent repris le chemin, la jeune Noire ne put s'empêcher de proclamer, prenant Juliette et Anna à témoin :

— Qu'est-ce qu'il est beau, ce garçon ! Vous... vous croyez qu'il a une amie ?

Puis, sans même attendre de réponse :

— Oui... Il ne peut pas être seul... Il est vraiment trop beau ! Poli, gentil... timide...

— Ah ah ! s'exclama Anna, on peut dire qu'il t'a tapé dans l'œil, celui-là !

Puis elle ajouta aussitôt, avec une pointe de malice, les yeux rieurs :

— Et je crois que c'est réciproque. Tu n'as pas vu comme il te regardait ? N'oublie pas de lui demander s'il vit seul quand il passera ramasser le lait !

— Oh... oh non, Anna, je n'oserai jamais... Ce serait déplacé...

— Bon, je vois ! lança l'aïeule en la prenant affectueusement par l'épaule, je m'en chargerai donc. Il se doutera bien que ce n'est pas moi qui suis intéressée !

— Oh, merci, Anna, je vous adore, fit Salomé en l'embrassant.

— Eh bien ! ironisa Juliette, tu vas créer une agence matrimoniale, mémé ? En tout cas, vous vous entendez bien, toutes les deux !

— Une agence, soupira l'aïeule avec amertume, oui, pour te chercher un homme, à toi aussi, parce que tu me fais de la peine, ma pauvre petite !

— Mémé, c'est que je n'ai pas encore trouvé le Prince Charmant, répondit Juliette, fataliste, et puis, je crois que je n'ai pas encore totalement digéré ma première expérience... et ici je n'ai guère le temps de penser aux hommes...

— Quand même ! bougonna sa grand-mère, dépitée.

Mi-décembre, les cinquante jeunes agnelles mirent bas, ce qui sollicita les deux éleveuses durant encore quelques nuits.

La fin de l'année arriva. Pour Noël, Carole avait emmené ses enfants et Michel chez ses parents, à Rambouillet. Entre les deux jours fériés, Mélanie et Pascale avaient rendu visite à leurs grands-parents paternels. Elles avaient également vu leur père, qui avait demandé des nouvelles de Juliette. Puis toute la famille fut réunie au mas pour fêter l'arrivée de 1979. Charles et Marie-Odette annoncèrent qu'ils allaient bientôt aller à la Réunion.

— Tu vois, fit Anna, une fois que tous eurent regagné leurs pénates, je savais que je leur pesais, que je les empêchais de faire des voyages. Ta mère aurait pu me le dire, mais c'est vrai qu'elle, elle ne se plaint jamais. Enfin ! Et puis, moi, je suis mieux ici. Et, comme ça, je n'embête pas toujours les mêmes !

— Mémé ! Arrête de dire des bêtises, pesta Juliette. C'est moi qui t'ai proposé de venir au mas. Toi non plus, tu n'aurais jamais osé me le demander. Tu nous donnes des cours de cuisine, tu nous racontes de belles histoires et tu nous fais de bons petits plats... D'ailleurs, il va falloir qu'on se mette au régime, parce qu'on ne rentrera plus dans les maillots de bain, cet été.

— Le régime ! s'exclama l'aïeule, les jeunes, vous n'avez que ce mot-là à la bouche ! Il vaut mieux faire envie que pitié ! Est-ce que je fais le régime, moi ?

— Non, mémé, mais tu n'es pas grosse... et nous, si on veut plaire aux hommes, il est préférable qu'on ne ressemble pas à des barriques.

Anna eut un sourire de circonstance et se contenta d'un haussement d'épaules évocateur. Cette petite-fille qu'elle adorait avait des avis bien tranchés. Elle était même parfois un peu têtue, comme sa grand-mère, et elle savait que c'était peine perdue que de vouloir la convaincre !

Le ramassage de lait avait commencé depuis Noël. La grand-mère de Juliette avait guetté la première apparition de Loïc Montayras et, d'un air détaché, avait engagé la conversation. L'éleveuse, devinant ses intentions, l'avait abandonnée avec lui. Après le départ du chauffeur, Anna était allée retrouver sa petite-fille et la Tchadienne.

— Salomé… j'ai parlé avec ton beau jeune homme, fit-elle, mystérieuse, la voix monocorde, le visage impassible, s'amusant du regard défaitiste de la jeune Noire.

— Ah ! ne put-elle que balbutier, pressentant une mauvaise nouvelle, et… et alors ?

— Alors ? Il est célibataire et il vit seul, annonça-t-elle avec un large sourire. A toi de jouer, ma fille !

— Oh, merci, Anna ! clama Salomé en sautant de joie, mais… mais… comment…

— Tu es donc si timide ? interrogea l'aïeule. Eh bien, je vais faire l'intermédiaire. Mais ce n'est quand même pas de mon âge, ces choses-là ! ajouta-t-elle comme pour se faire prier.

Sa petite-fille, qui la connaissait suffisamment, prit les devants.

— Mémé, intervint-elle dans un éclat de rire, l'agence matrimoniale, c'est toi ! C'est donc à toi de mener cette affaire à bien. Et puis, entre nous, ça te fait plutôt plaisir…

— Mmm, toi ! grommela-t-elle pour la forme.

— Oh, merci, Anna ! répéta Salomé, rayonnante, en s'avançant, les bras tendus, pour l'embrasser.

Il fut décidé de convier le jeune homme à déjeuner un jour où il ne travaillerait pas. La grand-mère se chargea donc de l'invitation. La timidité du chauffeur lui fit tout d'abord bredouiller un vague refus. Il ne voulait pas déranger. Mais l'idée de se retrouver face à la jeune Noire avait enflammé ses joues, ce qui n'avait pas échappé à Anna.

— Salomé aimerait évoquer de nouveau l'Afrique avec vous, avait-elle avancé. Quand on vient de si loin, comme elle, c'est toujours agréable de pouvoir parler avec quelqu'un qui connaît. Vous ne pouvez pas lui refuser ce plaisir…

Rendez-vous fut donc fixé. Il se présenta, gauche et bafouillant, et tendit en tremblant un bouquet à chacune des trois femmes. Ce ne fut qu'un cri, unanime !

— Il y a bien longtemps qu'un homme ne nous avait offert des fleurs ! Merci, Loïc.

Juliette avait laissé à sa grand-mère le soin de composer le menu. Le repas fut agréable, entrecoupé de conversations diverses et de longues évocations de l'Afrique qui déclenchaient tantôt des rires, tantôt des soupirs et des regrets. Les regards de Salomé et du jeune homme, placés face à face, se croisaient parfois furtivement, mais chacun replongeait aussitôt la tête dans son assiette.

— Je vais voir les brebis, glissa Juliette après le café. Ce matin, il y en avait une qui boitait. Tu m'accompagnes, mémé ?

L'aïeule avait compris. Elles se levèrent et laissèrent les deux jeunes gens.

— On va les marier, ces deux-là, s'esclaffa Anna, une fois dehors.

— C'est bien ce que tu voulais, lâcha sa petite-fille. Oh ! il n'y a encore rien de fait, mais, si c'est le cas, j'espère que Salomé ne me laissera pas tomber. Je serais dans de beaux draps !

— Juliette… enfin ! fit Anna, réfléchis un peu. Ça ne fait pas très longtemps que je suis ici, mais j'ai déjà beaucoup observé Salomé. Elle adore ce qu'elle fait et elle s'investit beaucoup. Elle ne plaint ni sa peine ni son temps…

— Ah çà, oui ! confirma sa petite-fille.

— De plus, elle n'a pas oublié ce qu'elle te doit… et je ne crois pas que ce soit une fille ingrate. Le pire, pour toi, ce serait qu'elle rencontre quelqu'un qui, de par sa situation, l'emmènerait ailleurs. Là, Loïc fait le ramassage du lait. Apparemment, il a l'intention de se fixer. Si ça marche entre eux, pourquoi voudrais-tu qu'elle parte ? Elle est heureuse au mas. Ils peuvent vivre ici… ou pas très loin…

— Tu as raison, mémé… et puis, on va vite en besogne, nous deux ! Ils n'ont pas passé quatre heures ensemble qu'on les a déjà mariés !

— Ah, ah ! C'est vrai, pouffa l'aïeule. En tout cas, moi, j'ai rempli mon contrat. On ne va pas faire comme à mon époque où c'était les parents qui concluaient les mariages. Laissons-leur le temps de se découvrir, le temps de s'apprécier… et le temps de s'aimer…

— Oui… le temps… il y a un temps pour tout, soupira Juliette, mélancolique.

— Et toi, petite, poursuivit Anna qui avait perçu son accent morose, ça me fais de la peine de te voir seule. Il faudra donc que je m'occupe aussi de te trouver un homme, parce que, si je te laisse faire, tu prendras bientôt des manies de vieille fille et plus un ne voudra de toi !

— Oh, mémé ! Quand même ! s'offusqua Juliette, je te promets d'y penser…

Après avoir jeté un œil sur le troupeau, elles avaient fait le tour de la grange et redescendaient vers la maison en devisant, quand Salomé et Loïc apparurent.

— On va marcher un peu pour digérer, dit la Tchadienne, et je vais lui montrer la ferme.

A leur retour, le jeune homme prit congé après s'être confondu en remerciements et leur avoir donné rendez-vous le lendemain pour le ramassage du lait. Salomé ne tenait pas en place.

— Eh bien, toi, ma fille, si tu n'es pas amoureuse ! s'exclama Anna. Et alors ? demanda-t-elle aussitôt, impatiente.

— Et alors ? On a parlé… de choses et d'autres, lâcha la Tchadienne, amenant une pointe de déception sur le visage de l'aïeule. On ne va quand même pas se mettre à s'embrasser comme ça, alors qu'on se connaît à peine…

— Oui, tu as raison, convint Anna, il ne faut pas brûler les étapes, mais vous semblez tellement faits l'un pour l'autre…

Salomé était euphorique. Elle ne rata pas une visite de son chauffeur préféré. A chaque passage, tous deux volaient quelques minutes trop vite écoulées, sous l'œil attendri de la grand-mère.

Un mois avait défilé ainsi. Février était arrivé. Un jour, c'était un vendredi, la jeune Noire parut ennuyée après le départ de Loïc. Juliette s'en inquiéta.

— Il… il m'a invitée au restaurant demain soir, et après il voudrait m'emmener en boîte de nuit. Je lui ai dit que ce ne serait pas possible, avec le travail…

— Salomé, tu ne vas pas refuser. Ce serait ridicule. Une fois la traite effectuée, tu es libre, et puis, dimanche matin, je commencerai seule. Tu ne vas pas décliner cette invitation.

— Oh, merci, Juliette, fit-elle, rayonnante.

Le dimanche matin, l'éleveuse avait tout juste commencé à installer les premières brebis dans la salle de traite que Salomé apparut, radieuse. Elle se mit aussitôt à l'œuvre.

— Tu as passé une bonne soirée ? lui demanda l'Aveyronnaise.

— Oh oui ! clama-t-elle comme un cri du cœur, avec un grand sourire. C'était merveilleux. On a dansé… et on a beaucoup parlé… de nous… de l'avenir. Je crois… je crois que ta grand-mère avait raison : on est faits l'un pour l'autre…

— Eh bien, c'est formidable, souffla Juliette.

— Oui… oui… murmura la Tchadienne, rêveuse. Mais on ne va pas se précipiter, on a le temps. Et puis, ne t'inquiète pas, je ne quitterai pas la ferme. Simplement, si on décide de vivre ensemble, l'idéal, ce serait qu'on trouve un appartement à Saint-Beaulize ou à Fondamente. Comme ça, le matin je ne serais pas trop loin pour la traite. Et lui, il n'aura qu'une dizaine de kilomètres à faire pour aller récupérer son camion chez son patron, à Roquefort…

— Salomé, il y a deux appartements ici. Si vous le souhaitez, vous pourrez en habiter un. Ma grand-mère continuera à dormir dans la chambre qu'elle occupe actuellement ou elle prendra la tienne au rez-de-chaussée.

— Oh, c'est… c'est trop, c'est… inespéré, bredouilla la jeune Noire, les yeux humides.

— Et puis, reprit Juliette, l'an dernier, j'avais l'intention de faire réparer la vieille maison parce que je savais que ça ferait plaisir à mémé. Mais elle m'en avait dissuadée. A la place, j'ai fait la piscine. Cette année, j'ai envie d'entreprendre cette rénovation. Je sais qu'elle sera heureuse. C'est là où elle est née. Quand les travaux seront achevés, je pourrai vous la louer. Vous serez plus indépendants, et, toi, tu seras toujours sur place pour le travail.

— Mais… mais… Juliette… pourquoi tu fais tout ça pour moi ? Je ne mérite pas autant. C'est… c'est un rêve…

— Salomé, je vais être très franche avec toi. Je t'apprécie énormément. Dans le travail, tu es une collaboratrice parfaite. Tu ne rechignes jamais, tu donnes de ton temps sans compter, tu es toujours de bonne humeur. Mais je te considère aussi comme une amie. Ta présence à mes côtés a brisé une solitude que je n'aurais peut-être pas supportée. Grâce à ton aide, j'ai pu avoir un troupeau plus important, ce qui devrait me permettre de récupérer un peu de l'argent que j'ai investi ici. Et puis, ton existence a été suffisamment jalonnée de périodes difficiles. Aujourd'hui, je suis ravie de te voir épanouie, au seuil d'un bonheur mérité. Si tu réussis ta vie avec Loïc, et si je peux y participer, même modestement, moi aussi, je serai heureuse. Pour espérer recevoir, il faut savoir donner…

— Merci, Juliette. Quand je vais annoncer ça à Loïc, il va être fou de joie. Cet endroit lui plaît. Il m'a dit que j'avais de la chance d'habiter ici.

— Par contre, reprit l'éleveuse, je ne veux pas me mêler de ce qui ne me regarde pas, mais… ses parents ? Ce serait dommage qu'il t'arrive la même mésaventure qu'avec Serge.

— Oui, on en a parlé. Je lui ai raconté mon immense déconvenue, mon beau rêve qui s'est écroulé brutalement. Les années que Loïc a vécues en Afrique font qu'ils n'ont pas le même état d'esprit. Non, et puis, c'est différent ; on ne va pas vivre et travailler avec eux. Et il m'a expliqué pourquoi il avait décidé de partir, de quitter la France. Comme moi après le stage, il a eu une grosse déception amoureuse et il a voulu s'éloigner pour faire une coupure, pour oublier. Pourtant, il ne se voyait pas passer sa vie là-bas. Ses parents ont été malheureux de le voir s'expatrier, et son retour les a ravis. Ils s'étaient même faits à l'idée de le voir revenir avec une Noire. Lui m'a juré qu'il n'y aurait pas de problème avec eux… Quand il a considéré que la cicatrice était refermée, il est rentré. Et maintenant il ne souhaite qu'une chose : réussir sa vie… avec moi.

– Ah ! tu me rassures. C'est tout ce que je vous souhaite, un grand bonheur…

Chaque samedi soir, Loïc venait chercher Salomé. Après avoir dîné au restaurant, ils allaient danser. La Tchadienne était de retour vers deux heures. Le lendemain matin, tout sourire malgré une courte nuit, elle rejoignait Juliette à l'étable à l'heure où débutait la traite.

Pendant le mois de mars, les deux femmes avaient suivi les clôtures pour replanter un piquet, réparer quelques mailles de grillage endommagées par les sangliers. Les pâturages étaient prêts pour accueillir le troupeau.

Après le fumage et le labour de la doline, à l'automne précédent, Anna avait décrété qu'elle s'occuperait des semis et des premières plantations, ce qu'elle fit avec enthousiasme et compétence.

Depuis trois mois et demi, l'extension du troupeau, même si elle s'était avérée nécessaire pour la rentabilité, avait généré un surcroît de travail important. Les deux éleveuses passaient maintenant trois heures matin et soir à effectuer la traite. Juliette se dit qu'elle ne pouvait continuer comme cela. Elle décida de doubler la station de traite pour la prochaine campagne.

Lorsque Juliette avait annoncé à sa grand-mère son intention de rénover la vieille maison, les yeux de celle-ci s'étaient éclairés. Elle était née dans ces murs et les souvenirs rejaillissaient, toujours présents. Voir revivre cette demeure la transportait de joie. Même s'il était hors de question de refaire l'intérieur comme il était du temps de l'aïeule, toutes deux avaient longuement parlé et tracé un plan.

Au rez-de-chaussée, adossée au fournil, se trouverait une salle à manger-salon avec un cantou, Anna y tenait, puis la cuisine, une cave, un local pour la chaudière à fioul et la machine à laver, une chambre, la salle d'eau et les toilettes, ainsi qu'un escalier pour accéder aux combles. Là-haut étaient prévues deux chambres mansardées équipées de placards et éclairées par des chiens-assis comme dans les deux appartements de l'étage, ainsi qu'une deuxième salle d'eau et des toilettes. La toiture serait recouverte avec les lauzes que l'éleveuse avait patiemment triées et rangées, aidée par Olivier Bouguayroux.

Comme Juliette envisageait de loger Salomé dans la maison, elle lui avait montré le plan. Celle-ci avait jeté un œil évasif sur la feuille.

— Tu sais, moi, les plans, je n'y comprends pas grand-chose, s'était-elle esclaffée. Et puis, chez moi, dans les cases, c'est plus simple : il n'y a qu'une pièce !

Juliette avait une nouvelle fois sollicité les frères Cadourt, ainsi que les autres artisans qu'elle avait retenus pour transformer la grange où toutes trois vivaient maintenant. Les devis reçus, les points de détail réglés, elle avait donné le feu vert pour les travaux.

Michel, Carole et ses enfants venaient souvent au mas le dimanche. Leur présence égayait la vie des trois femmes. La grand-mère se faisait une joie de passer la matinée en cuisine et proposait toujours des plats succulents qui ravissaient la tablée. L'après-midi, Juliette et son amie partaient courir la campagne sur le dos de leurs juments.

L'éleveuse avait proposé à Salomé d'inviter Loïc le dimanche quand il ne travaillait pas. Elle avait hésité pour ne pas déranger. Sa patronne en avait parlé au jeune homme, qui avait fini par accepter. En fonction de sa disponibilité, il prenait place autour de la table.

XV

Fin mars 1979, le troupeau, fort de trois cents têtes, put à nouveau mettre le nez dehors et brouter avec avidité les pousses d'herbe tendre.

Lors de leur première sortie, les brebis, sevrées de grand air, d'espace et de liberté depuis plus de trois mois, se mirent à folâtrer et à gambader en tous sens en bêlant à qui mieux mieux, provoquant la fuite des oiseaux, dérangés dans leur quête de nourriture.

Un après-midi de début avril, alors que la grand-mère et sa petite-fille s'affairaient au jardin, Salomé était allée chercher les bêtes en compagnie de Cigale. Après les avoir rentrées, elle descendit, affolée, la chienne sur ses talons, jusqu'à la doline.

— Juliette ! s'écria-t-elle, il y a trois brebis égorgées.

— Quoi ! s'exclama l'éleveuse, ce n'est pas vrai ! Encore ces maudits chiens…

Elles remontèrent à la hâte jusqu'à la maison, sautèrent dans le 4X4 et gagnèrent l'endroit, où elles ne purent que se rendre à l'évidence. Au retour, Juliette appela la gendarmerie de Cornus. Les gendarmes, qui étaient en patrouille vers Fondamente, furent joints par radio et arrivèrent peu après, alors que les deux femmes avaient commencé la traite. L'Aveyronnaise abandonna Salomé et suivit les représentants de l'ordre. Mais il n'y avait aucune trace et, une fois de plus, ils ne purent que constater les dégâts.

— Ce qui est curieux, lâcha le chef, c'est que personne d'autre ne nous a signalé des bêtes tuées ou la présence de chiens errants. On va patrouiller un peu plus, et vous, essayez d'être vigilante, au cas où…

Juliette décida de changer le troupeau d'endroit et de le mettre dans un pré d'où elle pourrait le surveiller du haut de la tour. Fréquemment, elle ou Salomé montaient faire le guet, jumelles collées aux yeux. Quinze jours passèrent ainsi, sans autre incident. Les brebis avaient pelé le pacage et paissaient dans un autre enclos.

Et, un après-midi, l'éleveuse poussa un nouveau cri de rage en allant les chercher. Cette fois, cinq brebis avaient été égorgées. Aux gendarmes impuissants, elle annonça, rouge de colère :

— Dès demain, je vais me dissimuler à proximité du troupeau, et ce pendant toute la durée de la pâture… et j'ai un fusil…

Elle n'en dit pas plus, mais le sous-entendu était suffisamment clair.

— Madame Cieurac, fit le sous-officier, embarrassé, je conçois votre exaspération, mais faites attention ! Ne vous mettez pas en situation délicate. Nous, nous allons être plus vigilants, mais comprenez que nous ne pouvons pas nous consacrer à la surveillance de votre troupeau.

— Je sais… et je ne vous le demande même pas, rétorqua Juliette qui avait du mal à se contenir. Quant à me mettre en situation difficile, si c'est vraiment un chien errant… ou plusieurs, et que je les abatte, personne ne viendra les réclamer. Et puis, je ne vais pas continuer à laisser décimer mon troupeau…

Elle était déterminée. Les deux gendarmes prirent congé, non sans avoir renouvelé leur conseil de prudence.

Après leur départ, Anna et Salomé tentèrent de la raisonner, mais sans succès. Le lendemain, elle avait préparé paquetage et casse-croûte et partit avec le troupeau, sac au dos, fusil en bandoulière, pour monter la garde de neuf heures à dix-sept heures. Chaudement habillée pour se protéger du vent, elle s'installa sur une chaise en toile, derrière des buissons qui surplombaient le pré. Elle avait amené de la lecture. Fréquemment, elle levait le nez et scrutait le plateau à l'œil nu ou à la jumelle. La Tchadienne lui rendit visite en début d'après-midi, puis retourna aider Anna dans le jardin.

Trois longues semaines s'écoulèrent ainsi, dans la monotonie et le doute, du lundi au dimanche. Juliette commençait à perdre patience. Salomé lui avait proposé de la relayer, mais elle avait refusé. Si quelqu'un devait utiliser l'arme, c'était elle. En cas de problème, c'était elle qui assumerait ses actes. Elle était partagée entre deux sentiments. Elle était rassurée de ne pas avoir vu de chien rôder, mais elle craignait aussi que les méfaits se renouvellent si elle abandonnait la surveillance.

Cela faisait maintenant quatre semaines que Juliette lorgnait, toujours prête à bondir. Parfois, son imagination lui jouait des tours. Elle tressautait, croyant voir apparaître un chien… toujours le même ! Elle se passait alors la main devant les yeux, s'étirait pour se délasser, mangeait un morceau, se servait un café conservé au chaud dans le thermos, puis reprenait son interminable guet.

La cinquième semaine était presque achevée. L'éleveuse était usée moralement par ces longues heures de veille stérile. Certains jours, elle avait essuyé grand vent, pluie incessante, brouillard tenace.

Salomé ne passait pas un après-midi sans lui rendre visite. Le dimanche, Michel et Carole venaient eux aussi bavarder quelques instants avec elle, mais elle les congédiait rapidement, persuadée que la présence de plusieurs personnes pourrait alerter la bête et la faire fuir. Fatiguée, elle avait pourtant décidé de mettre bientôt un terme à la surveillance. « Plus que deux jours ! » avait-elle soupiré, par cet après-midi ensoleillé de fin mai, un moment distraite de sa lecture.

Les brebis s'étaient mises à bêler, d'un bêlement inhabituel, la tirant soudain de la léthargie dans laquelle elle avait fini par sombrer. Aussitôt, elle leva la tête. Les bêtes, affolées, couraient en tous sens. Juliette se dressa d'un bond, saisissant son fusil. Un chien, haut sur pattes, efflanqué, au poil marron, s'était jeté sur une brebis.

— J'en étais sûre ! grogna-t-elle, se retenant de crier.

L'animal se débattait avec la force du désespoir et laissait échapper quelques râles, étouffés par les mâchoires qui lui enserraient la gorge.

Juliette ferma l'arme et avança, sans se précipiter, en direction des deux animaux. Le chien, accaparé par son instinct sanguinaire, ne l'avait pas remarquée. La lutte était inégale. La brebis, clouée au sol, ne luttait même plus. Ses pattes battaient l'air dans un ultime et inutile sursaut. « Celle-là, elle est sacrifiée, maugréa Juliette, mais toi, sale bête, profites-en, c'est la dernière ! »

Quand elle fut à portée de fusil, elle s'arrêta, le cœur battant, et épaula. Le chien, immobile, achevait sa triste besogne. Le coup partit. Un hurlement lui répondit. Elle avait visé le train arrière. Le molosse, blessé, lâcha aussitôt prise et s'enfuit en se traînant, poussant des aboiements de douleur.

Les brebis, affolées, s'étaient rassemblées, agglutinées les unes contre les autres. Juliette se dirigea dans la direction qu'avait prise le chien. Elle était arrivée à l'allée qui menait à Louradou. Elle l'entrevit, deux cents mètres plus loin, au détour du virage qui rejoignait le chemin du mas. Elle se mit à courir. Parvenue au carrefour, elle l'aperçut, deux lacets au-dessous, qui descendait en direction de Saint-Beaulize en gémissant. Plus bas, entre les boqueteaux qui bordaient la piste caillouteuse, elle distingua une silhouette trapue qui filait, juchée sur un vélo.

Elle prit ses jambes à son cou et arriva essoufflée au mas, entrant comme une tornade. Sa grand-mère la regarda, médusée, et tenta de lui demander ce qui se passait, mais elle n'obtint aucune explication. Juliette s'était jetée sur l'annuaire dont elle tournait fébrilement les pages. Elle composa précipitamment un numéro et laissa sonner longuement, secouant la tête, grommelant et tapant du pied.

— Monsieur Bouguayroux, fit-elle enfin dans un soupir rageur, vous en avez mis du temps pour répondre !

— C'est que… j'étais dehors, répondit l'autre, et le temps de réaliser que le téléphone sonnait et de venir jusqu'à la maison…

— Ça va, fini les histoires ! coupa sèchement Juliette, je sais que vous étiez dehors. Mais je ne vous connaissais pas cette passion pour le vélo !

— Mais… mais… qui… qui êtes-vous ? bafouilla-t-il, mal à l'aise.

— Ne me racontez pas que vous n'avez pas deviné, s'exclama-t-elle, le ton sec. Madame Cieurac. Vous ne savez que dire ? Alors ne vous triturez pas la cervelle pour inventer un mauvais mensonge ! Je vous ai vu descendre du mas, alors, bien sûr, il vous a fallu un peu de temps avant d'arriver chez vous. Voilà pourquoi vous n'avez pas décroché plus rapidement ! Et votre chien ?

— Euh… euh… Il… il était parti… et… je le cherchais…

— Vous l'avez donc trouvé. Il est avec vous…

— Euh… non… Je… je ne l'ai pas retrouvé…

— Monsieur Bouguayroux, ne vous fatiguez pas. Votre chien vient d'égorger une de mes brebis. C'est la onzième, et vous, vous n'étiez pas bien loin. Mais, cette fois, moi aussi j'étais présente. Je suppose que vous avez entendu un coup de fusil. J'aurais pu le tuer, mais je n'ai pas voulu. J'ai visé l'arrière-train. Je regrette seulement une chose, c'est que vous n'ayez pas été avec lui, car j'aurais pris grand plaisir à vous truffer les fesses de plomb !

— Mais… mais… vous êtes folle ! Je vais porter plainte !

— Monsieur Bouguayroux, depuis les deux premières brebis égorgées, je vous soupçonnais, mais je n'avais pas de preuves. A chaque fois, j'ai prévenu les gendarmes. Ils pensaient à un chien errant. Ils savent que, depuis bientôt six semaines, depuis les dernières bêtes tuées, je passe toutes mes journées à surveiller le troupeau avec un fusil. Je vais donc, moi aussi, porter plainte. On verra qui aura raison. Depuis que je suis ici, vous ne cherchez qu'à me nuire. Vous espérez me séduire avec de tels agissements ? Vous êtes dégoûtant ! Je ne suis pas une prostituée, je vous ai déjà dit plusieurs fois de me laisser tranquille, mais, apparemment, ou vous ne comprenez pas le français ou… ou vous êtes complètement idiot ! Maintenant, les choses ont assez duré. Puisque vous ne voulez rien entendre, vous vous expliquerez avec la justice.

Elle raccrocha violemment, sans lui laisser le temps de répondre. Sa grand-mère, qui avait assisté à la discussion, se leva.

— Juliette ! Ma pauvre petite ! C'était donc lui ? Le salaud ! Il ne vaut rien, ce type ! J'espère qu'il ne s'avisera pas de recommencer… ou d'imaginer quelque autre bêtise… Fais attention. Avec un fou, on peut s'attendre à tout !

— Ne t'inquiète pas, mémé. Cette fois, je le tiens ! La deuxième fois où je l'ai vu, ici, il a essayé de me violer, ensuite, il a mis du purin dans la piscine, et maintenant il fait tuer les brebis par son sale chien. Je vais lui faire bouffer ses trois sous, à ce demeuré ! clama-t-elle, l'œil mauvais, en brandissant le poing.

Elle demanda à sa grand-mère d'appeler Salomé qui jardinait, de façon qu'elle aille récupérer le troupeau. Puis elle se rendit à la gendarmerie où sa plainte fut aussitôt enregistrée.

Quand elle revint au mas, la Tchadienne avait commencé la traite. Juliette se changea en vitesse et la rejoignit, accompagnée d'Anna, qui l'avait informé du dénouement de l'affaire.

Toutes deux voulaient pourtant connaître le récit en détail. Affairée au milieu des brebis, Juliette ne se fit pas prier, trop heureuse de décrire le déroulement des opérations.

Le lendemain, les gendarmes montèrent au mas, après avoir rendu visite à Gaston Bouguayroux, qui semblait, mais un peu tard, avoir pris conscience de la gravité de ses actes.

— Il a l'air de regretter, fit le brigadier, mais il s'empêtre dans des explications curieuses. Il dit qu'il avait essayé de vous rendre service, mais que vous l'avez toujours rejeté, que vous l'avez insulté à plusieurs reprises… que vous l'avez même menacé…

— Ah oui ! explosa Juliette, alors ça, c'est la meilleure ! Monsieur est peut-être aussi la victime ? Eh bien, je vais vous raconter. La première fois où nous nous sommes rencontrés, c'était ici. Il cherchait son fils qui était en vacances chez lui et qui était venu au mas. Il m'avait aidée à déplacer des lauzes et s'était blessé à un doigt. Je l'avais soigné et, comme il ne se sentait pas très bien, il s'était allongé. Son père était arrivé en vociférant. Quelques jours plus tard, il est revenu. Olivier, qui, apparemment, n'appréciait pas beaucoup les séjours à Ventalou, avait encore déserté. Le père m'a bousculée, il est entré dans la maison et a fouillé toutes les pièces, mais son fils n'était pas là. Alors Bouguayroux m'a coincée dans la chambre et a essayé de me violer. Je me suis défendue comme j'ai pu et je l'ai effectivement chassé en le menaçant avec mon fusil. Mais qu'est-ce que je devais faire ? Me laisser abuser ? Par ce porc ? C'est vrai qu'après il a déneigé le chemin, mais je ne lui avais rien demandé. J'ai offert de le payer et il n'a pas voulu. Je lui ai acheté un carton de bon vin pour le remercier. Ensuite, il m'a écrit pour me proposer de s'associer. Il avait déjà projeté de venir vivre ici. Comme ça, il n'aurait pas eu de réparations à faire dans son taudis. Je ne lui ai pas répondu. Un jour où je remontais de Saint-Beaulize en voiture, il m'a arrêtée devant chez lui et il m'a relancée. Je lui ai dit non poliment. Pendant l'été, il est venu ici alors que nous étions au bord de la piscine avec Salomé. Il m'a de nouveau fait des propositions. Voyant que je le repoussais une fois encore, il a commencé à être désagréable, à dire que Salomé et moi… on était lesbiennes. Je l'ai envoyé promener sans ménagement, je le concède ! En partant, il m'a menacée : « Vous me le paierez, nom de Dieu ! Vous me le paierez ! » vociférait-il. Le lendemain, il y avait du purin dans la piscine. Vous vous en souvenez ?

— Oui, acquiescèrent les deux hommes.

— L'après-midi, avant que vous ne passiez le voir, je l'avais invité à venir se baigner avec nous, pour voir sa réaction. Il a refusé, bien entendu… et pour cause ! Le soir, après votre visite chez lui, il m'a téléphoné. Il me reprochait de l'avoir accusé sans preuve et il était prêt, disait-il, à porter plainte pour diffamation… Avant de raccrocher, il bredouillait : « Mais je… mais je… » Evidemment, il est assez malin pour ne pas avoir proféré de menaces directes, mais le ton était évocateur. Et ensuite il a fait égorger les brebis par son chien. Voilà, messieurs, le récit de mes relations avec ce fou. Je vous laisse juges. Je pense avoir été très patiente, mais maintenant j'en ai assez. S'il n'a pas su s'arrêter à temps, c'est son problème. Je ne suis pas femme à histoires, je ne demande pas mieux que de vivre en bonne entente avec tout le monde, mais je ne peux pas tolérer d'être ainsi agressée. J'espère que la justice fera ce qu'elle a à faire.

Les deux gendarmes prirent congé, laissant Juliette s'apaiser.

Le calme était enfin revenu au mas Saint-Clair. Comme ils en avaient convenu l'année précédente, André et Gisèle, les parents de Bernard, étaient venus passer quelques jours.

En fin de première semaine de juin, un soir, le téléphone sonna. L'éleveuse décrocha.

— Juliette, c'est Olivier Bouguayroux.

La surprise était si grande qu'elle ne put que balbutier un vague bonsoir. Il reprit, cherchant ses mots.

— Juliette… je suis au courant… de ce qui est arrivé avec mon père. Je désapprouve totalement… ses agissements. Il est complètement fou, mais… si je t'appelle, c'est pour te demander une faveur…

L'Aveyronnaise écoutait, médusée. Non ! Ce n'était pas possible, c'était un mauvais rêve, encore un !

— Il a réalisé que ses idioties allaient lui coûter cher, peut-être le conduire en prison. Je ne veux pas savoir comment il vit, mais il est sur la corde raide…

— Oui, fit-elle sans concession, s'il n'achetait pas autant de vin, il ferait déjà de sérieuses économies !

— Je sais, Juliette, j'ai essayé de le raisonner, mais sans grand espoir. Depuis votre histoire, ça a empiré…

— Et alors, coupa-t-elle sèchement, qu'est-ce que tu veux ?

— Est-ce que tu voudrais retirer ta plainte ?

— Quoi ? s'égosilla-t-elle, mais tu es aussi fou que lui, mon pauvre garçon ! Tu ne te souviens donc pas du jour où tu étais caché sous le lit ? Tu ne sais pas qu'il a déversé du purin dans ma piscine ? Et qu'il a fait tuer onze brebis ?

— Euh... Le purin, je ne savais pas. Pour le reste, j'ai parlé avec lui. Il est d'accord pour signer une lettre, validée officiellement, comme quoi il reconnaît les faits qui lui sont reprochés et il est prêt à s'engager à ne plus rien faire pour te nuire. Avec un tel document, si toutefois il devait une nouvelle fois te porter préjudice, tu aurais de quoi le faire condamner. Moi, je ne referai pas une telle démarche...

— Ah oui ! clama l'éleveuse, gagnée par la colère, et en vertu de quoi je devrais être aimable avec ce débile ? La famille Bouguayroux, vous me sortez par les yeux. Rien que de prononcer votre nom, ça me donne des boutons ! Tu ne penses pas que ce serait un peu facile de s'en tirer comme ça ? Et je ne parle pas des ragots qu'il a colportés sur moi... Tu es de la même race que lui, Olivier, tu es complètement inconscient, tu es... tu es...

Elle était rouge de rage et ne trouvait plus ses mots. A l'autre bout du fil, le jeune homme, qui s'attendait à une discussion orageuse, demeurait silencieux. Il craignait qu'une parole malvenue ne provoque une rupture irrémédiable.

— Toi aussi, tu es un salaud ! reprit l'Aveyronnaise. Tu as largué Pascale parce qu'elle ne voulait pas coucher avec toi. La seule décence que tu as eue, c'est de ne pas lui révéler...

Elle s'interrompit brutalement, réalisant qu'elle avait trop parlé. « Quelle idiote ! songea-t-elle. Pourquoi suis-je allée évoquer... ça ? »

— Oui, Juliette, enchaîna-t-il aussitôt, comme tu viens de le dire, ça aurait été indécent. Alors, tu vois, je ne suis peut-être pas aussi dégueulasse que tu le prétends. Je crois avoir un minimum d'éducation... même si je n'ai pas la prétention d'être parfait... Quant à mon père, je ne veux pas le défendre. Ce qu'il a fait n'est pas excusable, simplement, sa vie n'a jamais été extraordinaire. Mon grand-père buvait, ma grand-mère est morte alors qu'il avait cinq ans. Il a dû travailler jeune et durement. Avec ma mère, au début ça allait bien, et puis ils ont eu des problèmes à la ferme : une épidémie de fièvre aphteuse qui a décimé le troupeau de vaches ; un peu plus tard, les veaux qui crevaient les uns après les autres... il a commencé à sombrer. Maman n'a pas supporté tout ça... et ils ont divorcé... Voilà... Maintenant, tu es libre de faire ce que bon te semble...

— En effet ! lâcha l'éleveuse, dont la colère n'était pas retombée.

— Si tu acceptais de retirer ta plainte, je te promets de te rembourser les brebis dès que j'aurai un peu d'argent... Cet été, je vais travailler, et aussi aux vacances de Toussaint et de Noël... J'espère que j'aurai assez...

Ce jeune, à la vie de famille perturbée, n'avait donc pas mauvais fond. Sa proposition avait touché Juliette.

— Ah... laissa-t-elle échapper d'une voix plus aimable, ne voulant malgré tout pas prendre de décision à la hâte.

— Tu serais d'accord pour la moitié fin août et le reste à la fin de l'année ?

— Mais enfin, Olivier, s'offusqua-t-elle, c'est à ton père, et non à toi, de réparer ses âneries.

— Je sais, Juliette, mais, ça, c'est notre problème. Si tu acceptes ma demande, il est normal qu'on mette un terme à cette histoire au plus tôt. Tu as suffisamment été ennuyée avec ça. Après, je m'arrangerai avec lui.

— Tu me prends de court, lâcha-t-elle, essayant de masquer son trouble, je ne sais pas... Je n'ai pas de cadeau à faire à ton père. Il est odieux !

— Oui, soupira-t-il, je sais. Et... ce n'est pas bien grave, mais il a dû tuer son chien. Les blessures étaient trop importantes...

— Oui, confirma Juliette, je ne vais pas pleurer pour cette sale bête...

— Pour finir, poursuivit Olivier, je sais que ce n'est pas très sympa ce que j'ai fait à Pascale... mais j'avais connu des moments merveilleux un an plus tôt et, à mon âge, je pense qu'il est normal de rechercher autre chose que quelques caresses et quelques baisers… Je n'oublierai jamais le bonheur que tu m'as donné, Juliette… mais j'ai sans doute eu tort de croire que le souvenir des moments extraordinaires que nous avons partagés pourrait avoir une influence sur ta décision… Tant pis… J'aurai essayé. Excuse-moi de t'avoir importunée. Au revoir, Juliette…

– Au revoir, Olivier… Je vais réfléchir…

En raccrochant, elle regrettait déjà sa dernière phrase. Elle s'était faite plus vindicative qu'elle ne l'était vraiment à l'encontre du jeune homme, mais le souvenir des exactions de son père rejaillissait avec force. Elle ne pouvait pas laisser passer de tels actes. Si la jeunesse pouvait excuser certains débordements, Bouguayroux avait l'âge de raison et elle n'était pour rien dans ses déboires. Elle-même n'avait pas été épargnée. Sa vie de couple brisée était encore présente dans son esprit et la rendait morose.

Elle alla se coucher sans s'être confiée à sa grand-mère. Elle eut du mal à s'endormir. Elle ressassait la requête d'Olivier, partagée entre deux sentiments. Elle n'avait aucun cadeau à faire à Bouguayroux, mais ce gosse n'était pas responsable des méfaits de son père. Elle avait été émue par la proposition du jeune homme de rembourser les bêtes. Et puis, il y avait le souvenir de leurs tendres ébats, qu'il avait évoqués avec pudeur et nostalgie…

Le réveil sonna trop tôt, ce matin-là. L'éleveuse avait passé une mauvaise nuit. Elle se leva en traînant les pieds et en maugréant. La bonne humeur affichée par Salomé en buvant le café lui arracha un vague sourire et la réveilla. Puis la traite occupa son esprit perturbé.

A leur retour, Anna était debout. Après avoir un moment tergiversé, Juliette se décida à lui faire part de l'appel d'Olivier. Sa grand-mère était au courant de leur relation et elle savait prendre suffisamment de recul pour juger et conseiller habilement et utilement. Quand sa petite-fille eut achevé son récit, l'aïeule la dévisagea longuement, comme si elle cherchait à lire dans ses pensées. Elle aussi affichait un embarras certain.

— Je ne sais trop que te dire, petite, fit-elle enfin avec un hochement de tête. Moi, je resterais sur ma position, mais je crois deviner ce que, toi, tu as envie de faire. Tu es une Cieurac, têtue, mais avec le cœur sur la main… et j'imagine que tu voudrais être agréable à ce gamin.

— Oui, confirma Juliette, mais rien ne presse. Je vais réfléchir…

Quelques journées passèrent, au cours desquelles l'Aveyronnaise penchait d'un côté ou de l'autre, selon l'humeur. Puis, comme l'avait soufflé sa grand-mère, son cœur lui dicta de privilégier la solution que lui avait suggérée le jeune homme.

Elle écrivit un brouillon de lettre qu'elle envoya à Gaston Bouguayroux, de façon qu'il la recopie de sa main. Mais elle se garda d'évoquer la proposition de son fils d'avancer l'argent destiné à rembourser les brebis. Elle précisait qu'elle retirait sa plainte et qu'elle ne demandait pas de dommages et intérêts, mais elle exigeait le paiement des onze bêtes tuées par son chien. Elle lui demandait également de solliciter un rendez-vous chez un huissier, dont il prendrait les frais à sa charge, et qui les convoquerait tous deux pour officialiser le document.

L'homme de loi appela Juliette pour avoir quelques précisions, car il n'avait pas très bien compris ce que souhaitait Bouguayroux. Elle ne put retenir un rire en imaginant les explications évasives qu'avait dû donner son irascible voisin et apporta les éclaircissements nécessaires. La convocation arriva quinze jours plus tard. Le rendez-vous était fixé fin juin.

Quand Juliette entra dans la salle d'attente, Bouguayroux était déjà là. Juliette se retrouva face à ce voisin qu'elle détestait. Lui menait profil bas. Il était blême et avait maigri. Il était assis, courbé sur sa chaise. Il se redressa, craintif, et lui adressa un bonjour timide du bout des lèvres, auquel elle répondit d'un vague signe de tête.

— Excusez-moi, se hasarda-t-il, peu à son aise, est-ce que vous pourriez m'accorder un délai d'un an pour vous rembourser les brebis ?

Juliette le dévisagea un moment, un rictus ironique aux lèvres, faisant mine de réfléchir. Il n'y avait plus la moindre arrogance dans son regard vide. Son attitude de chien battu aurait pu inspirer de la pitié, mais il donnait seulement à l'éleveuse envie de rire. Elle se souvint de la proposition d'Olivier. Il n'avait pas dû en souffler mot à son père.

— Eh bien, soit ! lâcha-t-elle avec autorité. De toute façon, je suppose que, même si j'exigeais la somme maintenant, vous n'avez pas de quoi me payer.

— Euh… non… pas vraiment, bredouilla-t-il, confus.

— Dans ce cas, nous allons annexer cette clause à votre lettre, décréta Juliette sans se dérider. Mais un an, pas un jour de plus !

L'huissier les introduisit dans son cabinet et procéda à la ratification du document, après que Bouguayroux eut fait rajouter le délai de paiement.

— Madame Cieurac, fit l'agriculteur, mal à l'aise, je tiens à m'excuser. C'est ridicule. Je suis un idiot… et je peux vous assurer que ça ne se reproduira pas… Je n'ai pas d'argent à dépenser pour de telles choses.

— Ça, c'est votre problème, lui rétorqua Juliette sur un ton sec, en le regardant droit dans les yeux. Mais, si toutefois vous renouveliez vos exactions, sachez que je ne vous ferai plus le moindre cadeau. Je n'aurai aucun scrupule à vous faire plonger. De tels actes, sans parler de certains de vos comportements, sont inadmissibles. Et sachez également que, si j'ai décidé de retirer ma plainte et de m'en tenir à cette lettre, ce n'est pas pour vous, mais pour Olivier. Vous lui devez une fière chandelle. Lui, il a la tête sur les épaules. Sans son intervention, vous alliez devant un tribunal. Maintenant, je ne veux plus entendre parler de vous, je ne veux plus que de sales ragots me reviennent aux oreilles… et je ne veux pas vous voir traîner autour du mas. C'est clair ?

Le regard de l'huissier allait de l'un à l'autre. Le discours de Juliette le laissait perplexe. Bouguayroux baissait la tête, comme un enfant à qui l'on adresse des remontrances.

— Oui… oui, madame Cieurac, c'est clair… finit-il par balbutier, mais je vous promets que vous n'aurez plus à vous plaindre de moi.

— Je l'espère, clama-t-elle, la voix grave, et n'oubliez pas votre fils ! Sans lui…

— Je ne l'oublierai pas, madame Cieurac, et je vous remercie pour votre compréhension.

Pendant que Bouguayroux payait l'huissier, Juliette prit congé et sortit soulagée. Cette entrevue avait été pénible. Elle passa saluer Carole avant de regagner le mas. A son retour, sa grand-mère l'accueillit avec un sourire.

— Ça y est ? souffla-t-elle, tu as fait ta bonne action ? Je crois que tu as eu raison, petite. Les Cieurac n'ont jamais traîné personne en justice, et c'est bien que tu aies décidé de ne pas être la première.

XVI

Ces ennuis terminés, les trois femmes du mas Saint-Clair voyaient désormais arriver l'été 1979 avec sérénité. Bientôt, la traite serait terminée et les longues journées couleraient plus calmement.

Au jardin, les légumes poussaient, sous la surveillance attentive d'Anna, qui ne ménageait pas sa peine. Semis, repiquages, sarclage, désherbage ou arrosage l'occupaient tous les jours. Elle se levait en même temps que sa petite-fille et la Tchadienne et, une fois le petit déjeuner avalé, son large chapeau de paille coiffé, elle filait jusqu'à la doline, qu'elle ne quittait que vers onze heures, lorsque le soleil, déjà haut dans le ciel, dardait de tous ses rayons. Après avoir mené les brebis en pâture et nettoyé l'étable, Juliette et Salomé la rejoignaient dans la matinée et se mettaient sous les ordres de l'aïeule qui les regardait arriver, la main sur le manche de la tranche, la tête haute et l'œil fier. Elle dispensait alors des conseils avisés, que toutes deux écoutaient religieusement en grattant la terre ou en cueillant petits poix, haricots verts et autres légumes de saison.

Les travaux de la vieille maison avaient débuté courant juin. La charpente se dressait et, bientôt, les couvreurs allaient s'affairer à poser les lauzes.

Chaque jour, Salomé et Loïc étaient un peu plus amoureux. Anna les couvait d'un regard attendri.

— Juliette, fit la Tchadienne, un matin de fin juin, dans l'étable, Loïc voudrait partir quelques jours en vacances...

— Ah ! s'exclama l'éleveuse, c'est bien, ça vous changera les idées.

— Mais, retourna la jeune Noire d'une petite voix, ça ne te gêne pas que je m'absente ? Tu vas être seule pour t'occuper des brebis.

— Salomé, quand je t'ai proposé de travailler ici, je t'avais dit que tu bénéficies, comme tous les salariés, de quatre semaines de congés. Je t'avais même précisé que l'été c'était parfait puisqu'il n'y a plus la traite. Prends donc tes vacances et partez en amoureux.

— Oh ! c'est formidable ! clama-t-elle en battant des mains, faisant lever la tête aux brebis. Loïc va être heureux. Mais, comme je ne savais pas si je l'accompagnerais, on n'a pas encore choisi de destination… Lui penche pour la montagne pour se promener… et, moi, je préférerais la mer…

— Dans ce cas, allez à Collioure, dans la maison de mes parents. C'est entre Méditerranée et Pyrénées. Vous pourrez à la fois vous baigner et aller marcher en montagne. La côte est très sauvage et l'arrière-pays magnifique. Il faut seulement voir en fonction des dates qu'ont choisies Mélanie et Pascale, quoique la maison est assez grande pour tous vous accueillir. Mais j'imagine que, toutes deux, elles doivent plutôt vivre la nuit, quand elles sont là-bas !

— Juliette, c'est merveilleux ! s'exclama la Tchadienne, mais… la location, c'est combien ?

— Comme ils savent que les filles y vont tous les étés, mes parents ne louent pas la maison. Tu verras avec eux. Quant à moi, j'irai peut-être aussi quelques jours, dans la seconde quinzaine d'août, avec Michel et Carole. Ça fait du bien de changer d'air et de voir autre chose que des brebis tous les matins et tous les soirs ! Il faut que j'en parle à ma grand-mère pour savoir ce qu'elle voudra faire, mais elle ne me suivra pas à Collioure. Elle ne s'y plaisait pas beaucoup et elle y dormait mal. Elle pourra aller au Bousquet, retrouver mon père et ma mère, et papoter avec les parents de Corinne et le couple de retraités qui y vit toute l'année. Ah ! Le Bousquet aussi se désertifie.

Même avec mes parents, ça ne fait plus que dix personnes...

— Mais, Juliette, si elle veut rester au mas, je serai là, s'empressa Salomé, et, comme c'est elle qui fait la cuisine... ajouta-t-elle en riant.

— Oui, tu as raison, lui retourna l'Aveyronnaise, amusée, mais c'est elle qui décidera...

— Et puis... autre chose, ta proposition de logement... tu es toujours d'accord ?

— Bien entendu ! confirma Juliette. Pourquoi ?

— Avec Loïc, on a pensé que, si on s'entendait bien pendant deux semaines, on pourrait... vivre ensemble. Et il me présentera à ses parents au retour des vacances. Il leur a déjà parlé de moi, et, d'après ce qu'il m'a dit, ils ne refusent pas d'ouvrir leur porte à une Noire... et peut-être... de l'avoir comme belle-fille...

— Eh bien, Salomé, que de bonnes nouvelles ! souffla l'éleveuse, affairée entre deux brebis. Je suis ravie pour toi. Tu te souviens du soir où je t'ai recueillie à Millau et où tu étais désespérée, où tu envisageais de repartir chez toi ? Le vent a tourné... et tant mieux !

— Oui, soupira-t-elle, j'y songe parfois, et je me dis que j'avais une bonne étoile. Et elle veille toujours sur moi... Elle s'appelle Juliette... Merci pour tout...

La voix s'étranglait dans sa gorge. Ses grands yeux noirs s'illuminèrent et devinrent humides. Quelques larmes perlèrent et tracèrent deux sillons brillants sur ses joues. Elle regarda Juliette, heureuse. La vie lui souriait...

Un après-midi de début juillet, Anna faisait la sieste, Salomé avait sellé Pyrène et était partie faire une balade sur le plateau. Juliette se prélassait en maillot de bain au bord de la piscine, sous les caresses d'une brise rafraîchissante, quand un bruit de moteur se fit entendre. Elle vit arriver un motard casqué qui s'arrêta devant la maison. Il mit son engin sur la béquille et ôta son casque. L'éleveuse ouvrit de grands yeux en reconnaissant Olivier Bouguayroux.

— Qu'est-ce qu'il vient faire ? marmonna-t-elle à mi-voix.

Elle se leva et alla à sa rencontre. Il la salua poliment.

— J'ai pu me procurer l'argent que mon père te doit… pour rembourser tes brebis, annonça-t-il fièrement, tendant une enveloppe.

Elle se mit à le dévisager, incrédule et troublée. La dernière fois où elle l'avait vu, c'était un an plus tôt, le jour de l'inauguration du cabinet d'assurances de Carole. Il avait maintenant dix-huit ans. Ses traits s'étaient affirmés, la voix était posée, les épaules s'étaient élargies. Ce n'était plus le frêle adolescent de leurs ébats, deux ans auparavant, mais un beau jeune homme.

— Mais… mais… balbutia-t-elle, n'ayant même pas tendu la main pour prendre l'enveloppe, tu… tu m'avais dit une partie fin août et le reste à la fin de l'année. D'où vient cet argent, Olivier ? Tu n'es pas allé faire une bêtise pour… pour venir me voir et te mettre en valeur ?

— Juliette, tu plaisantes ? s'exclama-t-il, serein et souriant, cet argent, c'est l'ami de ma mère qui me l'a avancé. Il tient un restaurant et je travaille chez lui pour les vacances. Je lui ai expliqué que mon père a des problèmes d'argent en ce moment et que je souhaitais l'aider. Il a été très compréhensif… mais ma mère n'est pas au courant ; il vaut mieux ! Voilà, c'est tout…

— Ah ! fit l'éleveuse, sceptique, tu… tu es sûr ?

— Pourquoi je te mentirais ? lui rétorqua-t-il avec assurance. J'ai beaucoup apprécié que tu acceptes de retirer ta plainte, je voulais te remercier, et puis, comme ça, la famille Bouguayroux ne te devra plus rien…

Juliette ne savait que dire, ni quelle attitude adopter. Lui attendait, promenant un regard qui n'était pas innocent sur son anatomie. Elle ne sut pourquoi, mais elle l'invita à entrer. Ils s'installèrent au salon et bavardèrent un moment. Le jeune homme venait d'obtenir son bac et allait faire un BTS de comptabilité à Millau.

— Olivier, lâcha-t-elle enfin, cet argent, c'est toi qui l'as gagné… ou plutôt qui vas le gagner. Est-ce que ton père sait que tu me l'as apporté ?

— Non, pas encore.

— Alors c'est très bien. Moi aussi, j'apprécie ton geste, mais cet argent est à toi. Garde-le. Je n'en veux pas. Je n'attends quand même pas après ! Et je sais que tu n'en as pas de trop. En plus, quand ton père apprendra que tu m'as remboursée, il risque de ne jamais te le rendre. Moi, j'ai de quoi faire pression sur lui pour rentrer dans mes fonds...

Elle l'observait. Il paraissait indécis, partagé entre la dignité et l'honnêteté qui lui avaient dicté cette démarche noble et le désir de conserver cet argent dont il avait toujours manqué et qui représentait une belle somme pour lui.

— C'est ton argent, Olivier, répéta Juliette en se levant, le tirant de sa méditation.

— Merci... alors, bredouilla-t-il, penaud, merci beaucoup. C'est très gentil à toi...

Une pulsion la traversa. Elle avança, le prit par l'épaule et l'embrassa sur la joue. Il la saisit par les hanches et lui rendit son baiser. Elle se retira soudain, honteuse de sa provocation, prise de panique. Le contact des mains douces avait agité son corps de frémissements et réveillé en elle le souvenir des moments de tendresse, à la fois délicieux et diaboliques, qu'ils avaient partagés deux ans plus tôt. Elle le devança vers la porte, consciente du danger pernicieux qui les guettait. Il était préférable d'écourter cette entrevue.

— Et puis, ne va pas dire à l'ami de ta mère que tu as conservé cet argent, lui conseilla-t-elle en le raccompagnant jusqu'à sa moto. Il pourrait te demander de le lui rendre... Et ne va pas, non plus, faire le flambard, ça pourrait éveiller des soupçons...

— Rassure-toi, ça ne risque pas, j'en ai trop besoin ! souffla-t-il, radieux.

Il la remercia une nouvelle fois et empoigna son casque. Avant de l'enfoncer sur sa tête, il s'avança. Ils s'embrassèrent pour se dire au revoir et il fila dans le chemin pour aller saluer son père.

Juliette regagna la piscine en traînant le pas, troublée par cette rencontre. Elle sauta dans l'eau et fit quelques longueurs pour tenter d'oublier le contact chaud des lèvres et des mains du jeune homme…

Mi-Juillet, la traite venait de s'achever. Pour fêter l'événement, et avant que les uns et les autres ne s'éparpillent pour les vacances, Juliette emmena, un samedi soir, sa grand-mère, Salomé et Loïc au restaurant. Ils étaient retournés chez Richard Castany, où Michel et Carole les avaient rejoints.

A leur arrivée, elle avait bavardé avec son copain de collège, s'excusant de ne pas être revenue plus tôt. Durant la période de traite, elle n'avait pas souvent envie de descendre à Millau, le soir, après une longue journée de travail.

Après avoir choisi le menu, tous discutaient en attendant le premier plat. Lorsque le serveur apparut, Juliette resta bouche bée. Lui faillit échapper les assiettes. C'était Olivier ! En le fixant du regard, elle mit un doigt devant sa bouche. Un imperceptible signe de tête traduisit son acquiescement. Il se reprit tant bien que mal et salua la tablée, comme il avait appris à le faire avec les autres clients. Richard Castany vivait donc avec l'ex-épouse de Bouguayroux, et c'était lui qui avait avancé l'argent que le jeune homme était venu lui proposer quelques jours plus tôt.

Le regard de Juliette croisa celui, interrogateur, de Carole. Un clignement d'yeux discret scella leur silence complice. Il était inutile d'avoir à expliquer aux autres des choses qui appartenaient au passé…

Quand Juliette régla la note, elle laissa un pourboire substantiel pour le serveur qui se confondit en remerciements. Le patron s'était avancé. Elle le félicita pour la qualité de la cuisine, mais aussi pour celle du service.

— Olivier ? fit-il, oui, il se débrouille bien. C'est le fils de ma compagne. Il est là pour les vacances, pour se faire un peu d'argent. C'est dommage qu'il ait choisi une autre voie…

L'été 1979 s'avançait dans le calme au mas Saint-Clair. Après avoir passé quelques jours avec leur mère, Mélanie et Pascale avaient filé à Collioure.

La rénovation de la vieille maison avançait à grands pas. La couverture était achevée, les menuiseries en place, les cloisons bâties, le carrelage posé, l'électricité, la plomberie et le chauffage en bonne voie. En septembre, Juliette, qui s'était réservé peintures et tapisseries, ainsi que l'aménagement des combles, pourrait se mettre à l'œuvre.

Début août, ce fut au tour de Salomé et Loïc de découvrir la cité balnéaire. Les parents de Juliette leur avaient loué la villa pour une somme modique. Quant à Anna, elle avait décidé de monter passer quelques jours au Bousquet avec sa fille et son gendre. Et puis, ils avaient aussi des choses à se raconter, elle, la mère de Corinne et le couple de retraités qui vivait également là-haut. Les filles de Juliette étaient parties rendre visite à leurs grands-parents paternels à la Chapelle-Saint-Mesmin.

L'éleveuse se retrouvait donc seule dans la grande maison, où régnait le calme qu'elle avait connu lorsqu'elle avait emménagé. La matinée commençait par la conduite du troupeau au pré. Elle nettoyait ensuite l'étable. Parfois, elle sellait Pyrène et partait en balade sur le plateau, avant que la chaleur ne devienne accablante. Il était temps de préparer le repas, même si, toute seule, elle mangeait plutôt des salades variées qu'elle composait avec les divers légumes du jardin. L'après-midi, elle s'octroyait une petite sieste avant d'aller à la piscine où elle nageait pendant un long moment. Il était ensuite l'heure de retourner chercher les brebis. Après le dîner, elle se prélassait à la fraîcheur en admirant le coucher du soleil.

Un après-midi, il était quatre heures, et elle venait de s'installer dans un transat au bord du bassin, quand apparut une moto. Elle reconnut Olivier et alla vers lui.

— Comme après le service de midi je suis libre, je suis monté voir mon père, annonça-t-il, souriant. Apparemment, il va bien. Je crois qu'il a enfin réalisé ses erreurs. Il refait surface. Je suis content pour lui. Il m'a dit aussi qu'il n'allait pas tarder à commencer à te rembourser. Comme je n'étais pas loin, j'ai voulu passer te dire bonjour…

— Ah ! C'est gentil de venir me tenir compagnie, lui retourna-t-elle, embarrassée, avant d'ajouter : Je suis seule au mas en ce moment.

Elle l'invita à prendre une boisson. Ils rentrèrent et devisèrent un moment.

— Tu as une copine ? demanda-t-elle.

— Non, pas en ce moment… et puis, avec le travail, je n'ai guère le temps, répondit-il avec un grand sourire.

Tous deux s'observaient à la dérobée, poussés par un même désir qu'aucun n'osait exprimer. L'éleveuse fit le premier pas. Elle se leva et s'installa sur le canapé, à côté de lui. Les mots étaient devenus inutiles. Ils échangèrent douces caresses et tendres baisers, puis gagnèrent la chambre où ils partagèrent de nouvelles effusions passionnées.

Allongée nue sur le lit, dans les bras de son jeune amant, Juliette était prise de remords. Pourquoi donc avait-elle cédé de nouveau à cette pulsion ? Pourquoi avait-elle pris le risque de renouveler cette relation coupable qui ne menait à rien ? Mais cela faisait deux ans, depuis leurs derniers ébats de ce mois d'août 1977, qu'elle n'avait pas fait l'amour avec un homme, et ces instants de bonheur charnel, qu'elle venait de voler, l'avaient comblée. Perdue dans ses fantasmes, elle fixait, sans le voir vraiment, le lustre de la chambre, cherchant déjà les mots pour clore ce qui ne devait être qu'une parenthèse dans leurs vies respectives. Lui reposait, apaisé, savourant cette étreinte voluptueuse. Avait-il deviné ses pensées ?

— Juliette, souffla-t-il, tu as l'air soucieuse. Ne t'inquiète pas, je ne vais pas venir te voir tous les jours. J'ai mûri et j'ai compris que, tous les deux, on ne peut pas espérer autre chose que quelques moments de plaisir, comme ceux que nous venons de vivre, même si c'était délicieux.

Elle le dévisagea, surprise, ne s'attendant pas à pareil discours. Elle déposa un baiser sur ses lèvres, puis ils se levèrent. Il était temps pour le jeune homme de regagner Millau et, pour elle, d'aller chercher les brebis au pré.

— Merci Olivier, lui glissa-t-elle à l'oreille en le raccompagnant jusqu'à sa moto, merci de ta compréhension. En effet, tu as mûri… mais… si tu veux revenir, je suis seule pour trois jours encore… pas plus…

— Ah ! s'exclama-t-il, je… je ne sais pas. Je ne voudrais pas qu'on reprenne de mauvaises habitudes. Je verrai…

Après un dernier baiser, il enfourcha son engin et disparut au bas du chemin. Elle demeura bras ballants, perplexe et dépitée. Cigale était assise sur son séant, loin des préoccupations de sa maîtresse.

— Juliette, ma fille, tu viens de prendre une belle gifle ! maugréa-t-elle en grimaçant, prenant la chienne à témoin. Et c'est un gamin de dix-huit ans qui vient de te la donner. Qu'est-ce que tu as cru ? C'est toi qui as un comportement de gamine ! Lui, il est devenu adulte. Enfin, on a pris un peu de bon temps… Mais pourquoi je suis allée le relancer ? Je suis une idiote. C'est ridicule. Ma grand-mère a raison : ou je trouve un compagnon, ou je ne vais pas tarder à me comporter comme une vieille fille !

Sa nuit fut peuplée de songes où se mêlaient souvenirs et remords. Le lendemain après-midi, elle était à nouveau installée sur un transat, à l'ombre d'un parasol, somnolant à moitié, obnubilée par ses rêves et ses tourments, lorsque le bruit, désormais familier, de la moto la fit sursauter.

Pendant trois jours, ils s'abandonnèrent avec volupté pour leur plus grand bonheur. Et, quand vint le moment de l'ultime séparation, ils demeurèrent tous deux à se regarder longuement sans un mot, emportés par leur folie d'amants impossibles.

Le lendemain, Salomé et Loïc étaient de retour, autant enchantés par leur séjour à Collioure que par les tendres journées qu'eux aussi avaient partagées, entre baignades et découverte de l'arrière-pays.

— Tu ne t'es pas ennuyée ? demanda la Tchadienne.

— Euh… non, bredouilla Juliette en frémissant à la pensée des ébats qui avaient rythmé sa vie cette dernière semaine. Et puis, maintenant, c'est à mon tour d'aller à la mer.

— Pour le logement, reprit la jeune Noire, avec Loïc, on a pensé que, puisque la maison est pratiquement terminée, on va attendre un peu et s'y installer, plutôt que d'occuper l'appartement pour un mois ou deux et de déménager ensuite. Ça ne te dérange pas ?

— Non, au contraire, c'est une bonne idée… si vous n'êtes pas trop pressés, plaisanta Juliette.

— C'est formidable, souffla Salomé, euphorique. Et puis, Loïc viendra nous aider quand il sera de repos. Ça avancera plus vite. Pendant ton absence, est-ce qu'il peut venir dormir ici, avec moi ?

— Bien entendu ! Il ne va pas te laisser seule, maintenant ! s'esclaffa l'éleveuse, d'autant plus que ma grand-mère ne parle pas de revenir. Elle doit encore avoir des choses à raconter, au Bousquet !

— C'est génial, chéri ! clama Salomé qui était aux anges. Et, demain, c'est un grand jour : il me présente à ses parents…

Juliette les regardait, heureuse de partager leur bonheur, et mélancolique en songeant à sa situation personnelle.

Le lendemain soir, tous deux réapparurent, souriants, après la visite chez les parents du jeune homme.

— Alors ? Comment ça s'est passé ? s'enquit aussitôt l'éleveuse.

— Bien, répondit Salomé. Au début, on était tous plutôt mal à l'aise. Moi, je n'osais trop rien dire, de peur de lâcher une bêtise, de les froisser, et je crois qu'eux c'était pareil. Et puis on s'est mis à discuter, on a évoqué mon pays, l'insécurité, la famine, la misère… Même si Loïc les avait déjà mis un peu au courant, j'ai raconté mes galères ici… et j'ai parlé de la bonne fée qui m'a recueillie. Ils espèrent faire ta connaissance.

— Eh bien, à mon retour de Collioure, on les invitera, coupa Juliette. Il faut bien qu'ils découvrent où vous allez habiter.

— Merci, Juliette. Et puis, ils sont gentils. Pour eux, le plus important, c'est de savoir que leur fils est de nouveau proche d'eux et qu'il va fonder un foyer. Et j'ai le sentiment qu'ils sont très francs. Ils m'ont avoué que si Loïc avait amené une fille de couleur avant, ils l'auraient peut-être mal acceptée, mais le fait qu'il ait vécu en Afrique les a fait changer d'opinion. Ils ont découvert beaucoup de choses et réalisé que ce qui est important, ce n'est pas la couleur de peau des gens, mais ce qu'ils ont en eux. Ce qui est important, c'est la gentillesse, l'amour. Certains ne savent même pas pourquoi ils nous haïssent... Il faut ignorer ces méchancetés. Un jour, peut-être, ils comprendront...

— Oui, je l'espère, soupira l'Aveyronnaise. En tout cas, je suis ravie pour vous deux, et je vous présente tous mes vœux de bonheur.

Juliette partit le lendemain, samedi, après avoir laissé les consignes à son employée. Michel, Carole et ses enfants la rejoindraient le dimanche. Cela faisait plusieurs années qu'elle n'était pas allée à Collioure. Comme dans beaucoup de villes côtières, les constructions commençaient à pousser comme des champignons, sous l'impulsion de promoteurs avides. Heureusement, quand ses parents avaient acheté leur villa, cet engouement n'était pas encore de mise. La situation privilégiée de la maison, perchée sur les coteaux, faisait que la vue était imprenable et l'enclos suffisamment grand pour ne pas être confronté à la promiscuité de voisins parfois bruyants, qui recevaient beaucoup et prolongeaient apéritifs et barbecues pendant ces longues soirées estivales.

Dès le premier soir, Juliette se rendit en boîte de nuit. Elle avait envie de danser, de voir du monde. Depuis qu'elle habitait au mas, hormis le fait d'aller quelquefois à Millau, elle n'avait pas d'occasions de sortir, le troupeau la tenait comme prisonnière, là-haut, sur le plateau.

Elle avait revêtu une robe courte, largement décolletée, de couleur claire, qui mettait en valeur son teint mat. Un homme brun, grand, svelte, chemise blanche grande ouverte sur une poitrine bronzée, costume de lin ivoire, qui devait avoir la quarantaine, était arrivé, l'allure décontractée. Il s'assit seul à une table, un verre devant lui. Il remarqua Juliette et lui adressa quelques sourires auxquels elle répondit. Il se leva et l'invita à danser un rock qui la laissa essoufflée. Des slows suivaient. Ils s'enlacèrent et, aussitôt, il se mit à chuchoter à son oreille. Des propos de séducteur, en accord avec son accent italien, qui amusaient l'Aveyronnaise, tandis que leurs deux corps étaient étroitement liés. Quand la musique se tut, il lui proposa de venir prendre un verre avec lui. Ils devisèrent un moment, puis retournèrent sur la piste pour une nouvelle série de danses langoureuses. Quelques baisers plus tard, ils retournèrent s'affaler sur la moelleuse banquette de velours rouge où ils échangèrent des caresses ponctuées de murmures qui les faisaient rire à tout va. Paolo, l'Italien sûr de son charme, proposa à Juliette d'aller prendre un dernier verre à son hôtel. Elle n'était pas dupe de ses intentions, mais elle était là pour se distraire et ne pouvait espérer mieux débuter son séjour. Après tout, elle était libre et avait envie de s'amuser.

Il vivait à Florence et travaillait dans le commerce. La crainte que la révélation de sa profession d'éleveuse ne rebute le bel Italien entraîna Juliette à raconter qu'elle était dans une banque de la région parisienne. Lui était là pour un séjour d'une semaine. Elle était en vacances à Collioure, chez son frère. Pour les deux amants, la nuit, passionnée, fut trop courte. Juliette abandonna son chevalier servant après le petit déjeuner. Il l'avait invitée à dîner au restaurant. Elle retourna à la villa en chantonnant. Michel, Carole et ses deux fils allaient arriver et il y avait le repas à préparer.

Elle les reçut, rayonnante. L'amie de son frère lui en fit la remarque. Juliette lui conta sa folle nuit et le rendez-vous qui l'attendait, le soir même.

— Je crois que, cette semaine, je ne vais pas défaire le lit ici ! s'esclaffa-t-elle, radieuse, sous le regard complice de Carole.

Ils se retrouvèrent ainsi, chaque soir, jusqu'au vendredi. Mais, pour Paolo, le séjour s'achevait. Leur dernière nuit fut torride.

— Je vais régulièrement à Paris, lui confia-t-il, rêveur, la tête sur l'oreiller. On pourrait se revoir…

— Si j'ai bien travaillé dans une banque, souffla-t-elle, je vis dans l'Aveyron depuis deux ans et j'élève des moutons sur le Larzac. Je t'ai menti sur ma situation parce que je craignais que tu ne veuilles plus me voir à cause de mon activité… un peu particulière. Je suis désolée…

— Tu élèves des moutons ? s'exclama-t-il. Tu n'as pourtant pas l'allure d'une agricultrice ! Tu es une femme superbe, Juliette, et j'ai passé une semaine merveilleuse avec toi.

Il était intrigué par cette révélation et voulut en savoir plus, ne comprenant pas comment elle s'était arrangée pour délaisser sa ferme. Elle révéla qu'elle était divorcée et que son employée s'occupait du troupeau pendant ses vacances. Il raconta qu'il était marié, mais que son épouse, plutôt casanière, était habituée à ses fréquents déplacements et se souciait peu de savoir comment il occupait ses soirées.

L'heure de la séparation était arrivée. Tous deux savaient qu'ils ne se reverraient sans doute pas et les regrets n'étaient pas de mise. Après un dernier baiser, Juliette repartit, légère, heureuse. Même si elle avait passé de bons moments avec Olivier, parfois ponctués de remords coupables, elle n'avait jamais vécu des nuits aussi folles, libre, amoureuse, sans arrière-pensée, avec un homme de son âge.

Peu avant midi, ce samedi, un livreur arriva à la villa, portant un énorme bouquet de roses. Même si elle n'avait guère de doutes sur l'expéditeur, elle se saisit fébrilement de la carte de visite qui l'accompagnait. Sa lecture lui arracha un grand sourire.

Pour la belle bergère du Larzac, en souvenir de cette magnifique semaine de soleil et d'amour.

Paolo.

Il l'avait donc suivie à son insu, et, avec ces fleurs, le séduisant Italien lui avait fait parvenir le plus raffiné des remerciements.

Les journées de la deuxième semaine se déroulèrent dans le calme, partagées entre longs repas, plage et farniente. Et les nuits de Juliette furent également moins agitées ! Le soir, elle, Michel et Carole descendaient se mêler aux autres vacanciers qui baguenaudaient dans les ruelles de la cité. Ils erraient, du château royal au phare situé à l'extrémité de la jetée de l'îlot Saint-Vincent. Là, la houle marine soulevait des paquets d'eau qui venaient se briser sur les rochers, amenant embruns et fraîcheur. Ils s'asseyaient à la terrasse d'un café et dégustaient une glace, avant de remonter à la villa, sur les hauteurs. Stéphane et Vincent, les enfants de Carole, rentraient bien plus tard. A dix-huit et dix-sept ans, les soirées se terminaient toujours trop tôt ! Tous les jours, l'éleveuse téléphonait à Salomé, qui se débrouillait fort bien.

Le séjour à Collioure s'achevait. Tous regagnèrent l'Aveyron. Au mas, la vie reprit son cours habituel.

Anna avait rejoint sa petite-fille. Elle s'affairait à nouveau au jardin et faisait des conserves. Mais elle suivait aussi avec intérêt les travaux de la vieille maison, qui avançaient à grands pas. Loïc n'était pas le dernier à mettre la main à la pâte. Il se révéla un excellent menuisier, et les deux femmes se chargeaient des peintures et des tapisseries.

Un dimanche, Juliette avait invité les parents du jeune homme. C'était un couple d'ouvriers sans manières. Ils découvrirent le mas avec ravissement. Anna avait passé la matinée à la cuisine. Après le repas, Salomé et son ami les avaient emmenés se promener sur le plateau. Ils repartirent en fin d'après-midi, enchantés de leur journée.

— La prochaine fois que vous viendrez, ajouta la Tchadienne, ce sera chez nous… et c'est moi qui ferai la cuisine, même si ce ne sera sûrement pas aussi bon qu'aujourd'hui !

— Je t'aiderai, fit Anna avec un sourire complice.

Début septembre, Juliette réceptionna le premier remboursement de Gaston Bouguayroux. Il demandait un reçu qu'elle lui fit parvenir après avoir encaissé son chèque.

Les travaux de la vieille maison se déroulaient dans la bonne humeur. De jour en jour, les pièces prenaient tournure. Et, fin septembre, les deux amoureux, impatients, purent enfin prendre possession de leur logis, heureux comme des enfants devant un cadeau.

Anna décréta que, dans la mesure où la chambre de Salomé était désormais libre, elle allait s'y installer.

— Ça économisera mes vieilles jambes, lança-t-elle avec une grimace, et puis, ça évitera de chauffer l'étage, cet hiver. Il n'y a pas de petites économies !

XVII

Avant la période d'agnelage, Juliette avait voulu retourner dîner chez Richard Castany. Un soir de début novembre, elle y avait entraîné sa grand-mère, Salomé et Loïc. Michel et Carole les y avaient rejoints. L'éleveuse avait choisi une date hors des vacances scolaires pour éviter de se retrouver face à Olivier.

Les brebis avaient mis bas sans souci particulier. L'installation de traite avait été doublée. Ainsi, Juliette et Salomé ne s'affairaient plus qu'une heure et demie matin et soir auprès des deux cent quatre-vingt-onze mères, ce qui leur laissait davantage de temps à consacrer à d'autres travaux.

Les fêtes de fin d'année réunirent une nouvelle fois la famille, ainsi que la Tchadienne et son compagnon. Salomé avait également convié la famille Cieurac et les parents de Loïc pour ce qui était un peu l'inauguration de la vieille maison.

Mélanie annonça qu'elle avait un ami, Gilles, qui fréquentait, lui aussi, l'école normale de Montpellier.

— C'est un ami… ou un petit ami ? s'inquiéta sa mère.

— Oh ! Plutôt un petit ami, confia sa fille aînée, et on s'entend merveilleusement. Et puis, je crois qu'une présence masculine me rassure, même si elle ne remplace pas celle d'un père…

Sa mère se contenta d'un hochement de tête. Que pouvait-elle ajouter ? Même si ce constat amer la désolait, elle n'était pas responsable de la situation.

Janvier s'achevait. Froid, pluie et brouillard avaient rythmé le premier mois de l'année 1980. Gaston Bouguayroux avait fait parvenir le second chèque à Juliette.

Un dimanche en fin d'après-midi, le téléphone sonna au mas. C'était Richard Castany. Le restaurant était fermé comme chaque fin de semaine et il souhaitait rendre visite à Juliette. Elle lui expliqua l'itinéraire et lui proposa de partager le dîner. Il arriva vers dix-neuf heures et prit place à la table en compagnie d'Anna et de sa petite-fille. Après le repas, ils s'installèrent dans le cantou et se mirent à bavarder en buvant le café. L'aïeule, que le sommeil gagnait, annonça qu'elle allait se coucher. L'éleveuse écoutait avec intérêt son copain de collège raconter sa vie au Pérou. Elle lui avait proposé un cognac qu'il dégustait à petites gorgées, en égrenant ses souvenirs.

— Juliette, fit-il lorsqu'ils se retrouvèrent tous deux, tu vas peut-être trouver ma démarche osée, mais, si je suis venu te voir, c'est parce que je suis seul depuis deux mois...

— Ah bon ! coupa-t-elle.

— Oui, ma compagne m'a quitté. Elle a un travail avec des horaires réguliers et ne supportait plus mon manque de disponibilité. La restauration, c'est particulier. Beaucoup d'heures de présence... Je ne peux quand même pas mettre les clients dehors... Alors elle a repris sa liberté. La solitude me pèse. Je pensais qu'on pourrait... tu te souviens, au collège...

— Oui, soupira Juliette, c'est bien loin...

— Je sais, mais est-ce que tu aurais envie... de vivre avec moi ?

Elle le regarda, interloquée, ne sachant que répondre.

— Toi, poursuivit-il, avec ton travail qui est également très prenant, tu peux comprendre ce qu'elle n'a pas supporté...

— En effet, mais... je... je ne sais pas... je ne peux pas me prononcer comme ça, bredouilla-t-elle. Ce n'est pas une décision qu'on prend à la légère.

Elle était à cent lieues d'avoir à répondre à une telle proposition. Les idées se bousculaient dans sa tête. Elle pensait à l'ex-épouse de Bouguayroux, à Olivier, à cette amourette d'adolescents qui les avait vus, elle et Richard, échanger quelques billets doux et quelques caresses, des années auparavant. Mais le temps avait passé. Elle ne connaissait pratiquement rien de cet homme qui avait fait sa vie à l'autre bout de la planète. Cette requête, qui tombait là comme un cheveu sur la soupe, et la façon plutôt cavalière de la présenter lui paraissaient presque déplacées. Elle lui en fit part.

— Je comprends ta surprise, mais nous ne sommes plus des enfants ! Nous avons passé l'âge des regards timides et des petits papiers griffonnés et chiffonnés transmis par les copains. On pourrait se voir comme ce soir, une fois par semaine, quand le restaurant est fermé, du dimanche après-midi au lundi soir ou au mardi matin. Mais je ne veux pas avoir l'air de venir mendier un peu d'amour. Je te laisse réfléchir… et, si tu me disais oui, je serais un homme heureux. Et puis, rassure-toi, si tu n'acceptes pas, je m'en remettrai.

— Et Olivier ? questionna Juliette, perturbée par cette requête impromptue.

— Il est venu travailler pour les vacances de Noël, comme prévu. L'été dernier, je lui avais avancé de l'argent qu'il m'avait demandé pour dépanner son père. Maintenant, je ne sais pas s'il reviendra. C'est dommage, c'est un gentil garçon. On s'entendait bien et il est vaillant. Son père, il n'habite pas très loin d'ici. Tu le connais ? Parce que, d'après son exfemme, c'est un drôle d'oiseau !

Juliette répondit qu'elle le côtoyait le moins possible, mais elle préféra demeurer évasive. Elle n'avait pas envie de faire état des déboires qu'elle avait eus avec Bouguayroux, ni des visites de son fils au mas.

Ils se remirent à bavarder. Richard conta ses voyages au Pérou et dans les îles les plus proches. Il parla des civilisations disparues. Le regard de Juliette s'était illuminé. Elle avait toujours été curieuse de la riche histoire de ces peuplades et possédait une abondante littérature sur le sujet. Elle le pressa de questions. Il évoqua Cuzco, la capitale des Incas, les ruines de la cité de Machu Picchu. Il décrivit la cordillère des Andes, dont il avait gravi l'un des plus hauts sommets, le Huascaran, situé à 6 768 mètres d'altitude, le lac Titicaca, accroché à plus de 3 800 mètres, au sud du pays, à la frontière avec la Bolivie, et sur lequel il avait navigué. Il cita l'île de Pâques, avec ses statues mégalithiques…

— En fait, ce que j'appréciais, là-bas, c'était que je pouvais fermer le restaurant deux ou trois semaines et partir en voyage. Quand tu ouvres, tu travailles, et, quand tu réapparais, les gens reviennent. Cette période a été la plus agréable. Au début, quand je cherchais l'or, et ensuite dans la plantation, je devais toujours garder un œil ouvert. Entre les pillards et les rebelles, j'ai eu de sacrées frayeurs. Et, quand le gouvernement nous a pratiquement obligés à céder nos biens, il nous a rendu service. Sur la côte, à Trujillo, avec mon petit restaurant, j'étais nettement plus tranquille, et là je dormais sur mes deux oreilles. Mais le mal du pays a été le plus fort. Si tu veux… enfin, si nous nous revoyons, j'ai ramené beaucoup de photos. Je pourrai te les montrer.

— Ah oui ! fit-elle, conquise, avec grand plaisir. Si tu veux revenir dimanche prochain…

— C'est d'accord, enchaîna-t-il, ravi. Maintenant, je vais te laisser parce que je suppose que, pour toi, le réveil sonne de bonne heure.

— Oui, lever à cinq heures et demie, tous les matins pendant la période de traite, de mi-décembre à mi-juillet.

— En effet, ça fait de rudes journées, souffla-t-il, ébahi.

— Mais c'est une vie que j'ai choisie et, pour rien au monde, je ne retournerais dans la région parisienne. Je suis bien ici, et j'espère toujours que, plus tard, j'aurai l'occasion de découvrir ces pays d'Amérique du Sud qui me fascinent…

Ils se séparèrent sur ces mots.

Pendant la nuit, Juliette se réveilla à maintes reprises. Ses rêves l'emportaient au Machu Picchu ou à l'île de Pâques. Le visage de Richard ne la quittait pas ; ses récits, qu'elle avait écoutés avec émerveillement, résonnaient encore à ses oreilles.

Pourtant, elle ne parvenait pas à cerner le personnage. Le souvenir du garçon aimable du collège et de leurs balbutiements amoureux ne suffisait pas à la rassurer. Son existence l'avait ensuite entraîné vers des horizons lointains, dans un pays troublé, où les fortunes se faisaient et se défaisaient au rythme des révolutions. Quelle avait été sa véritable vie, là-bas ? L'évocation de ses aventures avait passionné l'éleveuse. La proposition de se voir une fois par semaine était plutôt séduisante. D'ailleurs, avec son restaurant, il n'avait guère d'autre choix, si ce n'était d'arriver au mas le soir vers minuit, à une heure où Juliette dormait déjà, en prévision du lever matinal. Quant à elle, il était exclu qu'elle abandonne la ferme, même si Salomé était sur place. Et puis, il n'y avait aucune urgence. Si, à Collioure, elle s'était donnée au premier venu, là, il s'agissait de s'engager pour une vie à deux. Elle n'allait donc pas lui ouvrir son lit, comme ça, de but en blanc !

— Oui, soupira-t-elle, se revoir, dialoguer, essayer de déceler ses intentions réelles, au cas où elles ne seraient pas claires… Je pourrais interroger Olivier, mais, d'une part, je veux éviter de le solliciter et, ensuite, je ne sais pas dans quel état d'esprit il est vis-à-vis de Richard. Il y a aussi sa mère, mais je suppose que, si elle l'a quitté, ce n'est pas pour m'en dire du bien ! Je vais demander à Michel et Carole de se renseigner discrètement. Eux, à Millau, pourront peut-être apprendre quelque chose. Et puis, demain, je parlerai à ma grand-mère pour savoir quelle opinion elle a de cet aventurier…

Apaisée, sereine, elle s'endormit enfin. La sonnerie stridente du réveil la fit sursauter, alors qu'elle voguait sur le lac Titicaca en compagnie de Richard.

Au retour de l'étable, elle s'assit en face de son aïeule pour prendre le petit déjeuner et lui posa aussitôt la question qui lui brûlait les lèvres.

— Mémé, qu'est-ce que tu penses de Richard ? fit-elle d'un air faussement détaché qui n'échappa pas à Anna.

Sa grand-mère la dévisagea. Toutes deux se côtoyaient depuis tant d'années qu'elles partageaient une intime complicité et se comprenaient à demi-mot. Elle savait que si sa petite-fille sollicitait son avis, c'est qu'elle avait une idée derrière la tête.

— Comment, qu'est-ce que j'en pense ? rétorqua-t-elle, avec un sourire de connivence au coin des lèvres.

— Eh bien… il… il t'inspire confiance ? bredouilla Juliette.

— Ah ! s'exclama-t-elle, ce n'est que ça ! Je croyais autre chose… Honnêtement, je ne sais pas. Comme ça, il est sympathique, mais je ne l'ai pas suffisamment écouté pour pouvoir porter un jugement. Ce qui est sûr, c'est qu'il a bourlingué. Après… le reste…

Elle avait levé les bras en signe d'impuissance, attendant que Juliette lui en dise davantage.

— Mémé, voilà, confia-t-elle enfin, Richard m'a demandé si je voudrais vivre avec lui.

Devant l'air surpris de son aïeule, elle raconta la proposition du restaurateur.

— Mais je ne lui ai rien promis, se défendit-elle aussitôt. Je ne le connais pas suffisamment pour me jeter dans ses bras à la première déclaration. Je ne parviens pas à bien le cerner, et j'espérais que toi, avec ton flair, tu pourrais m'aider. Mais il va revenir dimanche en fin d'après-midi. Il a beaucoup de photos à me montrer. Tu resteras avec nous ?

— Eh oui ! Comme quoi, je n'avais pas tort quand je disais que tu aurais besoin de moi pour trouver un homme ! s'esclaffa-t-elle.

— Merci, mémé. Je t'adore, souffla l'éleveuse en l'embrassant.

La semaine s'écoula. Le dimanche en fin d'après-midi, Richard revint, chargé de photos. Ils s'installèrent. Juliette prit connaissance avec ravissement des clichés qui la faisaient rêver, assortis de commentaires éloquents. Anna était là et découvrait, elle aussi, d'un air plutôt détaché, ces contrées lointaines. L'Aveyron était son univers et elle ne voyait pas le besoin qu'avaient ces gens d'aller ainsi courir sur d'autres continents. Ils passèrent à table et parlèrent un long moment.

Puis l'aïeule se retira. Ils se retrouvèrent seuls. C'était le moment qu'attendait Richard. Impatient, il questionna Juliette.

— Je n'ai encore rien décidé, fit-elle, amenant une grimace de déception sur le visage de l'homme. Même si tu ne m'es pas indifférent, tu peux comprendre que je ne veuille pas m'engager comme ça, sur un coup de tête. Une union ratée, ça laisse des traces et je ne voudrais pas me tromper une seconde fois. Laisse-moi le temps de réfléchir... mais la porte de la maison t'est toujours ouverte...

Un sourire avait traversé les yeux de Richard. Ils se séparèrent en se donnant rendez-vous le dimanche suivant.

Le lendemain matin, au retour de la traite, Juliette s'empressa de questionner sa grand-mère.

— Il me paraît bien, confia-t-elle, enfin comme ça, superficiellement. Il n'est pas vulgaire, plutôt renfermé, même. Et, s'il y a quelque chose en lui qui me chagrine, c'est justement ce côté un peu secret. Mais aucun homme n'est parfait. Il y a certainement pire que lui... et certainement mieux. Et puis, dans une rencontre, il y a toujours une part de hasard... Tu le sais bien...

— Oh oui ! soupira l'éleveuse avec une grimace de dépit. De toute façon, rien ne presse. Je vais attendre de savoir si Michel et Carole ont eu des échos à son sujet. Je vais le laisser mariner quelque temps. Ensuite, si on décide de vivre ensemble, on ne se verra qu'un jour et demi par semaine. Ça limite les risques de dispute. Et puis, avec nos deux espions à Millau, qu'il ne s'avise pas de me mener en bateau !

Un mois plus tard, le frère de Juliette et son amie n'avaient eu aucune information négative. Richard ne faisait pas parler de lui. Il était discret et menait son affaire rondement.

Le dimanche soir, l'Aveyronnaise lui annonça sa décision. Il lui sauta au cou, le visage radieux.

— Oh, Juliette, enfin ! clama-t-il, quel bonheur ! Avec le temps qui passait, je m'étais fait une raison. Je pensais que tu avais décidé de ne pas donner suite à ma demande et que tu n'osais pas me l'avouer. C'est merveilleux ! On va être heureux ensemble.

La vie prit une nouvelle tournure au mas. Même s'ils se téléphonaient pratiquement chaque jour, l'éleveuse attendait impatiemment les fins de semaine et le retour de Richard. Il arrivait toujours souriant, avec un bouquet de fleurs, un gâteau, une bouteille de vin, un mot gentil pour Anna. Le lundi après-midi, Juliette et lui partaient se promener sur le plateau, bras dessus bras dessous, et bavardaient longuement. Il était attentionné et sa compagne épanouie.

Pour Juliette, tout allait pour le mieux. Après en avoir parlé avec Richard, elle décida de faire construire un terrain de tennis. Lui aussi maniait la raquette et ils pourraient se dérouiller les jambes sur place au mas.

Au mois de mai 1980, Salomé annonça qu'elle et Loïc allaient se marier en août. L'éleveuse et sa grand-mère accueillirent la nouvelle avec joie.

— Ses parents y tiennent, ajouta la Tchadienne, et puis, comme on veut avoir un enfant, ce sera mieux.

— Je suis ravie pour vous, dit Juliette.

Après un troisième paiement fin mars, Gaston Bouguayroux, comme il s'y était engagé, solda sa dette en juin avec un petit mot dans lequel il présentait une nouvelle fois ses excuses à l'éleveuse.

Mélanie avait achevé sa formation d'institutrice avec succès. Elle devait attendre la rentrée pour connaître l'endroit où elle serait nommée.

Pendant l'été, il n'y avait plus de traite et Juliette descendait parfois à Millau le dimanche après-midi. Salomé s'occupait de sortir et de rentrer le troupeau. L'éleveuse regagnait le plateau le lundi soir. Elle et Richard s'offrirent quelques courtes escapades au bord de la Méditerranée, à Sète ou Palavas. Ils faisaient aussi des parties de tennis au mas et avaient initié Loïc et Salomé, qui s'en donnaient à cœur joie. Lors de leurs venues, les filles occupaient également le court.

Ce samedi d'août, toute la famille Cieurac était invitée au mariage de Salomé et Loïc. La jeune Noire était resplendissante dans sa longue robe blanche de mariée. Ses cheveux d'ébène tombaient sur ses épaules nues et encadraient un visage rayonnant. A la sortie de l'église de Saint-Beaulize, l'Aveyronnaise l'étreignit. Dans ses bras, la Tchadienne se mit à sangloter.

— Juliette, murmura-t-elle à son oreille entre deux pleurs, c'est le plus beau jour de ma vie. Jamais... jamais je n'aurais pensé être aussi heureuse. C'est merveilleux ! Et jamais je ne te remercierai assez pour tout ce que tu as fait pour moi. Sans toi, je ne sais pas ce que je serais devenue. Encore merci, Juliette, merci pour tout.

Ces larmes, qui descendaient lentement le long de ses joues, traçant des sillons qui scintillaient au soleil, étaient des larmes de bonheur. Elle colla son visage humide contre celui de Juliette. Elles s'embrassèrent longuement.

— Tous mes vœux, Salomé, tous mes vœux de bonheur et de réussite, fit Juliette d'une voix émue, tu le mérites !

Elle aussi mesurait le chemin parcouru depuis ce soir de l'automne 1977 où elle avait répondu à l'appel de détresse de la Tchadienne. Elle la revoyait, par cette froide nuit de novembre, tassée au fond de la cabine téléphonique à Millau, sale, tremblante, en hardes, affamée, désemparée, le regard perdu. Elle, qui avait quitté son pays où elle allait pieds nus, vêtue de haillons, ne mangeant pas chaque jour à sa faim, avait rêvé de la France, d'une vie facile. Et la réalité avait été tout autre. Le départ du Tchad, le voyage en bateau, la découverte de la métropole, avaient été autant d'expériences marquantes, souvent difficiles, auxquelles elle n'avait eu d'autre choix que de se plier. Et, alors qu'elle pensait enfin entrevoir le bout du tunnel, la sentence était tombée, brutale, définitive : les parents de Serge, son compagnon, ne voulaient pas d'une Noire chez eux ! Le racisme, primaire, dans toute sa bêtise, dans toute son horreur, jeté à la figure, dédaigneusement.

En revoyant le parcours semé d'embûches de sa collaboratrice, Juliette était heureuse et fière d'avoir été le petit coup de pouce du destin qui avait contribué à son épanouissement.

En guise de voyage de noces, Salomé et Loïc retournèrent à Collioure. Même si, au cours des années précédentes, la jeune Noire n'avait pas fait de grosses dépenses, pour s'installer, ils avaient dû tout acheter et ne voulaient pas jeter l'argent par les fenêtres. Les parents de Juliette leur avaient offert le séjour sur la côte comme cadeau de mariage.

Peu avant la fin d'année 1980, Mélanie, qui avait été nommée institutrice à Montpellier, de même que Gilles Canterie, son ami, avertit qu'elle viendrait passer les fêtes au mas avec lui. Ils envisageaient de se marier en 1981.

Salomé, radieuse, avait elle aussi une bonne nouvelle à annoncer : elle était enceinte.

— Notre enfant naîtra fin juillet ou début août, précisa-t-elle. Comme ça, je serai disponible pour l'agnelage et le début de la traite.

Elle et son mari reçurent les félicitations de tous.

— Vous avez donc pensé à tout ! plaisanta sa patronne.

— C'est aussi parce que Loïc pourra profiter du bébé et s'en occuper avant de reprendre le travail, ajouta la Tchadienne en riant.

Et, fin juillet 1981, un petit métis prénommé Pierre vint égayer le foyer de Loïc et Salomé, pour la plus grande joie du papa et de la maman, mais aussi de celle des parents du jeune homme. Juliette et sa grand-mère étaient elles aussi ravies de voir la population du mas Saint-Clair s'agrandir et couvaient le nouvel arrivant avec des yeux attendris.

Comme sa sœur, Pascale fut reçue institutrice et affectée à Béziers à la rentrée. A son tour, elle annonça à sa mère qu'elle avait un ami, Philippe. Tous deux s'étaient connus à l'école normale.

En août, Mélanie et Gilles rendirent visite aux grands-parents paternels de celle-ci. Elle rencontra également son père et l'informa de son mariage, programmé fin octobre, durant les vacances de la Toussaint, lui demandant s'il y assisterait. Même s'il s'efforça de n'en rien laisser paraître, il n'était guère enthousiaste à l'idée de se retrouver en présence de la famille Cieurac. Il promit de faire l'impossible pour se libérer, tout en prétextant un emploi du temps de plus en plus chargé, qui ne lui laissait pas le moindre moment de disponibilité. Sa fille ne fut guère surprise de sa réponse. Elle rendit compte de ses doutes à sa mère à leur retour au mas.

— Eh bien, maugréa Juliette, on se passera de sa présence. Monsieur est toujours débordé. Pour certains, il trouverait le temps…

Mélanie s'était fait une raison. A Saint-Beaulize, par une fraîche journée ensoleillée d'octobre 1981, elle épousa Gilles en l'absence de son père. Sa mère semblait davantage contrariée qu'elle par cette dérobade.

— Il aurait quand même pu faire un effort, avait-elle pesté.

Bernard avait écrit à son aînée une longue lettre, accompagnée d'un chèque confortable, dans laquelle il lui transmettait ses vœux de bonheur et où il s'excusait de ne pas être présent.

Pascale avait profité du mariage de sa sœur pour, à son tour, présenter Philippe Chaney, son soupirant, qui avait été nommé, lui aussi, dans une école de Béziers.

Lors de l'été 1982, toute la famille se trouva réunie au mas. Mélanie et Gilles annoncèrent qu'ils attendaient un heureux événement.

— C'est… c'est vrai, balbutia Anna en essuyant une larme, je vais… je vais être arrière-arrière-grand-mère ? Si Dieu m'accorde le bonheur de voir ce petit… ou cette petite, ajouta-t-elle dans un soupir.

— Mémé, reprit Juliette, pourquoi ne le verrais-tu pas ? Tu es solide comme un roc !

— Oh ! C'est toi qui le dis, fit l'aïeule avec un sourire d'espoir, mais, à mon âge, les rocs se brisent facilement...

En octobre 1982, Pascale épousait Philippe, toujours en l'absence de son père. Et, lors des fêtes de fin d'année, la cadette et son mari révélèrent à la famille qu'eux aussi attendaient un enfant pour août.

— Eh bien, s'exclama Juliette en souriant, je vais être deux fois grand-mère dans la même année. Quel coup de vieux je vais prendre !

— Ah oui ! renchérit Anna, l'œil humide à l'annonce de cette nouvelle naissance, et moi alors, qu'est-ce que je devrais dire ?

Les rires fusèrent et les verres se levèrent pour saluer à la fois la naissance de l'année 1983 et celle des futurs arrière-arrière-petits-enfants de l'aïeule qui était aux anges.

Salomé et Loïc avaient dit à Juliette qu'ils avaient l'intention de se faire bâtir une maison.

— Ah ! avait lâché celle-ci avec une pointe de déception, vous allez donc quitter le mas Saint-Clair...

— Euh... enfin... peut-être pas, avait bredouillé la Tchadienne. On aimerait faire construire ici. Ce plateau, on l'aime. Est-ce que tu voudrais nous vendre un peu de terrain ?

Juliette, qui ne s'attendait pas à une telle demande, était demeurée sans voix.

— En bas du mas, poursuivit la jeune Noire, au début du chemin, à côté de la doline où il y a le jardin...

— Oh ! s'exclama l'éleveuse, ce n'est pas un problème... et c'est une excellente idée que de vouloir rester ici. Tu te souviens du jour où tu m'avais dit que jamais tu n'aurais de maison ?

— Oui, murmura-t-elle, les yeux dans le vague.

— Tu vois, il ne faut pas perdre espoir, souffla Juliette en la prenant affectueusement par l'épaule.

— Oui, répéta-t-elle, songeuse, que de chemin parcouru…

La transaction fut effectuée dans les plus brefs délais et les murs sortirent rapidement de terre, sous le regard rêveur de Salomé.

Fin mars 1983, Nicolas, le premier héritier des Cieurac, arriva au foyer de Mélanie et Gilles. Juliette et Anna se rendirent aussitôt à Montpellier pour voir le bébé, confiant le troupeau aux soins de Salomé.

— Tu vois, petite, fit la grand-mère au retour, la vie m'a presque comblée. Je suis née au mas Saint-Clair et, grâce à toi, j'y vis de nouveau aujourd'hui. Ce jour est magnifique. Jamais je n'aurais pensé voir la cinquième génération des Combialet quand je gardais les brebis sur le plateau au début du siècle. C'est dommage que ton grand-père soit parti trop tôt. Lui aussi, il aurait été heureux et fier de pouvoir tenir ce petit dans ses bras…

Quelques jours plus tard, Juliette apprit par sa fille aînée que Bernard avait fait un rapide voyage en avion à Montpellier pour voir son petit-fils.

— Ah ! quand même ! lâcha l'éleveuse avec une grimace.

Au mas, comme chaque année, l'été 1983 amena de l'animation. Mélanie, Gilles, le petit Nicolas, Pascale, qui commençait à avoir de l'embonpoint, et Philippe aimaient à se retrouver dans le cocon familial sur le plateau. Et, entre grand-mère, filles, gendres, petit-fils, parents qui venaient passer quelques journées, sans oublier Richard qui rejoignait la famille le dimanche après-midi, Juliette était heureuse. Anna couvait tout ce monde d'un regard attendri et protecteur.

XVIII

Comme tous les ans à la mi-juillet, la période de traite s'achevait. Un soulagement pour les éleveuses, qui allaient pouvoir se lever un peu plus tard.

C'était un dimanche, en fin d'après-midi. Filles, gendres et petit-fils avaient filé à Collioure. Juliette et Salomé sortaient de l'étable. Avec un grand sourire, l'éleveuse remarqua le véhicule de Richard garé devant la maison. Après avoir fait quelques longueurs dans la piscine, il devait être installé au salon où il bavardait en compagnie d'Anna, attendant le retour de son amie. Une voiture surgit, poussive, et se rangea à côté de celle du restaurateur. C'était une 2 CV. L'Aveyronnaise s'arrêta, le regard inquisiteur.

— Qui est-ce ? murmura-t-elle en observant le véhicule, les yeux ronds.

C'était un modèle ancien, dont la couleur bleue d'origine était délavée. La bâche avait été rafistolée avec du ruban adhésif et du plastique. Avec le contre-jour, Juliette ne pouvait distinguer les traits du conducteur à l'intérieur.

En voyant arriver les deux femmes, celui-ci ouvrit la portière branlante et sortit. C'était un homme grand, maigre, les cheveux grisonnants, le visage bardé d'une barbe de quelques jours. Il était vêtu d'un jean plus que délavé, effrangé, à la propreté douteuse, de tennis éculées et d'un tee-shirt fripé dont le soleil avait décoloré le bleu d'origine. Elles approchèrent.

— Bonjour, fit l'homme, hésitant.

Elles lui répondirent du bout des lèvres. Juliette le dévisageait. Lui attendait, la main sur la portière. Il avait décoché un vague sourire.

— Tu… ne me reconnais pas ? interrogea-t-il, dépité, en s'adressant à l'Aveyronnaise.

La voix ! Elle connaissait cette voix, mais ne parvenait pas à mettre un nom dessus. Elle cherchait, muette, fouillant intensément dans ses souvenirs les plus profonds, fixant l'arrivant avec un regard à la fois interrogateur et méfiant.

— Ber… Bernard ? souffla-t-elle au bout d'un moment, incrédule.

— Oui, confirma-t-il, c'est moi.

— Mais… qu'est-ce que… comment… tu… bégaya-t-elle, au comble de la surprise, incapable d'articuler une seule phrase.

Juliette n'en croyait pas ses yeux. Elle l'avait vu pour la dernière fois en mai 1977, lorsqu'elle était revenue à Rambouillet pour déménager, lors du pont de l'Ascension. A cette époque, il était toujours le bel homme qu'elle avait aimé, habillé avec classe, tiré à quatre épingles. Et elle le retrouvait là, six ans plus tard, amaigri, vieilli, vêtu de hardes. Sa prestance habituelle avait disparu. Il hésitait à poursuivre.

— Je… je pourrais te parler, lâcha-t-il enfin, mal à l'aise.

— Euh… oui, balbutia l'éleveuse, intriguée. Je te présente Salomé, ma collaboratrice. Salomé, mon ex-mari.

— Ah oui, acquiesça-t-il en lui adressant un signe, les filles m'ont parlé de vous.

La Tchadienne le salua et les abandonna pour regagner la vieille maison.

— Mais qu'est-ce qui t'arrive ? demanda Juliette, abasourdie, qu'est-ce que tu fais là, dans cette tenue ?

Les traits sombres, tirés, il se mit à lui raconter. Lise Boirieux, sa maîtresse et secrétaire, avait détourné une somme d'argent colossale de l'agence de voyages, au profit d'un nouvel amant. Bernard avait une confiance totale en elle, et, lorsqu'il s'était rendu compte de la situation, il était déjà trop tard. Les divers rappels de factures des fournisseurs ainsi que les recours contentieux avaient été passés sous silence par la femme perfide, jusqu'au jour où il avait été convoqué par son banquier, qui lui avait annoncé la situation catastrophique de l'entreprise. Peu après, un administrateur avait été nommé et l'agence avait été placée en redressement judiciaire. Il avait vendu la maison de Rambouillet deux ans auparavant et acheté un appartement à Paris. Mais la maîtresse perverse lui avait suggéré de le mettre à son nom à elle, précisant même que, de la sorte, si l'entreprise connaissait un jour des problèmes financiers, ledit appartement ne serait pas touché. Lui, aveuglé par son amour et naïf comme un collégien, s'était exécuté sans arrière-pensée. Ensuite, empêtré dans le quotidien surchargé de son travail, il avait découvert qu'elle l'avait revendu depuis un an à son nouvel ami, mais il n'y avait aucune trace de l'argent qu'elle aurait dû toucher. En tout cas, l'amant possédait un titre de propriété en bonne et due forme. Il n'y avait donc aucun recours possible. Pire, de ce fait, Lise versait un loyer à son chevalier servant pour l'occupation de l'appartement ! Quant à celui de Deauville, elle avait également incité Bernard à s'en débarrasser en début d'année, et depuis elle avait viré le produit de la vente, augmenté d'autres prélèvements, sur le compte de la société, dans une banque suisse. Là-bas, l'argent qui entrait n'avait ni couleur ni odeur. Face à cette situation désastreuse, Bernard avait bradé tout ce qui pouvait se négocier, souvent à des prix dérisoires, mais tout cela n'avait même pas suffi à rembourser les créanciers. La liquidation avait été prononcée. Il se retrouvait complètement démuni et sans recours puisque Lise n'avait, officiellement, pas conservé un centime !

Juliette l'avait écouté sans un mot, atterrée par cette révélation. La maîtresse indélicate avait également signé une multitude de chèques en paiement de fausses prestations et effectué quelques versements conséquents à son nouveau tourtereau au titre de bonnes œuvres fantômes. Apparemment, elle connaissait parfaitement les rouages de ce genre de manipulations et savait qu'en ne conservant pas d'argent elle ne risquait, au pire, qu'une condamnation minime, dérisoire, en regard des sommes détournées.

— Et voilà ! acheva-t-il, abattu. Tout ce qui me reste est là : une vieille 2 CV, un sac avec trois ou quatre vêtements et…

Il plongea la main dans sa poche et en ressortit quelques pièces et billets.

— Et… environ deux cents francs, reprit-il avec consternation.

— Mais… enfin, dit Juliette, la justice… tes parents ?

— La justice, il faut attendre, lâcha-t-il sur un ton las, désabusé, ou plutôt ne rien attendre ! Cette garce a tellement bien fait les choses que je n'ai aucun espoir de récupérer quoi que ce soit. Quant à mes parents, ils n'ont rien voulu savoir. S'ils avaient daigné me prêter de l'argent, cela m'aurait permis de refaire surface, de remonter l'agence, de ne pas faire qu'aujourd'hui quinze personnes se retrouvent au chômage. Je suis passé à la Chapelle-Saint-Mesmin, mais ils n'ont même pas voulu m'héberger. Ils m'ont lancé que je récoltais ce que j'avais semé, que, si je n'étais pas allé faire la vie avec cette femme de rien, je n'en serais pas là. « Tu n'étais pas bien avec Juliette ? » m'a dit mon père. « Elle, c'est une femme honnête, respectable… pas comme l'autre traînée ! » Et c'est là que j'ai eu l'idée de venir… Je suis ruiné… perdu… Je suis un pauvre type !

Pour l'avoir vu mentir sans vergogne lorsqu'elle avait découvert ses infidélités, Juliette demeurait méfiante. Le diable était sans doute encore capable des pires roueries. Devant son air contrit de chien battu, elle ne put s'empêcher d'éclater de rire.

— Je vois que tes parents ont un excellent jugement, lâcha-t-elle avec un plaisir évident. Quant à moi, tu ne veux tout de même pas que je m'apitoie ? Que je verse une larme ? Tu n'as effectivement que ce que tu mérites, Bernard… mais elle t'a fait payer le prix fort, cette salope ! Et tu l'as virée ?

— Non, je n'ai même pas eu cette satisfaction, quoique, elle aurait été capable de me demander une indemnité de licenciement ! Quand elle a compris que le pot aux roses allait être découvert, elle n'est plus réapparue à l'agence. Elle a juste dit à la standardiste qu'elle était très fatiguée et qu'elle partait se reposer en Suisse pour quelques jours. Peu après, j'ai reçu sa lettre de démission. Je ne l'ai pas revue et je crois qu'il valait mieux. Je ne sais pas si j'aurais pu me contrôler…

— Mais… mais enfin, comment vivais-tu ? Tu ne t'es pas aperçu qu'elle allait avec un autre, que les finances de l'agence étaient dans le rouge ?

— Non. A vrai dire, je m'investissais toujours autant dans le travail commercial, et c'était elle qui gérait toute la partie financière. Et, comme je lui faisais entière confiance, je n'ai rien vu venir. Tu parles d'une gestion ! On était très libres, moi pas très disponible, et ainsi madame avait le temps de faire la belle et de cogiter ses magouilles, même si je suppose que son maquereau lui a donné un sérieux coup de main. Une escroquerie de cette envergure, ça ne se fait pas à la sauvette. Ça se prépare, et il faut avoir des connaissances financières et juridiques.

— Eh bien, pour une gifle, c'est une gifle ! s'exclama Juliette. Mais, au fait, pourquoi es-tu venu ici ? Pourquoi as-tu fait tout ce chemin ? Tes histoires ne m'intéressent pas. Je te rappelle que nous sommes divorcés, que nous sommes quittes.

— Je sais, Juliette, mais aujourd'hui je n'ai plus rien… ni personne. Ça fait une semaine que je dors dans la voiture… que je me lave quand je trouve une fontaine, un robinet, quelquefois à l'entrée d'un cimetière… Et je ne vais pas aller ennuyer les filles avec mes problèmes. Si je suis venu, c'est parce que j'espérais…

— Qu'est-ce que tu espérais ? tonna Juliette, l'œil noir, que je te recueille, comme… comme un chien perdu ? Tu as la mémoire courte, Bernard ! Et tu ne manques pas d'aplomb, après ce que tu m'as fait subir. Mon cochon !

— Oui… je sais… j'ai été le roi des idiots… et des salauds, bredouilla-t-il, désemparé par la véhémence des propos de son ex-épouse. Voilà… j'espérais seulement que tu pourrais m'héberger quelques jours, le temps que je trouve du travail… mais… je comprends aussi ton ressentiment. Il y a dix ans que j'aurais dû m'apercevoir que tu étais une femme formidable. Tant pis pour moi. On ne refera pas le passé… Tu sais si, dans la région, il y a des structures d'accueil pour… les gens comme moi ? Et côté boulot ? N'importe quoi… je prendrai ce qui se présentera… Je n'ai pas le choix… plus le choix, acheva-t-il, anéanti.

— Et il a fallu que tu atterrisses ici, au mas Saint-Clair, maugréa-t-elle, au comble de l'irritation. La France n'est pas assez grande ? Lille, Strasbourg, Marseille, Bordeaux, Lyon, Brest… non ! Le mas Saint-Clair ! Comme ça, au hasard ! Je ne sais pas ce qui me retient de te chasser, mais… tu me fais de la peine ! Sache quand même que je ne suis pas seule, ici. Ma grand-mère habite avec moi et j'ai un ami. Alors, j'accepte de te rendre service, mais seulement pour quelques jours. Il n'est pas question que tu prennes racine au mas… Ah ! je te signale aussi que j'ai un fusil… et que je sais m'en servir. J'ai déjà abattu un chien qui égorgeait mes brebis, alors j'espère que ton accoutrement et ce que tu viens de me raconter ne sont pas encore des fariboles de ton invention, parce que, si j'apprenais que tu te moques de moi… une fois de plus, je te jetterais comme un malpropre.

— Mer… merci, Juliette, balbutia-t-il, à la fois peu rassuré par le ton autoritaire de l'Aveyronnaise et ému par cette main tendue, mais je te jure que ce que je t'ai raconté est vrai. Sincèrement, quel intérêt j'aurais à débarquer chez toi, comme ça, comme une loque ? Tu peux appeler mes parents, ils te confirmeront ce que je t'ai dit… hélas ! Je te promets de ne pas m'éterniser. Je ne veux pas t'empoisonner une nouvelle fois l'existence, mais merci encore. J'espère que j'aurai l'occasion de te revaloir ça…

— Oh ! je ne t'en demande pas tant ! lâcha-t-elle, narquoise, avant d'ajouter, sévère : Et puis, si je t'ouvre ma porte, c'est pour les filles, pas pour toi !

Il baissa la tête sans un mot et l'accompagna jusqu'à la maison. Anna préparait le repas.

— Mémé, fit Juliette, tu as prévu large, comme d'habitude, parce qu'on a un invité… imprévu !

L'aïeule leva la tête, interloquée.

— Mais qu'est-ce que… qui ? balbutia-t-elle en ouvrant des yeux ronds.

— C'est Bernard, répondit sa petite-fille en souriant. Il a quelques problèmes en ce moment…

— Ah oui ! En effet, ça se voit ! pouffa l'aïeule. Et qu'est-ce que tu viens faire ici, toi ?

— Mémé, reprit Juliette, je vais t'expliquer. Je l'emmène au premier. Il va se doucher et se changer. Là-haut, il doit traîner quelques vêtements que Gilles ou Philippe laissent ici. Ils doivent lui aller… et puis, ce sera toujours mieux que ce qu'il a sur le dos !

Juliette appela son ami qui regardait la télévision au salon et lui présenta rapidement Bernard. Puis elle conduisit celui-ci dans l'un des deux appartements et redescendit sans s'attarder. Anna et Richard devisaient dans le salon. Elle leur raconta les déboires qui avaient mis son ex-mari sur la paille.

— Eh bien ! s'esclaffa sa grand-mère, il ne récolte que ce qu'il a semé, ce gigolo ! Et, poursuivit-elle sur un ton de reproche, toi, dès que tu vois un mendiant, tu te crois obligée de lui donner à manger. Franchement, petite, après ce que tu as enduré à cause de lui !

— Je sais, mémé, mais c'est seulement pour quelques jours. Il va chercher du travail et retourner vivre sa vie… là où il voudra. La page est tournée entre nous… et définitivement !

Bernard réapparut un moment plus tard. Lavé, rasé, avec des vêtements propres, il avait déjà meilleure allure et était reconnaissable, même si le visage était creusé, les yeux cernés, la démarche traînante.

— Ça ira déjà mieux comme ça pour rechercher un boulot ! lui fit remarquer Juliette.

— Tu as quand même de la chance, ne put s'empêcher de lâcher Anna sur un ton aigre-doux. Moi, après ce que tu lui as fait, je t'aurais expédié… et comment !

— Mémé, je le lui ai déjà dit, coupa Juliette en prenant une cigarette. On ne va pas revenir là-dessus et commencer la soirée en ressassant le passé.

L'aïeule retourna à la cuisine en haussant les épaules et en bougonnant.

— Ah ! tu fumes toujours ? osa Bernard.

— Oui, lui lança-t-elle en relevant la tête, un peu… surtout quand je suis énervée ou contrariée !

Il ravala sa salive et comprit qu'il devrait mesurer chacun de ses propos s'il ne voulait pas prêter le flanc aux réponses acides de son ex-épouse.

Le repas se déroula sans autre commentaire. Bernard avait retrouvé un peu d'allant. Propre, l'estomac plein, il revivait.

— Je comprends que vous m'en vouliez, glissa-t-il à l'adresse d'Anna, c'est normal. En tout cas, vous faites toujours aussi bien la cuisine.

Le compliment arracha un sourire mi-figue mi-raisin à la grand-mère.

— Tu t'en souviens encore ? souffla-t-elle avec un soupçon d'ironie.

Ensuite, tous bavardèrent un moment au frais, dehors. Après avoir couché Pierre, Salomé et Loïc les avaient rejoints. Juliette et Richard évoquèrent des possibilités de travail avec Bernard. Elle lui conseilla de se présenter aux caves à Roquefort. Même si la saison touchait à sa fin, il avait peut-être une chance.

— Sinon, il faudra voir à Millau, Rodez ou alors sur la côte. Là-bas, avec les vacances, il doit y avoir de l'embauche…

La nuit était tombée. Il était l'heure d'aller au lit.

— Je cherche un serveur, confia Richard à Juliette sur l'oreiller, mais ça ne me plaît pas d'employer ton ex. Et puis, après tout, il n'a qu'à se débrouiller !

— Tiens, tiens ! Monsieur serait jaloux ? chuchota l'éleveuse à son oreille.

Tous deux éclatèrent de rire. Pendant la nuit, Juliette se réveilla à plusieurs reprises, ne pouvant s'empêcher de songer à Bernard. « J'espère qu'il va rapidement se sortir de ce mauvais pas », pensait-elle, tantôt ennuyée de le savoir dans cette situation, tantôt réjouie de ses mésaventures.

Le lendemain matin, lundi, Juliette buvait son café. L'aube pointait. De la porte-fenêtre de la cuisine, elle avait vu rosir l'horizon à l'est. Une belle journée se préparait. La pendule du séjour égrenait les coups de six heures. Elle se leva pour monter à la bergerie faire la traite en compagnie de Salomé, qui allait la rejoindre.

Elle ouvrit la porte de la maison et crut défaillir. Six policiers se tenaient là, prêts à entrer, pistolet-mitrailleur au poing, encadrant un homme en costume. Elle aperçut d'autres hommes en uniforme placés un peu à distance, eux aussi en armes, ainsi que plusieurs fourgons de police garés dans la cour entre les deux maisons.

— Commissaire Misson, brigade des stupéfiants, annonça l'homme en civil sur un ton péremptoire, en s'avançant. Nous venons chercher Richard Castany. Il est en état d'arrestation. Rentrez avec nous, intima-t-il à l'éleveuse avec la même voix autoritaire, faisant un pas vers elle.

— Mais… mais… qu'est-ce qui se passe ? demanda Juliette, aux cent coups. Vous… vous trompez. Il n'a rien fait…

— C'est ce que nous allons voir ! fit le commissaire en la poussant à l'intérieur sans ménagement. Où est-il ?

L'Aveyronnaise, affolée, indiqua la direction de la chambre d'un geste approximatif en frémissant, incapable de prononcer un mot.

— Saisissez-vous de lui, ordonna le commissaire, et soyez vigilants, il est peut-être armé. Vous hébergez également Bernard Meyrand, poursuivit-il à l'adresse de Juliette, avant d'ajouter : Vous, et tous ceux qui sont ici, on va vous entendre. Ne tentez pas de nous résister ou de vous enfuir.

Les jambes de Juliette flageolaient. Elle s'affala sur une chaise de la cuisine, livide, les yeux hagards. Cigale, pas plus rassurée que sa maîtresse, s'était réfugiée entre ses jambes.

— Mais enfin, vous allez m'expliquer ? lança-t-elle au commissaire quand elle eut repris ses esprits.

— Trafic de drogue ! asséna-t-il d'un ton sarcastique, le regard hautain, sûr de son fait. Un gros poisson !

— Lui ? Ce n'est pas possible ! murmura-t-elle, incrédule. Vous vous trompez, vous faites erreur.

— On le piste depuis six mois, précisa l'homme, et je peux vous dire qu'avec ce que vont trouver les collègues chez lui il en tient pour un moment. Ah, on a aussi un mandat de perquisition pour ici. On va fouiller tous les bâtiments et faire passer le chien. Il y a peut-être de la drogue cachée par là…

Juliette était anéantie. Salomé arriva, entre deux policiers, paniquée elle aussi. Sa patronne lui rapporta les propos de l'officier. Tremblante, décomposée, elle s'assit à côté de Juliette, ses grands yeux noirs roulant en tous sens.

Des cris et des insultes fusèrent de la chambre. Quelques instants plus tard, l'ami de l'éleveuse apparut, blême, menottes aux mains, solidement encadré par quatre policiers.

— Richard ! s'écria Juliette, ce n'est pas vrai. Ils se trompent ! Dis-leur…

Il baissa la tête, honteux, et bredouilla :

— Je… je t'expliquerai…

Il fut embarqué dans un fourgon qui partit sur-le-champ. Anna, qui dormait dans la seconde chambre, fut alertée par ce branle-bas. Elle émergea en traînant les pieds, hirsute, chignon en bataille, achevant de boutonner sa robe de chambre.

— Eh bien, il y a mieux comme réveille-matin ! plaisanta-t-elle. Qu'est-ce qui se passe ? C'est la guerre ?

Sa petite-fille l'informa aussitôt. L'aïeule, qui avait traversé deux conflits mondiaux, accueillit la nouvelle avec détachement. Elle demeura un moment songeuse.

— Ah ! soupira-t-elle enfin, secouant la tête et fichant un peigne dans ses cheveux, ce côté secret qui nous avait échappé… c'était donc ça…

Accompagné de deux policiers, Loïc les rejoignit à son tour, bouleversé, tenant dans ses bras le petit Pierre enveloppé à la hâte dans une couverture. Salomé se jeta sur son fils qui, à moitié réveillé, lançait des regards inquiets en tous sens. Le père fut rapidement mis au courant de la situation. Comme toutes les autres personnes qui habitaient au mas, il allait être interrogé.

Bernard, épuisé par ses ennuis, n'avait rien entendu à l'étage. Une équipe monta le cueillir dans la chambre. Il surgit, encore mal réveillé, se demandant ce qui lui arrivait. Le commissaire lui précisa qu'il avait subi un contrôle routier la veille à Millau, ce qu'il confirma. Son accoutrement avait semé des doutes. Il avait été filé et, comme il s'était rendu au mas Saint-Clair alors que Castany s'y trouvait, les enquêteurs avaient fait un rapprochement entre les deux hommes et supposé qu'ils pouvaient être impliqués dans le même trafic. La procédure avait donc été accélérée. Mais la mise en place de l'opération et le fait que la veille était un dimanche ne leur avaient pas permis d'intervenir dans la soirée. Ils avaient dû attendre l'heure légale, six heures, pour déclencher leur action.

Bernard expliqua qu'il était l'ex-mari de Juliette, qu'il était dans une situation difficile et qu'il ne connaissait pas Richard, qu'il avait rencontré pour la première fois la veille, à son arrivée au mas.

— Oui, oui, on dit toujours ça, rétorqua le commissaire en le prenant de haut, le regard dédaigneux. Mais nous savons ce qu'est votre situation difficile : vous êtes en faillite, alors pour vous renflouer, la drogue, c'est de l'argent facile…

— Mais… mais… vous êtes fou ! vociféra Juliette, accuser les gens comme ça, sans preuve… vous… vous n'avez pas le droit !

— Madame ! clama-t-il sur un ton autoritaire, un éclair foudroyant dans les yeux, surveillez vos propos ! Pas d'insultes, je vous prie.

— Excusez-moi, se reprit-elle aussitôt, mais, ce… ce contrôle, c'est tellement inattendu. Ici, nous ne sommes pas habitués à voir débarquer à six heures du matin une compagnie de policiers armés jusqu'aux dents. Nous sommes des gens honnêtes. Les seules fois où j'ai eu affaire aux gendarmes de Cornus, c'était pour une histoire de brebis égorgées…

— Oui, je suis au courant, confirma-t-il d'un air entendu.

— Vous nous espionnez, alors ? fit Juliette, soupçonneuse.

— Nous faisons notre métier, madame Cieurac, et ce n'est pas toujours facile.

— Mais j'y pense, s'écria-t-elle en sursautant, ce n'est pas mon voisin dont le chien tuait mes brebis qui est allé vous raconter toute cette histoire, par hasard ? Parce qu'il en serait bien capable, ce salaud !

— Bouguayroux ? demanda le commissaire, non, il n'est pour rien dans tout ça. C'est bien plus grave et plus important.

— Ah ! lâcha-t-elle, médusée.

Elle se tourna brusquement vers son ex-mari et lui jeta un regard soupçonneux, avant de poursuivre.

— Mais toi, Bernard, ne me dis pas que tu as plongé dans une affaire louche. Tu n'es quand même pas venu au mas pour te réfugier, pour te mettre à l'abri de la police ? Si tu as fait ça, je te crève les yeux ! menaça-t-elle, incapable de se maîtriser.

— Juliette, murmura-t-il d'un ton las, anéanti par ses propos, je te promets que je n'ai rien à voir dans cette histoire. Je suis ruiné, mais pas malhonnête… et encore moins trafiquant de drogue. Et puis, ton ami, tu sais très bien que je ne le connais pas…

— Oui… en effet, souffla l'éleveuse, qui ne savait plus à quel saint se vouer, mais lui non plus n'est pas un trafiquant. Ce n'est pas possible ! Vous allez vous défendre, tous les deux, prendre des avocats… Vous n'allez pas les laisser vous mettre en prison !

D'un regard amusé, le commissaire avait patiemment attendu la fin du flot de paroles, habitué qu'il était à être confronté à l'incrédulité des gens pris dans la nasse de la justice.

— Madame Cieurac, je comprends votre surprise et votre incrédulité, mais sachez que dans ce genre d'affaire, les proches ne sont souvent pas au courant et sont les premiers surpris. Pour vous, monsieur Meyrand, l'enquête se chargera de définir si vous êtes impliqué ou non. Pour le moment, vous êtes en garde à vue. Nous allons vous entendre. Et maintenant mes hommes vont perquisitionner.

— Sois tranquille, Juliette, reprit Bernard, si toi tu n'as rien à te reprocher, moi non plus. Tu n'auras pas d'ennuis à cause de moi…

— Je l'espère, murmura-t-elle en songeant à Richard, avant de s'adresser au commissaire : Avec Salomé, on doit aller s'occuper des brebis. La traite ne peut pas attendre.

— Ah ! fit-il, bougon, dans ce cas, deux hommes vont vous accompagner. Vous en avez pour longtemps ?

— Deux heures, répondit-elle sèchement, et on a déjà perdu une demi-heure avec ce…

Elle n'acheva pas sa phrase, ne voulant pas mettre le commissaire en cause.

— Tant que ça ? s'exclama-t-il, surpris, sans relever l'allusion de l'éleveuse. Eh bien, allez-y. Pendant ce temps, on va entendre madame Combialet et monsieur Montayras. Où peut-on s'installer ?

La propriétaire les fit pénétrer dans le séjour. Ils prirent possession de la grande table de la salle à manger, tandis qu'Anna préparait sereinement du café pour tous.

Juliette et Salomé montèrent lentement vers l'étable avec deux policiers sur leurs talons. Toutes deux faisaient grise mine. Elles parlaient à mi-voix, évoquant le drame qui se jouait là, dans ce paisible mas du Larzac.

— Non, ce n'est pas possible, répétait tristement Juliette. Et pourtant ils ne sont pas venus l'arrêter comme ça, sans preuve. L'Amérique du Sud ! Oui, après tout, je n'ai jamais su ce qu'il faisait vraiment là-bas. Il ne m'a raconté que ce qu'il a voulu. Quand il est revenu en France, il avait peut-être la police aux trousses… ou la mafia ! Et, ici, pourquoi la mère d'Olivier l'a-t-elle quitté ? Elle avait décelé quelque chose de louche ? Ah ! Si seulement je l'avais appelée, avant de dire oui à Richard… peut-être que je ne me serais pas mise dans ce fichu pétrin ! J'espère que je ne vais pas être ennuyée… et vous non plus… Mon Dieu, quelle histoire ! Je n'ai vraiment pas de chance avec les hommes… Et l'autre qui est venu se faire loger et nourrir !

— Juliette, tu n'as rien à te reprocher, pas plus que nous. C'est un mauvais moment à passer, c'est tout. Dans quelque temps, on n'y pensera plus et on en rira. Et puis, tu ne vas pas te laisser abattre. La vie est ainsi faite. Certains jours, ça va mieux que d'autres. C'est ce que tu me disais quand j'étais au fond du trou.

— Oui, tu as raison, Salomé. Merci de me soutenir. Heureusement que tu es là.

Pendant la traite, elles continuèrent à bavarder, sous l'œil curieux des deux policiers. A huit heures et demie, elles regagnèrent la maison où, après avoir entendu Loïc, le commissaire achevait d'enregistrer la déposition d'Anna.

Juliette demanda à amener le troupeau au pré, ce qu'elle fit, toujours accompagnée d'un policier, tandis que c'était au tour de Salomé d'être interrogée.

A son retour, Juliette prit sa place. Comme elle était la compagne du principal suspect, les questions furent nombreuses, insidieuses, les mêmes revenant parfois sous des formes différentes. Mais elle n'avait rien à cacher, et ses réponses, déclamées avec assurance, ne variaient pas d'un pouce.

En fin de matinée, les enquêteurs s'apprêtaient à quitter enfin le mas, après avoir annoncé, au grand soulagement de Juliette, que la perquisition n'avait rien donné. Ils avaient précisé à Loïc, qui ne travaillait pas ce jour-là, et aux trois femmes qu'ils devaient rester à leur disposition. Tous se regardèrent, dépités, abattus. Jamais aucun n'aurait imaginé être confronté à une telle affaire. Anna, à qui ces événements n'avaient pas coupé l'appétit, sonna le rappel et décréta qu'il allait être l'heure de passer à table. Loïc, Salomé et Pierre partagèrent le repas, durant lequel la conversation tourna autour de la matinée agitée qu'ils venaient de vivre.

Juliette décida de descendre à Millau. Elle rendit visite à son frère et Carole, qui ne travaillaient pas le lundi. Elle ne leur avait pas téléphoné pour annoncer sa venue et ils la virent débouler, surpris et inquiets. Elle leur rapporta les péripéties survenues au mas. Ils l'écoutaient, interloqués, mais également intrigués par la présence de Bernard. Elle conta les déboires de son ex-mari et fit le récit de son arrivée, la veille au soir. Elle décrivit son accoutrement, son abattement, et précisa qu'il voulait à tout prix trouver un travail, n'importe lequel, pour pouvoir survivre et retrouver un peu de dignité. Ils étaient abasourdis. Michel, qui n'avait côtoyé Bernard que lors de leurs vacances en Aveyron, ne le connaissait que superficiellement, Carole un peu mieux. Mais, comme Juliette, tous deux n'allaient pas s'apitoyer sur son sort, et ils ne parvenaient pas à comprendre quel instinct avait poussé l'éleveuse à l'accueillir sous son toit. Il l'avait suffisamment brimée !

— Oh ! soupira-t-elle, il me faisait pitié, alors je lui ai tendu la main. Toi, Michel, quand tu as eu tes problèmes avec Lydie, et ensuite quand tu voulais faire n'importe quoi, tout vendre, je t'ai conseillé et aidé. Pourtant, jusque-là, tous les deux, on passait plus de temps à se chamailler qu'à se dire des amabilités.

Ils éclatèrent de rire à cette évocation.

— Et, reprit Carole, il a l'intention de rester par ici ? Parce que je n'ai pas encore pris de décision définitive, mais j'envisage d'embaucher quelqu'un pour me seconder, peut-être en début d'année prochaine. J'ai de plus en plus de travail, je rentre souvent tard le soir… et ton frère râle !

— Ça ne m'étonne pas de lui, il n'a donc pas changé ! plaisanta Juliette. Et, toi aussi, tu es donc prête à aider Bernard ? Sans même savoir s'il est ou non impliqué dans cette sombre histoire ? Non, Carole ! En ce qui me concerne, je vais seulement l'héberger jusqu'à ce qu'il puisse se suffire… et j'espère qu'il ne va pas prendre racine au mas, sinon je vais l'expédier… A moins qu'avec ce qui se passe il ne soit logé gratuitement, lui aussi ! Il m'a juré qu'il n'avait rien à voir dans l'histoire de Richard, mais, avec lui, je me méfie. Il m'a si souvent menti que je ne peux pas lui faire réellement confiance, même s'il avait l'air sincère. Je ne crois pas que sa faillite soit une fable. Il n'oserait pas inventer un tel canular. Je voulais appeler ses parents, mais avec ce remue-ménage, je n'ai pas eu le temps. En tout cas, ce qui lui arrive me fait plutôt rire. L'autre, là-haut, elle a su jongler, elle l'a manipulé et elle l'a sucé jusqu'à la moelle, plumé jusqu'au caleçon ! Tant pis pour lui ! On a raison de dire que l'amour est aveugle, j'en sais quelque chose ! Mais ça ne me plaît pas de le savoir dans la région, répéta-t-elle avec une grimace éloquente. Il n'a rien à faire ici... Qu'est-ce qu'il s'imagine ? Que je vais lui tendre les bras ? Que je vais lui demander de reprendre la vie commune ? Ce que j'ai fait en l'accueillant, je n'étais pas obligée de le faire...

— On ne parle donc pas de travail, fit Carole.

— Non ! répondit Juliette, catégorique. Je vais quand même aller au commissariat pour essayer d'avoir des nouvelles. Si je ne peux pas voir Richard, ce n'est pas grave. Pourtant, j'aimerais entendre de sa bouche si ce dont il est accusé est vrai ou pas, mais je ne me fais pas d'illusions. La police n'avait pas déployé autant de moyens pour appréhender un vulgaire voleur de poules ! Quoi qu'il en soit, c'est terminé entre nous. Je ne veux pas continuer à vivre avec un type qui est suspecté de trafic de drogue. Il n'y a pas de fumée sans feu !

Michel et Carole se proposèrent de l'aider si elle avait le moindre besoin. Elle promit de les appeler le soir pour leur donner les dernières nouvelles et fila au commissariat. On lui signifia que Richard était en cours d'interrogatoire. Le commissaire qui avait dirigé les opérations au mas la reconnut et l'invita à le suivre jusqu'à son bureau. Ils s'installèrent.

— Madame Cieurac, comme je vous l'ai déjà dit ce matin, votre compagnon est impliqué dans un trafic de drogue. La perquisition à son domicile nous a permis de saisir vingt kilos d'héroïne dans une valise ainsi que des armes...

— Quoi ? s'étrangla Juliette. Ce n'est pas possible ! Le salaud ! Et moi qui lui faisais entière confiance ! Il est gentil, attentionné, discret…

— Oui, s'esclaffa-t-il, mais ces types-là ont souvent ce profil : vie tranquille, travail de façade, pas de signes extravagants de richesse… Pourtant, c'est un sérieux client ! Mais, évidemment, il prétend ne pas être au courant du contenu de la valise. C'est un copain qui lui a demandé de la garder pendant quelque temps. Il n'a donc pas encore avoué. Quant à vous, il a précisé que vous ne connaissiez pas l'homme en question. J'espère que vous êtes en dehors de cette affaire, sinon… Lui, lors de son séjour au Pérou, il a fait plusieurs voyages en Colombie où il était en contact avec le cartel de Medellin. La grosse cavalerie ! Et, depuis qu'il est rentré en France, il dirigeait un vaste réseau de distribution international. Il va écoper d'une lourde peine.

— Mais qu'est-ce que je suis allée faire avec ce type ? se lamenta Juliette, les larmes aux yeux. Je ne vais pas avoir d'ennuis à cause de ce salaud ? Moi, je n'ai rien à me reprocher.

— L'enquête doit suivre son cours, précisa-t-il, mais, pour le moment, il n'y a aucune présomption qui pèse sur vous ou sur les gens que nous avons auditionnés ce matin, madame Combialet, monsieur et madame Montayras. Quant à Meyrand, votre ex-mari, nous ne l'avons pas encore entendu.

— Oui, ma grand-mère, je serais tombée des nues si j'avais appris qu'elle était mêlée à un trafic de drogue ! ironisa Juliette, avant d'ajouter, inquiète : Mais Bernard… vous pensez que…

— Je ne pense rien, ces affaires sont toujours relativement compliquées. Les ramifications des réseaux sont telles que nous ne sommes jamais sûrs de pouvoir mettre la main sur la totalité de leurs membres… et que nous découvrons parfois d'autres personnes impliquées auxquelles nous ne songions pas. Nous devons être très prudents dans ce que nous avançons et demeurer vigilants. Il y a tant de gens qui paraissent honnêtes et qui sont des truands redoutables ! Pour votre ex-mari, il y a peut-être effectivement eu amalgame et méprise. Et puis, vu son accoutrement et ses problèmes récents, nous nous sommes posé des questions.

— Je peux le voir ? interrogea Juliette.

— Oui, mais cinq minutes, pas plus.

Il l'introduisit dans une pièce sans fenêtre, aux murs défraîchis, qui n'avait pour tout mobilier qu'une vieille table maculée de ronds de bouteilles et deux chaises bancales. Elle s'assit. Bernard arriva peu après, voûté, les traits émaciés, le regard perdu, conduit par un policier. Il écarquilla les yeux en l'apercevant. Elle fut un peu rassurée de le découvrir sans menottes. Ils échangèrent un sourire.

— C'est gentil d'être venue, confia-t-il d'une petite voix.

— Bernard, est-ce que tu as trempé dans cette sale affaire ? questionna-t-elle sans délai, dès qu'ils furent seuls, plantant des yeux assassins dans les siens.

— Non, Juliette, je ne comprends pas, se défendit-il d'un ton las. Je suis totalement étranger à ce trafic. Tu m'imagines en train d'écouler de la drogue ?

— Euh… franchement, non, souffla-t-elle, mais, avec toi, j'ai appris à devenir méfiante. Tu me jures que c'est vrai ?

— Juliette, je te le jure sur la tête de nos deux filles ! Mais… je crois que, lorsqu'on est dans une mauvaise passe, on ramasse tout ce qui traîne. Et toi ? Tu ne vas pas être inquiétée ?

— Moi ? Si j'avais eu le moindre soupçon, j'aurais rompu sur-le-champ. Richard n'aurait plus mis les pieds au mas. J'ai fait comme vous tous, j'ai découvert ça ce matin. J'espère ne pas avoir de problèmes, mais on ne sait jamais. Avec de tels énergumènes, on peut s'attendre à tout. Heureusement qu'il n'avait rien dissimulé au mas, sinon… Au fait, ce soir je vais téléphoner à tes parents pour savoir si ce que tu m'as raconté sur tes ennuis est vrai. Je ne leur dirai pas que tu es retenu par la police !

Le planton entra, signifiant que la visite était terminée.

— Si tu as besoin, appelle-moi, proposa Juliette en se levant. Tu as mon numéro…

— Oui… merci, bredouilla-t-il, encore sous le choc.

— Et bon courage ! ajouta-t-elle en franchissant la porte, lui adressant un sourire et un signe de la main.

Elle retourna à l'accueil et sollicita une nouvelle entrevue avec le commissaire. Il fit irruption peu après, de mauvaise humeur. Elle demanda à rencontrer Richard.

— Son interrogatoire n'est pas terminé, précisa-t-il. Il s'est enfermé dans un mutisme total et attend d'avoir un avocat. C'est un coriace. Pourquoi tenez-vous absolument à lui parler ?

— Je veux juste lui cracher ma colère et mon dégoût à la figure ! clama-t-elle, rageuse, une lueur de feu dans les yeux.

— Ah ! je vous comprends ! lâcha-t-il avec un sourire entendu.

Il l'introduisit une nouvelle fois dans la pièce où elle venait d'échanger quelques mots avec Bernard. Richard apparut, menottes aux poignets, et tenta aussitôt de se confondre en excuses, mais elle ne lui en laissa pas le temps.

— Avant tout, lança-t-elle en le fusillant du regard, dis-moi si ce qu'on te reproche est fondé ou pas.

— Oui, laissa-t-il tomber dans un soupir, baissant la tête, désabusé, mais…

— Mais quoi ? l'interrompit-elle, hors d'elle. Tu es un salaud, un sinistre salaud, une ordure ! Inutile de te préciser que, quoi qu'il t'arrive, je ne te connais plus, je ne veux plus te voir, je ne veux plus t'entendre. M'avoir prise pour une imbécile comme tu l'as fait, c'est honteux ! Disparais de ma vie ! Tu n'as donc aucun scrupule d'entraîner des gens, des jeunes surtout, dans cette spirale infernale de la drogue, juste pour le fric ? Tu es ignoble !

— Oui… je sais… Juliette, balbutia-t-il en fixant le plancher. Excuse-moi… J'ai passé des moments merveilleux avec toi. Et… sois tranquille, tu ne seras pas mêlée à mes problèmes…

— Il ne manquerait plus que ça ! grogna-t-elle en se levant. Amuse-toi bien, maintenant !

Elle l'abandonna sans un regard. Elle était soulagée. Elle avait vidé son sac, elle avait dit à ce bandit ce qu'elle pensait de lui et de ses sinistres activités, elle avait crié sa haine à la face du monstre.

Le commissaire l'informa que Castany allait être transféré à la maison d'arrêt de Toulouse. Elle repartit au mas après être passée chez Michel et Carole en coup de vent pour les tenir au courant des dernières péripéties.

Loïc et Salomé avaient confié la garde de leur fils à Anna et avaient commencé la traite. A l'arrivée de sa petite-fille, la grand-mère la pressa de questions. Elle se fit rassurante. Puis elle rejoignit la Tchadienne et son mari à la bergerie et leur conta les ultimes nouvelles. Ils avaient presque achevé lorsque le petit Pierre et l'aïeule les rejoignirent.

— Bernard vient de téléphoner, annonça-t-elle. Ils l'ont relâché. Pour le moment, il n'y a rien contre lui. Il demande si tu peux aller le chercher. Il lui faut chauffeur et voiture, à ce monsieur ?

— Mémé, c'est moi qui lui ai dit de m'appeler, répondit sèchement l'éleveuse, occupée entre deux brebis. Si tu es au lit lorsqu'on reviendra, laisse-nous quelque chose à manger... Merci, mémé !

— Ooh... toi ! grommela Anna, si tu n'étais pas ma petite-fille...

Juliette tourna les talons en riant et fila à Millau. Bernard quitta le commissariat avec un grand soupir de soulagement.

— Et j'espère ne pas y remettre les pieds de sitôt ! ajouta-t-il en franchissant la porte, encore incrédule, pas complètement remis de toutes ces péripéties.

Le lendemain matin, son ex-épouse décida de l'accompagner à Roquefort pour chercher du travail.

Ils s'apprêtaient à partir quand une voiture apparut. C'était un journaliste du quotidien local. Il voulait avoir des détails sur « l'affaire » et souhaitait prendre des photos, ce que l'Aveyronnaise refusa catégoriquement, se contentant de lui fournir quelques vagues informations.

Après son départ, Juliette et Bernard filèrent à Roquefort, qui n'était distant du mas que d'une dizaine de kilomètres. En arrivant, ils allèrent droit à la maison de la presse, où le journal trônait en bonne place.

— Oh non ! se lamenta-t-elle.

L'arrestation de Richard faisait la une et s'étalait en gros titre : « Un trafiquant de drogue arrêté à Saint-Beaulize. »

Juliette acheta le journal, tendant l'oreille, écoutant, dépitée, les commentaires des clients et, fébrile, entreprit de lire l'article sur le trottoir. L'affaire était traitée en détail. Richard Castany, restaurateur bien connu à Millau, avait été arrêté la veille au matin chez sa compagne, Juliette Cieurac, au mas Saint-Clair, une ferme paisible et isolée, située sur le plateau du Larzac, au-dessus de la petite commune de Saint-Beaulize. Il était le responsable d'un réseau international de trafic de drogue. Les proches de l'individu avaient également été entendus par la brigade des stupéfiants, mais ils semblaient hors de cause. D'autres arrestations avaient été menées de front dans plusieurs villes de France. Les têtes du réseau, qui avait également d'importantes ramifications à l'étranger, avaient, elles aussi, été interpellées la veille. Une quantité conséquente de drogue avait été saisie au restaurant, ainsi que des armes.

L'Aveyronnaise releva la tête, rouge de honte. Il lui semblait que les passants la dévisageaient avec réprobation, que leurs regards accusateurs la transperçaient. Elle était comme folle, furieuse de voir son nom étalé dans la presse, avec des informations imprécises, des insinuations confuses. Bernard, qui avait pris connaissance de l'article en même temps qu'elle, redressa la tête, lui aussi décontenancé.

— Qu'est-ce que les gens vont penser ? se lamenta Juliette. Les ragots n'ont pas fini de circuler. Quelle humiliation !

Ils se dirigèrent vers les caves.

— Vas-y seul, conseilla Juliette à Bernard. Avec cette affaire, il est inutile que j'aille me pavaner là. Ça ne pourrait que te desservir. Et… ne parle pas de moi !

Il se présenta donc seul et fut embauché comme ouvrier saisonnier jusqu'à fin septembre.

Ils remontèrent au mas. Après le repas, elle lui fit faire le tour de la propriété. Il avait un vague souvenir de l'endroit, où elle l'avait entraîné des années auparavant. Avec une fierté non dissimulée, elle lui décrivit tout ce qu'elle avait réalisé, transformé. Il était ébahi.

— Je crois que ce n'est pas mal, lâcha-t-elle d'un ton détaché, satisfaite de lui montrer qu'elle n'avait pas perdu son temps depuis leur séparation.

— Oui, soupira-t-il, tu as mieux réussi que moi...

Ils redescendaient vers la maison lorsqu'une voiture surgit au bout du chemin. Deux hommes en descendirent. L'un d'eux tenait une caméra. C'était les journalistes de la télévision régionale. Elle les reçut froidement.

— Je n'ai rien à vous dire, clama-t-elle sur un ton désagréable. Allez questionner le commissaire Misson et contentez-vous des informations qu'il voudra bien vous donner. Je suis déjà suffisamment troublée et ennuyée par cette histoire dans laquelle ni moi ni mes proches, hormis Castany, n'avons rien à voir. Les policiers n'ont trouvé ici ni drogue ni armes. Ça, vous pouvez en parler. Nous sommes déjà très perturbés et nous n'avons pas besoin que la presse achève de nous traîner dans la boue. Allez donc faire votre reportage au commissariat et devant le restaurant de mon ex-ami.

Ils s'excusèrent et repartirent, penauds.

L'après-midi était déjà bien entamé. L'heure de la traite arriva. Bernard suivit Juliette et Salomé et regarda, curieux, les opérations.

Au moment des actualités régionales, ils s'installèrent tous devant la télévision. « L'affaire » fut présentée en détail. Le reportage était bâti autour de Castany, de ses complices et de leurs activités louches. Si le nom du mas Saint-Clair fut évoqué, ce fut pour préciser que ses occupants étaient totalement étrangers à ce trafic. Les deux journalistes qui étaient venus avaient interviewé quelques villageois. La plupart affichaient une réelle surprise, disaient ne pas savoir, ne pas comprendre. Juliette Cieurac était une femme discrète, qu'ils ne voyaient pas souvent et qui paraissait mener son exploitation de main de maître.

Juliette commençait à revivre. Elle alluma une cigarette, sortit et fit quelques pas. Le dîner se déroula dans le calme. Anna, Juliette et Bernard se levaient de table quand le maire de Saint-Beaulize apparut.

— Madame Cieurac, fit-il, je suis désolé de ce qui vous arrive. J'espère que vous n'allez pas être ennuyée. Si je peux vous être utile…

— Je pense que nous sommes tirés d'affaire, soupira-t-elle, mais ça fait un drôle d'effet de voir une compagnie de policiers armés jusqu'aux dents vous accueillir le matin à six heures, alors que vous sortez tranquillement de chez vous pour aller à la bergerie. En tout cas, merci.

Le lendemain matin, Bernard était parti pour sa première journée de travail à Roquefort. Juliette descendit à Saint-Beaulize, où l'épicerie faisait dépôt de presse.

— Vous êtes remise, madame Cieurac, s'enquit l'épicier, parce qu'on a tous été choqués, ici.

— Pas tant que moi et mes proches, maugréa-t-elle, avant d'ajouter : Ah ! je vais quand même acheter le journal…

— Oh, précisa-t-il, il n'y a rien vous concernant.

Cette nouvelle arracha un sourire de satisfaction à l'éleveuse. Elle se plongea aussitôt dans la lecture. L'article était axé sur Castany et ses activités répréhensibles. Sa photo trônait en bonne place. Quand elle eut achevé, elle poussa un soupir de soulagement. Pas plus son nom que celui de Bernard n'apparaissaient. Des ménagères entraient, lui adressant un sourire gêné, n'osant pas engager la conversation. Ce fut elle qui prit la parole.

— Pour nous, cette histoire est terminée, confirma-t-elle en dévisageant les unes et les autres. Tout va bien et j'ai apprécié la discrétion de ceux que la télé a interviewés hier.

Juliette termina ses courses, paya et partit. Mais elle savait que, dès qu'elle aurait le dos tourné, les commentaires allaient reprendre de plus belle. Dans moins d'une heure, tout le village saurait que Juliette Cieurac était venue faire ses courses, avait acheté le journal et confirmé que tout allait bien. Elle remonta au mas en chantonnant.

Bernard rentra le soir, fourbu.

— Ah, en effet, là, ce n'est pas du travail de bureau ! s'esclaffa l'Aveyronnaise, moqueuse.

— Je ne me plains pas, Juliette, fit-il en s'efforçant de sourire. En fait, le plus pénible, c'est de ne pas voir le jour pendant huit heures. On a l'impression d'être dans les catacombes… Mais, de toute façon, je n'ai pas le choix et, en travaillant, on pense moins à ses soucis.

— En effet ! souffla-t-elle, les caves, ce ne sont pas des palaces…

— Oui, mais après je pourrai toujours chercher un autre boulot…

— Parce que… tu as l'intention de rester dans la région ? questionna-t-elle avec une grimace qui ne lui échappa pas.

— Euh… non… je ne sais pas… ici… ou ailleurs, lâcha-t-il, hésitant, pourquoi ?

— Parce que, grommela-t-elle, je ne comprends toujours pas pour quelle raison tu as atterri ici, et, si je t'ai tendu la main, c'est parce que tu m'as fait pitié, parce qu'on a quand même partagé de bons moments ensemble, parce qu'il y a les filles… mais n'espère pas autre chose. Que ce soit clair ! Je n'ai pas oublié tes frasques, tes infidélités, tes mensonges !

— Oui, Juliette… oui, murmura-t-il, songeur, j'apprécie à sa juste valeur ce que tu fais pour moi, tu n'étais pas obligée… Et ne sois pas inquiète, je vais chercher un appartement… une chambre meublée, plutôt. Dès la fin du mois, dès ma première paye, je ne t'ennuierai plus. Je ne veux pas vivre à tes crochets, et j'espère pouvoir te rembourser au moins la nourriture le plus rapidement possible. Quant au reste, j'ai été un idiot… et maintenant je paye. Tant pis pour moi…

— Oui, ça, c'est ton problème, fit Juliette sans s'attendrir. Quant à la nourriture, je ne suis pas à quelques légumes près.

Si tu retrouves ton autonomie à la fin du mois, on dira que je t'ai fait un petit cadeau. Tu vois, je ne suis pas rancunière !

En cette fin juillet, le calme était revenu au mas, où filles et gendres repassèrent, après avoir appris que Bernard y logeait provisoirement. Mélanie et Pascale, que les problèmes de leur père avaient troublées, furent heureuses de le voir. Elles remercièrent leur mère pour l'attitude noble qu'elle avait eue à son égard. Bernard loua un studio meublé à Millau, persuadé qu'une fois la saison achevée aux caves il trouverait plus aisément du travail dans la sous-préfecture. Il emménagea fin juillet.

Pascale et son mari étaient repartis à Béziers. Une semaine plus tard, début août, Philippe téléphonait à sa belle-mère pour lui annoncer l'arrivée de Cédric.

Le lendemain, Juliette sauta dans la voiture et, accompagnée de sa grand-mère, fila aussitôt jusqu'à la sous-préfecture de l'Hérault pour voir son second petit-fils.

Tous bavardaient dans la chambre lorsqu'on frappa à la porte. Bernard apparut, un bouquet à la main.

— Mais… comment es-tu venu ? ne put s'empêcher de demander son ex-épouse.

— Par le train.

— Et tu n'aurais pas pu me téléphoner ? Tu pouvais bien te douter que je viendrais, poursuivit-elle.

— Oui, mais je ne voulais pas t'ennuyer une nouvelle fois. Tu m'as suffisamment rendu service, ces derniers temps.

— Comme tu voudras, lui retourna-t-elle avec désinvolture. En tout cas, il y a de la place dans la voiture. Si tu veux en profiter pour le retour… à moins que tu n'aies déjà pris ton billet…

— Euh… non. Tu sais, je suis encore très juste financièrement.

L'Aveyronnaise eut un sourire en dessous et la discussion reprit. Puis Anna, Juliette et son ex-mari regagnèrent l'Aveyron en s'extasiant sur le bébé qui, avait décrété l'aïeule, ressemblait aux Cieurac. Bernard ne s'avisa pas de la contredire…

— Mon Dieu, s'exclama-t-elle en joignant les mains, que de joie ! Maintenant, je peux m'en aller…

— Mémé, qu'est-ce que tu dis ? s'offusqua Juliette, on a encore besoin de toi !

— Oui, tu as raison, petite, il attendra un peu, Lui, là-haut, se reprit-elle avec un soupir d'aise en désignant le ciel d'un mouvement de tête. Et puis, qui sait, la vie a peut-être encore quelque agréable surprise à me réserver…

Sa petite-fille lui décocha un rapide regard interrogateur, mais l'aïeule ne daigna pas ajouter un mot.

En août, Salomé, Loïc et Pierre allèrent eux aussi en vacances à Collioure, puis Juliette fit de même.

Le procès de Richard Castany eut lieu en septembre. Il fut condamné à vingt ans de prison.

— Pendant ce temps, il ne pourra plus nuire à quiconque, ce salaud ! avait jubilé l'éleveuse, réjouie par la lourde peine qui lui avait été infligée.

A l'automne, Salomé, Loïc et le petit Pierre, qui commençait à marcher, prirent possession de leurs murs. La crémaillère fut pendue en présence de toute la famille Cieurac et des parents de Loïc. La jeune Tchadienne était rayonnante. En venant en France, elle avait rêvé d'avoir une maison bien à elle, mais sans trop y croire. Par la suite, ses déboires répétés l'avaient fait désespérer. Et elle ne parvenait pas encore à réaliser que ce rêve était devenu réalité.

XIX

Lorsque Juliette descendait à Millau, elle allait souvent fureter à la librairie, à la recherche de documents ou de revues sur les civilisations anciennes qui la passionnaient toujours.

Et puis, la croix qui ornait le fronton de la grande cheminée en pierre de la vieille maison, qu'elle avait fait transporter dans son séjour lors de l'aménagement de la petite grange où elle vivait, n'avait cessé de l'intriguer.

Lors de l'une de ses visites à la librairie, un livre attira son regard. Il évoquait, entre autres, les Templiers. Cet ouvrage, écrit en 1982 par trois auteurs anglo-saxons, Michael Baigent, Richard Leigh et Henry Lincoln, s'intitulait *L'Enigme sacrée*. Il venait d'être traduit en français.

En feuilletant l'ouvrage, elle s'arrêta sur l'arbre généalogique des familles de Gisors, Payens et Saint-Clair. A la lecture de ce dernier nom, sa curiosité fut aiguisée. Elle découvrit, notamment, Richilde, héritière de Saint-Clair-sur-Epte. La ville de Gisors se trouve dans le département de l'Eure, sur la rivière l'Epte. Richilde, mariée à Robert de Chaumont, seigneur de Guitry, avait eu deux fils : Guillaume de Chaumont, né en 1155, et Robert de Saint-Clair, né en 1160. Hélas, cette branche n'allait pas plus loin. Un autre personnage, Hugues de Payens, né en 1070 et mort en 1131, était le fondateur de l'ordre des Templiers.

Juliette pensa alors que le nom du mas pouvait avoir un rapport avec ces familles… et peut-être avec l'ordre. Elle s'empressa d'acheter le livre.

Elle savait que, dans la région, les Templiers avaient été très présents aux XIe et XIIe siècles, notamment à Sainte-

Eulalie-de-Cernon, La Cavalerie et La Couvertoirade. La croix avait donc pu être récupérée çà ou là, lors d'une démolition.

En effet, lorsque, des années auparavant, elle avait interrogé sa grand-mère sur l'origine de la croix du cantou, celle-ci lui avait dit que cette croix avait peut-être un rapport avec les Templiers.

Sa petite-fille, intriguée, avait alors cherché à en savoir davantage. Elle avait ainsi appris qu'il s'agissait d'une croix pattée. Ce nom provenait de la forme des extrémités, plus larges que les branches, et qui ressemblaient à des pattes. Elle était le symbole des Templiers.

Juliette s'était alors intéressée à l'histoire et à la fin sanglante de l'ordre. Ensuite, curieuse, elle était allée visiter la cité ceinte de remparts de La Couvertoirade, située sur le plateau, à une trentaine de kilomètres du mas, entre les communes du Caylar et de L'Hospitalet-du-Larzac, par un jour gris de décembre, en compagnie de Bernard, au début de leur mariage.

La cité était interdite aux voitures. En approchant à pied et en observant l'architecture austère de l'endroit, l'Aveyronnaise avait ressenti une sorte d'oppression. L'enceinte fortifiée comportait sept faces, flanquées de six tours, de forme carrée, ronde ou demi-ronde. Les tours nord et sud, crénelées, qui permettaient d'accéder à l'intérieur par des portes gothiques, étaient équipées de mâchicoulis. Murs massifs, ouvertures minuscules, atmosphère pesante, l'histoire de l'ordre des Templiers semblait encore habiter les vieilles pierres et imposait le silence. Toutes les bâtisses étaient édifiées à partir de roches du causse et couvertes en lauzes, que les siècles, patiemment, avaient patinées, frottées, polies, jusqu'à les recouvrir d'un gris foncé uniforme, sinistre, que le pâle soleil de cet après-midi de fin décembre ne parvenait pas à éclaircir. Le vent soufflait à gémir dans les dédales des ruelles pavées, désertes. Quelques enseignes rouillées se balançaient et grinçaient sous les rafales, ajoutant une note lugubre. Les maisons tassées, enchevêtrées, aux fenêtres étroites, ressemblaient à des geôles.

A l'est, juchés sur un promontoire rocheux adossé aux remparts, se trouvaient le château et l'église. Celle-ci était trapue, la porte en bois bardée de fer. Dans le petit cimetière attenant, recouvert d'herbe, se dressaient encore, éparpillées, quelques croix pattées sculptées, vestiges de tombes. Ainsi, la croix pattée qui ornait le fronton de son cantou, au mas, avait peut-être été récupérée là, dans ce cimetière. Juliette, parcourue de frissons, avait serré fort le bras de Bernard.

Les traces de *Cubertoirata,* ancien nom de La Couvertoirade, datent du XIe siècle. Quand les Templiers eurent investi la cité, ils cultivèrent du blé, élevèrent des chevaux pour les guerres et des ovins pour la viande, les peaux et le lait. En 1328, la cité comportait cent trente-cinq feux, soit environ huit cents âmes. Depuis le XIVe siècle, la contrée était fréquemment pillée par les routiers, des bandits de grand chemin. Apeurés, les habitants avaient demandé et obtenu l'autorisation d'édifier des fortifications pour se prémunir de ces attaques. Commencées en 1439, elles avaient été achevées en 1445 et faisaient quatre cent vingt mètres de long.

L'ordre des Templiers, fondé en 1119 par Hugues de Payns ou de Payens, s'appelait alors l'ordre des Pauvres Chevaliers du Christ. Ses membres, à l'origine moines, s'étaient établis en Palestine. Lors des croisades, ils accueillaient les pèlerins. Mais bagarres et conflits les avaient amenés à devenir des moines soldats, qui se chargeaient de faire la police. Le roi de Jérusalem, Baudoin II, avait installé la confrérie dans un palais voisin du Temple de Salomon, d'où leur nom de Templiers.

Au cours des années et des croisades, ils avaient monnayé la sécurité des pèlerins et avaient ainsi acquis d'importantes richesses. Ils étaient devenus les banquiers du pape et de nombreux princes. A Paris, le quartier du Temple doit son nom au monastère fortifié où s'étaient établis les Templiers dans la seconde moitié du XIIe siècle. L'édifice avait reçu le trésor de l'ordre et le roi de France faisait souvent appel à eux, lorsque les caisses du royaume étaient vides, ce qui arrivait fréquemment à une époque où les guerres ruinaient le pays.

Mais Philippe le Bel, désireux de s'emparer de leurs richesses, terres, commanderies, trésor, et de mettre à mal leur puissance grandissante, avait chargé Guillaume de Nogaret, professeur de droit, puis juge royal influent à la cour, de répandre sur eux une campagne de calomnies. Le vendredi 13 octobre 1307, les cent trente-huit chevaliers templiers avaient été arrêtés et torturés. Depuis cette date, certains prétendent que le vendredi 13 porte malheur... Il s'était ensuivi un simulacre de procès qui avait duré jusqu'en 1314. Le pape Clément V, qui avait tout d'abord pris leur défense, les avait finalement abandonnés au roi. En 1310, trente-six d'entre eux étaient morts sous la torture et cinquante-quatre autres avaient été condamnés au bûcher. Le 18 mars 1314, les dignitaires de l'ordre, dont le grand maître, Jacques de Molay, avaient également été envoyés au bûcher. Dès 1312, le pape Clément V, même s'il n'avait pas admis la culpabilité des Templiers, avait fait dissoudre l'ordre, à l'instigation de Philippe le Bel, qui en avait profité pour s'emparer de leurs richesses mobilières, tandis que les biens immobiliers avaient été confiés aux Hospitaliers. Le monastère du Temple, à Paris, servit plus tard de prison royale et accueillit, notamment, Louis XVI et sa famille, après la journée du 10 août 1792.

Sur le bûcher élevé dans l'île de la Cité à Paris, ce 18 mars 1314, Jacques de Molay avait proféré des incantations à l'adresse du pape Clément V, du roi Philippe le Bel et de Guillaume de Nogaret. « Je vous assigne à comparaître devant le tribunal de Dieu ! » avait-il clamé avant de mourir.

Clément V s'éteignit le 20 avril, Philippe le Bel le 29 novembre et Nogaret disparut également cette année-là. Le peuple, qui avait tout d'abord approuvé les arrestations des Templiers, vit dans ces décès un signe de la vengeance suprême.

L'ordre des Hospitaliers avait les mêmes prérogatives que celui des Templiers. Sa création remonterait à la fin du VIe siècle. A l'origine, il s'appelait l'ordre des Chevaliers de l'Hôpital Saint-Jean-de-Jérusalem. Après la prise de cette ville par les Sarrasins en 1187, les Hospitaliers se retirèrent à

Chypre, puis à Rhodes. Chassés en 1522, ils se réfugièrent en Crète, puis en Sicile, et s'établirent enfin à Malte, où ils devinrent les chevaliers de l'ordre de Malte, ordre qui existe encore de nos jours.

Juliette et son mari étaient retournés à La Couvertoirade en été. Sous le ciel bleu et le soleil d'août, la cité, pleine de vie, leur était alors apparue transfigurée. Les vacanciers flânaient dans les ruelles, les échoppes ouvertes et colorées attiraient les touristes, des animations retenaient les badauds. Elle en était repartie heureuse d'avoir découvert le site sous ce jour accueillant, même si l'austérité de l'endroit l'avait une nouvelle fois marquée.

Juliette sourit à l'évocation des souvenirs de cette période heureuse, désormais bien lointaine.

Elle était également intriguée par la forme de la bergerie. L'accès principal, à l'ouest, ainsi que les doubles voûtes intérieures, soutenues par d'imposants piliers, étaient dessinés en arches gothiques. La construction pouvait donc dater du XIIe ou du XIIIe siècle. D'autres portes et fenêtres rectangulaires avaient été pratiquées dans les murs de plus d'un mètre d'épaisseur sur la façade sud. Les raccords de pierre scellés à la chaux semblaient indiquer que ces ouvertures avaient été réalisées bien après la construction, ainsi que l'étage, où avait été bâtie la grange.

Revenue au mas, Juliette se replongea dans la lecture de *L'Enigme sacrée*. Elle découvrit en appendice la liste des grands maîtres du Prieuré de Sion, depuis sa fondation jusqu'à nos jours.

Cet ordre a été fondé, officiellement, en 1188, après la « coupure de l'orme » de Gisors qui scella la séparation avec les Templiers. Mais Sion œuvrait déjà auparavant dans l'ombre de l'ordre du Temple. Il aurait été créé vers 1100 à Jérusalem par Godefroi de Bouillon et tirerait son nom du mont Sion, proche de la ville sainte.

Louis VII avait rapatrié ses membres au retour d'une croisade en 1149 et les avait installés dans la région d'Orléans, à Saint-Samson et Saint-Jean-le-Blanc.

— Si j'avais su tout ça quand nous habitions à la Chapelle-Saint-Mesmin, j'aurais pu m'y intéresser ! soupira Juliette, qui se passionnait pour ces découvertes.

La « coupure de l'orme » demeure évasive. Sur une prairie des environs de Gisors s'élevait un orme huit fois centenaire, sous lequel avaient lieu les réunions entre les rois de France et d'Angleterre. A l'occasion de l'une de celles-ci, au beau milieu d'un chaud été, Philippe II de France, arrivé en retard, trouva Henri II d'Angleterre et ses conseillers installés sous l'arbre. Lui et les siens durent demeurer au soleil, ce qui fit naître une querelle entre les deux souverains. Une bataille s'ensuivit, qui vit les Français l'emporter. Pour parachever sa victoire, le roi de France ordonna alors d'abattre l'orme.

Richard Cœur de Lion, fils aîné et héritier du roi d'Angleterre, participa au combat, soutenu par des Templiers, ce qui ne fut pas du goût des hommes de Sion. Ce conflit consomma la rupture entre les deux ordres, qui couvait déjà depuis un an. L'incompétent Gérard de Ridefort, alors grand maître du Temple, n'avait pu empêcher les Sarrasins, les Infidèles, de reprendre Jérusalem. Mais il fut aussi accusé de trahison. Fait prisonnier à deux reprises par les Sarrasins en 1187, il fut libéré à chaque fois, alors que ses compagnons furent égorgés, ce qui avait fait naître une forte suspicion à son égard.

Ainsi, cette séparation fut appelée symboliquement la « coupure de l'orme ». Sion devint alors l'ordre du Prieuré de Sion.

Juliette découvrit la liste des grands maîtres du Prieuré de Sion. Le premier, après la « coupure de l'orme », fut Jean de Gisors. Il était le seigneur de la forteresse de Gisors, qui accueillait les rois de France et d'Angleterre lors de leurs rencontres.

Parmi les grands maîtres successifs, elle fut stupéfaite de lire, au fil des siècles, les noms de Léonard de Vinci, du connétable de Bourbon, d'Isaac Newton, de Victor Hugo, de Claude Debussy et de Jean Cocteau.

Mais l'Aveyronnaise s'arrêta sur deux noms : Marie de Saint-Clair et Jean de Saint-Clair.

Marie de Saint-Clair, née vers 1192, fut le second grand maître du Prieuré de Sion, de 1220 à 1266. Elle descendait de Henry de Saint-Clair, baron de Rosslyn, qui avait accompagné Godefroi de Bouillon à la première croisade. Rosslyn était situé près de la plus importante commanderie du Temple en Ecosse. Certains historiens pensent que Marie aurait pu être la deuxième épouse de Jean de Gisors, le premier grand maître du Prieuré de Sion.

Quant à Jean de Saint-Clair, il naquit en 1329. Il descendait lui aussi des familles de Chaumont, Gisors et Saint-Clair, dont Juliette avait découvert l'arbre généalogique. Ainsi, à cette époque, le titre de grand maître était transmis à l'intérieur d'un réseau de familles qui avaient toutes un lien entre elles.

Dès qu'elle avait un moment de liberté, Juliette poursuivait la lecture de *L'Enigme sacrée*. Elle réalisa rapidement que les auteurs, qui avaient fait d'énormes investigations durant plusieurs années, imbriquaient personnages et éléments propres à expliquer non seulement les Templiers, mais également le Prieuré de Sion et la dynastie mérovingienne, dont Alain Poher serait l'un des descendants. Cet homme politique fut élu président du Sénat en 1968 et assura l'intérim de la présidence de la République à deux reprises, tout d'abord après la démission du général de Gaulle en 1969, puis après la mort de Georges Pompidou en 1974. Les auteurs évoquaient également le Saint-Graal, ce vase dont se serait servi Jésus au cours de la Cène, et dans lequel Joseph d'Arimathie aurait recueilli le sang du Christ crucifié qui s'écoulait de son flanc percé d'un coup d'épée donné par le centurion Longinus. Au fil de l'ouvrage, elle vogua ainsi entre mystères, sociétés secrètes, lignées de familles royales, personnalités impliquées dans la vie de ces différents ordres.

Lorsque Juliette eut achevé la lecture, même si elle n'avait acquis aucune certitude, elle pensait que la bergerie avait certainement été construite par les Templiers, dont de multiples traces étaient encore présentes dans la région : commanderies de La Couvertoirade, La Cavalerie et Viala-du-Pas-de-Jaux, ainsi que diverses maisons et fermes. L'histoire de l'ordre et son épilogue sanglant la troublèrent pendant quelques jours. Elle imaginait ces chevaliers qui déambulaient sur le plateau jusqu'à leur arrestation sur l'ordre de Philippe le Bel, avalisée par le pape Clément V, et le simulacre de procès qui les avait vus ensuite passés au fil de l'épée ou brûlés sur le bûcher. Puis, le temps passant, elle se rendait avec fierté et émotion dans l'étable, ayant conscience de marcher sur les pas de l'Histoire.

Mais une question la tourmentait encore. Si les Templiers avaient construit ce qui était ensuite devenu une bergerie, pourquoi le site portait-il le nom des Saint-Clair, lié au Prieuré de Sion ? Les lectures de Juliette l'amenèrent à imaginer que, même si les membres influents des Templiers avaient été arrêtés et exécutés, l'ordre avait pris une telle ampleur et possédait de telles ramifications un peu partout en Europe qu'il ne s'éteignit pas ce 18 mars 1314. L'histoire du Prieuré de Sion et celle des Templiers étaient étroitement liées, le premier ayant créé le second et œuvrant secrètement dans son ombre, avant que n'intervienne leur séparation après la « coupure de l'orme ». Des connivences étroites entre membres des deux ordres avaient donc existé et elles survécurent à cette fin dramatique. Le Prieuré de Sion avait ensuite donné le patronyme de la famille Saint-Clair à ce mas où elle vivait maintenant, près de sept cents ans plus tard.

— Quelle histoire ! murmura-t-elle, rêveuse, encore sous le choc de cette découverte qu'elle s'empressa de faire partager à sa grand-mère.

Septembre s'achevait. Bernard avait trouvé du travail chez un horticulteur des environs de Millau qui préparait les fleurs de Toussaint. Il parcourait désespérément les petites annonces, mais sans résultat. Mi-novembre, il était rentré manutentionnaire dans un supermarché de la sous-préfecture. Depuis qu'elle l'avait ramené de Béziers, début août, pour la naissance de Cédric, Juliette ne l'avait pas revu. Il lui avait téléphoné à deux ou trois reprises. Ils avaient échangé quelques banalités, mais elle ne voulait pas l'attirer au mas.

La fin de l'année 1983 allait bientôt arriver. Mélanie et Pascale avaient appelé leur mère pour savoir ce qu'elle comptait faire pour les fêtes.

— Comme d'habitude, avait-elle répondu. On va passer Noël et le Nouvel An au mas, tous ensemble.

— Et papa ? avaient-elles demandé.

— Quoi, papa ?

— Tu ne veux pas l'inviter ? On ne va pas le laisser tout seul, avaient-elles soufflé d'une seule voix.

— Le pauvre ! maugréa leur mère, c'est vrai qu'il n'a plus sa chère Lise pour le dorloter ! Mais je n'ai rien à voir avec lui, moi, et je ne lui dois rien. Je pense même avoir fait ce que beaucoup n'auraient pas fait, vous ne croyez pas ?

— Si, maman, répondirent-elles, on le sait, mais… c'est notre père. Depuis toutes ces années, on était obligées d'aller à la Chapelle-Saint-Mesmin pour le voir. Maintenant, de le savoir là, si près… et seul, ça nous peine. Et puis, on pourrait aussi inviter nos grands-parents, comme avant… quand tout allait bien…

— Je… je ne sais pas, grommela Juliette, je vais réfléchir.

Elle raccrocha et se mit à parler toute seule à mi-voix. Sa grand-mère s'en inquiéta. Elle lui conta la suggestion des filles, attendant son avis.

— Petite, je comprends ta réticence, mais elles ne te demandent pas de revenir vivre avec lui…

— Qu'elles ne s'y avisent pas ! clama-t-elle en lui lançant un regard noir.

— Moi aussi, je n'oublie pas ce qu'il t'a fait, mais, pendant les trois semaines qu'il a passées au mas, il a été très correct et discret, continua l'aïeule, amusée par la réaction de Juliette. Et maintenant il ne vient pas salir le plancher. Les filles, c'est quand même leur père. Ce serait bien d'avoir toute la famille ici, chez nous, et les parents de Bernard aussi. Eux ne t'ont jamais tourné le dos. Et puis, moi, j'ai quatre-vingt-six ans, je suis vieille… C'est peut-être mon dernier Noël… avec mes deux arrière-arrière-petits-fils… avec vous tous… Oui, soupira-t-elle, l'œil humide, ce serait une belle fête…

— Toi, mémé ? Tu feras une centenaire ! s'esclaffa sa petite-fille, mais, puisque tu es du même avis que ces deux écervelées, je suis obligée de céder. J'espère que je n'aurai pas à le regretter… sinon, vous m'entendrez !

— Oh ! tu ne nous fais pas peur ! plaisanta Anna en l'embrassant. Merci, petite. Je n'ai jamais douté de ton bon cœur.

Juliette rappela ses filles, ravies de la nouvelle, puis elle lança les invitations en commençant par les parents de Bernard. Elle ne savait pas s'ils avaient renoué des liens avec leur fils. Ils dirent qu'il leur avait téléphoné récemment et leur avait fait le récit de ses différentes activités. Ils étaient satisfaits de savoir qu'il devait trimer pour se refaire une place dans la société et avaient décidé de passer l'éponge. Ils furent touchés par la sollicitation de leur ex-belle-fille. Il ne restait plus que Bernard à prévenir. Juliette l'appela.

— Mais… je ne voudrais pas vous déranger, murmura-t-il, pas revenu de sa surprise.

— Tu fais comme tu veux ! lâcha l'éleveuse sans ménagement. Ce sont tes filles qui tiennent à ce que tu sois présent, et tes parents seront là, eux aussi.

— Ah ! s'exclama-t-il, stupéfait, je viendrai donc, puisque tu as la gentillesse de m'inviter. Merci, Juliette.

L'Aveyronnaise laissa le soin à sa grand-mère d'affecter des logements aux dix-sept convives. Anna se chargea de cette mission avec joie. Elle se transforma en maître d'hôtel pour accueillir tout ce monde avec le sourire avant de conduire chacun vers son logis. Salomé et Loïc, qui avaient fêté Noël chez les parents du jeune homme, étaient également conviés, de même que ces derniers.

Bernard arriva en début d'après-midi.

— C'est pour toi, fit-il à Juliette en lui tendant un petit paquet.

Elle s'empressa de le défaire et découvrit avec émotion le parfum de marque qu'elle utilisait.

— Je suis désolé, mais mes moyens actuels ne me permettent pas de faire plus, lui confia-t-il avec une gêne évidente.

— Merci, Bernard, souffla-t-elle avec une pointe d'émotion. C'est déjà beaucoup. Je ne m'attendais pas à ça. Tu n'as donc pas tout oublié...

— Euh... non, je... il y a des choses que l'on ne peut pas oublier, bafouilla-t-il, confus.

Elle lui tendit les bras et ils s'embrassèrent.

— Tu en es où pour le travail ? demanda-t-elle.

— Rien d'extraordinaire, déclara-t-il avec une moue de dépit. Je suis manutentionnaire dans un supermarché. Ce n'est pas merveilleux, mais je peux payer mon loyer et m'acheter à manger. C'est déjà ça, après ce que j'ai connu... Je parcours les petites annonces et j'ai envoyé quelques CV, dont un à un cabinet d'assurances de Millau qui recherche un collaborateur, mais je n'ai aucune réponse pour le moment.

Juliette eut un imperceptible haut-le-corps à cette révélation. Etait-ce Carole qui avait lancé un recrutement ? « Il ne manquerait plus que ça ! » songea-t-elle, amère.

La soirée se déroula dans la bonne humeur et fut animée jusqu'à une heure avancée de la nuit pour fêter l'arrivée de l'année 1984.

Le lendemain matin, Juliette et Salomé étaient levées avant tout le monde. Même si les deux éleveuses s'étaient octroyé une heure de repos supplémentaire, les brebis, qui ne fêtaient pas le Nouvel An, les attendaient en bêlant !

A leur retour, les uns et les autres émergeaient, hirsutes et vaseux, portant encore les séquelles de la soirée. Mélanie et Carole étaient là.

— J'ai fait passer une annonce sur le journal pour recruter un collaborateur, annonça cette dernière. J'ai eu plusieurs réponses... dont celle de Bernard...

— Ah ! lâcha l'Aveyronnaise avec une grimace évocatrice, c'est donc bien toi ! Bernard m'a effectivement dit hier qu'il avait envoyé un CV à un cabinet d'assurances...

— En effet, confirma Carole. Je ne sais pas trop que faire. Qu'est-ce que tu en penses ?

— Moi ? s'exclama Juliette, pas grand-chose, si ce n'est que, comme je te l'ai déjà confié, ça ne me plaît pas de le savoir dans la région, même si, depuis qu'il a son studio, il ne m'ennuie pas. La dernière fois où je l'ai vu, c'était début août, quand je l'ai ramené de Béziers, le jour où on est allées voir Cédric avec ma grand-mère. Depuis, il m'a téléphoné à deux reprises et c'est la première fois qu'il remet les pieds ici depuis fin juillet. Maintenant, tu le connais… et tu sais ce qui lui est arrivé…

— Oui, souffla-t-elle, mais ce n'est pas lui qui a détourné de l'argent. Il a été victime dans cette affaire.

— Le pauvre ! s'esclaffa l'éleveuse.

— Je comprends que tu ne t'apitoies pas sur son sort, admit Carole en souriant. Quant à moi, il faut que je prenne une décision rapidement, car je suis complètement débordée.

— Maman, fit Mélanie qui, jusque-là, avait écouté le dialogue des deux femmes sans intervenir, moi aussi je conçois ta rancœur, mais, dans la mesure où il ne s'accroche pas à tes basques, pourquoi l'empêcherais-tu de se reconstruire ? J'ai longuement parlé avec papa. Il est parfaitement conscient de ses erreurs et il regrette profondément d'avoir agi comme il l'a fait. Il m'a même confié qu'une seule femme avait compté dans sa vie : toi ! Et il t'admire, ainsi que ce que tu as réalisé ici…

— Ah oui ! rétorqua vertement sa mère, c'est maintenant qu'il s'en rend compte, cet idiot ? C'est un peu tard, tu ne crois pas ? C'est vrai qu'avec l'autre morue il a été gâté, mais c'est bien fait pour lui. Quand on a qui il faut à la maison, on ne va pas chercher ailleurs. Sa punition a été à la hauteur de ses exactions !

— Je sais, maman, mais le passé est le passé. Aujourd'hui, il n'a qu'une envie, c'est de retrouver un travail qui lui permette de vivre décemment. Il enrage de ne pas avoir pu nous faire de cadeaux et espère que ce n'est que partie remise. Il a même honte des babioles qu'il a achetées pour le Noël de Nicolas et Cédric, même si, Pascale et moi, on lui a affirmé qu'à leur âge les deux bébés n'avaient pas encore besoin de jouets. Il est tombé très bas et il a tiré les enseignements qui s'imposaient. Et je peux aussi te dire qu'il n'oublie pas ton attitude à son égard. Il n'était vraiment pas rassuré quand il est arrivé ici, il y a presque six mois. Et quand il a ajouté : « Sans ta mère, je ne sais pas ce que je serais devenu. Elle m'a sauvé. C'est une noble femme ! » j'ai senti que ça venait du fond du cœur. Il avait les larmes aux yeux.

— Oui, lâcha Juliette, les Cieurac, on râle parfois, mais on a bon cœur. Quant à toi, Carole, que veux-tu que je te conseille ? Fais ce que bon te semble. Tu vois bien, même ma fille défend monsieur !

— Maman, c'est mon père ! clama Mélanie.

— Oueh ! Ça, je sais ! grogna sa mère dans un hochement de tête.

Bernard apparut. Il était levé depuis un moment et était allé prendre l'air pour se réveiller.

— Bernard, fit Carole, tu as postulé pour un emploi dans un cabinet d'assurances…

— Euh… oui, bredouilla-t-il en la dévisageant, surpris.

— Eh bien… on devra en parler plus en détail, mais je pourrai peut-être t'embaucher.

— Mais… mais… c'est toi… c'est toi qui as…

Les mots restaient bloqués dans sa bouche. Un sourire illumina son visage. Ses yeux devinrent humides. Une intense émotion l'étreignait.

— Oui, poursuivit Carole, on vient d'en parler avec Juliette et Mélanie…

— Et tu peux remercier ta fille ! coupa sèchement l'éleveuse, elle a été une excellente avocate, parce que, moi, tu sais ce que je pense de ta présence dans la région…

— Me… merci, Carole ; merci, Mélanie, murmura-t-il, encore sous le choc. Je ne pouvais rêver de plus belles étrennes. Toi, Juliette, je n'oublie pas ce que tu as fait pour moi, mais… je ne t'ai pas ennuyée depuis que j'ai mon studio…

— Oueh ! Et j'espère que ça va continuer ainsi ! grommela-t-elle, le visage fermé.

Les fêtes, qui avaient vu naître l'année 1984, étaient passées. Au mas, les journées d'hiver s'écoulaient dans le calme, au rythme des traites du matin et du soir. En dehors de la cuisine, où elle ne laissait pas sa place, Anna alternait tricot, lecture et télévision, mais elle ne restait pas un jour sans sortir prendre l'air.

— Il faut faire un peu d'exercice, sinon on va se rouiller ! disait-elle en riant.

Les après-midi, Juliette partait souvent sur le dos de Pyrène pour de longues balades sur le plateau. Parfois, Salomé confiait la garde de Pierre à l'aïeule et accompagnait sa patronne. Et, le soir venu, grand-mère et petite-fille demeuraient de longs moments à bavarder à la chaleur du cantou, devant une tisane.

Bernard avait été embauché par Carole. Il avait fait des stages et s'impliquait avec une grande énergie dans son travail. Il s'avérait être un collaborateur dynamique et efficace. Il habitait maintenant dans un petit appartement à Millau et avait acheté une nouvelle voiture d'occasion, à crédit, car la vieille 2 CV donnait de plus en plus de signes de fatigue.

Avril était arrivé. Le troupeau avait enfin été lâché dans les pâturages.

Comme elle en avait pris l'habitude, Juliette s'octroya quinze jours de vacances à Collioure, en compagnie de Michel et Carole. Et, lors d'une soirée en discothèque, elle retrouva Paolo, le bel Italien avec qui elle avait partagé une folle semaine cinq ans auparavant. Les trois nuits qui suivirent, Juliette ne défit pas son lit dans la maison de ses parents.

— J'ai beaucoup pensé à toi, lui confia Paolo ce dernier matin, la tête sur l'oreiller, après de chaudes étreintes. Tu ne voudrais pas venir vivre avec moi en Italie ?

— Paolo, ce n'est pas sérieux, on se connaît à peine, lui répondit-elle en éclatant de rire. Et puis, que veux-tu que j'aille faire chez toi ? Je suis bien sur le Larzac, avec mes brebis.

— Mais alors je peux venir habiter en France, reprit-il aussitôt.

— Paolo, j'apprécie les moments que nous vivons, mais j'ai eu trop de déboires avec les hommes. Je ne veux pas risquer une nouvelle déconvenue. Et puis, toi, entre ton métier de commercial et la liberté que tu affiches, tu me tromperais dès que j'aurais le dos tourné ! Non, bel Italien, ne ternissons pas nos magnifiques souvenirs par des projets irréalistes.

— Euh… bredouilla-t-il, confus, oui… tu as certainement raison, mais tu es une sacrée femme. Quelle force de caractère !

— Oui, on me dit même têtue, s'esclaffa-t-elle, et je parviens même à résister aux dragueurs dans ton genre !

Ils éclatèrent de rire et échangèrent un baiser. Le moment de la séparation était arrivé. Ils se quittèrent souriants, heureux des heures passionnées qu'ils avaient partagées.

A son retour, fin août, Juliette, guillerette, avait invité toute la famille au mas, avant que filles et gendres ne reprennent le travail à la rentrée scolaire. Pour être agréable à Mélanie et Pascale, elle avait également convié Bernard, heureux de cette invitation.

Et deux joyeuses nouvelles s'en vinrent réjouir la tablée. Mélanie et Pascale annoncèrent qu'elles attendaient toutes deux un second enfant pour mars 1985. L'aïeule, émue, y alla de sa petite larme.

— J'espère que je serai encore là pour embrasser ces deux petits ! ne put-elle s'empêcher d'ajouter avec un trémolo dans la voix, ce qui fit sourire tous ses descendants.

Au mas Saint-Clair, les fêtes de fin d'année réunirent à nouveau la famille, ainsi que Bernard et ses parents, pour de longues agapes, avant que chacun ne retourne à ses occupations en ce début de 1985.

Au mois de mars, à une semaine d'intervalle, arrivèrent Sylvain, le deuxième fils de Mélanie et Gilles, et Sébastien, le second héritier de Pascale et Philippe. En juillet, la famille au grand complet se retrouva au mas. Anna couvait tous « ses petits » d'un regard tendre.

Un matin de fin juillet, en entrant dans la bergerie, Juliette et Salomé s'inquiétèrent de voir plusieurs brebis encore couchées. Elles s'approchèrent et découvrirent que vingt-sept d'entre elles étaient mortes. Elles se regardèrent, incrédules, puis entreprirent de les mettre à l'écart. L'éleveuse décida de ne pas sortir le troupeau et dit à Salomé de leur donner une ration de fourrage, pendant qu'elle appelait le vétérinaire.

A son arrivée, après avoir examiné les bêtes, il suspecta qu'elles avaient peut-être été emportées par le charbon. Une forme de cette maladie, d'origine bactérienne, prend naissance dans les ovaires des fleurs et prolifère surtout en période de sécheresse. Elle est transmise aux animaux par ingestion et infecte l'appareil pulmonaire. Ils meurent en l'espace de vingt-quatre heures, après un accès de fièvre important et des tremblements. Les épidémies de charbon, fréquentes au XIXe siècle et au début du XXe, étaient devenues rares et les vaccinations avaient été abandonnées.

— Nous allons de suite procéder à des analyses, déclara le vétérinaire, en espérant que le restant du troupeau ne soit pas touché avant que nous n'ayons les résultats. Quant à vous deux, précisa-t-il à Juliette et Salomé, allez de suite chez un docteur qui vous prescrira des antibiotiques à titre préventif. Si le diagnostic est confirmé, vous pouvez être contaminées par le fait d'avoir manipulé les animaux morts, et, dans ce cas, vous courez le même danger que les brebis.

Les deux femmes furent atterrées par ce diagnostic et prièrent le ciel pour que la maladie ne poursuive pas son évolution.

— Mais on ne peut pas vacciner le troupeau ? suggéra l'éleveuse.

— Même si on le faisait, répondit le vétérinaire, il n'est pas certain que ce soit efficace. La vaccination doit être pratiquée avant l'infection, sinon elle ne sert pas à grand-chose. La période d'incubation dure la plupart du temps de un à cinq jours, mais elle peut s'étaler sur un mois et demi. Pensez plutôt à vous.

— Mais… mais… alors, balbutia Juliette, aux cent coups, je vais perdre tout mon troupeau ?

— J'espère que non, laissa-t-il tomber avec une moue dubitative. Et puis, si c'est vraiment le charbon, vu que les spores de cette bactérie peuvent vivre dans la terre pendant plusieurs dizaines d'années, le risque d'une nouvelle épidémie n'est pas à exclure.

— Quoi ! s'écria Juliette, affolée par cette révélation alarmante, et qu'est-ce que je vais faire ? On ne peut pas désinfecter, traiter ?

— Hélas, non ! Et puis, cette bactérie oppose une très grande résistance à la température, aux ultraviolets, à la dessiccation, aux solvants… Il n'est pas impossible qu'il y ait déjà eu une épidémie sur vos prés il y a plusieurs années. Avec de la chance, vous n'en connaîtrez pas d'autre, mais rien ne garantit que vous n'y serez pas confrontée une nouvelle fois… Je m'occupe d'appeler l'équarrisseur. Il faut impérativement incinérer les bêtes mortes. Quant à vous deux, allez de suite chez le docteur.

Il les quitta sur ces mots. L'Aveyronnaise et la Tchadienne redescendirent à pas lents jusqu'à la maison, sans un mot. Découvrant leurs mines renfrognées, Anna s'inquiéta aussitôt de ce qui n'allait pas. Sa petite-fille s'empressa de la mettre au courant.

— Oui, lâcha-t-elle, fataliste, le charbon est en effet devenu très rare en France, mais on n'est jamais totalement à l'abri de cette cochonnerie… et quand une épidémie s'abat sur un troupeau…

Elle n'acheva pas sa phrase, mais le sous-entendu était suffisamment évocateur.

— Eh bien, maugréa Juliette, les larmes aux yeux, je suis dans de beaux draps ! Déjà, une mauvaise récolte de fourrage et de paille ; ensuite, les cours des agneaux qui baissent avec les importations de Grande-Bretagne et de Nouvelle-Zélande ; et maintenant cette saloperie de maladie. Qu'est-ce que je vais devenir ? Qu'est-ce que je vais faire ? C'est une année maudite !

— Petite, tout n'est pas toujours rose, reprit son aïeule pour tenter de la consoler. Tu as subi d'autres revers. Pense à tes petits-enfants qui sont beaux et en bonne santé. Allez, venez boire le café. Je viens juste de le faire et je crois qu'il est corsé. Ça vous donnera du tonus !

Mais les mots de réconfort d'Anna ne parvinrent pas à rendre son sourire à Juliette. Maussade, elle descendit à Fondamente en compagnie de Salomé, qui affichait, elle aussi, une grise mine, pour aller consulter le docteur. Il leur prescrivit la prise d'antibiotiques, comme l'avait laissé entendre le vétérinaire.

En début d'après-midi, l'équarrisseur vint chercher les cadavres. Juliette avait décidé de ne pas sortir le troupeau tant que les résultats des analyses ne seraient pas connus, dans trois jours. A diverses reprises, elle se rendit dans la bergerie pour voir si d'autres bêtes n'étaient pas mortes. Même si aucune ne semblait avoir de symptômes, l'éleveuse passa une nuit entrecoupée de cauchemars. Le lendemain matin, ne pouvant plus dormir, elle se leva à cinq heures et monta aussitôt à l'étable. Et là elle découvrit une trentaine de brebis sans vie. Juliette regagna la maison en larmes. Salomé arriva vers six heures et, à la mine affligée de sa patronne, elle comprit que la maladie avait encore frappé.

Le troisième jour, le vétérinaire confirma le diagnostic. Et déjà un tiers du troupeau avait disparu. En accord avec Juliette, il procéda à la vaccination.

Malgré cette action préventive, une semaine plus tard, deux cents brebis, les deux tiers du troupeau, avaient succombé.

Cette épidémie avait dévasté le cheptel de l'éleveuse, qui ne savait plus à quel saint se vouer. De plus, le risque d'une nouvelle attaque de la bactérie était réel. Cette incertitude minait Juliette. Elle errait sans but sur le plateau, les yeux hagards, ruminant ses déboires, gagnée par le désespoir.

Michel, Carole et Bernard lui avaient rendu visite. Ils s'étaient installés dans le salon en compagnie d'Anna. Juliette leur avait fait part de son abattement. Elle était découragée, ne savait plus que faire et envisageait d'arrêter. Mais, dans ce cas, elle devrait trouver un emploi, se remettre une nouvelle fois en question. Elle excluait le retour dans une banque et s'interrogeait sur son avenir. Son ex-mari prit la parole.

— Depuis que j'ai découvert ce que tu as fait ici, je suis en admiration. C'est magnifique. J'ai peut-être une suggestion…

Par le passé, elle n'avait que trop entendu ses fanfaronnades, ses idées parfois farfelues et ses mensonges répétés. Elle releva la tête et se mit à le dévisager, méfiante, déjà sur la défensive. Il fit mine de ne pas avoir perçu son regard suspicieux et poursuivit.

— Tu as deux appartements à l'étage et la vieille maison qui sont inoccupés. Pourquoi ne pas faire des locations de vacances ? Même si les filles viennent, il te suffirait de jongler avec les dates où elles seront là et de ne pas louer à ce moment-là. Tu pourrais aussi aménager la bergerie en gîte d'étape avec un confort minimum pour les randonneurs. L'endroit est touristique, isolé et, avec le sentier de randonnée, le GR 71 C, qui passe là, ils apprécieraient une halte sur le plateau, avec un dortoir, une salle pour préparer leurs repas et des sanitaires, même simples. Et, au-dessus, dans la grange, il y a la place pour réaliser des appartements plus confortables. Au rez-de-chaussée, même avec le gîte d'étape, il doit rester assez d'espace pour créer des salles communes : jeux, lecture, télévision… Je pense que ça intéresserait une certaine clientèle, qui recherche le calme, la solitude, le dépaysement. Et il y a aussi la piscine et le terrain de tennis… Une autre suggestion : pourquoi ne pas proposer des balades à cheval ? Avec une telle offre, tu devrais pouvoir attirer suffisamment de vacanciers pour vivre. Finis les problèmes de maladie et autres !

Juliette l'avait écouté, d'abord sceptique, mais, au fur et à mesure qu'il décrivait les possibilités, le visage de l'éleveuse s'éclairait.

— C'est… peut-être une bonne idée, souffla-t-elle enfin, ce que confirmèrent Michel et Carole.

— Et puis, franchement, Juliette, reprit-il, quand je te vois trimer comme tu le fais du matin au soir pendant pratiquement toute l'année, avec les risques qu'il y a, je suis impressionné. Je te savais courageuse, opiniâtre, mais, là, ça dépasse tout ce que je pouvais imaginer…

— Oui, soupira-t-elle, mais je devais bien faire quelque chose. Tu ne m'avais pas laissé le choix…

Elle l'avait regardé, lui rappelant une fois de plus que, si elle en avait été réduite à une telle remise en question, il en était entièrement responsable.

— Et puis, poursuivit-elle, j'étais fière de ce que j'avais fait ici, d'avoir fait revivre ce mas, pour moi, pour mémé, pour mes parents. J'étais fière de mes brebis, du lait pour le roquefort… De plus, jusque-là, ça se passait bien. La rentabilité correcte m'avait permis de récupérer un peu de l'argent que j'ai investi. Mais là, avec cette catastrophe, je ne sais plus. C'est désespérant. Je dois réfléchir… ne pas prendre de décision hâtive !

— Et tu as de la chance d'avoir une aide comme Salomé, reprit-il. Sa présence et sa compétence te donnent la possibilité de prendre quelques jours de vacances, sinon…

— Oui… je sais, murmura-t-elle, désabusée, les yeux dans le vague.

Sa grand-mère, qui avait écouté en silence, y alla à son tour de son commentaire.

— Même si je n'ai pas toujours été d'accord avec toi, glissa-t-elle à l'adresse de Bernard, je trouve que ton idée est excellente. Et puis, on verrait un peu de monde, parce que, ici, à part les brebis…

Ils éclatèrent tous de rire.

Juliette se laissa le temps de la réflexion. Même si elle décidait d'arrêter, elle ne vendrait le restant du troupeau qu'avant l'agnelage, au mois de novembre.

Mais plusieurs choses la tracassaient. Tout d'abord, il y avait Salomé. Qu'allait-elle devenir ? Si elle louait ses appartements, elle pourrait s'en occuper seule. La Tchadienne devrait chercher un emploi. Maintenant qu'elle et Loïc avaient leur maison à côté du mas, tous deux devraient faire le trajet pour se rendre sur leur lieu de travail. Ou alors la jeune Noire aurait-elle envie de prendre un élevage à son compte ? Dans ce cas, elle devrait acheter un troupeau, louer des prés et, si Juliette transformait la bergerie et la grange en appartements, elle devrait aussi faire construire une étable et un local de stockage pour le fourrage et la paille. L'investissement total représentait une coquette somme. Et puis, ayant vécu les déboires récents de sa patronne, elle n'aurait peut-être pas envie de se lancer dans la même aventure et de courir les mêmes risques.

Quant à sa situation personnelle, Juliette pensait aussi au coût des travaux pour aménager les locaux. De plus, si elle transformait la bergerie en gîtes, elle devrait faire construire une écurie. Elle n'avait pas investi tout l'argent qu'elle possédait lorsqu'elle était venue au mas et, avec le rapport de l'élevage, elle était parvenue à refaire une partie de son capital. Mais, à quarante-cinq ans, le jeu en valait-il la chandelle ? Elle décida que, par correction, elle devait d'abord avertir Salomé de ce qu'elle envisageait.

La Tchadienne accueillit la nouvelle avec tristesse, comme s'y attendait l'Aveyronnaise. Mais elle comprenait aussi que la maladie, qui avait décimé les deux tiers du troupeau en quelques jours, avait découragé Juliette et l'incitait à baisser les bras. L'éleveuse demanda à la jeune Noire si elle serait intéressée par une reprise de l'élevage. Celle-ci répondit qu'elle allait réfléchir et en parler avec Loïc, mais, comme le pressentait sa patronne, le budget conséquent et les risques encourus ne l'incitaient guère à vouloir tenter l'expérience.

Juliette avait longuement conversé avec sa grand-mère, qui avait toujours été une confidente attentive et une conseillère avisée.

— Petite, fit-elle, dans quinze ans tu auras soixante ans et tu devras faire les mêmes journées que maintenant. Je ne dis pas que louer des appartements c'est du repos, mais ça n'a rien à voir avec ton travail d'éleveuse. Un peu de ménage entre deux séjours, les draps à laver… si tu les fournis, un état des lieux, l'accueil des vacanciers, l'entretien de la piscine… et voilà !

— Toi, tu as vite fait ! s'exclama sa petite-fille, et le jardin… et les chevaux !

— Dis donc, petite, le jardin, j'ai l'impression que j'y passe beaucoup plus de temps que toi ! Alors, tant que je serai là et que je pourrai marcher et me courber, je continuerai, confia-t-elle, mi-grimace, mi-sourire. Oui, il reste les chevaux… mais ce n'est pas une obligation…

— Je sais, mémé, mais, si on peut proposer des locations avec piscine, tennis et équitation, c'est un choix diversifié et plus attractif. Aujourd'hui, il y a beaucoup de gens qui ne se contentent plus de vacances à la plage. Ils recherchent des séjours et des lieux qui sortent de l'ordinaire, avec des activités variées… Et je crains qu'avec tout ça à gérer je sois débordée. Alors, si j'abandonne un boulot qui occupe tout mon temps toute l'année pour en prendre un autre qui me sollicite autant, ce n'est guère la peine de changer !

— Ah ah ! s'esclaffa Anna, les touristes ne vont quand même pas attraper la maladie du charbon ! Mais… j'y pense ! clama-t-elle en se frappant le front, et Salomé ?

— Salomé ? Je devrai la licencier. Je lui ai demandé si elle serait intéressée pour reprendre l'élevage et, apparemment, je ne crois pas qu'elle le soit… et je la comprends. Elle trouvera du travail et, si je peux l'y aider, je le ferai avec grand plaisir. Dynamique comme elle l'est, elle ne décevra pas son patron.

— Ou bien… sa patronne, souffla l'aïeule, l'œil malicieux. Si tu crains de ne pas y arriver toute seule, pourquoi la licencier ?

— Mémé, tu es géniale ! s'écria Juliette en sautant au cou de sa grand-mère. Je suis idiote ! Comment n'y avais-je pas songé ? Je vais lui en parler. Elle a essayé de me le cacher, mais elle était dépitée quand je lui ai annoncé que j'allais peut-être arrêter l'élevage. Je suis sûre qu'elle sera ravie d'une telle proposition. Je pense qu'après un petit stage dans une ferme équestre pour se familiariser elle fera une parfaite accompagnatrice, débrouillarde comme elle l'est...

Même si elle n'avait pas encore pris de décision définitive, dans sa tête, l'Aveyronnaise n'était déjà plus tout à fait éleveuse.

Elle présenta son projet de tourisme équestre à Salomé qui l'écoutait, les yeux brillants. Dès qu'elle eut terminé, la Tchadienne se jeta sur elle et l'embrassa.

— Oh, Juliette ! souffla-t-elle entre deux sanglots, c'est formidable ! Que je suis heureuse ! J'étais triste à l'idée de devoir quitter la ferme, d'aller travailler ailleurs. Je me sens tellement chez moi ici... On est si bien... mais... je ne sais pas si je serai capable...

— Tu y parviendras, Salomé, confia Juliette avec un sourire engageant. Tu as de la volonté, et puis je serai là pour t'aider.

Les allées et venues se succédèrent au mas, comme tous les étés. Juliette partit à Collioure pour deux semaines, qu'elle mit à profit pour oublier un peu ses soucis, ainsi que pour ébaucher les plans des appartements à réaliser dans la bergerie et la grange. Et, quand elle revint, elle était prête à prendre un nouveau départ.

XX

Dès septembre, Juliette contacta les entreprises qui avaient déjà effectué les divers travaux au mas, de façon à faire établir des devis. Début octobre, la construction de l'écurie débuta. Elle était située entre la vieille maison et la doline. Au rez-de-chaussée, elle pourrait accueillir six chevaux. Foin et paille seraient entreposés à l'étage.

Fin octobre, elle vendit les cent brebis restantes. Elle les regarda partir avec un pincement au cœur, l'œil humide. Une intense page de sa vie venait de se tourner…

Bernard avait acheté un appartement sur les hauteurs de Millau. Petit à petit, il s'était reconstruit et pouvait maintenant faire des cadeaux à ses filles et choyer ses petits-fils.

1986 venait de naître. L'écurie était achevée. Pyrène et Océane avaient ainsi pu prendre possession de leur nouvelle demeure. Une fois les fêtes passées, les travaux d'aménagement débutèrent dans la bergerie et la grange. A l'étage, il y aurait quatre appartements, avec pour chacun salle d'eau, toilettes, trois chambres et une grande pièce avec coin cuisine, qui donnerait, côté nord, sur une terrasse de plain-pied.

Au rez-de-chaussée se situerait le gîte d'étape pour les randonneurs. Deux dortoirs de six places, deux chambres pour deux personnes chacune, une cuisine et un bloc de sanitaires le constitueraient. Il y aurait aussi deux salles communes, avec télévision, bibliothèque et jeux d'enfants. Juliette avait vendu les machines à traire, les éléments de réfrigération et les tanks à lait. Une partie de la place encore disponible dans la partie nord, encastrée dans la roche et borgne, servirait de local de rangement. Il resterait encore la possibilité d'aménager un ou deux appartements ou bien d'agrandir le gîte d'étape, mais elle préférait attendre et voir en fonction des demandes de location.

Elle avait fait les démarches pour s'inscrire sur les différents guides qui proposaient des locations de vacances et elle avait également pris contact avec le syndicat d'initiative de Cornus.

Lors des aménagements de la bergerie, les maçons avaient enlevé le crépi qui recouvrait le mur côté est, là où le bâtiment s'enfonçait dans la roche. L'attention de Juliette fut attirée par les pierres mises à nu. Quelques-unes, au milieu du pan, semblaient avoir été ajoutées après la construction, comme si une ouverture avait été condamnée. En se reculant pour avoir une vision plus globale, elle crut discerner, au-dessus, un assemblage de blocs qui pouvait matérialiser une croix. La taille rappelait la forme de la croix pattée, le symbole des Templiers. Elle demeura un long moment perplexe, à scruter ces signes pour s'assurer qu'elle ne rêvait pas. Elle en fit part aux maçons qui la regardèrent curieusement. Elle fit venir sa grand-mère, Salomé, Loïc. Elle convia Michel et Carole. Certains croyaient, comme elle, deviner de vagues traces, d'autres ne distinguaient rien et prétendaient que ce n'étaient que jeux d'ombre et de lumière. Elle prit des photos. Parfois, les images, illuminées par l'éclair cru du flash, permettaient de mettre en évidence certains détails qui échappaient à l'œil. Elle attendit les clichés avec impatience. Leur examen ne fit que confirmer son intuition. Toute la famille, même les sceptiques, suivaient l'évolution des investigations de la propriétaire. Et tous durent se rendre à l'évidence. Une ouverture avait bel et bien été obturée, et la forme de la croix pattée n'était pas le fait de l'imagination de Juliette.

Ce dimanche-là, Michel et Carole étaient donc venus aux nouvelles. Ils observèrent à nouveau le mur avec attention.

— Puisqu'il y a des outils, proposa Michel, on peut essayer de creuser…

Aussitôt dit, aussitôt fait. Marteaux et burins en mains, le frère et la sœur se mirent à l'œuvre, sous le regard impatient de

Carole. Pendant ce temps, Anna, loin de ces futiles préoccupations, s'affairait à la préparation du repas.

Une demi-heure s'écoula, avant que les premières pierres ne soient enfin dégagées. Le travail devint alors plus aisé, mais la paroi était épaisse. L'amie de Michel, amusée, prit quelques photos des deux travailleurs en plein labeur. Enfin, une autre heure plus tard, quelques coups de marteau bien assénés abattirent les derniers blocs. Le temps de les dégager et l'orifice était suffisamment grand pour aller voir ce qui se trouvait de l'autre côté. D'un coup de lampe, Juliette balaya l'espace, mais, hormis une pierre dressée face à l'entrée, à deux ou trois mètres, elle ne distingua pas grand-chose. Il fallait se glisser par le trou. Tous trois se regardèrent, hésitants. Michel se porta volontaire. Une fois à l'intérieur, il inspecta la pièce à la lumière de la torche et, soudain, poussa un cri.

— Venez ! Venez vite ! s'exclama-t-il. Juliette, ton appareil photo !

L'une après l'autre, Juliette et Carole, intriguées, s'introduisirent dans la pièce en rampant.

— Regardez ! fit-il en braquant le faisceau de la lampe.

A leur tour, les deux femmes laissèrent échapper un cri.

Face à l'entrée qu'ils avaient pratiquée, vers le fond de la salle, deux gros blocs de roches taillés, dont celui qu'avait aperçu Juliette, soutenaient une grande table en pierre. Un manteau blanc, orné d'une croix pattée rouge à l'emplacement de la poitrine, était étalé dessus.

— Les Templiers ! s'écria la propriétaire, subjuguée, la croix des Templiers, le manteau des Templiers !

— Juliette, prends des photos, intima Michel, autant que tu peux. Fais vite !

Mais elle était paralysée, ne pouvant esquisser le moindre geste. Son frère se saisit rapidement de l'appareil et se mit à mitrailler le vêtement sous différents angles, chaque éclair de flash illuminant d'une lumière irréelle cet endroit qui ne l'était pas moins. La pellicule fut rapidement épuisée. Tous trois se tenaient là, silencieux, figés, les yeux grands ouverts, la bouche béante, la gorge serrée, les jambes tremblantes, des frissons dans le dos, conscients de partager une découverte hors du commun, mais incapables de prononcer un seul mot, trop impressionnés par le moment prodigieux qu'ils étaient en train de vivre.

Comme par enchantement, la couleur du manteau changea, virant au gris, puis il disparut, sous les yeux incrédules des spectateurs qui se dévisageaient, partagés entre surprise et crainte. Seule sa forme se devinait encore. Etaient-ils victimes d'une hallucination collective ?

— Ne vous inquiétez pas, dit alors Michel pour rassurer les deux femmes, c'est le contact avec l'air qui a réduit le manteau en poussière. Cela arrive souvent lors de découvertes très anciennes comme celle-là. C'est pour cette raison qu'il fallait faire vite pour prendre des photos. Le flash a peu-être accentué le phénomène, mais ce serait arrivé quand même.

Ils demeuraient immobiles, muets, subjugués par le spectacle fantastique auquel ils venaient d'assister. Juliette finit par s'avancer. Elle passa un doigt sur la pierre et en retira une poussière grisâtre. Seul l'emplacement de la croix était encore perceptible, d'une couleur plus foncée, entre gris et orange. Elle se retourna et, d'un mouvement de torche, éclaira la pièce. Elle devait être à peu près carrée, d'environ six à sept mètres de côté. Entre le mur du fond et le bout de la table de deux mètres de long, un espace d'un mètre permettait de circuler. Hormis le mur construit, par lequel ils étaient entrés, les trois autres parois étaient constituées par la roche qui avait été taillée. Comme celui de la bergerie, le plafond était bâti en voûte, mais la largeur beaucoup plus réduite de la salle faisait qu'il n'y avait pas de pilier central. Le sol était pavé avec des pierres de dimensions inégales qui semblaient avoir été posées là de façon anarchique. Il n'y avait rien d'autre que cette épaisse table posée sur deux imposants blocs de pierre.

Juliette s'avança vers son frère et l'étreignit avec force.

— Je m'en doutais, clama-t-elle, soudain euphorique, je savais que les Templiers, et certainement leurs successeurs, étaient venus ici. Il n'est pas impossible que leur trésor ait été caché là, avant d'être emmené en Angleterre, comme certains le supposent. Il y a peut-être un souterrain qui part de cette pièce et ressort quelque part sur le plateau. Vous pouvez aussi remarquer que cette salle est à l'est et que le manteau, comme la table, ont été disposés vers l'orient, vers Jérusalem. Vous vous rendez compte de ce que nous venons de découvrir ? C'est exceptionnel, c'est fabuleux ! Et la croix pattée qui est sur le fronton du cantou… Je suis sûre qu'elle a été récupérée ici, au-dessus de la porte. Je vais prendre ses dimensions. Oh, que je suis heureuse ! fit-elle en embrassant son frère et Carole. Maintenant, je connais avec certitude l'origine du nom du mas Saint-Clair…

Et elle se mit à conter avec emphase : Sion, les Templiers, la trahison de Gérard de Ridefort qui déboucha sur la scission, appelée la « coupure de l'orme », après une bataille entre Français et Anglais à Gisors, une de plus, le Prieuré de Sion, nouveau nom de l'ordre après cette séparation, Marie de Saint-Clair et Jean de Saint-Clair, deux grands maîtres qui avaient donné leur nom à l'endroit et au mas…

— Voilà ! poursuivit-elle, tout excitée, voilà où nous sommes, sur les traces des Templiers et du Prieuré de Sion, sur les pas de l'Histoire… avec un grand H ! Que je suis émue !

Les mots s'étranglaient dans sa bouche. Elle se tut, la gorge serrée, les yeux humides. Michel et Carole l'avaient écoutée, médusés. Eux non plus n'imaginaient pas, en pénétrant dans cette pièce, partager une telle découverte.

Les larmes de Juliette se mirent à ruisseler sur ses joues. Tous trois demeurèrent ainsi un moment, immobiles, muets, dans cette atmosphère qu'ils sentaient pesante, imaginant les êtres qui étaient passés là sept cents ans auparavant et les événements qui avaient pu s'y dérouler.

— Que je suis heureuse ! répéta Juliette, encore sous le coup de l'émotion, mais j'étais tellement persuadée qu'il y avait quelque chose d'extraordinaire ici…

— Oui, reprit Michel, troublé, c'est vraiment extraordinaire !

Ils se mirent à inspecter la pièce, cherchant d'autres indices, une faille, une découpe dans la roche, qui aurait pu leur livrer le départ d'un hypothétique souterrain, mais ils ne décelèrent rien. Ils quittèrent les lieux, rêveurs, pas encore revenus de leur surprise.

De retour à la maison, ils s'empressèrent de dévoiler leur secret à Anna, qui afficha à son tour un immense étonnement. Elle n'avait jamais eu beaucoup d'informations sur l'histoire du mas, et les premières supputations de sa petite-fille après sa lecture de *L'Enigme sacrée* ne l'avaient pas totalement convaincue. Cette nouvelle révélation, irréfutable, la laissa pantoise.

D'un commun accord, ils décidèrent que l'existence de la salle secrète des Templiers, comme l'avait déjà surnommée Juliette, pourrait être divulguée, mais que la découverte du manteau ainsi que ses photos resteraient dans l'intimité de la famille. Seuls Salomé et Loïc, autres habitants du mas Saint-Clair, partageraient le secret.

Juliette se munit d'un mètre et, sautant sur une chaise, prit les mesures de la croix pattée sur le fronton de la cheminée du séjour, mesures qu'elle nota scrupuleusement sur une feuille. Puis elle retourna à la hâte à la bergerie. Elle revint quelques minutes plus tard, triomphante.

— J'en étais sûre, clama-t-elle en désignant le cantou, cette croix, elle a les mêmes dimensions que l'emplacement que j'avais distingué sur le mur de la salle des Templiers. Mémé, maintenant, on sait... on sait d'où elle vient... on sait tout sur l'origine du mas... enfin... presque !

A table, la propriétaire, intarissable sur l'histoire des Templiers et du Prieuré de Sion, alimenta la conversation à elle seule. L'après-midi, la Tchadienne et son mari furent conviés à la visite de la salle, conduits par une Juliette euphorique.

Après cette journée particulière et mouvementée, Michel et Carole repartirent pour Millau.

Le lendemain matin, Juliette attendait les maçons. Comme chaque lundi, les frères Cadourt faisaient le tour des chantiers.

Devant leurs yeux ébahis, elle expliqua qu'elle avait creusé la veille et découvert ce qui ressemblait un peu à une caverne. Elle demanda au maçon d'achever de dégager le passage et au menuisier de fabriquer rapidement une lourde porte pour l'occulter. Ainsi, la salle secrète resterait à l'abri des regards.

Juliette était intriguée par cette pièce qui avait été obturée. Elle était convaincue qu'un souterrain pouvait partir de là. Elle prit des photos du sol qu'elle porta aussitôt développer à Fondamente. Le samedi matin, elle alla les récupérer et remonta au mas sur-le-champ. Elle les étala fébrilement sur la table et les mit bout à bout, de façon à reconstituer au mieux la totalité du dallage et essayer de déceler des formes, des emboîtements, qui avaient pu lui échapper.

Elle les examinait attentivement, lorsqu'un indice illumina son visage. Autour de la table, quatre pierres avaient la forme des extrémités de la croix pattée. Elle courut jusqu'à la bergerie, déserte en cette fin de semaine, ouvrit la porte installée la veille et entra dans la salle en trombe. A l'aide des clichés, elle détecta aisément les blocs, astucieusement répartis. L'assemblage, qui, à première vue, paraissait anarchique, avait donc été savamment disposé. Elle essaya de faire bouger les pavés l'un après l'autre, d'appuyer dessus, mais sans succès. Elle pensa alors qu'il fallait peut-être exercer une pression correspondant au poids d'un homme sur les quatre en même temps pour espérer déclencher un système quelconque. Elle récupéra des parpaings qui traînaient sur le chantier et les glissa dans la salle. Elle en déposa trois sur chaque dalle. Avec appréhension, elle lâcha le dernier moellon et attendit, tremblante… mais rien ne se passa. Elle en ajouta un quatrième sur chaque pièce, ce qui faisait une charge d'environ quatre-vingts kilos, mais sans plus de réussite. Pourtant, elle demeurait persuadée qu'elle n'était pas loin de détenir la clé de l'énigme. Un à un, elle enleva tous les moellons, s'assit et se mit à réfléchir. La tête entre ses mains, elle était dans un état second, le cœur battant, tremblante, à peu près sûre qu'elle était proche de percer le secret. Gagnée par l'impatience, elle se leva d'un bond et se mit à trépigner, puis à tourner autour de la longue table avec de grands gestes, en marmonnant. Elle s'arrêta enfin, se convainquant de garder son calme. Elle posa les mains à plat sur la pierre froide et reprit sa réflexion, envisageant différentes possibilités. Et soudain un éclair traversa son esprit.

— Les Templiers ! L'est ! Jérusalem ! s'exclama-t-elle. Il faut commencer par charger celle qui est à l'est... et continuer dans le sens du signe de la croix !

Aussitôt, en respectant cet ordre, elle remit quatre parpaings sur chacun des pavés qu'elle avait repérés. Fébrile, elle posa le dernier. Un court instant plus tard, une grande dalle rectangulaire, située sous la table, se mit à basculer lentement.

— Le souterrain ! s'écria-t-elle, sautant de joie. Ça y est ! Je l'ai enfin trouvé !

Sa surprise n'avait d'égale que l'anxiété qui l'avait gagnée. Un souffle tiède lui caressa le visage, preuve que le tunnel débouchait bien au-dehors. Elle éclaira le passage avec la lampe torche. Un escalier taillé dans la roche prenait naissance sous la dalle et s'enfuyait sous la terre. Des toiles d'araignées accrochées aux parois se balançaient sous le courant d'air.

L'envie de découvrir le passage la tenaillait, mais la peur de s'y engager seule la retenait. Qu'allait-elle découvrir ? Il pouvait être piégé, obstrué, un éboulement pouvait se produire, c'était peut-être un labyrinthe... Il n'était donc pas prudent de tenter l'aventure seule. Elle ôta un des parpaings, certaine que l'imposante dalle allait se refermer, mais il n'en fut rien. Elle était perplexe et se mit à marcher à pas lents en se grattant la tête. Et, quelques minutes plus tard, le miracle se produisit devant ses yeux ébahis. Aussi lentement qu'elle s'était ouverte, la lourde pierre bascula et obstrua le passage.

Juliette regagna aussitôt la maison, tout excitée, et conta le résultat de ses investigations à sa grand-mère, qui l'écouta attentivement, médusée. La longue vie de l'aïeule faisait qu'elle prenait les événements avec détachement, mais la découverte de sa petite-fille, là, au mas Saint-Clair où elle était née, ne pouvait la laisser indifférente. Une page de l'Histoire s'était déroulée sur cette terre, sur sa terre. Elle se redressa, fière.

— Eh bien, petite, si je m'attendais à une telle trouvaille ! s'extasia-t-elle, solennelle. Et c'est toi qui as déniché ça. Décidément, tu es une fille hors du commun, têtue et opiniâtre, encore plus que tous les autres Combialet et Cieurac réunis !

Juliette appela Carole, mais elle était en visite chez des clients. Ce fut Bernard qui lui répondit. Il avait été mis au courant de la découverte par sa patronne. Une nouvelle fois, son ex-épouse déballa son invraisemblable histoire.

— C'est incroyable ! fit-il, subjugué par sa perspicacité.

— Il faut qu'on explore ce souterrain, poursuivit-elle, alors qu'il était encore sous le choc de ces révélations. Préviens Carole et Michel pour voir s'ils peuvent monter ce soir. Je vais dire à ma grand-mère de préparer à manger. On dînera au retour de la visite. Je ne veux pas m'aventurer seule là-dedans. On ne sait jamais, un piège, un éboulement…

— Je ferai la commission à Carole dès qu'elle rentrera, promit-il. Bon courage !

— Euh… Bernard… tu veux venir avec eux ? En cas de problème, deux hommes, ce serait mieux qu'un…

— Avec plaisir, lâcha-t-il aussitôt, ravi de l'invitation. Partager une découverte aussi extraordinaire, c'est excitant. A ce soir…

Juliette avait également conté l'étonnante histoire à Salomé et Loïc et les avait menés jusqu'à la salle des Templiers où, après force explications, elle avait une nouvelle fois fait manœuvrer la dalle sous les yeux incrédules du couple. Le jeune homme proposa de se joindre à l'équipe d'exploration, ce que l'Aveyronnaise accepta aussitôt.

A son retour au bureau, Carole appela Juliette pour lui confirmer qu'ils seraient là-haut vers vingt heures. Auparavant, elle avait joint Michel, qui se chargeait d'amener un peu de matériel.

Salomé, Loïc et le petit Pierre bavardaient avec Anna et Juliette, qui ne cessait de regarder l'heure et ne tenait pas en place. Les trois Millavois arrivèrent enfin. Carole préféra rester tenir compagnie à l'aïeule et à la Tchadienne, remettant une éventuelle visite à plus tard. Ainsi, Loïc prit possession de son équipement. Et puis, elle n'était pas très rassurée et se multiplia en recommandations auprès de Michel. Salomé en fit de même auprès de son mari.

— On vous les ramènera, vos hommes ! les railla Juliette, on ne va pas les laisser enfermés dans le souterrain ! Moi, au moins, personne ne s'inquiète de savoir si je reviendrai, ajouta-t-elle sur un ton badin, avec un petit regard en dessous destiné à son ex-mari.

Elle décela un léger sursaut et crut qu'il allait lui répondre, mais il n'en fit rien. Il avait essuyé à plusieurs reprises des réflexions cinglantes et préféra ne pas prêter le flanc à une répartie qu'elle avait sans doute déjà préparée.

La propriétaire décréta qu'il était plus que temps de partir. Elle entraîna son frère, Loïc et Bernard jusqu'à la salle, où ils s'équipèrent chacun d'une lampe frontale, d'un casque de chantier et de gants de travail en cuir, que Michel s'était procurés au magasin où il travaillait. Il avait également pris des piles de rechange, une corde de cinquante mètres, une pelote de ficelle et une bombe de peinture jaune fluo. Juliette expliqua les manipulations qu'elle avait effectuées et qui lui avaient livré la clé du passage. Elle replaça le parpaing qu'elle avait enlevé et, une nouvelle fois, la grosse dalle située sous la table se mit lentement à basculer, devant les regards stupéfaits de Michel et Bernard.

Sur le chantier, ils avaient pris deux madriers qu'ils disposèrent entre le sol et la pierre pour la bloquer en position ouverte. Même si, *a priori*, il fallait enlever une charge pour déclencher la manœuvre, il n'aurait plus manqué qu'elle se referme après leur passage ! Un mécanisme plusieurs fois centenaire pouvait bien avoir quelques défaillances ! Michel respira profondément et, après un sourire forcé, il s'engagea le premier dans l'escalier. Les autres suivirent, Juliette en second, puis Bernard et Loïc, qui fermait la marche. Face à ce trou qui s'enfonçait dans le noir absolu, qui ressemblait au néant, aucun n'était rassuré. Tous retenaient leur souffle. Personne ne disait mot. Le souterrain descendait en pente douce. Michel chassait les toiles d'araignées de la main et avançait prudemment. Il s'arrêtait fréquemment et, muni d'un bâton, inspectait sol et voûte pour essayer de déceler un éventuel piège, qui les aurait précipités dans une fosse, barricadés ou ensevelis. Ils marchèrent ainsi pendant quelques minutes qui leur parurent interminables en louvoyant dans le parcours sinueux. Par endroits, leur progression était ralentie par des éboulis qui obstruaient en partie le passage. Ils durent même ramper pour franchir un goulet.

Du fait que Bernard s'était joint à eux, Juliette décida de le mettre dans le secret. Elle lui conta la découverte du manteau des Templiers qu'ils avaient pu admirer quelques instants le dimanche précédent, avant qu'il ne se volatilise à jamais. Lui aussi fut troublé par cette révélation.

Ils parvinrent à une bifurcation. Michel sortit une boussole de sa poche. A gauche, le souterrain se poursuivait, rectiligne, plein est. La voie de droite prenait un virage serré et filait vers le sud. Juliette, obnubilée par l'est et Jérusalem, voulait continuer à gauche. S'il était vrai que ce tracé rectiligne paraissait tentant, son frère, Loïc et son ex-mari pensaient que cette incitation constituait peut-être un piège. Après avoir tenu conseil, ils décidèrent de partir à droite. Le courant d'air qui circulait se fit bientôt plus frais, les confortant dans leur choix.

— On doit approcher d'une sortie, dit Michel.

Effectivement, peu après, un souffle plus fort vint leur fouetter le visage. Le frère de Juliette avançait toujours prudemment. Le plafond s'abaissa bientôt à un mètre du sol. Soudain, le premier de cordée, courbé pour ne pas heurter la voûte, s'immobilisa.

— Stop ! fit-il en tendant le bras pour empêcher quiconque de le dépasser.

Ils avancèrent avec précaution, eux aussi pliés en deux, à la fois curieux et inquiets. Il n'y avait plus de souterrain, il n'y avait plus rien. Devant, c'était le vide. En ce mois de février, à vingt et une heures, il y avait longtemps que le jour avait cédé la place aux ténèbres. La pleine lune s'était levée à l'est et dissipait une clarté laiteuse qui franchissait la colline au-dessus d'eux et allait se perdre dans la vallée où la brume naissait de la froideur nocturne. Juliette rejoignit son frère. En bas, les lumières pâlottes de Saint-Beaulize formaient un halo aux contours flous qui s'évaporaient dans la nuit. Au-dessus, le ciel s'était allumé d'étoiles blafardes aux scintillements hésitants qui semblaient adresser des clins d'œil timides à ces quatre téméraires qui venaient de marcher sur les pas des Templiers.

— Nous sommes à flanc de falaise, dit Juliette. Quand on monte au mas, le chemin la longe sur la gauche. Ici, c'est la partie de droite. On est haut par rapport au sol ?

Michel ne put répondre. Loïc suggéra d'attacher une pierre à la corde, puis de la faire descendre le long de la paroi. A la remontée, ils jugèrent qu'une vingtaine de mètres les séparaient du sol.

— C'est extraordinaire, fit Juliette, d'abord cette quadruple clé pour ouvrir la trappe, et maintenant cette sortie, largement au-dessus du sol. Et je suis à peu près sûre qu'on ne la voit pratiquement pas depuis l'extérieur.

Ils décidèrent qu'il était temps de repartir. Même si aucun n'y avait fait allusion, tous conservaient un soupçon d'inquiétude. Que feraient-ils si, malgré les madriers, la lourde dalle s'était refermée ? Michel prit la tête du groupe et Bernard ferma la marche, comptant ses pas pour essayer d'estimer la distance qui les séparait de la salle.

Parvenus à la bifurcation, ils hésitèrent un moment, désireux de découvrir où cette partie de souterrain pouvait mener. Mais l'heure tardive – il était vingt et une heures trente – les dissuada de poursuivre leur folle expédition. Le lendemain, c'était dimanche. Juliette proposa de les héberger et de remettre l'inspection au matin. Ils auraient davantage de temps. De plus, au mas, Anna, Carole et Salomé devaient commencer à s'inquiéter.

Une demi-heure s'était écoulée et Bernard avait compté environ un millier de pas lorsqu'ils arrivèrent au pied de l'escalier, rassurés de constater que la trappe était toujours ouverte. La dalle n'avait pas bougé. Elle était à la verticale, une moitié au-dessus du sol, l'autre au-dessous, articulée par un axe central. Curieux, Juliette et Loïc se glissèrent derrière. Ils découvrirent avec ébahissement le mécanisme qui l'actionnait. Un système de fléaux, identiques à ceux d'une balance, reliait les quatre pavés situés autour de la table, ce qui expliquait qu'ils devaient être lestés simultanément d'un même poids pour pouvoir enclencher le mouvement. Un verrouillage interdisait également la manœuvre si la charge n'était pas positionnée dans l'ordre qu'avait découvert l'Aveyronnaise. Un ensemble de leviers démultipliait l'effet de la poussée et libérait un lourd contrepoids en pierre, lequel venait tirer le côté gauche de la dalle pour l'ouvrir et le droit pour la fermer. Une manette permettait de déclencher le mécanisme d'ouverture depuis le souterrain, mais le plus incroyable se dévoila à leurs yeux : deux godets étaient fixés aux extrémités d'un fléau. L'un, le plus haut, était vide ; l'autre, empli de sable. Ils étaient reliés par une gouttière. La libération de la charge sur les pavés situés dans la salle ou la manœuvre de la manette inversaient la position des godets, celui qui était plein se retrouvant en haut et déversant le sable dans le second. Lorsque ce transfert était terminé, ils basculaient de nouveau, entraînant la fermeture de la dalle. Un système fort ingénieux pour cette lointaine époque.

Ils restèrent quelques instants en admiration devant cette réalisation, pensée sept à huit cents ans auparavant. Ils décidèrent enfin qu'il était temps de remonter à l'air libre. A regret, ils gravirent l'escalier et retirèrent les madriers. Juliette enleva l'un des parpaings posés sur le pavé orienté au nord, le dernier qu'elle avait chargé, et, ils attendirent, impatients. Quelques instants plus tard, aussi lentement qu'elle s'était ouverte, la dalle se mit à pivoter, se refermant sur le secret du souterrain.

De retour à la maison, ils firent le récit de leur périple avec force gestes et détails. Mais Anna, impatiente, les invita à passer à table.

— Ça y est ? Vous avez fini de faire les taupes ? ironisa-t-elle. Il est presque dix heures. Il est plus que temps de manger !

Leur découverte alimenta la conversation tout au long de la soirée. Juliette décida que ce souterrain, comme le manteau des Templiers, demeurerait secret.

Le lendemain matin, après une nuit peuplée de rêves curieux, les aventuriers prirent le chemin qui descendait à Saint-Beaulize et filèrent sous la falaise dont ils s'éloignèrent un peu. Ils s'arrêtèrent et se mirent à scruter la roche. Michel avait pris une paire de jumelles et balayait lentement le flanc abrupt par hauteurs successives. Soudain, il se figea. Il venait de découvrir le trou qui constituait la sortie du souterrain. Il était bien situé à une vingtaine de mètres du sol et se confondait avec d'autres anfractuosités. Même un œil averti ne pouvait le déceler. Ils demeurèrent un long moment à rêver, se disant que les chevaliers de l'ordre du Temple avaient dû escalader la falaise à maintes reprises et que, peut-être, leur fabuleux trésor était passé par là. Puis ils regagnèrent le mas, songeurs. Juliette était rayonnante. Elle avait enfin découvert toute la vérité sur l'origine du mas Saint-Clair et sur le destin légendaire qui s'y rattachait. Elle marchait sur les traces de l'Histoire !

Ceci fait, ils retournèrent à la salle secrète et s'engouffrèrent une nouvelle fois dans le souterrain avec le même équipement que la veille. Arrivés à la bifurcation, ils filèrent tout droit. Ils avançaient toujours prudemment et parvinrent à un autre embranchement. Muni de sa bombe de peinture, Michel traça une flèche au sol, la pointe orientée dans la direction d'où ils venaient. Au fil de leur progression, ils errèrent ainsi, dans un dédale de galeries, découvrant des cavités, balisant à chaque fois leur passage, peu rassurés. Malgré toutes les précautions prises, la crainte de se perdre les tenaillait.

Une heure s'était écoulée depuis leur entrée dans les entrailles de la terre quand ils débouchèrent dans une grotte naturelle d'une dizaine de mètres de diamètre, haute d'environ trois mètres. Ils découvrirent divers morceaux de bois que temps, humidité et insectes avaient largement altérés, des maillons de chaînes, des anneaux fichés dans les parois, ainsi qu'une volumineuse caisse en bois et un coffre en fer dont le couvercle avait été forcé.

— Je suis sûre que le trésor des Templiers a séjourné ici, affirma Juliette, au comble de l'excitation. Lorsqu'ils ont quitté précipitamment Jérusalem, ils sont venus dans le sud de la France, alors pourquoi pas là ? Et ils ont dû repartir tout aussi précipitamment en Angleterre… en emportant leur précieux trésor. Mais personne ne l'a jamais retrouvé. Ressortira-t-il un jour ? Je n'en sais rien, et je crois qu'il y a beaucoup de gens que cela dérangerait. Et personne ne sait ce qu'est ce trésor. Certains supposent que ce serait le Saint-Graal, d'autres parlent de documents secrets qui évoqueraient le mariage de Jésus avec Marie-Madeleine et leur descendance, de certains écrits de l'Evangile que le Vatican aurait récupérés et conserverait en lieu sûr… Enfin, on peut imaginer qu'il y aurait là de quoi ébranler les bases de l'Eglise. Après tout, il vaut peut-être mieux que les choses demeurent comme elles sont, que tout cela ne soit pas révélé. Il y a déjà suffisamment de conflits…

Les explications de Juliette firent frissonner la troupe. Ils demeurèrent quelques instants sans voix, pensifs, perdus dans leurs pensées. Ils conclurent qu'il était temps de s'en retourner. Ils décidèrent de ne pas poursuivre l'exploration du labyrinthe où ils risquaient de s'égarer. Ils suivirent scrupuleusement le chemin qu'ils avaient pris à l'aller. Ce dédale avait manifestement été conçu pour tromper les éventuels indésirables qui auraient osé s'aventurer dans le site.

Ils retrouvèrent l'air libre avec joie, subjugués par leur découverte qui alimenta les conversations tout au long du dimanche. L'opiniâtreté de Juliette avait été récompensée. Elle était maintenant sûre que les Templiers avaient vécu là, au mas Saint-Clair… chez elle !

XXI

Juliette avait contacté une ferme équestre du nord du département. La propriétaire avait reçu Salomé durant une semaine en mars. La Tchadienne avait ainsi pu apprendre les rudiments du métier d'accompagnatrice.

Pour Pâques, les gîtes situés au-dessus de la maison accueillirent leurs premiers clients, deux familles avec chacune deux enfants, qui découvrirent l'endroit avec plaisir et promirent de le recommander à leurs amis et connaissances. Au milieu de cette agitation, Anna était heureuse et elle passait de longs moments à bavarder avec les vacanciers, qui l'écoutaient avec attention raconter sa vie à cet endroit au début du siècle.

De son côté, sa petite-fille, avec emphase, parla des Templiers, de leur présence dans la région, et de la bergerie, dont elle avait désormais la preuve qu'elle était leur œuvre.

Pour ces vacances de Pâques 1986, Mélanie et Pascale vinrent se ressourcer au mas, accompagnées de leurs maris et enfants. Juliette s'empressa de les emmener jusqu'à la salle secrète après leur avoir montré les photos qu'avait prises Michel. Elle décrivit, même si elle l'avait déjà fait au téléphone, son extraordinaire découverte et l'histoire fabuleuse des Templiers. Tous furent passionnés par son récit. Filles et gendres voulurent alors visiter le souterrain. Juliette se fit une joie de leur servir de guide. A la sortie, tous quatre étaient impressionnés. A leur tour, eux aussi avaient fait quelques pas sur les traces de l'Histoire !

Les travaux étaient en bonne voie. Les quatre appartements étaient déjà réservés pour une partie de l'été, ainsi que la vieille demeure.

Juliette avait également loué les deux appartements au-dessus de la maison en dehors des dates où filles, gendres et petits-fils seraient là.

L'Aveyronnaise était enchantée par ces débuts prometteurs. Plus de levers avant l'aube, plus de brebis à surveiller pendant l'agnelage, plus de maladies à redouter. Elle avait l'accord de Carole pour utiliser Océane pour les promenades. En contrepartie, elle décida de ne plus lui faire payer le fourrage et la paille. Elle acheta deux autres juments. Elle verrait ensuite en fonction de la demande.

Juliette reçut une réservation qui ne manqua pas de la surprendre. Son PDG à la banque, qu'elle avait invité au printemps 1978 et qui avait été enchanté par son séjour, avait eu envie de revenir dans l'Aveyron. Il s'était adressé au syndicat d'initiative de Cornus, qui lui avait communiqué les coordonnées de son ancienne collaboratrice. Il l'avait appelée aussitôt pour retenir deux semaines en août, avec un couple d'amis.

— Et on pourra faire de longues promenades à cheval sur le Larzac, avait-il ajouté. Je crois qu'il n'y a pas de meilleur endroit pour décompresser, pour oublier notre vie de fous et les soucis quotidiens…

Un jour, Juliette était descendue faire des achats à Millau. Sur un trottoir, elle croisa un jeune couple, bras dessus bras dessous. Tous deux portaient des lunettes de soleil. Vu son embonpoint, la jeune femme était enceinte.

— Bonjour, Juliette, fit l'homme en ôtant ses lunettes.

Elle leva la tête dans un sursaut, ne s'attendant pas à être interpellée en pleine rue.

— O… Olivier ! balbutia-t-elle, pas encore revenue de sa surprise.

Il tendit la main, puis présenta Célia, sa compagne, avant de préciser que leur premier enfant était attendu pour septembre. En quelques mots, il expliqua à Célia que Juliette était voisine avec son père, et qu'elle avait eu beaucoup de déboires avec lui.

— Quant à moi, poursuivit-il, j'ai fait la connaissance de Juliette lors de l'été 1977. Elle triait des lauzes chez elle, au mas Saint-Clair, et je l'avais aidée. Tu te souviens, enchaîna-t-il à son adresse en riant, je m'étais fait mal à un doigt.

Elle acquiesça, frissonnant encore à la pensée des tendres étreintes qui avaient suivi, puis elle demanda à Olivier ce qu'il faisait.

— J'ai eu mon BTS de comptabilité et je suis rentré chez un comptable où travaillait déjà Célia depuis un an. Voilà comment nous nous sommes connus… et aimés, n'est-ce pas, chérie, conclut-il en l'embrassant.

— Je suis ravie de t'avoir revu et je suis heureuse de constater que la vie vous sourit, lâcha Juliette, mais je dois vous laisser. Je suis déjà en retard.

Elle s'en fut, morose. Les souvenirs avaient resurgi, rappelant à l'Aveyronnaise que, même si maintenant elle voyait du monde, elle vivait toujours seule, là-haut, sur le plateau…

Juillet arriva. Les premiers vacanciers purent aller faire des balades à cheval, accompagnés par Salomé qui prenait son rôle très au sérieux.

Des randonneurs qui parcouraient le GR 71 s'arrêtaient au gîte d'étape. Certains y séjournaient même plusieurs jours de suite et rayonnaient dans la région.

Durant l'été, les gîtes ne désemplirent pas. La plupart découvraient le Larzac avec ravissement. Piscine, tennis et équitation étaient unanimement appréciés de même que l'accueil chaleureux qui leur était réservé. L'Aveyronnaise était radieuse, ainsi que Salomé qui ne voyait pas défiler les jours, occupée à faire visiter, sous le soleil, le vent et le silence, les vastes étendues désertiques et sauvages du plateau aux vacanciers qui louaient sa compétence et sa gentillesse.

L'année 1987 était là. Comme à l'habitude, la famille au grand complet se retrouva au mas pour ces fêtes. Et, en catimini, Juliette, ses parents et ses filles commencèrent à évoquer la préparation de l'anniversaire de l'aïeule. Fin mai, Anna allait en effet souffler ses quatre-vingt-dix bougies…

Son anniversaire tombait le 22, mais les réjouissances avaient été retardées d'une semaine pour concorder avec le long week-end de l'Ascension et permettre ainsi à toute la famille d'être présente. Et cela faisait aussi dix ans que sa petite-fille était installée au mas Saint-Clair. Deux événements à fêter dignement !

Un jour d'avril, Bernard, en visite chez des clients à Fondamente et à Saint-Beaulize, était passé saluer Anna et Juliette. Celle-ci lui avait trouvé les traits tirés, mais elle s'était bien gardée de lui poser la moindre question.

Ce jeudi 28 mai, jour de l'Ascension, la famille était donc de nouveau réunie au mas pour des festivités qui allaient se prolonger jusqu'au dimanche, la célébration de l'anniversaire d'Anna étant prévue le samedi. Les parents de Bernard étaient présents depuis la veille. Les beaux-parents de Mélanie et de Pascale étaient attendus pour l'après-midi. Juliette n'avait réservé aucun gîte de façon à loger tous les invités pour ce week-end particulier. Et puis, avec tout ce remue-ménage, elle n'aurait pas eu le temps d'accueillir des vacanciers. Salomé s'était proposé de la remplacer, mais elle avait refusé. D'ailleurs, la Tchadienne, Loïc et leur fils étaient également de la fête, de même que les beaux-parents de la jeune Noire.

Le jeudi après-midi, tandis que la plupart devisaient dans le séjour, Mélanie et Pascale avaient suggéré à leur mère d'aller se promener sur le plateau. Elle accepta, tout en étant intriguée par cette proposition. « Que se passe-t-il ? Qu'ont-elles de si important à m'annoncer pour m'entraîner là-haut ? » s'interrogeait-elle en grimpant jusqu'au sommet de la colline. « Je ne vais pas tarder à savoir… »

— Papa nous a dit qu'il était passé te voir il y a un peu plus d'un mois, glissa l'aînée, alors que toutes trois cheminaient, nez au vent, accompagnées par Cigale qui folâtrait en aboyant, même si, à onze ans, elle n'avait plus la fougue de sa jeunesse.

— Oui… Ah ! s'exclama Juliette, je lui dois quand même une fière chandelle pour l'idée qu'il a eue. Avec les gîtes, j'ai maintenant une autre vie. Si ça continue aussi bien, financièrement je m'en sortirai mieux qu'avec les brebis. Il y a beaucoup moins de contraintes et les risques sont beaucoup plus limités. Et votre père a participé à l'exploration du souterrain. Il était heureux comme un gamin…

— Il nous l'a raconté, fit sa fille. Et comment l'as-tu trouvé ?

— Le mois dernier, j'ai eu l'impression qu'il était fatigué, mais je ne lui ai pas posé de questions, répondit sa mère. Pourquoi ? Le travail, sans doute…

— Euh… oui… enfin… balbutia Mélanie.

— Ah ! s'inquiéta Juliette, il y a autre chose ?

— … Maman, reprit l'aînée après une longue hésitation, cherchant, dans les yeux de sa sœur, le soutien nécessaire pour affronter l'ire que n'allait pas manquer de déclencher sa révélation, il est inutile de tourner autour du pot. Papa a changé et… il voudrait te demander…

— Me demander quoi ? l'apostropha Juliette dans un sursaut, décelant la gêne de sa fille.

— Si… si tu voudrais… revenir avec lui, lâcha-t-elle dans un souffle.

— Hein ? faillit s'étrangler sa mère qui avait blêmi. Ah ! je comprends le but de la promenade ! Mélanie, si… si c'est une plaisanterie, elle est de très mauvais goût !

— Maman… est-ce que j'ai l'air de plaisanter ? s'émut sa fille d'un ton mal assuré, non… c'est… c'est très sérieux, mais… il a tellement peur de ta réaction… peur d'essuyer un refus… qu'il nous a chargées… de faire la démarche pour lui…

— Eh bien ! s'offusqua Juliette, l'œil noir, campée face à ses filles, mains sur les hanches, je l'ai connu moins timide ! Mais enfin, il ne se souvient donc pas de ce qu'il a fait ?

— Si, maman, et on peut t'assurer qu'il le regrette profondément. Depuis qu'il est ici, il est toujours seul. Maintenant, il a un travail agréable, il gagne bien sa vie, mais il a l'air de s'ennuyer à mourir. On a l'impression qu'il est au bord de la déprime.

— Ah oui ! Et moi, je n'ai pas déprimé, peut-être ? glapit Juliette avec son visage des mauvais jours.

— Si, maman, on sait que toi aussi tu as vécu des moments difficiles, mais tu avais la chance d'avoir une famille soudée autour de toi.

— Et heureusement !

— Alors, tu ne crois pas que, maintenant, tu pourrais oublier ta rancœur, tourner la page ? Nous aussi... on serait heureuses...

— Ça alors ! Si je m'attendais à une telle requête ! murmura Juliette en secouant la tête de dépit. Vous n'êtes quand même pas naïves au point de croire que l'amour ça se déclenche comme ça, sur commande ? Vous êtes folles ?

— Non, maman, mais la balle est dans ton camp... Réfléchis... Tu as réalisé des choses magnifiques ici, et on apprécie beaucoup de venir et d'en profiter, mais... depuis que tu es au mas, qu'est-ce que tu as fait de ta vie... à part travailler ? Tu as l'intention de vieillir seule... ou bien de retrouver un gigolo... comme Richard ?

— Parce que votre père n'est pas un gigolo, peut-être ? Mais enfin, j'ai le droit de mener ma vie comme bon me semble ! s'emporta sa mère, courroucée. Entre mémé et vous, les agences matrimoniales, ça fonctionne ! Et puis, s'il vous manque tant, pourquoi vous n'êtes pas restées avec lui, à Rambouillet, quand on a divorcé ?

— Maman, clamèrent-elles d'une seule voix, tu sais très bien qu'on ne voulait pas subir la présence de...

— De l'autre salope ! s'écria-t-elle, oui, je l'avais compris. Mais ça veut dire que, s'il avait vécu seul, vous seriez restées avec lui ? C'est agréable d'entendre une telle chose !

— Oh, maman ! reprirent-elles, confuses, pourquoi tu ressasses encore le passé ? Tu sais très bien que ça ne sert à rien. Et puis, on t'a suivie, non ?

— Oueh ! grommela leur mère dans une grimace éloquente, mais c'était donc plus pour ne pas la côtoyer, elle, que pour être avec moi…

— Maman, tu dis n'importe quoi, pesta Mélanie, tu mélanges tout. Tu le fais exprès ?

— C'est ça, dites que je suis débile pendant que vous y êtes ! fulmina-t-elle, outrée, l'œil noir, la figure pourpre, gesticulant comme un pantin. Ce que je vois, c'est que vous voulez me forcer à revenir avec ce coureur de jupons. Mais enfin, je suis assez grande pour prendre mes décisions moi-même, non ?

— Oui, maman, poursuivit Mélanie d'une petite voix, mais c'est quand même notre père. Il a fait des erreurs qui lui ont coûté très cher… il a payé le prix fort… mais il a retrouvé le droit chemin. On l'aime de nouveau, maintenant, et… et on voudrait vous voir heureux… tous les deux… ensemble…

— Ah non ! Et c'est pour m'annoncer ça que vous m'avez entraînée ici ? s'égosilla Juliette, le rouge aux joues. Arrêtez vos niaiseries ! C'est n'importe quoi ! Laissez-moi seule ! Allez retrouver les autres !

D'un rapide coup d'œil de concertation, Mélanie et Pascale avaient compris qu'il était inutile d'insister. Elles firent volte-face d'un même mouvement et s'éclipsèrent, penaudes, abandonnant leur mère à son courroux et à ses méditations.

Juliette passa la soirée repliée sur elle-même.

— Tu as bien dormi ? s'enquirent-elles le lendemain matin au lever.

— Non ! lâcha-t-elle sèchement, sans un regard, avec vos bêtises, je ne sais plus où j'en suis !

Les filles réalisèrent que leur mère avait encore les nerfs à fleur de peau. Elles échangèrent un sourire de connivence, mais ne se hasardèrent pas à remettre de l'huile sur le feu.

Juliette était quand même intriguée et perturbée par ces révélations. Elle traînait son corps en peine en marmonnant, indifférente à l'agitation qui régnait au mas.

Michel et Carole avaient été retenus le jeudi, invités à un repas organisé par le siège régional de la compagnie d'assurances à Toulouse où ils avaient dormi.

Dès leur arrivée au mas, le vendredi en fin de matinée, l'Aveyronnaise prit son amie à part pour la questionner. Celle-ci lui répondit qu'en effet Bernard paraissait avoir énormément changé, mais qu'il semblait connaître une passe difficile.

— Entre nous, Juliette, lui confia-t-elle, s'il est revenu ici, tu ne crois pas que c'est parce qu'il espérait…

— Ah oui ! Il espérait ! Il espérait quoi ? s'insurgea l'Aveyronnaise, le visage fermé, que je lui tende les bras ? Du fait que monsieur s'est retrouvé sur la paille, il a peut-être cru que j'allais lui ouvrir ma porte… et mon lit, bien entendu ! Tu ne penses pas que c'est un raccourci un peu simpliste ? Il n'avait qu'à réfléchir avant, cet idiot ! La roue de secours, non merci !

— Juliette, réfléchis quand même. C'est toi qui sais si tu éprouves encore quelque chose pour lui. Vous vous êtes aimés, vous avez partagé de bons moments ensemble… Depuis que tu es ici, est-ce que ton parcours amoureux t'a donné satisfaction ? Tu as mis un adolescent dans ton lit pendant trois semaines, tu as vécu quelques nuits de folie avec un bel Italien, et tu as hébergé un trafiquant de drogue. Quel palmarès ! C'est vrai qu'avec les brebis tu n'avais guère de temps libre, mais maintenant tu es davantage disponible. Pardon d'évoquer ça, mais ta grand-mère s'en ira un jour, c'est dans l'ordre des choses… Tu as donc l'intention de finir ta vie seule au mas ? Tes filles seraient heureuses de vous voir vous réconcilier.

— Ah ! maugréa-t-elle, celles-là, qu'elles s'occupent donc de leurs maris et de leurs enfants ! Je suis assez grande pour savoir ce que j'ai à faire ! Et puis, Bernard et moi, nous ne sommes pas fâchés…

— Juliette, on n'a rien à se cacher, toutes les deux. Il m'a dit qu'il n'oublierait jamais l'attitude que tu as eue envers lui lorsqu'il est arrivé, il y a bientôt quatre ans. Le jour où il m'a glissé que, s'il était parvenu à retrouver une existence décente, il te le devait, il avait les larmes aux yeux. Et, depuis qu'il travaille avec moi, je ne lui connais pas de relation. Je lui en ai parlé. Tu sais ce qu'il m'a répondu ? « Non, je n'ai personne, et, si Juliette ne veut plus de moi, tant pis... Il n'y aura pas d'autre femme dans ma vie. Elle ne méritait pas ce que je lui ai fait. J'ai été naïf, idiot... et j'ai honte de moi ! Dans une relation avec une femme, il y a toujours une part de hasard. C'est un peu une loterie. Moi, j'avais un billet gagnant avec Juliette. Ce billet, je l'ai dédaigné, je l'ai jeté... pour rejouer ! Pourquoi ? Je ne peux même pas trouver une réponse sensée... Ce nouveau billet était perdant... et comment ! J'ai perdu... tout perdu... y compris la femme qui m'aimait, que j'aimais et que j'aime toujours... J'ai été châtié. J'ai payé très cher mes exactions. C'est bien fait pour moi ! Juliette est une femme brillante, jolie, intelligente, travailleuse... et elle a un cœur énorme. Qu'est-ce que j'avais donc dans les yeux pour ne pas voir toutes ses qualités ? Oui, je suis vraiment un idiot, le roi des idiots ! En tout cas, elle restera mon unique amour... Et maintenant je ne suis certainement plus digne d'une compagne comme elle. Et puis, je conçois qu'elle ait toujours de la rancœur à mon encontre... A sa place... je ne sais pas... quelle serait mon attitude... Ce sera à elle de faire le premier pas... de décider... si elle en a envie. Moi, je n'ai pas le courage de lui demander quoi que ce soit. Ce serait mal venu de ma part... »

— Oui, fit Juliette, il n'a pas le courage, mais il fait faire ses commissions par les autres : Mélanie, Pascale, toi... On se croirait revenues au temps du collège où les copines faisaient office d'intermédiaire !

Elles rejoignirent les autres sur ces mots. L'Aveyronnaise avait espéré qu'une conversation avec son amie l'aurait éclairée, et c'était l'inverse qui se produisait. Elle était dans le flou le plus total, incapable de prendre la moindre décision, troublée par le récit de Carole, mais toujours sceptique et méfiante quant au sérieux des propos de son ex-mari. La réserve de Bernard incitait Juliette à renouer un dialogue avec lui, mais le souvenir des moments dramatiques qu'elle avait connus resurgissait et renforçait sa réticence à vouloir tenter une nouvelle expérience avec cet homme volage. Elle n'avait que trop souffert de son infidélité tenace.

L'après-midi, après le repas, elle abandonna tout son monde, sella Pyrène et partit faire une longue balade sur le plateau, espérant peut-être trouver une réponse à ses interrogations, à ses états d'âme, dans la solitude désertique de ce Larzac baigné par le soleil qu'elle aimait plus que tout et qui, habituellement, lui apportait paix et sérénité.

Mais là elle regagna le mas sans avoir entrevu de solution satisfaisante, sans être apaisée et, à ses filles comme à Carole, elle lança regards de feu et réflexions acides qui les dissuadèrent d'aborder une nouvelle fois le sujet brûlant qui ne faisait que semer la discorde.

Elle vécut une nouvelle nuit d'insomnie interminable et se leva le samedi matin, le grand jour, de mauvaise humeur, les traits tirés. Elle passa de longs moments à méditer, absente, sous le regard consterné de ses filles, qui devinaient la cause de ses tourments, mais n'osaient pas lui en reparler.

Heureusement, Marie-Odette, sa mère, avait pris possession de la cuisine et des fourneaux, et s'employait à préparer le repas de fête avec l'aide de ses petites-filles.

Pendant ce temps, Juliette s'en voulait même d'avoir invité son ex-mari. Pourtant, pouvait-elle faire autrement ? Mélanie et Pascale n'auraient pas manqué de lui reprocher cette absence. Mais depuis deux jours, depuis qu'elle avait connaissance de cette prétendue flamme qui, de nouveau, brûlait en lui, elle appréhendait le moment, inévitable, où ils se retrouveraient face à face. Quelle serait son attitude ? Et elle, qu'allait-elle lui dire ? Cette flamme était-elle celle de l'amour, celle du désir, celle du démon ? Les idées s'embrouillaient dans la tête de l'Aveyronnaise. Même si elle n'avait pris aucune décision, elle n'envisageait pas une seule seconde de répondre favorablement à Bernard. Non… il s'était trop moqué d'elle, il lui avait trop menti, il l'avait trop fait souffrir...

En parler à sa grand-mère. Oui, elle aurait dû. Mais elle ne voulait pas ennuyer son aïeule avec ses problèmes personnels, pas en ce moment, pas le jour de son anniversaire, pas le jour où toute la famille était réunie pour fêter ses quatre-vingt-dix ans ! D'ailleurs, celle-ci, insouciante et radieuse, allait et venait de l'un à l'autre, échangeant quelques mots assortis de plaisanteries qui la faisaient s'esclaffer comme une adolescente candide.

Bernard arriva peu avant midi, alors que le plateau résonnait des cris des enfants et qu'une agitation bien compréhensible animait le mas.

— Ton nouveau métier se passe toujours bien ? s'inquiéta-t-il en lui tendant un bouquet de fleurs, décelant son regard fuyant.

Ils s'embrassèrent, elle le remercia, gênée, et lui confirma que sa nouvelle vie l'enchantait et qu'elle était heureuse d'avoir suivi ses conseils.

Le repas, agrémenté de chants et de danses, se déroula dans la bonne humeur. Le moment tant attendu du dessert approchait.

Juliette avait filé dans la cuisine. Elle avait sorti du réfrigérateur le gâteau d'anniversaire de sa grand-mère. Bernard la rejoignit alors qu'elle fouillait dans un tiroir, à la recherche d'une boîte d'allumettes longues. Il toussota et la fit sursauter. Elle se retourna et lui adressa un sourire forcé. Elle n'était pas dupe du but de sa visite. Un frisson lui parcourut le dos. Qu'allait-il advenir de cette discussion, désormais inévitable ? Cela allait-il se borner à des mots, plus ou moins banals, à des amabilités polies ou... ou bien cela allait-il dégénérer en confrontation ? Non, ce n'était pas le jour ! Il n'oserait pas ! Mais les paroles et les attitudes mielleuses qu'il n'allait pas manquer de déployer ne la mettraient-elles pas hors de ses gonds ? N'était-ce pas ce qu'il était venu chercher, une implosion ? Non, il ne fallait pas qu'il y compte ! Aujourd'hui, c'était l'anniversaire de sa grand-mère… et c'était bien plus important que sa présence à lui ! Et puis, elle était chez elle… et elle l'avait invité. Il n'allait pas se comporter en mufle, sinon… elle exploserait… elle… elle… et c'en serait fini des espoirs de Bernard Meyrand… des espoirs de Mélanie, des espoirs de Pascale… des espoirs de Carole… Entre eux deux, y avait-il encore de la place pour des mots de tendresse, pour des mots d'amour ? Elle ne le savait… mais ce dont elle était sûre, c'était qu'elle n'était pas décidée à se laisser attendrir, à faire la moindre concession, à oublier la honte, l'angoisse, le ridicule, dans lesquels les frasques de son ex-mari l'avaient plongée. Il y avait deux issues, mais laquelle était la bonne… ou la moins mauvaise ? Revenir avec lui ? Oui, il paraissait avoir changé, mais il lui avait tellement menti, il avait tellement joué la comédie… Quel risque était-elle prête à prendre ? Mélanie et Pascale lui avaient dit que… Oui, mais, même si elles avaient vécu cette période douloureuse, elles ne pouvaient porter le même regard, avoir le même jugement qu'elle, leur mère, sur les agissements irréfléchis de leur père. Oui, mais il y avait aussi Carole… qui lui avait confirmé les dires de ses deux écervelées de filles… Décidément, ses proches, son amie, loin de l'éclairer, l'avaient seulement mise sur les nerfs, dans l'incapacité d'y voir clair, de prendre une décision… la bonne décision. « Mmm, se dit-elle, on va dans le mur… une fois de plus ! » Pourtant, elle avait décelé une certaine détresse dans le regard de Bernard.

— Je… peux t'aider ? proposa-t-il, mal à l'aise.

— Euh… oui, je veux bien. Quatre-vingt-dix bougies à allumer, ce n'est pas rien ! se força-t-elle à plaisanter pour meubler, plus que jamais sur la défensive.

— Juliette, commença-t-il, prenant son courage à deux mains, il faut que je te dise : je n'y tiens plus… les filles… t'ont parlé… je voudrais savoir… savoir ce que tu penses…

— Ah ! lâcha-t-elle en craquant une allumette, c'est donc une idée fixe ! Ce que je pense ? Je suis profondément agacée. Les filles, Carole… toi… Si ça ne ressemble pas à un complot…

— Non, Juliette, je te le promets… mais je redoutais tellement ta réaction que je n'ai effectivement pas eu le courage de…

— Eh bien ! Tu as vraiment beaucoup changé, s'esclaffa-t-elle, ironique, avant de reprendre son sérieux. Mais moi, j'ai tellement été échaudée, tellement déçue par ton attitude, que… que… non… je ne sais pas, laissa-t-elle tomber en secouant la tête, les yeux dans le vague.

— Oui… murmura-t-il, je comprends que tu ne veuilles plus me faire confiance, pourtant, ça ne se voit peut-être pas, mais en effet j'ai changé… j'ai surtout réalisé mes erreurs. J'ai été un monstre… et j'ai été puni… J'ai eu le sort que je méritais… J'ai payé cher, très cher, tu le sais. Tant pis pour moi. Je ne vais pas me lamenter devant toi pour des actes dont je suis le seul responsable. Mais maintenant, avec le recul, je m'en veux d'avoir gâché une partie de ta vie… Tu ne méritais vraiment pas ce que je t'ai fait subir. Aujourd'hui, je me demande pourquoi je suis là, pourquoi je travaille, si ce n'est pour faire quelques cadeaux aux filles et aux petits. J'ai envie de baisser les bras, de me laisser aller. Depuis que je suis dans l'Aveyron, je n'ai connu aucune femme. Elles me laissent toutes indifférent. La seule que je désirerais serrer dans mes bras, c'est toi, Juliette. Je t'aime, je t'aime comme lorsque nous nous sommes rencontrés. Bien sûr, tu vas encore me dire que ce ne sont que des boniments, que tu ne me crois pas… pourtant… je sais que tu es la seule femme que j'ai aimée… d'amour…

D'un geste nerveux, Juliette lança l'allumette qui commençait à lui brûler les doigts dans le cendrier, où elle acheva lentement de se consumer. Flamme vacillante, flamme d'espoir ? Puis extrémité incandescente, encore une lueur d'espoir ? Enfin, bâtonnet calciné, fin de l'espoir ? Bernard s'arrêta, la gorge serrée, comme hypnotisé par la brindille noircie recroquevillée dans le cendrier. Les mots ne venaient plus. D'ailleurs, que pouvait-il ajouter ? Ses yeux devinrent humides. Quelques larmes, qu'il essaya maladroitement de dissimuler, descendirent sur ses joues.

Elle l'observait. Déjà, sa rancœur, ses résolutions de méfiance, fondaient comme neige au soleil, coulaient comme les larmes sur les joues de son ex-mari. Déjà, les mots de repentir qu'il avait prononcés la chaviraient. Déjà, conquise, elle avait le désir fou de se jeter dans ses bras. Pourtant, un soupçon de lucidité, telle la flamme vacillante, semblait encore lui imposer une certaine retenue. Mais pourquoi, mais comment, mais jusqu'à quand ? Elle voguait dans l'univers cotonneux de ses pensées, quand Carole fit irruption dans la cuisine, la tirant de sa rêverie.

— Alors, les amoureux ! lança-t-elle en riant.

— Les amoureux, quels amoureux ? Tu es folle ! lui rétorqua Juliette, revenue brusquement à la réalité, en la fusillant du regard.

— Oh ! excuse-moi, souffla-t-elle, décontenancée, je venais juste chercher de l'eau fraîche.

— Il y en a dans le frigo, répondit sèchement son amie en haussant les épaules.

Elle se servit et tourna les talons sans autre commentaire, les abandonnant à leurs méditations.

— C'est vrai, reprit-il après avoir séché ses larmes, que, lorsque je suis venu ici, tu étais mon dernier recours, mais j'avais aussi un secret espoir. Tu devines lequel… Et, quoi que tu décrètes, jamais je n'oublierai que tu m'as tendu la main quand j'étais au fond du trou… Merci, Juliette, merci pour tout.

— Décidément, tu sais toujours trouver les mots, tu me bouleverses… soupira son ex-épouse, chavirée à son tour. Admettons… admettons que… que je te dise oui, continua-t-elle en plantant ses yeux dans les siens, je ne tolérerai rien, Bernard, rien, tu m'entends ?

— Ou… oui… balbutia-t-il, un éclair d'espérance dans le regard, mais de quoi veux-tu parler ?

— Je te surveillerai, je te ferai surveiller, et au moindre doute, à la moindre situation ambiguë, au moindre dérapage, au plus petit mensonge, je te jetterai… je te jetterai… tiens, comme… comme on se débarrasse d'une vieille serpillière… sans un regard… sans un regret !

D'une moue dédaigneuse, elle avait joint le geste à la parole, satisfaite de son effet, observant l'attitude de Bernard qui n'avait pas bronché.

— Si… si tu m'ouvres tes bras, tu n'auras pas à te donner cette peine, Juliette, je te le promets. J'ai tiré les leçons de mes erreurs… de toutes mes erreurs, fit-il, s'évertuant à se vouloir convaincant, mais fort mal à l'aise.

— Quand même ! s'exclama-t-elle, faussement furieuse. Mais, dans cette hypothèse, qu'est-ce que tu comptes faire ? Tu n'as pas l'intention de venir travailler au mas ?

— Certainement pas ! D'une part, il n'y a pas de quoi s'occuper ici, ensuite il est hors de question que je prenne la place de Salomé, enfin les assurances me conviennent parfaitement et on s'entend très bien avec Carole. A elle aussi, je dois une fière chandelle. Elle m'a permis de rebondir et, à nouveau, de m'épanouir professionnellement. Pour être pleinement heureux, il ne me manque plus que l'amour… ton amour, Juliette… Alors… est-ce que…

Il s'était arrêté, figé, pâle, la gorge serrée, troublé par l'émotion. Il n'avait pas besoin d'achever sa phrase… d'ailleurs, il n'en avait plus la force. Maintenant, il attendait. Il n'attendait qu'un seul mot, lequel ferait naître une joie intense ou un profond abattement. Le fil de sa vie accroché à un mot, un seul. Mais il n'était pas maître de la situation. C'était Juliette qui avait les cartes en main. C'était elle qui devait décider. Ajouter quoi que ce soit serait superflu. La partie était lancée et c'était à elle de jouer… un jeu cruel, insoutenable. Il ne voulait surtout pas la troubler par une parole, par un geste, désormais parfaitement inutiles et qui risquaient de la perturber, de l'irriter, de modifier sa décision…

Elle le regardait d'un regard grave, essayant de lire au fond de ses yeux, accrochés aux lèvres de son ex-épouse. Elle avait décelé son désarroi. Ses idées se bousculaient dans sa tête en feu. Les années de bonheur, de passion, les tromperies, ce soupçon d'amour qu'elle avait conservé au plus profond de son cœur, qu'elle n'était jamais parvenue à arracher, même dans les jours les plus sombres, même dans les pires moments. Cet homme, elle l'avait aimé et détesté avec autant de fougue...

Les éclats de voix qui s'élevaient de la salle à manger ne leur parvenaient pas. Ils voguaient ailleurs, sur une planète noire ou sur une étoile dorée, au paradis ou en enfer, avec des anges ou avec des démons...

— Oui, murmura-t-elle enfin, après un interminable silence pathétique, en se jetant dans ses bras.

Ils s'étreignirent longuement, versant tous deux de chaudes larmes, leurs corps enlacés secoués par des spasmes. Il la caressait, passait les mains dans ses cheveux, la couvrait de baisers, fou de joie. Elle frissonnait, ivre de bonheur, de ce bonheur qu'elle avait si longtemps espéré, sans trop y croire, et redouté à la fois. Ils se séparèrent enfin et échangèrent un regard intense dans lequel se lisait un profond émoi.

— Bernard, tu crois qu'on va pouvoir y parvenir ? Tu crois qu'on va pouvoir se reconstruire ?

— Oui, Juliette ; oui, mon amour, lui assura-t-il à l'oreille, la gorge serrée par l'émotion, oui on y arrivera, je te le promets. Je ferai tout pour cela. On a perdu trop de temps tous les deux, à cause de ma bêtise, à cause de mon aveuglement coupable...

Les yeux de Juliette étaient embués, sa vue trouble. Adossée au rebord de l'évier, elle manquait d'air et soupira profondément. Ses jambes flageolaient.

— Chérie, poursuivit Bernard, juste une question... sans importance... et à laquelle tu n'es pas obligée de répondre. Quand nous étions chez le juge, tu m'avais révélé que tu allais vivre avec une femme. C'était... c'était vrai ?

Juliette se redressa et éclata de rire en s'essuyant les joues.

— Ah ! tu as douté ? Eh bien, j'en avais marre de toi, des hommes en général et... avec Carole, j'ai eu un moment d'égarement... qui aurait pu déboucher sur... ce que tu viens d'évoquer. Mais elle s'est chargée de me remettre dans le droit chemin… et, *a priori*, elle a eu raison, non ? Et puis, j'ai connu d'autres hommes, un jeune de dix-huit ans, un Italien, des relations de passage…

— Ah ! fit-il en la dévisageant, ne pouvant retenir une pointe d'amertume.

— Oui, mais moi, quand j'ai fait ça, j'étais libre, renchérit-elle, satisfaite de son effet, sans parler de Castany…

— Tu ne m'as donc pas pardonné ? susurra-t-il avec un soupçon d'inquiétude.

— Oh ! je ne sais pas… Ton attitude a été tellement odieuse… Mais à quoi bon revenir là-dessus ? A quoi bon ressasser le passé ? Il faut faire en sorte de vivre avec, et du mieux qu'on peut, c'est tout. Les mauvais souvenirs ne doivent pas muer en obsessions. Si tu es conscient de tes erreurs, c'est déjà un pas de franchi. Et puis, si on a un désir commun de s'aimer de nouveau, il est préférable d'oublier tout ça. Je ne vais pas te rappeler tes exactions et te parler de mes conquêtes à tout bout de champ, sinon la vie sera impossible, tu ne penses pas ?

— Oui, concéda-t-il, penaud, impressionné par sa lucidité, mais… c'est à toi d'en décider. Je comprendrai…

— Non, Bernard, trancha-t-elle, sauf si tu m'y obligeais. Non, maintenant, on va essayer d'écrire une nouvelle page tous les deux, une belle page, sans ratures… Tu veux ?

— Je m'y engage, mon tendre amour, promit-il en l'embrassant.

— Au fait, reprit Juliette, amusée, c'est anecdotique, mais lorsque tu es arrivé ici, il y a quatre ans, Richard m'a dit qu'il recherchait un serveur et il a ajouté : « Je ne vais quand même pas embaucher ton ex ! » Je crois que c'est la seule chose sensée qu'il ait faite ! Tu imagines si tu étais allé travailler chez lui, peut-être te serais-tu retrouvé mêlé à son trafic…

— Eh bien, il n'aurait plus manqué que ça ! s'esclaffa Bernard. Ma situation était suffisamment compliquée à ce moment-là ! Ouf ! je l'ai échappé belle !

Ils éclatèrent de rire à cette évocation et échangèrent un tendre baiser.

— Tu m'aides à allumer les bougies ? demanda Juliette. Ils vont s'impatienter !

— Bien entendu, j'étais venu pour ça, glissa-t-il, espiègle.

— Bernard ! ne put-elle s'empêcher de s'écrier, encore une fois tu me mens !

— C'est vrai, mais c'est un petit mensonge et je te promets que ce sera le dernier.

— Il vaut mieux pour toi ! lui rétorqua-t-elle sur un ton faussement menaçant, sinon… Attends-moi ici…

Juliette pénétra dans la salle à manger avec le gâteau illuminé, sous les applaudissements de la tablée.

— Je reviens, ajouta-t-elle en retournant vers la cuisine. Mémé, ne souffle pas les bougies sans moi. J'en ai pour une minute.

Elle retrouva Bernard.

— On va leur annoncer ? lui proposa-t-elle après avoir déposé un baiser sur ses lèvres.

— Allons-y ! répondit-il en souriant, il n'y a aucune raison de se cacher. Au fait, tu ne fumes plus ?

— Eh non ! J'ai fini par me passer de cette cochonnerie. Et puis, c'est vrai qu'ici c'est plus facile : la vie au grand air, moins de soucis… quoique, là, si j'en avais une, je crois que je la grillerais avec plaisir… parce que… c'est un grand moment de bonheur… Viens avec moi à la cave… ajouta-t-elle, rayonnante, en le prenant par la main, on va remplacer la nicotine par les bulles !

Quand ils firent leur entrée dans le séjour, bras dessus bras dessous, affichant une mine radieuse, Bernard portant un panier rempli de bouteilles de champagne, Mélanie et Pascale les aperçurent en premier. Elles avaient compris et poussèrent un cri de joie, ameutant toute la tablée. Elles bondirent de leurs chaises et se précipitèrent à leur rencontre.

— Maman ! Papa ! s'écrièrent-elles d'une seule voix en les enlaçant et en les embrassant, les yeux emplis de larmes, enfin !

Carole avait également réalisé. Profondément émue, elle se leva et les rejoignit.

— Enfin ! soupira-t-elle à son tour, les yeux humides, en les prenant tous deux par le cou. Je n'osais plus y croire. Je vous souhaite du bonheur, rien que du bonheur, vous le méritez… Vous… vous avez perdu trop de temps.

Salomé arriva, elle aussi, et étreignit Juliette.

— Je suis heureuse pour toi, lui chuchota-t-elle à l'oreille, avant de dire un mot à Bernard.

Charles et Marie-Odette, les parents de Juliette, accompagnés de Michel et de Loïc, vinrent à leur tour les embrasser. Les deux amoureux retrouvés se dirigèrent vers l'aïeule qui n'avait pas quitté sa chaise, mais dont le visage rayonnant trahissait l'intense joie.

— Bonne chance ! leur glissa-t-elle en caressant la joue de sa petite-fille.

Elle se leva, prit sa respiration et, dans un long souffle, éteignit ses quatre-vingt-dix bougies sous les applaudissements nourris. La tablée entonna le chant de circonstance, les bouchons sautèrent, les coupes se remplirent. Après avoir trinqué avec Juliette, Bernard se leva.

— Je reviens, lui confia-t-il simplement.

Il réapparut quelques instants plus tard, souriant, tenant un petit paquet qu'il était allé chercher dans sa voiture et qu'il lui tendit.

— C'est… pour toi, balbutia-t-il d'une petite voix.

Elle le regarda, surprise, ne sachant que dire. Elle dénoua enfin le ruban, puis entreprit de défaire le papier d'un geste mal assuré, les mains tremblantes, et découvrit un écrin. Elle l'ouvrit, fébrile. Une bague ornée de diamants resplendissait à l'intérieur. Elle se tourna vers Bernard, bouche bée, les yeux grands ouverts.

— Oui, c'est pour toi, confirma-t-il, tu ne la mets pas ?

— Si… si… mais… comment…

— Le bijoutier était d'accord pour me la reprendre… au cas où… mais… j'avais mis tellement d'espoir dans cette journée que j'étais presque certain de ne pas avoir à la lui rapporter… et j'avais raison… non ?

— Merci, Bernard, murmura-t-elle, encore sous le choc, mais… tu es fou, tu as dû te ruiner. Je n'avais pas besoin de ce bijou… pour te dire oui…

— Je sais, chérie, et c'est pour cette raison que j'ai attendu d'avoir ta réponse avant de te l'offrir… Je ne voulais pas t'influencer… assura-t-il en riant.

Ils échangèrent un tendre baiser.

Anna avait elle aussi essuyé une larme. Elle les couvait du regard. Elle se leva, vint se glisser entre eux et les attrapa par le cou.

— Eh bien, il y a dix ans, je ne pensais pas être ici aujourd'hui, avec vous tous… et avec vous deux. Quel jour merveilleux ! Mais vous, il vous en a fallu du temps ! s'esclaffa-t-elle. J'étais sûre que ce jour arriverait. Pourtant, je commençais à penser que j'allais mourir trop tôt pour le voir. Toi, le garnement, fit-elle en se tournant vers Bernard, maintenant que tu l'as récupérée, ta Juliette, garde-la et protège-la, parce que, moi, je ne serai pas toujours là. Tu lui as fait perdre assez de temps… et tu l'as assez rendue malheureuse. Et toi, petite, si tu étais parfois moins têtue, tu avancerais plus vite, mais tu es une Cieurac… et une Combialet. Et puis, l'essentiel, c'est d'arriver à bon port. Un peu plus tôt… un peu plus tard, ce n'est pas le plus important. Bonne chance et beaucoup de bonheur à tous les deux… Et je vais être obligée de boire une autre coupe de champagne pour fêter cette réconciliation… et encore une autre pour arroser les dix ans que tu as passés ici, petite. Après, vous pourrez m'emmener faire la sieste !

Rires et applaudissements ponctuèrent les derniers mots de l'aïeule.

— Merci, mémé Anna, soufflèrent en chœur Juliette et Bernard en l'embrassant, la gorge serrée.

Juliette, main tendue, admirait sa bague. Elle reprit l'écrin. Son attention fut attirée par une inscription. La lecture des quelques mots lui arracha un sourire ému. Elle se tourna vers son amour retrouvé, passa les bras autour de son cou et l'embrassa une nouvelle fois.

A l'intérieur du couvercle, il avait fait inscrire : « A ma bergère du Larzac. »